Une noce dans les Alpes

*

Amoureuse d'un urgentiste

*

La protégée du médecin

ANNIE CLAYDON

Une noce dans les Alpes

Traduction française de
CHRYSTELLE POULAIN

BLANCHE

HARLEQUIN

Collection : Blanche

Titre original :
THE BEST MAN AND THE BRIDESMAID

HARPERCOLLINS FRANCE
83-85, boulevard Vincent-Auriol, 75646 PARIS CEDEX 13
Service Lectrices — Tél. : 01 45 82 47 47 - www.harlequin.fr
ISBN 978-2-2804-5163-5 — ISSN 0223-5056

Composé et édité par HarperCollins France. Achevé d'imprimer en mars 2021.
par CPI Black Print - Barcelone - Espagne
Dépôt légal : avril 2021.

MIXTE
Papier issu de sources responsables
FSC® C159065

Pour limiter l'empreinte environnementale de ses livres, HarperCollins France s'engage à n'utiliser que du papier fabriqué à partir de bois provenant de forêts gérées durablement et de manière responsable.

1.

Cal Lewis était effectivement un très bel homme.

Andrea Allison, postée à quelques mètres de la réception de l'hôtel, le détaillait avec intérêt. Maggie, sa meilleure amie, lui avait fait un portrait détaillé de cet apollon des temps modernes, et Andrea n'était pas déçue, loin de là.

Une aura mystérieuse semblait flotter autour de Cal, de sa haute stature, de ses cheveux blonds, de ses larges épaules. Andrea était trop loin pour croiser son fameux « regard d'ambre », mais elle ne pouvait pas détacher les yeux de lui. Heureusement qu'il y avait du monde, ou la situation aurait pu devenir gênante !

Déjà, les employés s'affairaient autour des trois clients VIP nouvellement arrivés à l'hôtel. La directrice en personne était venue accueillir Maggie et Joe, son fiancé. Les futurs époux affichaient des airs radieux de circonstance, mais Cal, le témoin de Joe, se tenait légèrement en retrait, comme pour ne pas leur voler la vedette.

Pourquoi Andrea se sentait-elle à ce point attirée par lui ? Son physique de rêve et son sourire hollywoodien n'expliquaient pas tout. Était-ce cela, un coup de foudre ?

Allons ! Elle était depuis longtemps vaccinée contre ce genre de choses.

Maggie se précipita vers elle, et elle se ressaisit.

— Andrea ! Je suis tellement contente !

Elles s'étreignirent avec chaleur. Cela faisait plusieurs mois qu'elles planifiaient le mariage ; dans douze jours, le rêve deviendrait réalité.

C'était ici, dans les Alpes italiennes, que Maggie avait rencontré Joe. Andrea, qui était la médecin de la station, avait invité son amie à la rejoindre, et c'était pendant ces vacances que Maggie avait trouvé l'amour. Après une période d'incertitude, les tourtereaux allaient enfin pouvoir convoler. Dans une semaine leurs proches les rejoindraient, mais pour l'heure ils n'étaient venus qu'avec Cal…

— Tout le monde a été formidable, dit Maggie. On nous a servi du champagne dans l'avion, et le contrôleur du funiculaire m'a offert une rose.

Logée dans une boutonnière, la fleur penchait dangereusement. Andrea la redressa en souriant.

— Tu es gâtée et tu le mérites, dit-elle, émue. J'ai tout organisé ici, ne t'inquiète pas. Votre mariage sera parfait.

Maggie éclata de rire.

— Tu stresses plus que moi. Je sais que tout ira bien. On sera ensemble, famille et amis, heureux et en bonne santé ; que demander de mieux ?

Elle avait raison : rien n'était plus important que la santé. La pauvre était hélas ! bien placée pour le savoir.

— On va pouvoir se détendre pendant huit jours, fit-elle avec un soupir d'aise. J'avais trop hâte de revenir ici !

Baissant la voix, elle ajouta :

— Alors, comment le trouves-tu ? Je t'avais dit qu'il était canon.

D'après Maggie, Cal était également intelligent, adorable, et doté d'un grand sens de l'humour. Elle avait décrété qu'Andrea et lui auraient beaucoup de choses à se dire, étant tous deux médecins… et célibataires.

Ces idées romantiques n'étonnaient nullement Andrea, venant de la future mariée. Le contexte s'y prêtait ; Maggie, amoureuse et épanouie, souhaitait le même bonheur à tout le monde. Un vœu pieux, hélas !

— C'est vrai, il est… craquant.

— Il pourrait te faire aller de l'avant, Andrea.

— Rassure-toi, j'y travaille, répondit-elle, consciente que c'était un mensonge.

Trois ans après la mort de Judd, elle ne progressait pas, mais à quoi bon le reconnaître ? Maggie avait beau lui dire d'avancer, les choses n'étaient pas si simples.

— Tant mieux, répondit cette dernière d'un ton doux. Parce que Cal…

Andrea la fit taire d'un coup de coude : Joe et son témoin venaient vers elles.

— Andrea, ça fait plaisir ! s'exclama le futur marié. Et quel comité d'accueil !

Ils s'étreignirent avec une indéniable émotion.

Joe s'était montré formidable, au cours des deux années qui venaient de s'écouler. Comme elle, il avait sans relâche soutenu Maggie et, dans l'épreuve, ils avaient noué une amitié indéfectible.

— Vous étiez « un peu » attendus, répondit-elle d'un ton rieur. Ça va être le mariage du siècle, de ce côté des Alpes.

Joe éclata de rire et déposa un tendre baiser sur la joue de Maggie.

— C'est parce qu'on aura la plus belle mariée du siècle, messieurs dames. Et aussi, bien sûr, les meilleurs témoins. Andrea, Cal… Cal, Andrea…

Ignorant le sourire entendu de Maggie, Andrea prit une profonde inspiration. Encore un peu et elle allait rougir. Ce serait le pompon !

— Enchanté, Andrea, dit Cal. Je suis ravi de faire votre connaissance. J'ai beaucoup entendu parler de vous.

Sa voix grave, rauque et chaleureuse provoqua un délicieux frisson en elle. Puis elle serra la main que le médecin lui tendit, et ses joues s'enflammèrent. Quelle idiote ! Mais, plutôt que de nier l'évidence, autant reconnaître que ce type lui plaisait et passer à autre chose. Avec un peu de chance, il serait peut-être stupide, même si elle en doutait…

— En bien, j'espère, bredouilla-t-elle.

Elle regretta aussitôt sa question : et s'il croyait qu'elle cherchait les compliments ?

— En très bien, répondit-il, rassurant. J'espère quand même que vous avez quelques défauts, car je débute dans le métier de témoin. Il faudra être indulgente.

C'était, pour le coup, un joli compliment. Elle sentit sa gêne s'accroître.

— Moi, je débute dans celui de demoiselle d'honneur. On fera nos bêtises ensemble et on ne dira rien, rassurez-vous.

Prenant conscience de ce qu'elle venait de dire, elle se mordit la lèvre. Faire des « bêtises » avec Cal ? Rien que ça ? Cette discussion prenait une mauvaise tournure…

L'air satisfait de Maggie lui fit reprendre ses esprits. Elle devait agir, et vite.

— Si on allait prendre un café au bar ? dit-elle. Après ce long voyage, vous l'avez bien mérité.

Joe opina, mais Maggie s'accrocha à son bras.

— Je suis épuisée, chéri. Hier, il y a eu la préparation des bagages, on a mal dormi, on s'est levés à l'aube… Je m'allongerais bien une heure ou deux.

Joe lui sourit tendrement.

— Bonne idée, reposons-nous. Andrea, Cal, ça vous embête si on vous fausse compagnie ?

Cal secoua la tête.

— Je vais zapper le café, moi aussi. J'ai une tonne de mails en retard auxquels je dois répondre.

— Tu avais promis de décrocher ! dit Maggie. Il travaille trop, fit-elle à l'adresse d'Andrea, qui ne savait plus quoi dire. Il est indispensable, tu comprends…

— Pas du tout, protesta Cal, l'air embarrassé. Je me fais juste du souci pour mes patients. Je suis sûr qu'Andrea comprend, en tant que médecin.

Pourquoi était-il aussi « comme il faut » ? Il devait bien avoir quelques travers, non ? N'importe quoi, qui le rende moins attirant…

— Bien sûr, répondit-elle d'un ton faussement enjoué. J'ai moi-même quelques coups de fil à passer. Autant que je m'en occupe avant mes consultations.

Rien d'important, mais personne n'avait besoin de le savoir !

— À ce soir, dit-elle en guise de conclusion. Bon après-midi à vous tous.

La neige épaisse crissait sous les semelles de Cal.

Les sommets enneigés des montagnes lui rappelaient, fort à propos, que l'univers était resté en place. La Terre continuait de tourner, quelles que soient ses préoccupations.

Au départ, il avait accueilli ces quinze jours de repos comme une chance. Ses patrons lui avaient suggéré de réfléchir sereinement à la promotion qu'ils lui offraient ; quoi de mieux que l'air pur, le ski et le mariage de son meilleur ami pour faire le point ?

Quand Maggie l'avait taquiné au sujet de « la belle doctoresse » demoiselle d'honneur, il ne s'était pas formalisé. Il en avait même ri. Pourtant, la donne avait changé en quelques secondes. Lorsqu'il avait vu Andrea dans le hall de l'hôtel, le monde avait basculé.

Au moment des présentations, il avait cru la voir rougir, et une chaleur diffuse l'avait submergé. Une réaction violente, d'autant plus imprévisible qu'il se croyait à l'abri. Mais les boucles brunes d'Andrea, son magnifique regard gris-bleu et son visage à l'ovale parfait l'avaient cloué sur place.

Par-delà l'attirance physique, il avait également eu l'impression de la connaître depuis toujours. Et c'était cela, surtout, qui lui avait fait peur. Alors, paniqué, il avait fui. Le soir venu, il n'avait même pas osé sortir de sa chambre. Il s'était excusé platement auprès de Maggie et Joe, par SMS, et avait dîné seul en lisant ses mails.

Le lendemain matin, il avait pris son petit déjeuner très tôt, puis était sorti marcher. Il avait suivi un chemin de randonnée d'où il apercevait désormais l'hôtel, en contrebas. Minuscules comme des fourmis vus d'ici, les clients commençaient arriver dans la véranda ou à emprunter les télécabines pour rejoindre les pistes inondées de soleil.

Sous ce ciel limpide, dans cette station de sports d'hiver, le temps aurait pu s'arrêter. Cal avait la sensation d'avoir trouvé un port d'attache et fait une rencontre précieuse. Bizarre, vu qu'il n'avait pas parlé à Andrea plus de cinq minutes !

Il poursuivit résolument son chemin vers les sommets. Cinq minutes, cinq heures ou cinq ans ne changeaient rien à l'affaire : il serait toujours incapable de s'engager avec une femme. Il avait blessé une amie chère, autrefois, et s'était promis de ne pas recommencer.

Cependant, du fait du mariage, il allait devoir côtoyer Andrea. Qu'il le veuille ou non, ils seraient amenés à se voir pour mettre les derniers détails au point. Il ne pourrait pas y échapper.

Dans ces conditions, autant se comporter en adulte et vivre ces préparatifs de manière agréable. Il allait traiter Andrea comme une amie et, bien sûr, garder une distance raisonnable.

La fête finie, il repartirait pour Londres avec la satisfaction de s'être correctement acquitté de son rôle de témoin. C'était simple comme bonjour. Il pouvait le faire.

Ce matin-là, Andrea fut déçue de ne pas voir Cal pour le petit déjeuner. La veille, elle avait plus ou moins anticipé qu'il esquiverait le dîner, mais avait espéré qu'il serait dans de meilleures dispositions après une bonne nuit.

— Il est parti se promener, expliqua Maggie. Puis il a une visioconférence. Comment peut-il être débordé à ce point ?

— Ce n'est pas comme si tu vivais avec un médecin, fit Joe, malicieux. Tu sais qu'on ne compte jamais nos heures.

— On devrait, pourtant, dit Andrea.

Non pas qu'elle-même soit submergée par son emploi

du temps. Autrefois, à l'époque où Judd et elle exerçaient ensemble, elle avait consacré sa vie à son travail. Ils avaient d'abord été collègues, puis amis, et leur relation avait évolué car ils partageaient le même idéal.

Mais après l'accident, tout avait volé en éclats.

Elle n'avait pas pu sauver Judd. Elle avait perdu l'homme qu'elle aimait, ses repères, sa confiance en elle. Accepter un poste « tranquille », dans un cadre serein et au milieu d'inconnus, lui avait permis de refaire surface.

— Penses-tu retourner en Afrique ? demanda Maggie, qui avait toujours lu en elle comme dans un livre ouvert.

— Non. Je ne regrette pas d'y être allée, d'avoir vécu cette expérience, ma rencontre avec Judd… Mais l'Afrique, c'est terminé.

— Tu as sauvé plus de vies que la plupart d'entre nous ne le feront jamais, dit doucement Joe. Ta place est ici, maintenant. Il faut rester là où tu es bien.

Le quotidien d'Andrea se résumait à traiter des grippes, des entorses et quelques fractures. Rien de spectaculaire, mais elle ne se sentait plus capable d'autre chose.

— Oui. Ce cabinet suffit à mon bonheur.

— N'empêche que tu m'inquiètes, dit Maggie. Comment veux-tu rencontrer quelqu'un si tu ne descends jamais de tes montagnes ?

— Maggie…, fit Joe sur un ton de reproche.

Résignée, Andrea secoua la tête.

— Pas de souci, ça part d'un bon sentiment.

Pour éviter que la discussion ne revienne sur Cal, elle explora son sac et en sortit une pochette.

— Tenez, de la lecture. C'est votre mariage de A à Z !

La diversion produisit l'effet escompté sur Maggie, qui s'empara des documents avec un sourire heureux.

— Regarde ça, Joe ! C'est super ! Il y a des étoiles partout.

— J'ai attribué une couleur à chacun, dit Andrea. Maggie, tu es en rose, et toi en bleu, Joe.

— Pourquoi n'a-t-on que deux étoiles ? demanda-t-il.

— Une pour l'enterrement de vie de garçon et jeune fille, et une pour la cérémonie. Vous n'allez quand même pas gérer les détails pratiques, répondit-elle en riant. Les violettes sont pour moi et les vertes pour Cal… Ou quiconque voudra bien m'aider, s'il n'est pas disponible.

— Il le sera, dit Joe avec assurance. Il a promis de participer. Il sera content d'avoir une liste de choses à faire. Merci beaucoup, Andrea. Tu as tout géré comme une chef.

— Je te l'avais dit, c'est une pro de l'organisation ! dit Maggie, radieuse.

Voir ses amis heureux était la meilleure des récompenses, pour Andrea. Elle leur sourit, émue. Leur bonheur lui suffisait amplement. Le reste, témoin fantôme du marié compris, ne comptait pas.

Ce midi-là, l'absence de Cal au déjeuner confirma les soupçons d'Andrea : il l'évitait, dans l'espoir sans doute de contrer les plans de Maggie.

Même si Andrea comprenait sa méfiance, elle fut un peu déçue. Les choses étaient claires. Elle n'avait rien à espérer de lui.

En attendant, le mariage n'allait pas s'organiser tout seul, et elle décida d'aller voir Cal après ses consultations, pour mettre les choses à plat. Si elle ne pouvait pas compter sur lui, elle devrait ajuster son programme !

L'après-midi se déroula sans encombre. Elle termina juste avant 16 heures et, après avoir rassemblé ses affaires, retourna la petite pancarte Fermé sur la porte de son bureau. Elle s'apprêtait à la verrouiller quand une voix grave la fit sursauter.

— Andrea. Je vous cherchais.

De saisissement, elle lâcha son trousseau.

— Désolé de vous avoir fait peur.

Avant qu'elle ait pu réagir, il récupéra ses clés. Quand il se redressa, les effluves d'un parfum citronné, mêlés à une bonne odeur de savon, lui chatouillèrent les narines. La vision déplacée de deux corps enlacés devant un feu de bois l'envahit, et elle déglutit avec difficulté.

— Merci. Vous avez besoin d'un médicament ? Vous êtes malade ? bafouilla-t-elle

— Non, je voulais vous voir. Excusez-moi d'avoir été aussi peu présent, dit-il, l'air embarrassé. Joe m'a dit que vous aviez préparé une liste de choses à faire.

— Oui…

— Dans ce cas, si on en discutait autour d'un café ? Quand vous aurez le temps, bien sûr.

— Pourquoi pas maintenant ? On pourrait se retrouver au salon panoramique dans cinq minutes, le temps que j'aille chercher les papiers ?

— Super, c'est sympa. Merci de vous rendre disponible.

Dès qu'il se fut éloigné dans le couloir, elle se précipita vers l'escalier de service qui, du rez-de-chaussée, menait à son appartement, à l'étage.

Là, pour se remettre les idées en place, elle s'aspergea le visage d'eau fraîche. Sa relation avec Cal devait se limiter aux préparatifs du mariage, se répéta-t-elle pour la vingtième fois. Elle se montrerait agréable et polie, sans plus. Si elle gardait ses distances, ils allaient pouvoir collaborer efficacement.

Elle renonça à mettre du gloss et fit une grimace à son image dans le miroir.

— Arrête de réagir comme une ado. Fais ce que tu as à faire, point. Ce n'est pas si compliqué.

Le salon panoramique offrait une vue spectaculaire sur les montagnes. Cal avait choisi une table devant la baie vitrée, et Andrea, installée en face de lui, comptait sur les sommets enneigés pour lui procurer l'apaisement dont elle avait tant besoin. Ce n'était, hélas ! pas gagné.

Un homme avait-il le droit d'être aussi beau ? Plus elle essayait de garder son calme, moins elle y arrivait.

— Joe m'a dit que vous aviez tout organisé magnifiquement, dit-il d'un ton neutre. Rassurez-vous, je suivrai vos instructions à la lettre.

Cela aurait presque pu être une réunion professionnelle. Lui, au moins, n'avait aucun mal à adopter la bonne attitude !

— Rien n'est gravé dans le marbre, répondit-elle. Si vous aviez prévu des choses, n'hésitez pas à me le dire.

— C'est gentil…

Il tourna, songeur, sa cuiller dans son cappuccino. Comme elle, il semblait craindre les silences gênants.

— Comment avez-vous rencontré Maggie ?

— On était voisines, c'est ma meilleure amie depuis nos six ans. Et vous ? Vous avez connu Joe à la fac de médecine ?

— Tout à fait. Vous exercez ici depuis un moment, je crois ?

— Deux ans et demi, oui.

Cette fois, un blanc s'installa. Cal toussota, comme s'il regrettait d'avoir amené la discussion sur un terrain personnel. Elle reprit les choses en main.

— Je vous ai apporté la fameuse liste des choses à faire.

Elle sortit un dossier de son sac et le déposa sur la table basse. Cal opina, sans faire le moindre geste pour le prendre.

— J'ai beaucoup entendu parler de vous, dit-il, à sa grande surprise. Je suppose que l'inverse est vrai, n'est-ce pas ?

— Je, hum… Oui.

Elle eut soudain très chaud. Elle ne voulait pas imaginer ce que Maggie avait pu raconter à son sujet.

Son embarras s'accrut lorsqu'elle s'aperçut que Cal la dévisageait avec insistance. Puis il lui sourit, et elle eut, comme le premier jour, l'impression bizarre de le connaître depuis la nuit des temps.

Avec lui, la franchise serait la meilleure des politiques.

Elle en était intimement convaincue. Mais avant qu'elle ait pu parler, il se pencha vers elle :

— Maggie n'a pas joué les entremetteuses qu'avec moi, semble-t-il…

2.

Cal s'était demandé à quel moment évoquer le « problème » avec Andrea. Il avait même hésité à en parler, tout court. Mais comme elle semblait aussi mal à l'aise que lui, il avait jugé indispensable de mettre les choses à plat.

Après sa remarque, elle avait rougi, s'était étranglée et avait failli renverser son café. Preuve qu'il avait touché juste !

Elle reposa sa tasse sur la table basse. Puis elle dévisagea Cal, et il eut l'impression qu'elle sondait son âme. Ni plus ni moins.

— Vous m'enlevez une épine du pied, dit-elle. Je ne savais pas trop comment aborder le sujet.

Son sourire le toucha en plein cœur. Elle était vraiment adorable…

— Il ne faut pas en vouloir à Maggie, dit-elle. C'est une incorrigible romantique, et plus encore avec le mariage qui approche. Mais rien ne nous oblige à entrer dans son jeu.

— Bien sûr que non, répondit-il gentiment. On n'a qu'à pratiquer la désobéissance passive.

Résister au charme d'Andrea lui demanderait sans aucun doute énormément d'efforts. Mais ils étaient sur la même longueur d'onde, et c'était l'essentiel.

— Ne vous formalisez pas de mes doutes, dit-elle en rougissant de nouveau. C'est… moi le problème.

Il lui sourit.

— Cela tombe bien, car je ressens la même chose. Ma vie est trop compliquée pour entraîner une femme dans une histoire sans avenir. Vous encore moins.

Il n'en revenait pas d'être capable de produire des phrases cohérentes, tant il était perturbé. À cette seconde précise, il n'avait qu'une envie : toucher Andrea. Or, c'était impossible. Ils venaient à peine de clarifier la situation !

— Je vois, murmura-t-elle. Moi, ce n'est pas le travail qui me retient… Simplement une mauvaise expérience.

Il aurait aimé l'interroger, mais n'osa pas. Il se contenta de hocher la tête.

— L'essentiel, c'est qu'on se comprenne.

— Oui.

Il aurait dû être soulagé, mais, de manière inexplicable, c'était la déception qui primait. Pour balayer cette impression, il préféra revenir au mariage.

— Vous devez être contente, dit-il. C'est grâce à vous que Maggie a rencontré Joe.

— Oh que oui ! Elle a eu le coup de foudre. Pour elle, leur histoire était une évidence.

— Joe aussi était convaincu d'avoir trouvé la femme de ses rêves. Il m'en a parlé dès son retour à Londres. Mais deux semaines plus tard, elle a rompu.

— Elle avait ses raisons, comme vous le savez. Les médecins venaient de lui diagnostiquer un cancer du sein. Elle ne voulait pas que Joe se sente obligé de rester avec elle.

— Sauf que, pour lui, il n'y avait pas d'alternative. Il *voulait* être présent. J'ai fini par le secouer. Je lui ai dit d'arrêter de geindre, d'aller voir Maggie et de faire ses preuves !

Andrea éclata de rire et se rejeta en arrière dans son fauteuil. Elle semblait beaucoup plus à l'aise, à présent.

— Moi, j'ai dit à Maggie que si elle aimait Joe, elle devait lui faire confiance. D'une certaine manière, on est tous les deux responsables de ce mariage !

À présent, il comprenait mieux pourquoi Maggie avait cédé alors que Joe perdait espoir. La bonne fée s'appelait Andrea…

— J'assume volontiers cette responsabilité, répondit-il.

— Et moi donc !

Il se pencha et prit le dossier sur la table.

— Maintenant, il ne me reste plus qu'à étudier tout ça.

— Je vais vous laisser le lire tranquillement. On en reparle plus tard, d'accord ?

Elle s'était levée, et il réprima un soupir. Bien sûr qu'il était d'accord, mais il aurait préféré qu'elle reste. Il était prêt à tout pour lui faire plaisir…

— Si on dînait ensemble ce soir ? demanda-t-il.

Elle parut hésiter puis, à son grand soulagement, se détendit et opina.

— D'accord. À l'hôtel, il y a la crêperie et la pizzeria, ou alors le restaurant classique.

— Je vote pour le restaurant, si ça vous convient.

Il choisirait un menu complet et profiterait ainsi plus longtemps de sa compagnie !

— Parfait. On dit 20 heures ?

— Ça marche. À tout à l'heure, Andrea.

Il la regarda s'éloigner, non par politesse – au cas où elle se retournerait –, mais parce qu'il ne pouvait pas s'en empêcher. Alors, dès qu'elle eut franchi la porte, il eut un rire sans joie.

Qui aurait cru qu'il fondrait au premier regard, lui, le maniaque du contrôle et de la maîtrise de soi ? Joe aurait sûrement parlé de coup de foudre, et il aurait démenti avec vigueur…

Jusqu'alors, il n'avait jamais baissé la garde devant une femme. Le mariage de ses parents s'était terminé par un divorce houleux alors qu'il n'avait que dix ans, et cette expérience l'avait profondément marqué.

Son père et sa mère s'étaient disputé son affection, et l'avaient transformé en enjeu de pouvoir. Pour se protéger, il avait appris à se détacher et à suivre son chemin quoi qu'il advienne. Renoncer à sa personnalité pour répondre aux désirs de quelqu'un d'autre, parents ou petite amie, jamais !

Très jeune, il avait privilégié ses études, puis son travail.

Il s'était seulement autorisé quelques aventures jusqu'à sa rencontre avec Mary.

Amis proches, ils avaient développé un lien privilégié avant de franchir le pas.

Au départ, il s'était cru sur la même longueur d'onde qu'elle. Comme ils avaient peu de temps pour leurs vies personnelles, elle avait suggéré une relation épisodique et libre de toute promesse. Il avait accepté, sachant qu'il ne s'engageait pas… mais les choses avaient dégénéré.

Mary était tombée amoureuse. Lui, pas.

Certes, il l'aimait beaucoup, mais il n'avait jamais éprouvé de sentiments profonds et, sans le vouloir, il lui avait fait du mal. Comment aurait-il pu se le pardonner ? Trois ans plus tard, il s'en voulait encore.

« Quelque chose ne tourne pas rond chez toi, Cal… »

Il avait trouvé la phrase injuste, sachant que son insouciance était ce qui, à l'origine, avait plu à Mary. Néanmoins, il avait compris ces paroles prononcées sous le coup de la colère et du chagrin. L'amour exigeait des concessions. Or, il en était incapable. Voilà pourquoi il s'était promis de ne plus jamais blesser une femme.

Ces prochains jours, il se contenterait d'être le témoin heureux d'un beau mariage. Cela suffirait amplement.

Cal avait songé à mettre un costume, mais s'était ravisé au dernier moment.

Il comprit en s'installant au restaurant qu'il avait eu raison. Le *dress code* était chic mais décontracté, et il avait heureusement opté pour une chemise blanche, un pantalon en velours et un fin pull de laine.

C'était bien la première fois qu'il avait ce genre de dilemme. D'habitude, il se souciait de sa tenue comme de son premier stéthoscope !

À la minute où Andrea le rejoignit, il sut néanmoins pourquoi il s'était posé tant de questions. Elle était ravissante en courte robe marine, legging assorti et boots à petits talons. Ses cheveux flottaient sur ses épaules. Plusieurs regards admiratifs s'étaient tournés vers elle et, avec un orgueil tout masculin, il se réjouit d'être son partenaire pour le dîner…

Il se leva à son approche. Esquissant un sourire gêné, elle s'assit face à lui.

— Désolée, je suis un peu en retard, dit-elle. Maggie n'avait pas fini de défaire ses valises, je l'ai aidée.

— Tout a survécu au voyage, j'espère. Joe a failli percuter un homme pour être le premier devant le tapis roulant des bagages, à l'aéroport. Il avait trop peur que la robe de mariée ne disparaisse !

Elle éclata de rire.

— Pas de souci, tout va bien. On a rangé les tenues de soirée hier, et on vient de vérifier les accessoires. Je vais pouvoir rayer ça de ma liste.

En parcourant le dossier du mariage, Cal avait retrouvé le déroulement du premier jour : la limousine avec chauffeur qui attendait à l'aéroport, la rose offerte par le contrôleur du funiculaire… Rien ne manquait.

Pour la suite, Andrea avait établi la liste des invités et noté les numéros de chambres. Elle avait inscrit les régimes alimentaires et les pathologies des personnes âgées. Soucieuse du moindre détail, elle avait aussi relevé l'âge des enfants et prévu couchages, activités et menus adaptés.

Le gâteau de mariage – qui serait confectionné par les pâtissiers de l'hôtel – avait fait l'objet d'un essai photographié. Avec l'aval des futurs époux, Andrea avait également prévu la décoration de la salle de réception, où se tiendrait le repas. Tout était calé, de la cérémonie aux animations en passant par le plan de table.

— Très impressionnant ! dit-il en désignant les documents qu'il avait pris avec lui. Vous avez travaillé dans l'événementiel ?

— Non, jamais. Mais au fond, « organiser » rime toujours avec « anticiper ». Que ce soit pour un mariage ou autre chose.

— C'est vrai.

Les employeurs de Cal auraient eu bien besoin de quelqu'un comme Andrea. Avec elle, les patients pouvaient dormir tranquilles. Mais sans doute gâchait-elle son talent à ne faire que de la bobologie.

— Si j'ai oublié quelque chose, Cal, n'hésitez pas à me le dire.

Son air inquiet lui alla droit au cœur. Il lui sourit.

— Je vois mal ce qui pourrait manquer, répondit-il gentiment. Et pour l'enterrement de vie de garçon, je suivrai vos idées, promis.

— Je sais que c'est au témoin d'organiser cette soirée mais… puisque vous ne connaissez pas les lieux, j'ai pris la liberté de faire quelques suggestions.

— Vous avez bien fait, lui dit-il d'un ton rassurant. Je vous aurais demandé des tuyaux, de toute façon, et les numéros des compagnies de taxis. Mais vous avez pensé à tout.

Pourrait-il la convaincre de venir à la soirée ? Il se traita aussitôt d'idiot ! Elle participerait à l'enterrement de vie de jeune fille. Comment avait-il pu l'oublier ?

Se reprenant, il revint au jour J.

— J'ai les alliances, dit-il. Elles sont bien en sécurité dans le coffre de ma chambre. Pour le pêle-mêle, j'ai apporté des photos de Joe à l'université, et sa mère m'en a envoyé de plus vieilles.

— Super ! Moi, j'en ai plein de Maggie à tous les âges. Ça aurait été dommage qu'il n'y ait pas quelques portraits rigolos du marié.

Il prit le menu et haussa les sourcils.

— Avez-vous des suggestions ?

Elle rit.

— Ma frénésie de contrôle n'ira pas jusqu'à votre assiette ! Tout est excellent ici, alors faites-vous plaisir.

Ils discutèrent en détail du mariage pendant l'apéritif, puis au cours du délicieux repas mitonné par le chef. Mais au moment du café, un silence gêné tomba. Andrea fut la première à le rompre.

— Alors comme ça, vous exercez à Londres… Si j'ai bien compris, vous travaillez pour une organisation caritative ?

Même s'il avait résolu d'éviter les sujets trop personnels, cet intérêt lui fit plaisir.

— C'est exact. Mon ONG fait venir en Angleterre des patients qui ne peuvent pas être opérés dans leur pays, faute d'argent ou de moyens techniques.

— Ah oui ? Racontez !

Une vive curiosité illuminait le regard d'Andrea, et il hésita. Il aimait beaucoup parler de son engagement professionnel, mais n'allait-il pas trop se livrer ?

C'était un risque, pourtant il avait envie de partager sa passion avec elle.

— Nous avons développé une double stratégie, dit-il. D'une part, nous accueillons des cas complexes dans notre clinique londonienne. J'étudie les dossiers que nos collègues étrangers nous adressent, et j'opère bien sûr certains patients.

— Quel programme… En quoi consiste l'autre volet ?

— L'équipe apporte des aides techniques et des équipements aux chirurgiens locaux pour les interventions simples. Nous les formons sur place et à distance. Nous entretenons le matériel.

— C'est essentiel. Parfois, il manque une pièce toute simple pour un appareil de radio, et ils sont coincés.

Ainsi, elle connaissait la problématique. La question la touchait manifestement.

— Nous consacrons beaucoup d'énergie à la maintenance dit-il.

— Et vous personnellement ? Comment répartissez-vous vos activités ?

— Je passe la moitié de mon temps à Londres et le reste sur le terrain. Je me partage entre la chirurgie et l'organisationnel.

Quand Andrea scruta ses mains, il sentit de petits fourmillements lui chatouiller la peau. C'était fou, insensé, mais il n'y pouvait rien.

— Votre travail a l'air passionnant, dit-elle.

— Il l'est. Le plus compliqué, c'est de bouger sans arrêt.

Il s'interrompit. La bonne excuse qu'il utilisait toujours pour justifier sa vie solitaire lui paraissait, soudain, un peu faible. Il aurait été gêné de la servir à Andrea.

— Je m'en doute, répondit-elle d'un ton neutre. Alors vous privilégiez votre carrière ?

— On peut le dire, oui. Je n'y ai pas trop réfléchi au départ, mais les choses ont tourné comme ça.

Elle leva les sourcils. Elle avait apparemment compris que ses choix étaient beaucoup plus arrêtés qu'il ne voulait l'admettre.

— Vous assumez bien votre parcours, tout de même, dit-elle.

— C'est vrai, admit-il. Et vous ?

Elle haussa les épaules.

— Après la fac, tout m'a souri. J'ai trouvé un poste intéressant, je me suis fiancée à un collègue… mais les choses se sont très mal terminées. Ensuite, je suis arrivée ici et… ça va. J'ai trouvé mon équilibre.

Qu'avait-il pu lui arriver pour qu'elle en parle de manière si évasive ?

L'impression de calme, de contrôle, qu'elle donnait n'était qu'un leurre. Il la devinait extrêmement vulnérable sous son masque souriant. Il devait absolument garder ses distances.

Elle n'avait pas besoin d'un homme comme lui. Il devait, plus que tout, éviter de lui faire du mal.

— La montagne offre un très beau cadre de vie, dit-il doucement.

Les lumières extérieures de l'hôtel éclairaient un paysage

de carte postale où quelques flocons voletaient dans la nuit paisible.

— Oui, c'est magnifique, dit-elle. Un peu monotone parfois, mais dans l'ensemble ça me convient.

Pourquoi se limiter à cet horizon ? Elle aurait sûrement la capacité d'exercer dans un lieu plus stimulant si elle le désirait…

Elle avait détourné la tête, et il comprit le message. Les confidences personnelles étaient terminées. Il n'en apprendrait pas davantage.

— Avez-vous déjà fait du snowboard ? demanda-t-elle en regardant par la fenêtre.

— Non, mais je comptais skier demain.

— Figurez-vous qu'en deux ans et demi je ne suis jamais montée sur une planche de snow. Quelle lacune ! Mais Maggie et Joe doivent prendre un cours demain matin, et je pensais les rejoindre…

La question muette resta en suspens. Il eut, tout à coup, l'impression que le snowboard manquait cruellement à sa pratique sportive.

— Le moniteur aura peut-être une place pour moi, hasarda-t-il.

Elle esquissa un petit sourire.

— J'ai vérifié, c'est le cas. Alors, si le cœur vous en dit…

Il exhala une grande bouffée d'air. Tout allait bien. Il n'avait pas besoin d'éviter Andrea comme une pestiférée. Ils avaient le droit de faire plus ample connaissance, dans le cadre d'une relation strictement amicale.

— Je vais sauter sur l'occasion, et avec grand plaisir, dit-il. Où et quand doit-on se retrouver ?

— À 10 heures, à l'école de ski en haut des pistes. J'ai hâte d'y être !

— Moi aussi, Andrea.

3.

Ce cours de snowboard *n'était pas* un rendez-vous galant.

Andrea se l'était répété en boucle pendant tout le trajet dans la télécabine. Cal et elle avaient suffisamment discuté, la veille, pour que les choses soient claires. Et d'ailleurs, ils ne seraient pas seuls mais entourés d'autres apprentis.

Maggie avait eu une réaction révélatrice ce matin-là au petit déjeuner. Elle avait eu un air effaré en entendant Cal parler de leur projet. Sans doute craignait-elle qu'Andrea ne se retrouve les quatre fers en l'air dans la neige, une manière peu glamour de se faire remarquer !

Parvenus au sommet, ils s'étaient répartis dans deux groupes, Maggie et Joe d'un côté, et eux de l'autre. Francine, la monitrice, avait donné ses consignes, et Cal s'était élancé sur-le-champ.

— Doucement ! Holà ! cria Francine, tandis qu'il dévalait la pente à une vitesse vertigineuse.

Il était presque arrivé en bas lorsqu'il perdit l'équilibre, chuta, et glissa sur le dos. Andrea, effarée, porta une main à ses lèvres, mais avant qu'elle ait pu lui demander si ça allait, il se releva.

Francine le regarda s'ébrouer comme un chiot et secoua la tête.

— Évite les cascades, toi ! dit-elle en gratifiant Andrea d'un regard sévère. Pense à ton épaule.

— J'y pense…

Andrea aurait voulu jeter sa prudence aux orties, mais

elle ne pouvait pas se le permettre. Son corps était fragile, elle devait le garder à l'esprit.

Heureusement, son épaule était stable, désormais. Elle avait néanmoins mis une attelle, par précaution, et au pis il y avait un médecin sur place…

La simple idée que Cal puisse la toucher lui donna le frisson. Jamais de la vie. Elle ne tomberait pas !

Elle partit plus lentement que le reste du groupe. Arriver la dernière ne la dérangeait pas, au contraire : elle respectait les consignes et, pour une première fois, elle s'en sortait bien.

Le sourire de Cal lui parut plus gratifiant que toutes les médailles olympiques.

— Super ! Bravo ! dit-il.

— Je ne suis pas allée aussi vite que toi.

En quittant le restaurant, la veille, ils avaient abandonné le vouvoiement. Ils étaient collègues, témoins de mariage… Elle avait accepté de bon cœur la proposition de Cal de le tutoyer.

— J'aurais dû écouter Francine, répondit-il en riant. Ce n'était pas malin, de foncer.

— Parce que tu sais faire les choses autrement qu'à fond ?

Il rit, et elle eut un coup au cœur en remarquant qu'ils étaient, déjà, très complices. Des étrangers qui donnaient l'impression de se connaître depuis toujours…

Ils reprirent le tire-fesses l'un derrière l'autre et, au sommet, Cal lui adressa un clin d'œil en montrant sept doigts. Donner 70 % de ses capacités, c'était bien pour un débutant. Cette fois, il atteignit son but sans encombre, pour le plus grand plaisir de Francine.

— À toi, Andrea ! cria-t-il.

Était-ce le fait de se sentir observée, toujours est-il que ses genoux se dérobèrent en fin de parcours. Elle perdit l'équilibre et, paniquée, termina sa course sur le flanc.

— Ça va… Ça va aller…, répétait-elle, les paupières closes.

Une main se posa sur son bras. Elle ouvrit les yeux sur Cal agenouillé près d'elle.

— Ne bouge pas et respire, dit-il d'un ton calme. Où as-tu mal ?

Pourquoi la dévisageait-il ainsi ? Il semblait lire en elle comme dans un livre ouvert.

— Nulle part, prétendit-elle.

Le choc passé, elle ne pouvait plus ignorer la douleur dans son épaule gauche. Elle y porta la main droite de manière réflexe et le regretta en croisant le regard soucieux de Cal.

— Même pas à l'épaule ?

Ignorant la question, elle s'assit dans la neige.

— Aide-moi à me relever, s'il te plaît.

Au lieu de prendre sa main tendue, il lui enlaça la taille. Elle voulut protester, mais la chaleur de son corps musclé était trop réconfortante, et elle garda le silence. Elle ne pouvait que le dévisager, s'enivrant de son contact, de son odeur si masculine…

— Ça va ? demanda-t-il tout bas.

— Oui, très bien. Merci beaucoup.

Il la relâcha, puis recula lentement. Puis il récupéra la planche qu'elle avait abandonnée dans la neige et la porta, gentil et prévenant, comme n'importe quel homme l'aurait fait pour sa petite amie…

Elle se traita d'idiote et se reprit. La leçon n'était pas finie, mais Francine, qui les avait rejoints, lui conseilla de s'arrêter là. C'était ce qu'Andrea s'apprêtait à faire, de toute façon. Elle n'avait pas vraiment le choix.

— Je vais monter au restaurant d'altitude par la télécabine, dit-elle. Je vous regarderai de là-haut.

— On t'accompagne, décréta Francine. Tout le monde suit bien, alors on pourra terminer par une piste rouge.

Le groupe effectua le trajet dans une ambiance bon enfant. Ils venaient d'arriver au sommet quand un mouvement, sur la droite, attira l'attention d'Andrea. Une zone balisée par des drapeaux jaune et noir avait été interdite aux skieurs après des chutes de neige nocturnes ; pourtant, elle avait repéré deux silhouettes en haut de la pente…

— Francine !

La monitrice tourna la tête et se rembrunit en voyant les snowboardeurs imprudents.

— Arrêtez ! cria-t-elle. Ces gamins sont impossibles. Je les ai déjà mis en garde tout à l'heure, mais ils n'écoutent rien !

Elle pivota vers l'autre moniteur :

— Peux-tu gérer la dernière descente, Bruno, s'il te plaît ? Je vais les rattraper.

— Sans problème.

Francine skia jusqu'aux motoneiges garées en bordure de piste. Trop tard, hélas ! Le premier surfeur, déséquilibré, avait entraîné l'autre dans une chute spectaculaire.

Effarée, Andrea vit une plaque de neige se détacher derrière eux. Ils débaroulaient la pente très raide, mais l'avalanche qu'ils avaient provoquée allait plus vite encore…

Prompt à réagir, Bruno avait également atteint l'une des motoneiges. Sitôt débarrassé de ses skis, il démarra et Francine sauta derrière lui, sous les regards inquiets des élèves groupés en lieu sûr, du bon côté des filets de protection. Andrea sut ce qu'elle avait à faire : elle se précipita, talonnée par Cal qui avait déchaussé son snowboard, vers un deuxième engin.

— Tu les as repérés ? demanda-t-elle.

— Là-bas ! dit-il, désignant une zone aux trois quarts de la pente, sur la droite. On y va ?

— Bien sûr !

Il était normal qu'elle prenne la direction des opérations, mais quand il s'installa derrière elle sur la motoneige, une immense sensation de réconfort la gagna.

— Garde les yeux sur le point que tu m'as montré, dit-elle. On perd vite ses repères en montagne, et le temps presse…

Elle suivit la trace des moniteurs, sachant qu'ils avaient par expérience emprunté la voie la plus sûre et la plus directe. Alors, au milieu de la pente, elle repéra un des surfeurs. Vêtu d'une combinaison rouge, il – ou elle – se redressait en titubant. Il n'y avait en revanche aucun signe de la deuxième personne.

Les moniteurs s'étaient garés près de la victime, un homme qu'Andrea, les rejoignant quelques instants plus tard, vit s'affaler contre Francine. Cette dernière le fit asseoir dans la neige, et Bruno s'agenouilla près de lui.

— Ça a l'air d'aller ! dit Francine. Bruno s'occupe de lui pendant qu'on cherche l'autre.

— Super, répondit Andrea, soulagée. Cal…

Elle pivota vers lui, mais il s'était déjà éloigné. Il cheminait dans la neige épaisse, le regard fixé sur son objectif.

Soudain, il s'arrêta.

— Là ! dit-il. Je les ai vus disparaître à cet endroit.

— Formidable, dit Francine, reconnaissante. On va commencer à chercher un peu plus bas.

Cal vint vers Andrea.

— Ont-ils appelé des renforts ? demanda-t-il à voix basse.

— Oui. Les moniteurs portent tous un bipeur d'alarme. Les gars ne vont pas tarder. On fait un exercice par mois, ils sont prêts. Désactive ton traceur GPS.

Il opina et fouilla sous son anorak pour récupérer un minuscule boîtier, qu'il éteignit et rangea dans sa poche. L'unique signal repérable devait être celui du skieur enseveli.

— Heureusement que l'hôtel équipe ses clients de ce joujou ! L'idée vient de toi ? demanda-t-il en souriant.

C'était le cas, et si cela pouvait sauver une vie, elle s'en féliciterait !

— Oui, répondit-elle. Le dispositif d'alerte est inclus dans notre nouveau programme de sécurité.

— Dont tu es l'auteur, je suppose. Tu m'as l'air très bien informée, en tout cas.

Gênée, elle baissa la tête. Il l'avait percée à jour. Il avait dû sentir qu'elle voulait contrôler un maximum de choses.

— Cela fait partie de mes missions. Comme on dit : « Mieux vaut prévenir que guérir. »

— Absolument.

Fallait-il préciser qu'elle avait fait le maximum pour ne plus se trouver seule face au danger ? Quelque part, il l'avait sans doute compris.

Francine, qui avait rechaussé ses skis, décrivait des cercles concentriques dans l'espoir de localiser l'émetteur de la deuxième victime. Dix minutes avaient dû s'écouler depuis l'accident. C'était déjà trop long…

La vision de Judd grièvement blessé s'imprima dans le cerveau d'Andrea. Elle se revit au bord de la route, incapable de le sauver. Le chagrin lui brouilla la vue, et la panique monta, alimentée par la douleur sourde dans son épaule gauche. Elle devait se contrôler !

— Y a-t-il du matériel de déblaiement sur les scooters ? demanda Cal.

— Je… Oui.

Sa voix calme la ramena au présent. Elle avait une mission, il lui était interdit de flancher.

— Allons voir, dit-elle.

Ils remontèrent la pente jusqu'à leur motoneige et découvrirent, rangés sous la selle, deux sondes avalanche et deux pelles.

— Tu sais utiliser une sonde ? demanda-t-elle.

— Je ne l'ai jamais fait, mais ça devrait aller. On oriente la perche à angle droit de la surface et on cherche une résistance ?

— C'est bien ça. Dès que Francine aura repéré un signal, on commencera à fouiller.

À peine avait-elle achevé sa phrase que la monitrice leur fit de grands signes. Elle se trouvait une dizaine de mètres en contrebas du point repéré par Cal, dont l'acuité visuelle leur avait fait gagner un temps précieux.

Bruno les rejoignit, avec le matériel de son scooter. Ils se mirent à fouiller tous les trois et, une minute à peine plus tard, Cal tomba à genoux.

— J'ai quelque chose, annonça-t-il.

Presque aussitôt, un gant de ski apparut. Puis les doigts remuèrent, agrippant sa main.

Andrea se précipita. À genoux, elle se mit à creuser frénétiquement sans plus se soucier de son épaule, et fut bientôt rejointe par les moniteurs.

Ils découvrirent un deuxième bras, replié comme si la personne avait voulu se protéger la tête. Il s'agissait d'une jeune femme. La malheureuse, qui luttait pour reprendre son souffle, avait l'air complètement terrorisée.

Penchée sur la poitrine de la victime qu'elle essayait de dégager, Andrea ne put, soudain, retenir un cri : une affreuse douleur venait de lui cisailler l'épaule.

— Protège son visage, dit Cal. Francine et Bruno vont continuer à creuser.

Il avait tout compris sans poser de questions !

Quand elle put enfin respirer librement, l'imprudente skieuse fondit en larmes.

— Tout va bien, vous êtes sauvée, dit Andrea en anglais.

Elle répéta la phrase en italien. La malheureuse lui répondit par quelques mots incohérents. Elle avait l'air hagard et les lèvres bleues mais, au moins, était-elle vivante.

— Vu sa position, ses pieds ont dû glisser vers l'avant en premier, dit Cal. Il faut creuser plus bas pour dégager ses jambes.

La rapidité d'action s'imposait pour évaluer l'état physique de la patiente et limiter les effets néfastes du froid et du choc. Cal, Bruno et Francine s'activèrent sans relâche, tandis qu'Andrea parlait à la jeune femme en lui étreignant la main.

Un bruit de moteur, lointain d'abord, puis plus proche, la rassura. L'ambulance des neiges se rapprochait. Quelques minutes plus tard, deux hommes accoururent et débarrassèrent Cal et Bruno de leurs pelles pour prendre le relais. Il ne leur restait plus grand-chose à faire : le travail de dégagement était presque terminé.

Dès qu'il le put, Cal procéda à un rapide examen de la

skieuse, relevant ses constantes et cherchant des signes d'éventuelles fractures.

— Peut-on la bouger ? demanda Andrea.

— Oui, c'est bon.

— Ouf ! Tomas, on prend la barquette de sauvetage, dit-elle au chef secouriste.

— Je m'en doutais, répondit celui-ci. Elle est prête, juste là.

À eux deux, Cal et Tomas sanglèrent la victime dessus, tandis que le chauffeur rapprochait l'ambulance au maximum. Andrea poussa un soupir discret. Ils avaient réussi ! Elle avait failli paniquer, mais la présence de Cal l'avait remise sur les rails.

Jamais elle n'oublierait ce sauvetage.

Ce n'était pas le manque d'expérience qui avait déstabilisé Andrea. Si Cal avait vu juste, c'était plutôt le contraire.

« Les choses se sont très mal terminées. »

Qu'avait-il pu lui arriver pour qu'elle ait à ce point besoin de tout maîtriser ? Elle s'était maîtrisée, pendant le sauvetage des snowboardeurs, mais il aurait fallu être aveugle pour ne pas voir son angoisse.

Les questions personnelles devraient hélas ! attendre. Ils se trouvaient dans l'ambulance, et la santé des patients primait sur le reste.

— Tu as mal à l'épaule ? demanda-t-il néanmoins.

— Pas trop. C'est juste une vieille blessure qui se réveille.

— Assieds-toi à côté de Tomas. Je resterai accroupi. On est à l'étroit là-dedans.

Le premier surfeur, installé sur la banquette avant près du conducteur, se taisait mais paraissait néanmoins en forme. On ne pouvait pas en dire autant de sa compagne, Giulia. Choquée, celle-ci alternait les phases d'agitation et de silence total.

— *Va tutto bene*, dit Andrea d'un ton apaisant.

Quand leur véhicule se gara devant l'hôtel, Andrea descendit la première, d'un pas que Cal jugea raide et chancelant. Puis elle ouvrit la marche vers le cabinet où une infirmière les attendait. Elles s'entretinrent à voix basse pendant que Tomas et lui s'occupaient des deux patients.

— L'hélicoptère sera là d'ici quinze minutes, annonça finalement Andrea. On a le temps de préparer Giulia.

— Tu veux commencer à la réchauffer ?

— Oui, c'est le protocole.

Après avoir perfusé la patiente, elle rédigea ses notes d'une écriture nette et précise.

Revenue à elle dans un environnement sécurisant, Giulia se mit soudain à pleurer. Laissant Andrea la réconforter en italien, Cal lui retira ses chaussures de ski et fut aussitôt alarmé. Sa cheville droite était noire et avait doublé de volume.

— Les attelles gonflables sont dans le placard, juste derrière toi, dit Andrea.

Il en équipa au plus vite la patiente, et, quelques instants plus tard, les secouristes envoyés par l'hôpital les rejoignirent. Andrea les connaissait visiblement bien et, à en croire son air détendu, la blessée allait bénéficier d'une excellente prise en charge.

L'hélicoptère décolla du toit de l'hôtel. Après son départ, Cal suivit Andrea vers le cabinet, où Jim, l'autre snowboardeur, était resté sous la surveillance de Tomas.

— Tout est bien qui finit bien, dit Cal à Andrea.

— Merci… pour ton aide. Et dire que tu es en vacances !

— Un médecin n'est jamais en vacances, tu le sais bien. Maggie me disait justement l'autre jour qu'elle trouvait le dévouement très sexy chez un homme, ajouta-t-il, malicieux.

— Navrée de te décevoir, mais je pense qu'elle parlait de Joe.

Ils s'esclaffèrent en chœur, et la tension du sauvetage s'évapora comme par magie.

— Le dévouement est une chose, mais l'organisation

en est une autre, dit-il, reprenant son sérieux. L'excellente coordination de l'équipe m'a impressionné.

Le sourire gêné d'Andrea était plus révélateur que de longues explications. Néanmoins, il insista :

— C'est toi qui es derrière tout ça !

— Exact. Mon prédécesseur n'allait pas sur le terrain, il laissait faire les secouristes. Je me suis dit qu'on pouvait améliorer les prises en charge, notamment pour accueillir les blessés avant leur départ pour l'hôpital.

— Giulia peut te remercier, comme sans doute d'autres avant elle. Ton système fonctionne bien.

Les compétences d'Andrea dépassaient de loin la bobologie et le traitement des rhumes et autres grippes. Maintenant qu'il la connaissait un peu, il ne s'en étonnait pas, au contraire !

Un court trajet en ascenseur, et ils furent devant la porte du cabinet. Andrea eut, en sortant ses clés de sa poche, un petit rictus qui n'échappa pas à Cal.

Un peu plus tôt, elle avait éludé les questions sur son épaule. Et là, il s'apprêtait à franchir une ligne blanche, mais tant pis. Elle souffrait. Il s'inquiétait pour elle. Il ne pouvait pas la laisser comme ça.

— Cette épaule t'embête, apparemment. Après toi…, fit-il après qu'elle eut ouvert la porte.

Elle le précéda à l'intérieur en souriant.

— Dévoué, sympa, avec de bonnes manières… Je comprends mieux pourquoi Maggie chante en permanence tes louanges !

Voilà qui ressemblait fort à une tentative pour changer de sujet ou il ne s'y connaissait pas. Et il ne pouvait guère insister, sachant qu'elle devait aller voir Jim.

Mais elle ne perdait rien pour attendre. Comme elle l'avait souligné, il était en vacances. Il avait toute la journée pour s'occuper d'elle !

4.

Plus le temps passait, plus Andrea trouvait difficile de tenir Cal à distance.

S'il n'y avait eu que son physique de rêve, elle aurait pu garder la tête froide. Mais comment résister à sa gentillesse et à son sourire ? C'était mission impossible !

Solide comme un roc, il l'avait, sans rien dire, aidée à ne pas flancher pendant le sauvetage. Il la comprenait d'instinct, et c'était bien là le plus gros problème.

Elle s'était réfugiée dans ces montagnes pour se reconstruire. Elle y avait trouvé la paix. Quelle folie ce serait de tout mettre un danger pour un inconnu, aussi formidable fût-il !

Quand, après avoir examiné Jim, elle regagna la première salle de soins, tout avait été nettoyé et rangé. Cal – véritable fée du logis – était passé par là. Assis sur la table d'examen, il feuilletait une revue et se leva à son approche.

— Encore là ? dit-elle. Je te croyais parti. Merci pour le ménage. Tu m'épargnes une corvée.

— Mais de rien… Je t'ai attendue pour avoir des nouvelles de ton épaule. Et de Jim, bien sûr.

Vaincue par son sourire chaleureux, elle secoua la tête. Il avait habilement inclus le patient dans la discussion. Elle ne pouvait pas le snober sans paraître impolie…

— Jim va bien, répondit-elle. Il s'en tire avec quelques contusions. Il a eu beaucoup de chance.

— Il doit s'inquiéter pour Giulia.

Elle eut une moue désapprobatrice.

— Pas tant que ça. Ils ne se connaissent que depuis hier

soir. Ils ont bu quelques verres ensemble, et pour finir il l'a convaincue de faire du hors-piste avec lui ce matin.

— Ah ! d'accord. Alors il n'ira pas la voir ?

— Ça m'étonnerait. Elle est en vacances avec des amies, elles étaient parties faire des courses au village. Je vais attendre leur retour ; si elles ont besoin de moi, je les accompagnerai à l'hôpital.

— Après t'être occupée de ton épaule, bien sûr…

Sa sollicitude et son autorité entamaient ses défenses. Elle fronça les sourcils. Il lui répondit par une grimace, puis se fit plus sérieux.

— Je sais que tu as eu très mal. Explique-moi donc pourquoi tu es dans le déni. On peut passer une heure à discuter, si tu veux. J'ai tout mon temps…

— Ou alors, on peut laisser tomber l'affaire !

— On pourrait, oui. Ce qui serait une insulte à ton intelligence et à la mienne.

Mais pourquoi était-il si parfait ? Pourquoi ne pouvait-il pas, simplement, la laisser tranquille ?

Elle soupira, résignée.

— Je me suis déboîté l'épaule dans un accident de voiture il y a trois ans. J'ai mal récupéré, et finalement on m'a opérée l'année dernière. Ça chatouille de temps en temps.

Il s'adossa au mur, les bras croisés sur le torse, et la toisa sévèrement. Elle alla s'asseoir sur la table d'examen.

— D'accord, là, j'ai mal ! s'écria-t-elle. Peux-tu jeter un coup d'œil, s'il te plaît ?

Il opina et se dirigea sans commentaire vers le lavabo. Pendant qu'il se lavait les mains, elle essaya de retirer son chandail mais s'immobilisa, cisaillée par la douleur, la tête dans l'encolure.

— Oh !

Elle entendit Cal venir vers elle, puis il lui toucha doucement le bras.

— Reste tranquille, d'accord ? Détends-toi.

Il la fit basculer contre lui et, délicatement, la débarrassa de son pull. Puis il dégrafa son attelle, et elle se réjouit de porter un débardeur chaud et confortable au-dessous. Au moins, elle ne se retrouverait pas en soutien-gorge…

Cal régla la hauteur de la table, se mit derrière elle. Le contact de ses doigts tièdes provoqua un délicieux frisson en elle.

— Luxation antérieure, dit-il. C'est la plus fréquente.

— 10 sur 10, mon capitaine.

Elle se reprocha son ton sarcastique et ajouta :

— Pardon… Les médecins font les plus mauvais patients.

Il éclata de rire.

— C'est ce qu'on dit, oui !

Elle ferma les paupières. Le parfum subtil, désormais familier de Cal, la troublait autant que la proximité de son corps. S'en rendait-il compte ? Probablement pas. À cette minute précise, il portait sur elle un regard de médecin.

— C'est bon ? Tu as vu ce que tu voulais voir ?

S'il la touchait plus longtemps, elle allait se jeter dans ses bras ou alors le gifler. La seconde option aurait été, à coup sûr, la moins risquée.

— Tu dois être une excellente médecin, parce que tu es infernale !

Il avait répondu d'un ton enjoué, signe que cet accès de mauvaise humeur ne le perturbait pas. Elle crispa les poings sur ses genoux et préféra se taire.

— Quand l'intervention a-t-elle eu lieu, exactement ?

— Il y a treize mois. Mon épaule était instable depuis l'accident et elle a lâché pendant un exercice de rééducation. Comme je rentrais à Londres pour les vacances, j'en ai profité pour me faire opérer.

— Ça a marché. L'articulation est bien en place.

Il imprima diverses flexions et rotations à son bras, et elle essaya de se détendre.

— C'est raide quand même, dit-il. Tu fais tes exercices régulièrement ?

— Avec le mariage, j'ai eu autre chose à penser.

— Je vois.

Le sermon qu'elle anticipait ne vint pas. Cal se taisait, et elle poussa finalement un soupir, exaspérée.

— D'accord, d'accord ! maugréa-t-elle. Vingt minutes par jour suffisent. Je vais essayer d'être plus sérieuse.

— C'est bien. Prends des anti-inflammatoires pendant une semaine et remets-toi à la kiné. Tu devrais vite en mesurer les bénéfices. Mais tu le sais aussi bien que moi.

— Oui.

Elle pivota pour lui faire face.

— Il est parfois nécessaire de s'entendre dire la vérité, alors… merci.

— De rien. Je suis dispo pour te rappeler tout ce que tu sais déjà, quand tu voudras.

Il abaissa la table, puis se posta devant la fenêtre et s'absorba dans la contemplation des montagnes. Andrea se rhabilla, incapable de trouver un sujet de conversation. Pourquoi Cal restait-il muet ? Le silence s'éternisait, pesant, insupportable…

— Giulia va avoir besoin d'aide, dit-il enfin.

— Oh que oui ! C'est traumatisant, d'être ensevelie et à moitié étouffée par la neige. Heureusement, les urgentistes et les psychologues de l'hôpital sont très expérimentés. Ils savent que les survivants ont besoin de parler.

Il se retourna et la dévisagea.

— As-tu parlé à quelqu'un, toi, après ton accident ?

Elle aurait pu faire semblant de ne pas comprendre, mais à quoi bon ?

— Oui, répondit-elle. Ça n'a pas servi à grand-chose.

Sa thérapie ne lui avait enlevé ni le désespoir ni ce terrible sentiment de culpabilité.

— Tu n'étais probablement pas prête.

— Non. Bref… C'est loin, tout ça.

L'air dubitatif de Cal lui donna envie de pleurer. Le temps ne changeait rien à l'affaire. Elle était toujours aussi malheureuse.

— Si tu pouvais exprimer ton ressenti, tu aurais peut-être une plus grande motivation à soigner cette épaule…

Le souffle se bloqua dans la gorge d'Andrea. Cal était la dernière personne à qui elle accepterait de se confier.

— Trouve quelqu'un, ajouta-t-il comme s'il avait lu dans ses pensées. N'importe qui, pourvu que cette personne sache écouter et comprendre.

Il lui sembla soudain qu'un gouffre les séparait. Elle éprouvait la même chose avec tous ceux qui lui parlaient de l'accident, Maggie exceptée.

— J'y penserai, répondit-elle. Mais ne va pas croire que je suis dans le déni. Je suis juste débordée, avec le mariage.

Il la fixa sans ciller.

— Bien sûr. Je m'en souviendrai.

Sur un dernier regard, il prit sa veste abandonnée sur le dossier d'une chaise. Puis il sortit et referma doucement la porte derrière lui.

Andrea fut soulagée de ne pas croiser Cal à l'heure du déjeuner.

Leur discussion l'avait à la fois sidérée et mise en colère. Sa santé physique et mentale ne le concernait pas. De quel droit s'en mêlait-il ?

Heureusement, elle avait beaucoup à faire et, après un repas rapide, elle rejoignit la directrice de l'hôtel dans le hall. Les touristes avaient besoin d'être rassurés. Il fallait également rappeler les consignes de sécurité basiques, ce qui fut fait en présence du responsable des pistes.

Entre-temps, elle avait pris des nouvelles de Giulia par téléphone. Hormis une fracture à la cheville, elle s'en sortait bien. Ses parents arriveraient le lendemain et, en attendant, elle-même avait prévu de lui rendre visite dans l'après-midi.

Les amies de la jeune fille avaient eu la même idée. Néanmoins, débarquer à dix à l'hôpital n'aurait pas été raisonnable. Finalement, quand vint l'heure du départ, elle en autorisa deux, Sylvia et Maria, à l'accompagner.

Sur place, elle leur demanda d'attendre un moment dans le couloir.

— Je veux m'assurer que Giulia n'est pas trop fatiguée, dit-elle. Je n'en ai pas pour longtemps.

À sa grande surprise, elle crut entendre rire dans la chambre. Elle entra… et découvrit Cal assis près du lit. Il essayait, en vain, de s'exprimer en italien, ponctuant ses propos de gestes.

— J'ai demandé l'autorisation de venir, dit-il avec un sourire d'excuse.

— Pas de souci, tu… as bien fait. As-tu réussi à communiquer ?

— Bof ! Elle est trop fatiguée pour parler anglais, et moi, je ne capte pas grand-chose.

Giulia se tourna vers Andrea.

— Les fleurs… sont magnifiques, dit-elle en italien. Remerciez le docteur de ma part.

Andrea traduisit ses propos, et Cal se pencha pour prendre la main de Giulia. La jeune fille s'y agrippa comme si sa vie en dépendait.

— Ça m'a fait plaisir, répondit-il doucement.

— Vous avez de la visite, Giulia, annonça Andrea.

Sans même attendre son autorisation, Sylvia et Maria la contournèrent pour entrer dans la chambre. Comme elles hésitaient, Andrea désigna le sac de voyage qu'elles avaient apporté. Elles en sortirent l'ours en peluche acheté à la boutique de l'hôtel et le donnèrent à Giulia, qui le serra sur son cœur. Puis les trois jeunes filles se mirent à bavarder avec animation.

Cal se leva et rejoignit Andrea.

— On peut les laisser un moment, dit-il. Tu aurais envie d'un thé ?

— Volontiers, mais reste là si tu veux. Je sais où se trouvent les distributeurs.

— Moi, rester avec trois ados ? C'est une vengeance ? demanda-t-il à voix basse.

— J'aurais plus d'imagination, merci bien ! Non, c'est juste que… ta présence rassure Giulia. Or, il faut qu'elle parle. Comme tu le dis si bien, l'essentiel est de s'exprimer.

Il pinça les lèvres.

— D'accord, je l'ai mérité… Mais je n'ai pas l'habitude des gens bavards. En principe, ils dorment sur la table d'opération et ne me contredisent pas.

— Alors ça te fera un bon exercice.

— Ou pas. Ma patience a des limites. Joe en sait quelque chose, tu n'as qu'à lui demander.

— Hum ! Et si je te posais la question, à toi ?

Il fronça les sourcils.

— Je te répondrais que j'aime bien garder le contrôle. En d'autres termes, que les choses se passent comme je l'ai décidé.

Pourquoi se voyait-il ainsi ? Elle ne l'avait pas perçu de cette manière, mais cela ressemblait fort à un avertissement…

Elle haussa les épaules.

— Pour cinq minutes, tu devrais survivre, dit-elle posément. Je reviens.

Il opina sans commentaire et retourna près du lit. Quand son habituel sourire reparut sur ses lèvres, Andrea songea que s'il avait un côté sombre, il le cachait bien. Raison de plus pour rester sur ses gardes tant qu'elle le pouvait encore.

En trois jours, Andrea avait déjà pris trop d'importance dans la vie de Cal. Il en était conscient, mais comment faire marche arrière ? Elle le touchait profondément.

Une chose était certaine, néanmoins : il n'était pas le mieux placé pour recevoir ses confidences. Elle devrait consulter un psychologue ou discuter avec une amie proche, comme Maggie. Lui n'était absolument pas fiable. Mary le lui avait assez répété après leur rupture pour qu'il en soit convaincu.

Cette journée leur aurait, tout de même, donné la satisfaction du devoir accompli. Quand ils laissèrent Giulia aux bons soins des infirmières, en fin d'après-midi, la jeune fille était sereine, détendue et prête à passer une bonne nuit.

Comme à l'aller, il fallut prendre un taxi, puis un train. Andrea avait fait le voyage avec Sylvia et Maria, mais à la gare les deux Italiennes annoncèrent qu'elles ne rentraient pas à l'hôtel : elles allaient passer la soirée au village avec leurs amies venues les rejoindre.

Une fois sur le quai réservé au funiculaire, Cal enfonça les mains dans ses poches pour se protéger du froid et secoua la tête.

— Je dois vieillir, dit-il à Andrea. J'avais envie de leur faire la leçon. J'ai failli leur dire d'être prudentes, de ne pas trop boire et de ne pas rater la navette pour le retour.

Elle eut un petit rire.

— Ça m'a effleuré l'esprit, à moi aussi ! Mais elles sont majeures et ont l'air d'avoir la tête sur les épaules. De toute façon, le dernier funiculaire remonte à 23 heures.

— Elles le savent ?

— Oui, bien sûr. Elles connaissent les horaires. Il faut bien vivre un peu. Moi, à dix-huit ans…

— Vas-y, raconte !

— Je venais d'entrer en fac, je vivais seule… Mes études sont toujours passées en premier. Je me rappelle l'achat des bouquins avec mon père. Il est médecin, alors tu penses il était ravi.

— Tes parents étaient contents que tu fasses médecine ?

— Bien sûr. Mon père m'a beaucoup aidée au début. Maman m'apportait son soutien moral et gérait l'intendance, dit-elle avec un sourire attendri. Et toi ?

Elle le dévisageait avec curiosité, comme si elle avait d'instinct deviné qu'il avait un parcours très différent.

— Mon père… n'était pas là quand je suis parti à l'université. Il voyage beaucoup.

— Ah bon ? Qu'est-ce qu'il fait ?

— Il est photographe de presse. Tu as vu les reportages sur le dernier typhon en Indonésie ? Il y était.

— Quoi ? Ton père, c'est Terry Lewis ?

— Oui…

— J'ai vu ses photos, elles sont incroyables. Je me suis demandé comment il avait pu approcher si près !

— Moi aussi, je me suis posé la question. Mais j'ai arrêté depuis longtemps de m'inquiéter pour lui. Il ne changera jamais. Il revient toujours entier. Il reste un peu à Londres, puis part pour une nouvelle expédition.

Avait-elle perçu l'amertume dans sa voix ? Probablement. Aujourd'hui encore, il acceptait mal ces prises de risques, qu'il jugeait inconsidérées.

— Ça doit être dur pour ta mère, dit-elle d'un ton doux.

— Ils ont divorcé quand j'avais dix ans. C'était trop compliqué, en effet.

— J'imagine…

Depuis quelques minutes, de grosses bourrasques de neige balayaient le quai. Voyant Andrea taper des pieds pour se réchauffer, il glissa le bras sous son coude et l'entraîna vers la salle d'attente. Là, elle se rapprocha du radiateur, retira ses gants et se frotta vigoureusement les mains.

— Voilà qui est mieux ! dit-elle. Tu disais… Comment ont réagi tes parents quand tu as fait médecine ?

— Ce n'était pas ce qu'ils espéraient, ni l'un ni l'autre. Ma mère me voyait dans un bureau, toujours au même endroit, avec des horaires fixes. Mon père, lui, souhaitait le contraire. Il voulait que je passe ma vie à voyager.

— C'est le cas, non ?

— Oui, mais différemment. Mes voyages sont utilitaires,

les siens sont des aventures. Il aurait aimé me transmettre son esprit risque-tout.

— Qu'en dit ta mère ?

Il réprima un soupir. Il avait beaucoup trop parlé de lui.

— Quand je vais la voir, elle me demande toujours à quel moment je vais poser mes valises.

Andrea lui lança un regard chargé d'empathie.

— Ça a dû être difficile de suivre ta voie, si tu n'étais pas soutenu.

— Très difficile. Savoir que tes parents ne sont ni heureux ni fiers gâche le plaisir de la réussite.

— Je comprends mieux pourquoi tu parlais de « garder le contrôle », tout à l'heure. C'est normal que tu aies voulu maîtriser ta vie et ta carrière. Tu peux être fier de toi.

Une chaleur bienfaisante s'insinua en lui. Le sourire compréhensif d'Andrea valait toutes les approbations du monde.

— Fier, je ne sais pas, mais je suis bien dans mes baskets.

— C'est l'essentiel…

Elle se mit à fixer le paysage d'un air absent. Il eut alors la certitude qu'elle n'était pas aussi heureuse qu'elle le prétendait. Hormis quelques missions de sauvetage, elle avait peu de choses à se mettre sous la dent. N'était-ce pas du gâchis pour une femme aussi douée ?

Avec lenteur et dans un grincement de roues, le funiculaire s'arrêta devant eux. Une foule compacte en descendit, mais Cal n'eut guère le temps d'observer les vacanciers, car Andrea lui prit la main pour l'entraîner sur le quai.

— Dépêchons-nous !

Elle se fraya un chemin parmi les voyageurs, et ils entrèrent dans le dernier wagon juste avant que les portes se referment.

— Madame a des exigences, dit-il en riant.

— C'est de là qu'on a la meilleure vue !

Cerise sur le gâteau, ils étaient seuls. À cette heure-ci, les gens descendaient dîner au village plus qu'ils ne remontaient vers l'hôtel.

— Viens par ici…

Il la suivit jusqu'au coin du wagon qui, à son grand étonnement, était une verrière. Fasciné, il prit appui sur la rampe pour s'absorber dans la contemplation du paysage.

Les lumières des maisons et des restaurants s'estompaient, petits points scintillant dans l'ombre des montagnes.

— C'est magique, dit-il dans un murmure.

Un soubresaut du funiculaire faillit déséquilibrer Andrea. Il la retint, puis, incapable de s'en empêcher, plongea dans son regard.

— Un maniaque du contrôle qui cède à la magie… C'est mignon, fit-elle, taquine.

Une tension soudaine envahit l'atmosphère. Comment la mettre en garde ? Elle devait comprendre qu'il était inapte aux relations amoureuses.

— Tu ne me crois pas, marmonna-t-il.

Mary non plus n'avait pas pris ses avertissements au sérieux, et le résultat avait été catastrophique !

— Si, je te crois. Mais il y a bien des moments où tu dois relâcher la pression.

L'univers se mit à tourner à une vitesse vertigineuse. Ils étaient seuls au monde. Plus rien ne comptait hormis cette bulle féerique qui les emprisonnait…

Avant qu'il ait pu réagir, elle se dressa sur la pointe des pieds et l'embrassa sur la joue.

— Que…

— Je t'ai eu ! dit-elle. Si tu contrôlais tout, sans arrêt, je n'aurais pas pu te surprendre.

Était-ce un défi ? Une bataille de volontés ? Il ne maîtrisait plus rien, et ils le savaient tous les deux.

Il recula légèrement. Le regard d'Andrea reflétait la beauté des montagnes. Quand il lui caressa la joue, il eut l'impression de revenir aux chaudes journées d'été malgré le froid polaire.

— J'ai trouvé mon maître, apparemment, chuchota-t-il.

— Peut-être bien…

Elle effleura ses lèvres. Il lui rendit un baiser papillon, dont elle le récompensa par un sourire lumineux. Alors, cédant à la tentation, il l'embrassa, et ce fut un déferlement de passion.

Elle répondait à son ardeur comme si sa vie en dépendait. Comme pour mieux graver ce moment dans sa mémoire…

Oui, cet instant serait *unique.* Ils ne devraient jamais recommencer !

Elle s'accrocha à ses épaules, et il songea qu'elle avait dû, une fois encore, lire dans ses pensées.

— On s'était mis d'accord, protesta-t-il faiblement. Ni toi ni moi ne sommes prêts pour une relation.

— Je sais. Mais… Si on se mentait encore un peu ?

Quand elle reprit ses lèvres, il se dit qu'il était totalement tombé sous son charme. Un lien particulier, défiant toute logique, s'était tissé entre eux.

— C'était presque parfait, fit-elle contre sa bouche.

— Presque ? Que te faut-il de plus ?

— Je voudrais recommencer…

5.

Pour une fois, Andrea avait agi avec le cœur au lieu de réfléchir.

Comme elle, Cal était fragile, et puisqu'il l'avait poussée dans ses retranchements, elle avait fait la même chose. Grâce à lui, elle commençait à croire que le passé ne déterminait pas toujours l'avenir. Si elle l'avait compris, lui aussi pourrait y arriver, non ?

Sur le moment, bien sûr, elle n'avait pas pensé à tout cela. Elle avait simplement voulu vérifier une intuition, et elle n'avait pas été déçue : la réalité avait été cent fois plus belle que ses rêves.

Ce baiser passionné et excitant l'avait transportée de joie. Dans les bras de Cal, elle avait eu l'impression d'être la plus belle femme de la Terre, rien de moins !

La magie avait, hélas ! pris fin avec le trajet du funiculaire. Cal l'avait dévisagée avec une tendresse émouvante et teintée de regret, confirmation que les choses en resteraient là.

Il avait raison d'être prudent pour deux. Elle n'était pas assez solide pour avoir quelque chose à lui offrir. Une relation aurait été injuste pour lui.

Sur le quai, il lui offrit son bras avec un sourire triste. Elle y glissa le sien.

— Tu me parles encore ? demanda-t-elle tout bas.

— Bien sûr que oui. Je n'arrêterai jamais de te parler.

— Ouf ! Je suis soulagée.

— Pas de souci. Ce qui s'est passé dans le funiculaire… On oublie, d'accord ?

À quoi bon répondre qu'elle n'oublierait jamais ? La vie continuait. Ils avaient un mariage à organiser.

— D'accord, pourvu qu'on reste amis, dit-elle simplement.

— Avec grand plaisir, Andrea.

Ils regagnèrent l'hôtel en silence. Arrivés dans le hall, ils s'arrêtèrent devant l'ascenseur, gênés. Elle se ressaisit la première.

— Je vais appeler les parents de Giulia, dit-elle. Même s'ils arrivent demain matin, j'avais promis de leur donner des nouvelles ce soir.

— Bien sûr, c'est normal… Tu seras là pour les accueillir ?

— Oui, j'ai un planning assez léger demain.

— Dans ce cas, auras-tu un peu de temps pour discuter du mariage ?

— J'allais te poser la même question. 11 heures, ça irait ?

— Très bien ! Je passerai te prendre à ton cabinet.

Il hésita et sourit.

— J'ai très envie de t'embrasser, mais il ne faut pas. Je t'estime trop pour céder à mes pulsions. À demain, Andrea. Dors bien.

Dormir ? Il plaisantait, sans doute.

Elle secoua la tête et monta dans l'ascenseur. Il avait été raisonnable pour deux. Raisonnable, chevaleresque et adorable.

C'était un gentleman comme on n'en faisait plus. Elle ne l'aurait pas autant… apprécié s'il avait été différent.

Le lendemain, fidèle à sa promesse, Cal vint chercher Andrea à son cabinet. Elle découvrit, enchantée, qu'il s'était plongé à fond dans le dossier du mariage et qu'il avait une foule de questions à lui poser.

— Si j'ai bien compris, la cérémonie aura lieu ici même ? demanda-t-il.

— Oui. Tu n'es pas allé voir la pièce ?

— Non. J'ai vu tes photos.

— Alors il faut y remédier. Tu te rendras mieux compte sur place.

Elle l'entraîna vers l'arrière du bâtiment, où se trouvaient les salles de conférences. Après avoir ouvert l'une d'elles avec son passe magnétique, elle précéda Cal à l'intérieur.

— On peut sans problème entrer en fauteuil roulant, dit-il. Je crois qu'il y a deux ou trois personnes âgées dans ce cas.

— Tout à fait. Ils participeront aux réjouissances de A à Z.

— Quel endroit magnifique !

D'immenses baies vitrées couraient du sol au plafond, offrant une vue imprenable sur la montagne. Et, grâce à un dôme de verre, on aurait cru pouvoir toucher les cimes.

— Il n'y a pas besoin de décoration, dit-il, visiblement impressionné.

— J'ai suggéré à Maggie de faire simple. On disposera des fleurs fraîches entre les deux rangées de sièges, et quelques compositions florales sur la table du maire. Ce serait dommage de surcharger un endroit aussi beau.

— Exact ! Et pour la réception ?

— On restera dans la sobriété et le naturel. La salle de bal se trouve juste en face, de l'autre côté du couloir. Elle est assez grande pour qu'on puisse y mettre des tables et une piste de danse. En fin d'après-midi, Maggie et Joe reviendront ici, dans cette pièce, pour couper le gâteau. J'espère qu'on aura un magnifique coucher de soleil.

Elle sentit sa gorge se serrer, et soudain le regard de Cal devint brillant. Lui aussi repensait manifestement au coucher de soleil dans le funiculaire. Même s'il s'évertuait à le nier, un lien s'était noué entre eux, aussi solide que les montagnes…

— Ce sera très romantique, dit-il. Tu as pensé à tout.

— J'ai essayé… Comme l'hôtel accueille beaucoup de mariages, je me suis un peu inspirée de ce qu'ont fait les autres.

— Avec ton sens de l'organisation, tu pourrais être une source d'inspiration toi-même. Je pense à tout ce que tu as mis en place ici. Ça m'intéresserait de visiter le cabinet, d'ailleurs. Je n'en ai vu qu'une partie.

Que, lui, professionnel chevronné, s'intéresse à son travail l'intimida. Mais elle ne pouvait guère refuser sa requête.

— Bien sûr. On fera ça un de ces jours.

— Pourquoi pas maintenant ? Puisque tu es libre…

Incapable de trouver un prétexte, elle opina. Ils regagnèrent le cabinet et entrèrent dans la salle d'attente.

— Je la trouve très cosy, dit-il. Elle était comme ça quand tu es arrivée ?

Elle était sûre qu'il avait posé la question en devinant la réponse et rit.

— Non, du tout. C'était une entrée avec un comptoir où le médecin déposait des ordonnances, ou même des cachets, que les clients récupéraient. Ils étaient ravis de pouvoir se soigner tout seuls sans empiéter sur leur précieux temps de vacances. Mais avec moi, la musique a changé. Ils doivent venir me voir, ou Tomas si je suis absente. Ensuite, on leur fournit les médicaments gratuitement.

— J'imagine que les durs à cuire sont légion parmi les skieurs.

— Ne m'en parles pas ! La semaine dernière, un type est venu me demander du paracétamol parce qu'il s'était blessé au poignet. J'ai insisté pour l'examiner : il avait une fracture.

— Il n'a pas dû être enchanté que tu l'envoies à l'hôpital.

— Je l'ai plâtré moi-même. Souvent, les jeunes sportifs sont trop fiers pour dire qu'ils ont mal. Ils ont honte de se blesser devant les copains. Mais j'ai expliqué moi-même la situation à ses amis, et le problème a vite été réglé.

— J'imagine ! Tu as du matériel de radio ici ?

— Oui, j'ai fait acheter un appareil tout simple, mais qui rend de grands services. Tu veux le voir ?

Le regard approbateur de Cal lui faisait du bien. Même si elle s'en défendait, elle avait envie de l'impressionner.

— Bien sûr que je veux le voir. Tu m'as promis une visite guidée, Andrea.

Cal en était parfaitement conscient, la gestion méticuleuse du cabinet ne devait rien au hasard.

Andrea avait anticipé les problèmes et trouvé les meilleures réponses possible. Cette manière d'organiser les choses ne pouvait venir que d'une solide expérience de terrain.

— Tu avais déjà fait ce genre de choses ? demanda-t-il.

— Travailler dans une station de sports d'hiver ? Non, jamais.

Elle avait éludé, et il faillit la pousser dans ses retranchements, mais une fois déjà il s'y était risqué, et le résultat n'avait pas été brillant.

— Ton poste réclame lui aussi de sérieuses capacités d'anticipation, j'imagine, dit-elle.

Ou comment détourner la conversation... Mieux valait la laisser faire, sous peine de la braquer.

— Effectivement. De nombreux pays ont du potentiel, il leur manque juste quelques petites choses. Les collègues me font part de leurs besoins, et j'essaye d'y répondre au mieux. Mon organisation leur donne de l'argent, du matériel, des bourses d'études… C'est très variable.

— T'arrive-t-il de les former en tant que chirurgien ?

Il eut un petit rire.

— Ils m'en ont souvent plus appris que l'inverse. On n'imagine pas ce qu'ils arrivent à faire avec rien. Je leur montre surtout des procédures complexes, impliquant des technologies auxquelles ils n'ont jamais eu accès.

— En général, ces médecins apprennent vite.

— Oh que oui !

Il eut de nouveau la conviction qu'Andrea en avait fait l'expérience. Quelque chose de terrible avait dû se produire à un moment de sa carrière. Elle s'était réfugiée à la montagne, où elle avait pris un poste « tranquille », mais son intérêt pour les pays en développement n'avait pas disparu.

— J'ai beaucoup de photos, si ça t'intéresse…, dit-il.

— Chouette ! Sur ton téléphone ?

— Oui. On pourrait aller déjeuner quelque part ? Je goûterais bien les pizzas…

— Adjugé, vendu.

Andrea était connue comme le loup blanc, remarqua-t-il un peu plus tard, lorsque clients et employés la saluèrent à l'intérieur de la pizzeria. Néanmoins, il devina qu'elle n'avait pas noué de liens véritablement amicaux. Elle semblait vouloir garder ses distances, avec ses collègues comme avec le reste du monde…

Ils s'installèrent près d'une fenêtre et, une fois la commande passée, il eut une idée. Toutes ses photos étaient rangées par zone géographique : il fit glisser son téléphone vers Andrea pour qu'elle choisisse librement. Ses réactions seraient probablement révélatrices. Il devinerait ainsi où elle avait travaillé…

Elle sélectionna d'abord le dossier sur l'Inde, posa quelques questions, puis passa à l'Amérique du Sud. Là, elle s'attarda sur un bloc opératoire mobile qu'il avait installé au Pérou, mais sans émotion particulière, et il élimina ces deux secteurs du globe. Il fallait chercher ailleurs.

Elle interrompit son visionnage à l'arrivée des pizzas, auxquelles ils s'attaquèrent avec appétit.

— Tes photos sont superbes, dit Andrea entre deux bouchées. Tu as un très bon coup d'œil.

— Mon père m'a appris à regarder les choses. Il dit toujours que photographier, c'est dialoguer.

— Ah bon ? Dans quel sens ?

— Pour lui, il n'existe pas de bon reportage sans interaction avec l'environnement. Il faut bien choisir son sujet et, naturellement, le mettre en valeur.

— L'interaction avec un cyclone doit être un peu compliquée, j'imagine !

Pour le public, son père était tout simplement l'un des meilleurs photographes mondiaux. Andrea, elle, allait au-delà des apparences et posait les bonnes questions.

— Dans des cas extrêmes, il dialogue avec lui-même, répondit-il. Il ne vit que pour ça. Les montées d'adrénaline, l'excitation du danger…

— Je vois.

D'autres auraient justifié cette prise de risques par la qualité du résultat, mais pas elle. En tant que médecin, elle connaissait la valeur de la vie humaine.

Abandonnant couteau et fourchette, elle prit un morceau de pizza à la main puis recommença à faire défiler les photos. Nouvelle-Guinée, Malaisie… Toujours rien. Le champ des possibles se resserrait.

— Oh ! Elles sont géniales !

Elle posa machinalement sa pizza, comme pour mieux se concentrer sur l'écran du téléphone. Si la photo était un dialogue, ses souvenirs d'Afrique venaient de trouver une interlocutrice.

Elle était allée en Afrique. Il n'avait pas besoin de l'interroger : il en était sûr. Son visage à la fois bouleversé et radieux parlait pour elle.

Après avoir longuement admiré les clichés, elle repoussa le téléphone d'un geste résolu.

— Dis-moi que tu as pris des photos des montagnes, et de Maggie et Joe.

— Quelques-unes, quand ils ne regardaient pas. Tiens, là…

— Génial ! On obtient souvent de meilleurs résultats en prenant les gens par surprise. Ah ! au fait… Je vais m'atteler au pêle-mêle cet après-midi. Ta sélection est prête ?

— Non, j'hésite encore. Sur certaines photos, Joe n'est vraiment pas à son avantage, dit-il en riant.

— Laisse tomber celles où il est trop moche, mais donne-moi les autres. Il faut bien faire rire un peu les gens.

— Ça marche, tu auras ça au plus vite. Demain après-midi, j'irai jeter un coup d'œil aux bars pour l'enterrement de vie de garçon.

— Si tu veux, je pourrais t'accompagner. J'ai des heures à récupérer, et Tomas sera de permanence au cabinet.

— Bien sûr, avec plaisir. Si on part vers midi, ça me donnera l'occasion de tester un restaurant du village…

— Ma parole, tu ne penses qu'à manger, répondit-elle en riant. Pour la peine, je vais prendre un dessert, tiens !

— Ah ah ! tu es plus gourmande que moi. Je me contenterai d'un café.

Pendant qu'elle étudiait la carte, il l'observa à la dérobée.

Elle semblait goûter les menus plaisirs de la vie, pourtant une pièce manquait au puzzle, comme si elle avait verrouillé une partie d'elle-même en échange de sa tranquillité. L'Afrique était de toute évidence au cœur du problème. Que s'était-il passé là-bas pour la traumatiser à ce point ?

Même si elle n'était qu'une amie, il l'estimait trop pour rester en dehors de son histoire. Il lui devait écoute, estime et compassion.

Il ne pouvait pas faire marche arrière.

6.

Le lendemain matin, Andrea se leva en frissonnant.

Pour la deuxième nuit consécutive, elle avait rêvé de Cal et de choses inavouables. Elle avait dû se tourner et se retourner dans son lit, car la couette était tombée sur le parquet. Pas étonnant qu'elle soit complètement gelée !

Après une douche bien chaude, elle bascula en mode professionnel. Néanmoins, la matinée, très calme, la laissa frustrée et insatisfaite. Les photos d'Afrique avaient provoqué une nostalgie inattendue en elle. Elle croyait avoir dépassé ce stade, mais il lui restait de toute évidence beaucoup de chemin à parcourir.

Néanmoins, elle devait dans l'immédiat se concentrer sur le mariage. Que cette fête soit réussie était *la* priorité absolue. Le reste n'avait aucune importance.

Elle ferma le cabinet à midi pile et gagna la réception. Cal l'attendait, bien calé dans un fauteuil. Il l'accueillit avec un grand sourire, rangea son journal dans le porte-revues et enfila son manteau.

— Salut ! dit-il d'un ton gai. L'air est glacial aujourd'hui.

— Oui, couvre-toi bien.

Discrètement, elle le regarda nouer son écharpe. Tous ses gestes étaient élégants, fluides, gracieux. Un vrai régal, et pourtant elle allait respecter ses bonnes résolutions. Autrement dit, oublier ses rêves…

Toute à ses réflexions, elle n'avait pas vu Gina, la directrice de l'hôtel, venir vers eux.

— Andrea, on a un petit souci.

En termes managériaux, cela voulait dire « un gros problème ».

— Que se passe-t-il, Gina ?

— Un garçon de dix ans a disparu. Il s'appelle Matthew. Ses parents ne l'ont pas vu depuis quarante-cinq minutes. On est en train de fouiller l'hôtel pour la deuxième fois, et les équipes d'extérieur sont prêtes.

Andrea opina. Si l'enfant était resté à l'intérieur, il aurait sans doute été repéré. Lors des exercices d'entraînement, elle-même était restée cachée vingt-quatre minutes, pas davantage.

— Il a dû sortir, dit-elle.

— C'est probable, oui. Vu les mauvaises conditions météo ses parents n'ont pas voulu aller skier, et il était apparemment déçu. D'ailleurs, son anorak n'est plus dans leur chambre.

Cette information ne rassura qu'à moitié Andrea. Un enfant seul pouvait vite se perdre et, anorak ou pas, il faisait très froid.

— J'ai appelé Tomas, dit Gina. Il devait prendre sa garde à 14 heures, mais il va venir tout de suite. On a besoin de renforts.

— Bien sûr !

Andrea se retourna dans l'intention d'annuler le déjeuner avec Cal, et se heurta à sa haute silhouette. Elle n'avait pas vu qu'il s'était posté juste derrière elle pour écouter la conversation.

— Je me joins aux recherches, dit-il.

Gina secoua la tête en souriant.

— Merci, mais ne vous embêtez pas. Nos équipes maîtrisent la situation. Nous demandons juste à nos clients de…

— Je suis chirurgien, avec une capacité en médecine d'urgence, dit-il sans la laisser finir. J'ai déjà travaillé dans des missions de sauvetage.

L'expression de Gina changea du tout au tout. Elle le gratifia d'un regard appréciateur.

— Dans ce cas, merci beaucoup, docteur. Andrea vous expliquera quoi faire.

Selon le protocole de secours, Andrea devait rester en stand-by avec Tomas pour accueillir les éventuelles victimes, mais pour chercher un enfant le maximum de personnes devait être sur le terrain.

— Tomas va nous attendre ici, décida-t-elle. Cal et moi, on va prêter main-forte à l'extérieur. Vous coordonnez l'opération, Gina ?

— Bien sûr. En cas de besoin, je vous contacterai par SMS.

— Parfait. Allons-y.

L'organisation des recherches était impressionnante.

Les cours de ski avaient été annulés en un temps record. Les moniteurs s'étaient joints aux recherches, secondés par certains clients. Giorgio, le chef de la sécurité, avait réuni tout le monde sur le perron, où les groupes avaient été dispatchés dans plusieurs directions.

Tandis qu'Andrea s'entretenait avec Giorgio, Cal remarqua des motoneiges qui partaient du haut des pistes. Dieu sait quelle distance le jeune Matthew avait parcourue. Il ne fallait exclure aucune possibilité.

Voyant le responsable tendre un sac à dos à Andrea, Cal s'en empara sans lui laisser le loisir de protester. Moins elle solliciterait son épaule, mieux cela vaudrait !

— D'après nos informations, le gamin porte un anorak rouge, dit-elle. On va escalader cette crête, là-bas.

Elle désigna une arête qui dominait la piste réservée aux enfants.

— Ça semble haut, objecta-t-il. Crois-tu vraiment qu'il aurait pu grimper jusqu'à là-bas ?

— Sait-on jamais ! Il y a un chemin moins raide derrière l'hôtel. On ne doit rien négliger. Et de là-haut, on aura une bonne vision du secteur.

Ils partirent d'un bon pas dans la neige fraîche. Cal scrutait les alentours pour déceler d'éventuelles traces de pas, avec

Andrea qui ouvrait la marche. À mi-pente, il la vit se raidir, signe que son épaule se rappelait à elle. Il s'abstint pourtant de tout commentaire : il n'interviendrait que s'il la sentait en réelle difficulté.

— Ça arrive souvent, ce genre de choses ? demanda-t-il.

Elle marqua une pause pour reprendre son souffle.

— Non, heureusement. En général, les gamins perdus sont retrouvés dans l'hôtel, ou près de la piste verte. Tu as mal choisi ta semaine de vacances !

À peine avait-elle fini sa phrase que son téléphone sonna. Elle fronça les sourcils à la lecture du message.

— La deuxième fouille de l'hôtel n'a rien donné. Je m'en doutais.

— Donc, il est bien dehors.

— Et plus tôt on le trouvera, mieux ça vaudra ! conclut-elle.

Ils reprirent leur cheminement, rendu difficile par la pente et l'épaisseur de la neige. Le vent glacial leur piquait le visage, mais la détermination tranquille d'Andrea prouva à Cal, s'il en était besoin, qu'elle n'avait pas l'intention de renoncer.

Lorsque enfin ils atteignirent le haut de la crête, elle tomba à genoux et inspira de grandes goulées d'air. Cette fois, il ne put contenir son inquiétude.

— Andrea ? Ça va ?

— Oui, très bien. Cette montée m'a coupé le souffle, voilà tout.

— Pour être franc, à moi aussi !

Il fit glisser le sac à dos de ses épaules pour en inspecter le contenu. Il contenait du matériel médical, une couverture de survie, un drapeau rouge. Il y avait aussi une paire de jumelles.

Il les porta à ses yeux et, lentement, balaya le paysage en décrivant un arc de cercle.

— Tu vois quelque chose ? demanda Andrea.

— Non… Attends !

Il revint un peu sur la gauche et se focalisa sur un point qu'il avait cru voir bouger. Puis il tendit les jumelles à Andrea.

— Là-bas… Il me semble avoir vu un point rouge…

— Oui ! s'écria-t-elle. C'est lui. Il marche !

Elle ôta ses gants, prit son téléphone et appuya sur un numéro préenregistré.

— Gina… On est au sommet de la crête. Matthew est en bas du versant, côté village. Oui, il faut envoyer l'ambulance des neiges… Super, merci.

Cal avait commencé à inspecter la pente très abrupte qui formait l'autre côté de l'arête. Le temps d'en faire le tour, les ambulanciers ne l'atteindraient pas avant un bon quart d'heure, au moins. Cela risquait d'être trop long…

— Je vais essayer de descendre, dit Andrea, qui avait dû penser la même chose.

Avec ton épaule ? Jamais de la vie !

Un farouche instinct protecteur le submergea. Il n'allait même pas discuter. Jamais il ne la laisserait courir ce risque.

Voyant qu'elle scrutait toujours la piste, il sortit discrètement le drapeau et le posa sur la neige. Puis il reprit le sac, ajusta les bretelles sur son dos et s'élança.

— Cal ! Non !

Andrea eut l'impression de recevoir un violent coup dans la poitrine. De quel droit était-il parti comme ça, sans rien dire ? Rien qu'à le voir descendre le versant abrupt, les bras écartés pour maintenir son équilibre, elle avait la nausée !

Elle n'avait plus d'autre choix que de rester là, maintenant. Elle devrait utiliser le drapeau comme un signal au cas où les ambulanciers ne repéreraient pas Matthew.

Des larmes de rage et d'impuissance lui piquèrent les paupières. Le cauchemar recommençait. Elle avait perdu Judd. Elle ne pouvait pas perdre Cal aussi…

Elle suivit sa progression sans le quitter des yeux, en lui envoyant toute l'énergie et la force qu'elle avait en elle. Mais au moment où elle le croyait tiré d'affaire, il chuta lourdement sur les quinze ou vingt derniers mètres.

Un terrible instant, elle l'imagina grièvement blessé. Puis il se releva, balaya la neige de son pantalon… et lui fit un grand signe. Quel culot !

Elle resta immobile, les poings serrés. Après plusieurs inspirations destinées à évacuer sa colère, elle reprit les jumelles. Cal se trouvait près de Matthew. Ils étaient loin, mais il lui sembla que le garçonnet ne bougeait plus beaucoup. Il devait être complètement transi !

Cal sortit la couverture de son sac à dos et enveloppa l'enfant dedans. Après quoi il le souleva et l'emmena quelques mètres plus loin, contre un éperon rocheux qui offrait probablement un maigre abri contre le vent.

Ils étaient tous les deux sains et saufs. Elle devait se concentrer là-dessus et garder son calme. Lorsque son portable sonna, elle souffla sur ses doigts engourdis avant de balayer l'écran tactile.

— Le gamin est groggy, mais conscient, dit Cal. Il a les pieds mouillés et ne porte pas de gants, mais le reste du corps est chaud et sec. Combien de temps pour l'ambulance, à ton avis ?

Elle inspira profondément pour s'empêcher de lui hurler dessus. Ils régleraient leurs comptes plus tard.

— Environ dix minutes, maximum.

— Génial. À toute.

Après avoir raccroché sans répondre, elle appela Gina. Elle lui résuma la situation, rangea son mobile, puis orienta les jumelles sur le chemin que les ambulanciers allaient suivre.

Lorsque le véhicule à chenilles apparut sur la piste, elle orienta son drapeau vers la direction à prendre. Cinq minutes plus tard, les secouristes s'arrêtaient le plus près possible du versant. Cal, sans doute guidé par leurs voix, les rejoignit à grandes enjambées, Matthew dans les bras.

Cal commencerait à le réchauffer pendant le trajet puis,

à l'arrivée, Tomas prendrait le relais afin de dispenser les meilleurs soins possible.

Lentement, Andrea redescendit la crête. Tout allait bien. Matthew était sauvé et Cal, indemne. Elle n'aurait pas dû être aussi furieuse contre lui, pourtant c'était le cas.

Malgré son soulagement, elle bouillonnait de rage.

Galvanisée par la colère, Andrea arriva à l'hôtel en même temps que l'ambulance.

Elle courut dans le hall direction le cabinet, où elle vit Cal déposer Matthew dans les bras de Tomas. Néanmoins, elle ne put suivre son assistant, car une dame, jaillie de la salle d'attente, se précipita vers elle.

— Vous êtes le docteur ? demanda-t-elle, en lui agrippant le bras. Je suis Mme Jones, la mère de Matthew. Dites-moi qu'il va bien !

— Je vais aller le voir, répondit Andrea d'un ton doux.

Elle voulut s'exécuter mais un homme de haute taille, blême et le visage tendu, lui barra le chemin. Le père, sans doute…

Soudain, le passage se dégagea comme par enchantement. Cal s'était interposé, expliquant aux Jones qu'il était médecin et pouvait leur donner toutes les informations voulues.

— Accompagnez-moi en salle d'attente, dit-il, d'un ton calme mais ferme. Laissez ma collègue travailler.

D'habitude, la présence de la mère rassurait les enfants lors d'un examen. Mais en voyant la sienne pleurer, Matthew risquait d'en faire autant. Il n'avait pas besoin d'un stress supplémentaire !

Sur un dernier sourire encourageant, Andrea rejoignit Tomas en salle de soins. Rapide et efficace, ce dernier avait retiré les chaussures, les chaussettes et le jean de Matthew. Il lui avait également enveloppé les jambes dans une autre couverture de survie.

Tandis qu'elle inspectait les doigts et les orteils du bambin, son assistant brancha les ventilateurs spéciaux destinés au réchauffage des patients. Heureusement, cette procédure suffirait dans le cas de Matthew : même si ses extrémités étaient très rouges, le garçonnet ne présentait pas d'engelures.

— Surveille-le, Tomas, s'il te plaît. Je vais aller rassurer ses parents.

Elle les trouva beaucoup plus calmes lorsqu'elle rejoignit la salle d'attente. Cal les avait fait asseoir et leur parlait d'un ton tranquille. Il savait s'y prendre, songea-t-elle, admirative malgré sa colère. Il avait mis les Jones à l'aise et fait retomber la tension…

Ravie d'apporter de bonnes nouvelles, elle résuma la situation.

— Matthew n'a pas besoin d'être hospitalisé, dit-elle en guise de conclusion. Nous le soignerons ici.

— Pouvons-nous le voir ? demanda Mme Jones.

La mère jeta un coup d'œil à Cal, qui lui sourit en retour. Comme pour lui dire : « Je suis fier de vous, vous êtes sage ! »

— Bien sûr, répondit Andrea. S'il se plaint d'avoir froid aux mains et aux pieds, rassurez-vous, c'est normal. Il vaut mieux qu'il sente quelque chose, plutôt que rien du tout. Nous allons le réchauffer progressivement.

— Merci à tous les deux, dit M. Jones d'une voix enrouée. Sans vous…

— Ne pensez pas à ça, répondit gentiment Cal. Votre fils va bien, et c'est tout ce qui compte.

Andrea emmena les Jones en salle de soins, les confia à Tomas, puis rejoignit l'accueil.

— Tout va bien ? demanda Cal.

— Oui, répondit-elle d'un ton bref. On l'a récupéré à temps.

Elle décida de s'en tenir là. Mieux valait parfois garder le silence. Elle ne dirait pas ce qu'elle avait sur le cœur.

Cal, lui, semblait avoir une opinion différente. Son regard insistant la mettait au défi de parler, et finalement elle se planta devant lui, les poings sur les hanches.

— J'aurais apprécié que tu me parles avant de dévaler cette pente, dit-elle, glaciale malgré elle.

— Tu aurais voulu qu'on en discute ?

— Ça se fait, entre collègues.

— Cela aurait-il changé quelque chose ?

Elle poussa un soupir, exaspérée. Elle aurait essayé de le décourager, il aurait insisté. Ils auraient perdu du temps, et il n'en aurait fait qu'à sa tête !

— Si c'était toi qui étais tombée, je serais probablement en train de te remettre l'épaule à l'heure qu'il est ! dit-il avec force.

— N'importe quoi ! J'ai été opérée, Cal. Mon épaule tient le coup. Et si tu veux jouer au médecin consciencieux, commence par appliquer tes principes à toi-même. Tu grelottes. Va donc te réchauffer.

Il avait retiré son manteau dans l'ambulance pour en couvrir Matthew. Son surpantalon était déchiré, et elle distinguait des taches d'humidité sur son jean.

— Je vais très bien, marmonna-t-il, les lèvres serrées.

— Non, pas du tout. Va te réchauffer, et laisse-moi faire mon travail. S'il te plaît.

Il lui lança un nouveau regard pénétrant, mais elle ne cilla pas. S'il croyait la faire céder de cette manière, il rêvait ! Elle avait compris sur cette arête à quel point elle tenait à lui, mais elle n'allait sûrement pas le lui dire…

— D'accord, dit-il. Je suppose que tu vas rester un bon moment avec Matthew. On se voit après ?

Il avait mis tout son charme dans la question, et elle sentit ses bonnes résolutions fléchir. Prenant un air détaché, elle haussa les épaules et ouvrit en grand la porte du cabinet.

— Peut-être, répondit-elle. Je verrai si je peux me libérer. J'ai beaucoup de choses à faire.

7.

Le lendemain matin, Cal ne sortit pas de sa chambre.

Andrea était passée le voir brièvement, la veille au soir, pour lui donner des nouvelles de Matthew. Elle lui avait aussi apporté une imprimante-scanner afin qu'il puisse imprimer sa sélection de photos. Mais elle ne s'était pas attardée. Pis, ils s'étaient quittés de manière froide et tendue, si bien qu'il ne savait à présent plus quoi faire.

Un petit coup frappé à sa porte le fit sursauter. Il avait déjà renvoyé diplomatiquement la femme de ménage, mais sans doute celle-ci, consciencieuse, revenait-elle à la charge.

Résigné, il ouvrit le battant.

— Vous êtes gentille, mais aujourd'hui…

Les mots moururent sur ses lèvres. Andrea était là, devant lui, un plateau à la main.

— Je t'ai apporté du chocolat chaud, dit-elle, l'air contrit. Et aussi des œufs au bacon. C'est pour me faire pardonner.

Le cœur de Cal tressauta dans sa poitrine.

— Comment as-tu deviné que j'adorais les œufs au bacon ?

— Mon petit doigt me l'a dit, répondit-elle en souriant.

Elle entra comme un rayon de soleil, et la bonne odeur de nourriture éveilla les papilles de Cal. Il avait sauté le petit déjeuner, et il avait faim !

Les tables de nuit et le guéridon étaient jonchés de photos. Comme Andrea cherchait où mettre son plateau, il l'en débarrassa et le déposa sur le lit. Puis ils s'assirent chacun, précautionneusement, à un bout de la couette.

— Écoute…

— Tu n'as pas à t'excuser, Andrea. C'est moi qui ai compliqué les choses. Ta santé et ta vie ne regardent que toi. *Je* te présente mes excuses pour avoir été intrusif.

Devait-il lui en expliquer les raisons ? Il ne pouvait guère lui avouer à quel point elle le fascinait…

À en croire son air compréhensif, il était déjà pardonné.

— D'accord, dit-elle dans un murmure, mais je n'aurais pas dû…

— Stop ! J'ai récolté ce que je méritais, je ne recommencerai pas. Si on parlait d'autre chose ?

Elle opina sans répondre. Il prit une tasse fumante et but quelques gorgées de chocolat.

— Mmm ! Il est vraiment délicieux.

— J'ai demandé la recette à Craig, notre chef pâtissier, en échanges de traductions. Il ne parle pas très bien italien…

Cal rit.

— Tu es débrouillarde !

Pendant qu'elle sirotait son chocolat, il attaqua les œufs au bacon avec appétit. Elle lui sourit, visiblement plus détendue.

— Tu as bien travaillé, dit-elle.

— J'ai imprimé toutes les photos sympas et rigolotes. Il y en a plus que je ne croyais.

— Rassure-toi, j'en suis au même point. Un seul pêle-mêle ne suffira pas. Je vais emprunter les grands panneaux d'affichage qu'on utilise normalement pour les conférences. En les décorant, on devrait obtenir de beaux effets.

— Excellente idée ! Du coup, on pourrait imprimer certaines photos en plus grand ?

— Bien sûr, ce sera encore mieux.

Il rassembla ses clichés épars et les déposa près d'elle pour qu'elle puisse les regarder en buvant son chocolat. Elle se mit à les trier avec un soin méticuleux.

— J'adore celle-ci…, murmura-t-elle.

— J'ai beaucoup hésité à la mettre. Je ne sais pas si Maggie sera contente de repenser à cette période.

Sur le cliché, Maggie, amaigrie, avait le crâne coiffé d'un bandana, et Joe la tenait par la taille. Le regard de son fiancé reflétait un amour absolu. On avait le cœur serré rien qu'à les voir…

— Je crois que oui, répondit-elle. Ils se marient « pour le meilleur et pour le pire ». Justement, le pire est derrière eux.

— Je te laisse trancher. Tu la connais mieux que moi, dit-il en débarrassant le plateau.

— C'est décidé. On la garde. Maggie m'a toujours dit que Joe lui donnait l'impression d'être la plus belle femme du monde, surtout dans les mauvais moments. Voilà pourquoi leurs liens sont si forts.

Elle prit une nouvelle photo, la regarda… puis la posa sur la couette en soupirant.

— Tu as raison, Cal, j'ai besoin de parler. Seulement, je n'y arrive pas.

Il réfléchit quelques secondes. Il devait se montrer prudent, car il n'avait pas le droit à l'erreur.

— Tu devrais y aller doucement, lui conseilla-t-il. Si tu prenais rendez-vous chez un psychologue ? Tu ne trouveras peut-être pas ton bonheur du premier coup, mais tu finiras bien par faire confiance à quelqu'un…

— Pourquoi pas à toi ?

Il soupira.

— Je suis conscient d'avoir perdu des points. Mon attitude n'a pas aidé. Crois-moi, je le regrette.

— En tout cas, tu as vu des choses. J'avais besoin qu'on me réveille, et tu l'as fait.

Son air triste lui fendit le cœur. Quoi qu'il advienne, il voulait être là pour elle.

— J'aimerais que tu me fasses une promesse, dit-il d'un ton grave. Si tu as besoin de quelque chose, n'importe quoi… demande-le-moi, d'accord ?

Il s'attendait à la voir hocher la tête, comme elle le faisait si souvent. Au lieu de cela, elle fixa ses mains jointes.

— Tu as deviné, pour l'Afrique ? demanda-t-elle d'une voix à peine audible.

— J'ai compris que mes photos te parlaient.

— C'est exact. J'y ai passé quelques années, petite ; mon père travaillait là-bas. J'ai tellement aimé que j'ai voulu y retourner après mes études, mais j'ai d'abord exercé à Londres. Dès que j'ai eu assez d'expérience, je suis partie.

Il la regarda en silence. Il trouvait miraculeux qu'elle lui parle et ne voulait pas l'interrompre.

— Tu connais l'Afrique, dit-elle. Les défis à relever sont énormes, mais quand tu obtiens un résultat, c'est la plus belle des récompenses.

— Que faisais-tu ?

— De la médecine générale, partout où on avait besoin de moi. Petit à petit, je me suis spécialisée dans l'aide aux personnes handicapées. J'ai beaucoup travaillé sur l'amélioration de leur cadre de vie.

Les besoins avaient dû être énormes, car les missions de ce genre étaient encore trop rares.

— Combien de temps es-tu restée là-bas ?

— Trois ans. C'était dur, mais j'aimais mon travail. Et… il y avait Judd.

Un homme chanceux, songea Cal avec une pointe de jalousie. Puis il se souvint que l'histoire avait « mal tourné ».

— Judd était infirmier urgentiste, dit-elle. Il m'a pris sous son aile quand je suis arrivée et m'a montré les ficelles du métier sur le terrain. Finalement, on s'est mis à faire équipe pour agir dans des zones très reculées.

Il garda de nouveau le silence, avec une intuition de catastrophe imminente. Pourtant, il devait écouter ce qu'Andrea avait à dire.

— Finalement, on a posé nos premières vacances en commun. On devait passer six semaines en Angleterre, on allait se présenter à nos familles, on avait hâte… On était en train d'en parler dans la voiture, en rentrant d'intervention. Judd conduisait… La roue du 4x4 s'est mise dans une ornière, on a basculé dans le ravin… Il avait beaucoup plu, et la rivière était presque sortie de son lit.

Elle tremblait, il lui pressa légèrement le bras. Elle se laissa aller contre lui, et il lui entoura les épaules.

— Je ne sais pas comment j'ai fait pour sortir Judd… L'eau montait dans l'habitacle. Il était à peine conscient, et moi, j'avais l'épaule démise… Je l'ai ramené sur la rive.

Elle avait dû déployer des efforts surhumains. En aurait-il été capable, dans les mêmes circonstances ?

— Il n'y avait personne aux alentours, dit-elle en balbutiant. J'ai tout de suite appelé notre dispensaire, mais Judd était trop grièvement blessé. J'ai fait le maximum… Il est mort dans mes bras avant l'arrivée des renforts.

— Andrea… Je suis vraiment, terriblement désolé.

Que dire, que faire ? Il ne pouvait que l'étreindre, la serrer très fort, pour lui montrer à quel point il partageait sa peine.

— Je comprends mieux pourquoi tu ne voulais pas que je descende sur l'arête, hier, dit-il.

— C'était une réaction… idiote.

— Pas du tout ! C'était humain, et tu as été incroyablement courageuse. À ta place, beaucoup de gens auraient fui sans se retourner.

Elle haussa les épaules, mais il comprit que ses paroles lui avaient fait plaisir.

— Après l'accident… j'ai été rapatriée en Angleterre. J'ai été hospitalisée, puis j'ai passé ma convalescence chez mes parents, à Oxford. Maggie a été formidable. Je ne m'en serais pas sortie sans elle.

— Tu lui as tout raconté, je suppose.

— Oui, plusieurs fois. Elle me laissait parler, elle ne m'interrompait jamais. Au bout d'un mois ou deux, j'ai considéré que c'était suffisant. À quoi bon ressasser ? J'ai voulu passer à autre chose. Maggie avait beau me dire d'y aller doucement, je ne l'ai pas écoutée. En tant que médecin, j'aurais dû faire attention à moi, mais…

— … les cordonnier sont souvent les plus mal chaussés, dit-il, finissant sa phrase. Je connais la musique. Nous ne sommes que des êtres humains, Andrea.

Elle leva vers lui son visage baigné de larmes.

— Ravie de l'entendre. J'ai toujours cru que j'étais indestructible.

Il lui fit un clin d'œil.

— Moi aussi, mais ne le dis à personne…

— Quoi qu'il en soit, j'ai entamé mon deuil, conclut-elle en soupirant. Mais sur le plan professionnel, les choses sont devenues très compliquées. Je n'avais pas pu sauver Judd…

Soudain, la vérité lui apparut clairement. L'homme de sa vie était mort dans ses bras. Qui, après un tel drame, n'aurait pas perdu ses moyens ?

— Tu n'avais plus confiance en toi, dit-il doucement.

— Non. J'ai repris un poste à l'hôpital, mais j'étais paralysée d'angoisse à l'idée de commettre une erreur. Pour l'équipe, j'étais plus un boulet qu'autre chose. Alors je suis venue en vacances ici, pour tenter de me ressourcer. Je séjournais dans une pension de famille. En discutant avec les propriétaires, j'ai appris que le médecin de la station allait partir à la retraite… Tu connais la suite.

— Et là, tu n'as pas eu peur ?

Elle eut un rire sans joie.

— On n'est jamais seul dans un hôtel. On peut toujours compter sur quelqu'un, et Tomas travaillait déjà au cabinet. Et puis, l'équipe de secours avait du potentiel.

— Il ne restait plus qu'à former les gens pour parer à toutes les catastrophes possibles.

— Compte tenu de mon expérience, la directrice m'a poussée à le faire. Moi-même, j'y tenais beaucoup. Et finalement, j'ai retrouvé une certaine sérénité. Voir les montagnes le matin au réveil a quelque chose de rassurant.

— Je comprends très bien, Andrea. Tu es à ta place ici.

Comment avait-il pu croire qu'elle gâchait sa vie et son talent ? Après avoir vécu un drame, elle avait trouvé le meilleur refuge possible.

— Je suis à ma place, certes, mais ça ne me suffit plus, répondit-elle. J'y réfléchis depuis un moment… J'ignore si je serais capable de faire autre chose.

Il l'étreignit plus fort, et elle s'accrocha à lui en soupirant. Elle avait cessé de pleurer. Oserait-il croire que leur discussion lui avait fait du bien ?

— Rien ne presse, dit-il d'un ton doux. Tu as le temps de réfléchir. Un être humain ne se résume pas à son travail.

Soudain, elle se rejeta en arrière et le dévisagea d'un air incrédule.

— Cal Lewis, pourrais-tu répéter, s'il te plaît ? Dans le genre « Faites ce que je dis, pas ce que je fais… »

Il leva les mains en l'air en riant.

— D'accord, c'est mérité !

— Rassure-toi, je te comprends. Tu as dû batailler pour faire le métier de ton choix. Forcément, ça laisse des traces.

Il se laissa tomber en arrière sur la couette et se couvrit le visage des mains.

— Suis-je si transparent ?

— Pour ça, oui. Quant au reste…

— On a tous nos zones d'ombre. Toi comme moi.

— Oui… Bien, si on parlait du mariage ?

Elle avait repoussé les photos pour s'allonger près de lui. Appuyée sur un coude, elle le regardait intensément.

— Les sujets persos, c'est fini ? demanda-t-il. Pas de problème, j'ai saisi le message. Je ne t'embêterai plus avec les choses qui fâchent. Mais… Tu es sûre que ça va ?

C'était le plus important. Son bien-être le préoccupait à un point inimaginable.

— Oui, ça va. Il y a toujours une lumière au bout du tunnel.

Il aurait volontiers approuvé, s'il avait seulement découvert son propre tunnel. Il cherchait encore, hélas !

— Maggie t'a sûrement dit des choses comme ça, devina-t-il.

— Oh que oui !

Il comprenait mieux pourquoi Maggie voulait aider Andrea à avancer. Néanmoins, elle s'était trompée de prince charmant…

Parce qu'Andrea s'était montrée honnête, il lui devait la franchise. La discussion ne pouvait pas en rester là.

— Tu sais, je tâtonne aussi en ce moment. À propos du travail.

— Ah bon ? répondit-elle, l'air intéressé. Dans quel sens ?

Joe lui-même n'était pas au courant de cette histoire. Néanmoins, aborder le sujet avec Andrea lui ferait du bien, il le sentait.

— Le conseil d'administration m'a proposé un poste de directeur, expliqua-t-il. Je me demande si je vais accepter.

— Pourquoi refuserais-tu une promotion ? La peur de perdre le contact avec les patients ?

— Non, car si j'acceptais, je continuerais à opérer. En revanche, je voyagerais moins. Les superviseurs restent à Londres la plupart du temps.

— Et ça t'ennuierait ?

Il n'eut même pas besoin de réfléchir pour connaître la réponse.

— Voyager pour voyager ne m'intéresse pas. Je veux me rendre utile. Si je dois abandonner un peu le terrain pour bâtir des projets essentiels, ça m'ira !

Elle plaqua une main sur son torse en souriant.

— Le hic, je pense, c'est que l'idée n'est pas venue de toi. La proposition t'a déstabilisé. Comme tu veux tout maîtriser, cela te gêne.

— Tu me soupçonnes d'être un peu fier, ou têtu…

Elle éclata de rire.

— Tu aurais sûrement voulu postuler toi-même plutôt qu'avoir la surprise.

— Tu as raison, admit-il. En fait, tu m'as bien cerné. Mais comme je ne vais pas me décider aujourd'hui, on a tout le temps de s'occuper des photos du mariage !

— En d'autres termes, c'est fini pour les sujets persos ? demanda-t-elle d'un ton taquin, lui renvoyant sa propre question.

Il ne put s'empêcher de rire.

— Oui, madame. Mais j'ai apprécié notre discussion.

— Moi aussi… Bon, allez ! Comme tu l'as si bien dit, on a un mariage sur le feu.

8.

Les panneaux d'affichage étaient prêts.

Décorés de fleurs en papier et de cœurs multicolores, ils avaient fière allure, et Cal les avait dissimulés dans sa chambre, derrière un paravent, pour que Maggie et Joe ne tombent pas dessus.

Après des débuts difficiles, il avait passé d'excellents moments avec Andrea, ces derniers jours. Il appréciait cette atmosphère de calme après la tempête. Il aimait la voir souriante, détendue et heureuse. Et chaque fois qu'ils se retrouvaient pour régler les détails du mariage, elle lui paraissait plus jolie que la veille…

Ce dimanche, levé tôt, il avait décidé d'aller faire un peu d'exercice. Il avait assez négligé sa pratique sportive depuis le début des vacances. Jouer les paresseux était confortable, mais il y avait des limites !

Comme on pouvait le prévoir à 7 heures du matin, le gymnase était désert… ou presque. En arrivant, il repéra immédiatement Andrea au fond de la pièce. Vêtue d'un legging et d'un débardeur, elle était en train de régler un banc de musculation. Il la rejoignit.

— Bonjour !

Elle sursauta, puis pivota en souriant.

— Oh ! salut… Tu es bien matinal !

— Je n'ai fait aucun sport depuis mon arrivée. Je deviens paresseux… Je comptais m'installer là-bas, dit-il, en montrant le coin situé sous les fenêtres.

— Excellent choix. Tu auras une belle vue.

S'il alla s'installer loin d'elle, ce n'était pas pour l'attrait des montagnes : peut-être n'apprécierait-elle pas de faire ses exercices devant lui. Or, il refusait de gâcher la bonne ambiance qui s'était instaurée entre eux.

Elle tourna la poignée de sa machine en grimaçant.

— Peux-tu regarder, s'il te plaît ? Je n'arrive pas à descendre cette manette.

Il se rapprocha, examina le levier et pesa de toutes ses forces dessus. En vain.

— Désolé, il est complètement bloqué.

Elle poussa un soupir, exaspérée. Elle avait dû choisir la machine la plus facile pour ménager son épaule.

— Je vais voir quelle autre machine je peux prendre, marmonna-t-elle.

Il hésita. Ces derniers jours, elle fléchissait le bras lorsqu'elle souffrait, plutôt que le tenir raide sur le côté. En soi, ce changement d'attitude était révélateur : elle avait décidé de s'attaquer au problème.

— Si tu veux faire des exercices de résistance modérée, on pourrait essayer ensemble, suggéra-t-il.

— Euh… D'accord, merci.

Il s'installa à califourchon sur le banc. Il était certain d'évaluer l'état d'une épaule mieux qu'un appareil, et de fournir ainsi le niveau de résistance optimal.

Elle s'assit face à lui. Il eut un sourire encourageant.

— Mets-toi plus près. Tiens le dos bien droit.

Elle s'avança jusqu'à ce que leurs genoux se frôlent. Alors, il leva la main gauche.

— On va d'abord essayer ton « bon » bras, dit-il. Je veux mesurer ta force normale.

— Oh là là ! Tu fais les choses dans les règles de l'art !

Avait-il le choix ? Il devait se concentrer sur son rôle de soignant plutôt que sur le regard gris-bleu d'Andrea, qui le troublait à un point inimaginable.

— Je n'aurais peut-être pas dû m'en mêler, marmonna-t-il. Dis-moi si ça te gêne.

— Non, au contraire. J'ai besoin d'un avis objectif. Je ne vais pas assez souvent chez le kiné.

Elle appuya la paume contre la sienne et exerça une poussée vigoureuse. Pour une femme aussi menue, elle avait de la force, mais n'allait pas au bout de ses capacités.

— Tu peux faire mieux ! dit-il.

La pression augmenta d'un coup. Il avait positionné son bras dans un angle inconfortable pour que celui d'Andrea soit bien placé, et il commençait à éprouver une réelle tension.

— Stop ! dit-il pour éviter qu'elle se blesse.

— Désolée, répondit-elle avec un sourire taquin. Je ne t'ai pas fait mal, au moins ?

Il rit.

— Je devrais m'en remettre. Allez, fini de rire. On va essayer l'autre…

Sans surprise, le bras blessé d'Andrea était beaucoup plus faible.

— Tu n'as pas travaillé depuis un bon moment, dit-il. C'est évident.

— Je n'essayerai pas de dire le contraire. Mettre ma négligence sur le compte du travail ne servirait à rien, j'imagine ?

— Effectivement. Donne-moi la vraie raison.

Elle soupira.

— Je ne voulais plus y penser. J'ai fait comme si de rien n'était.

— Là, je te crois.

Elle avait assez récupéré pour pouvoir travailler et même reprendre le sport. Néanmoins, elle compensait en permanence. Elle risquait de gros problèmes à long terme… et elle le savait pertinemment.

Il lui fallait seulement un coup de pouce. Avec une bonne discipline de travail, elle pourrait récupérer à 100 %.

— Commençons par les poussées basiques, dit-il. Dix fois suffiront.

Elle approuva, et ils enchaînèrent peu à peu les exercices préconisés par les kinésithérapeutes dans ce genre de cas. Parfois, elle forçait trop, mais s'arrêtait toujours quand il le lui suggérait.

Le plaisir de l'aider avait, heureusement, supplanté le désir physique. Il éprouvait une joie profonde, une exaltation absolue à lui rendre service. Elle avait besoin de lui. Rien n'aurait pu lui faire davantage plaisir.

— Une dernière série, et stop ! dit-il. Il faut suivre le protocole. Comment gères-tu les mouvements arrière ?

— Bof ! admit-elle en soupirant. Ce sont eux qui me posent le plus de problèmes.

— On essaye ?

— Bien sûr !

Elle n'était pas du genre à reculer devant l'obstacle. Elle avait un caractère à soulever des montagnes si le mental répondait présent !

Elle se leva, lui tourna le dos et se rassit. Ses épaules lui effleurèrent le torse, et il déglutit péniblement. Il avait, soudain, beaucoup de mal à retrouver sa posture professionnelle…

— Décale les omoplates vers l'arrière, fit-il d'une voix rauque.

Avec douceur, il lui prit les coudes et mesura la différence entre les deux côtés. La faiblesse à gauche était évidente.

— Je ne vais pas te mentir, ça pourrait être mieux, dit-il. Mais avec un travail régulier, c'est récupérable.

Les effluves d'un shampooing fruité lui chatouillaient les narines. Il ferma les paupières et, bizarrement, se mit à penser au mariage.

— Juste une série de dix, dit-il doucement. Allez… Il faut que je fasse le tour des bars pour choisir celui de l'enterrement de vie de garçon. Ça te dirait de m'accompagner ?

— Je peux me libérer mardi, répondit-elle sans relâcher

son effort. J'ai prévu d'aller chercher une partie des invités à l'aéroport. Ils prendront le minibus de l'hôtel. Au lieu de revenir avec eux, je pourrais te rejoindre au village.

— Super, bonne idée !

La pression du bras d'Andrea faiblissait contre sa paume. Il lui lâcha le coude.

— Ça suffit pour aujourd'hui. Ne te fatigue pas trop. Tu sais qu'on va tous skier demain.

— Oui, et même si je suis à la traîne, je n'ai pas l'intention de renoncer.

— Ne t'inquiète pas, ça ira très bien.

Elle avança un peu sur le banc, puis se retourna.

— Merci beaucoup, dit-elle avec un sourire chaleureux. Tu ne pourrais pas rester six semaines, par hasard ?

Elle plaisantait, évidemment, mais l'idée était séduisante.

— Tu n'as pas besoin de moi, répondit-il néanmoins. Tu connais les exercices. Il faut juste t'y tenir.

De manière inexplicable, il était déçu. Il aurait voulu qu'Andrea ait besoin de lui. Il *voulait* se sentir indispensable.

— Si on travaillait un matin sur deux jusqu'à la fin de mon séjour ? dit-il. Ensuite, je m'entraînerais dans la foulée. Je ne dois pas négliger mon activité physique…

Le regard d'Andrea courut de ses épaules à ses cuisses, en passant par son torse. Il ne put réprimer un frisson de désir.

— Ça va, tu t'en sors bien, dit-elle.

Il se leva brusquement. Il devait partir, avant de faire quelque chose qu'il allait regretter !

— On verra comment tu te sens demain après le ski. Si ça va, on fera une séance mardi matin. Ensuite, on pourrait aller ensemble à l'aéroport, puis au village…

— Tu veux m'accompagner à l'aéroport ? Tu n'en vois pas assez pendant l'année ?

— Contrairement à beaucoup de voyageurs, je les aime bien. C'est toujours le début d'une aventure, de nouvelles possibilités.

— Tant mieux alors ! Pour te récompenser, j'offrirai la première tournée au pub.

— Ça marche. Qu'as-tu prévu de faire aujourd'hui ?

— Je vais replonger le nez dans le dossier du mariage, histoire de tout vérifier une quarantième fois.

Il éclata de rire.

— Je fais ma séance de gym et je te rejoins, d'accord ? Je ne vais pas te laisser stresser toute seule.

— Ça me fera plaisir de stresser avec toi, Cal. C'est gentil de le proposer.

9.

La présence de Cal lui faisait du bien.

Andrea s'en était rendu compte la veille, d'abord au gymnase, puis quand ils avaient emballé les cadeaux des invités et les sachets de friandises pour les petits.

Sur le plan médical, la routine avait repris ses droits. Tomas gérait le cabinet à la perfection. Grâce à lui, elle pouvait s'autoriser quelques heures de détente et, en ce lundi matin, le soleil brillait haut dans un ciel sans nuages lorsque, après le petit déjeuner, elle se prépara pour le ski.

Elle enduisit d'abord ses cicatrices de crème, chose qu'elle n'avait pas faite depuis longtemps. Ce geste lui avait paru superflu et sans intérêt, mais aujourd'hui elle se disait que, peut-être, elle pourrait prendre mieux soin d'elle. Après tout, cela ne coûtait rien d'essayer…

L'écran total sur le visage était devenu un réflexe incontournable. Elle ne dérogea pas à cette étape, puis s'habilla rapidement.

Maggie, Joe et Cal l'attendaient à la réception. Le sourire radieux de son amie lui alla droit au cœur.

— Aujourd'hui, on ne parle pas du mariage, décréta celle-ci. On fait un break, d'accord ?

Joe prit un air faussement navré.

— Tu en as déjà assez, chérie ? On n'est même pas encore mariés !

Ils quittèrent le hall dans un grand éclat de rire.

Pour cette journée, ils avaient décidé de faire le tour complet des pistes en suivant le soleil pour profiter des meilleurs panoramas. Ils s'étaient inscrits dans un groupe mené par Francine et Bruno qu'ils retrouvèrent, fidèles au poste, en bas des remontées mécaniques.

La montagne offrait le cadre idéal pour décompresser. Cinq pistes et un grand bol d'air plus tard, Andrea prit conscience qu'elle ne s'était pas sentie aussi en forme depuis des lustres.

— Comment te sens-tu ? demanda Cal.

Avec son cache-oreilles, ses lunettes noires et sa barbe de trois jours, il offrait l'image même du touriste décontracté, insouciant... et terriblement sexy.

— Ça va, dit-elle d'une voix assurée. Je n'ai pas mal à l'épaule. De toute façon, j'ai mis mon attelle, au cas où.

— Tu as bien fait.

Ils s'élancèrent côte à côte sur la piste rouge que Francine et Bruno avaient choisi d'emprunter. Tout était calme, silencieux, et, après une descente de rêve, la monitrice rassembla le groupe car l'heure du déjeuner approchait.

Après une courte ascension en télécabine, ils atteignirent un refuge qui dominait toute la vallée.

— C'est dur ! Depuis que Maggie nous a interdit de parler de tu-sais-quoi, j'y pense sans arrêt, dit Cal en riant.

— Quoi, même ici ? Tu exagères. Profite plutôt de la vue !

Elle se sentit rougir lorsque, relevant ses lunettes, il se tourna vers elle.

— C'est beau, en effet..., dit-il doucement.

Impossible de se méprendre sur ses propos : il *la* trouvait belle. Elle lui avait montré sa facette la plus sombre, mais il ne s'arrêtait pas à cela...

— Cal, j'ai réfléchi. Je te dois des excuses.

Il haussa les sourcils.

— Encore ? Qu'as-tu fait, cette fois ?

— Rien... Excuse-moi pour tout. Je n'ai pas été très sympa avec toi au départ. Tu voulais m'aider.

Il eut un sourire compréhensif.

— Pas de problème, j'adore les défis. Tu cherchais juste à te protéger, et moi, je n'avais pas à me mêler de tes affaires.

— D'accord, mais... Tenir tout le monde à distance est stupide. Je dois ménager les personnes qui me font du bien. C'est ton cas.

Elle comprit que sa remarque lui avait plu. Il avait dû être vexé qu'elle le repousse, au départ, mais elle avait changé d'optique. Elle n'avait plus envie de se protéger de lui.

— Tant mieux, répondit-il gentiment. Tu sais quoi ? Je vais faire comme Maggie. Les mots « désolée » et « excuse-moi » sont à bannir pour la journée, d'accord ? On ne va penser qu'aux choses positives.

Elle lui sourit. Dans un tel cadre et en si bonne compagnie, il était facile d'avoir des pensées positives.

Ils entrèrent dans le refuge, où Bruno avait déjà allumé le poêle. Une soupe odorante chauffait au-dessus du foyer, et le groupe s'était installé autour de la table en bois.

Joe fit signe à Cal, qui s'assit à côté de lui. Andrea se glissa près de Maggie.

— Je comprends pourquoi tu aimes ces montagnes, dit cette dernière. Tout est frais, pur... C'est un bel endroit pour prendre un nouveau départ.

Maggie savait de quoi elle parlait. Elle avait tourné le dos à la maladie et aux jours sombres pour regarder vers l'avenir. Le couple qu'elle formait avec Joe, renforcé par les épreuves, en était le plus beau témoignage.

— C'est le lieu idéal pour un m... Tu sais quoi ! répondit Andrea en souriant.

Maggie s'esclaffa.

— Tu respectes la consigne, bravo ! Oui, on a bien fait de venir ici. Non seulement pour le cadre, mais aussi, et surtout, pour te voir. Tu me manques.

— Je vais rentrer à Londres un jour. Je ne sais pas quand...

Peut-être y retournerait-elle dans un avenir proche.

Elle ne voulait pas faire de fausse joie à Maggie, mais elle commençait à y penser.

— Je sais que tu reviendras, répondit son amie d'un ton doux. En attendant, je continuerai à m'ennuyer.

— Tu me manques aussi, lui dit Andrea à l'oreille, d'une voix enrouée par l'émotion. Bien plus que tu ne l'imagines. Mais j'avance, Maggie. Tu peux me croire…

Le groupe quitta le refuge après l'avoir soigneusement nettoyé pour les visiteurs suivants.

Francine avait même prévu une énorme tablette de chocolat pour remplacer celle qu'ils avaient mangée. Puis, après avoir remballé les thermos qui avaient contenu la soupe, elle jeta un dernier coup d'œil alentour et donna le signal du départ.

L'organisation de la journée, soigneusement planifiée, les mena sur un autre versant jusqu'en milieu d'après-midi. Ils redescendirent vers l'hôtel à l'heure où le soleil déclinait sur les montagnes, et une Maggie enthousiaste se jeta au cou de Joe. Andrea, émue, les regarda échanger un baiser d'une infinie tendresse.

— Et hop ! une de plus pour le pêle-mêle, lui chuchota Cal.

Il lui montra discrètement la photo qu'il venait de prendre avec son reflex. Maggie et Joe s'y tenaient enlacés, à contre-jour, dans une incroyable lumière rose orangée.

— C'est trop beau…, répondit tout bas Andrea. Elle va pouvoir remplacer celle où Maggie et moi faisons une bataille d'eau dans mon jardin.

Elle ne se trouvait pas à son avantage sur ce cliché d'enfance, mais Cal avait tenu à l'inclure dans le tableau !

— Tut-tut ! n'y compte pas. Si on manque de place, on enlèvera autre chose.

Il rangea son appareil. Il l'utilisait peu, mais il sélectionnait judicieusement ses sujets.

— Tu n'en prends plus ? demanda-t-elle.

— Non, celle-ci me suffit. J'aime garder la spontanéité du moment.

Il la prit par les épaules, comme aurait pu le faire un ami. Qu'étaient-ils l'un pour l'autre au juste ? Ils se connaissaient trop peu pour le savoir. Néanmoins, elle était sûre d'une chose : elle se sentait bien avec lui.

— Maggie nous regarde, dit-elle.

Il eut un petit rire.

— Elle aurait tort de se gêner. Elle prend des photos ?

— Non, elle n'oserait pas !

Il resserra son étreinte, mais au lieu de l'embrasser il la dévisagea intensément. Ils s'étaient montrés honnêtes l'un envers l'autre. Les échanges de baisers, même dans un cadre romantique, n'étaient pas à l'ordre du jour. Elle était pourtant sûre qu'il en avait envie autant qu'elle.

Leurs regards exprimaient mieux que des mots ce qu'ils éprouvaient. Elle se remémorerait toujours ces instants précieux. Quoi qu'il advienne, dans un futur proche ou lointain…

Le crépuscule était presque tombé quand le groupe arriva finalement devant l'hôtel. Mais Cal scrutait toujours la piste, où une étincelle venait d'illuminer les ombres du paysage.

— C'est Bruno ! dit-il. Qu'est-ce qu'il fabrique ?

— Ha ha ! Tu vas vite le découvrir. Ils le font souvent.

Un troisième moniteur avait rejoint ses collègues à mi-pente, avec quatre grandes torches. Bruno en avait allumé une, et quand il alluma les trois autres, de grandes flammes jaillirent dans les airs.

Il donna deux torches à Francine et en garda deux pour lui – une dans chaque main. Puis ils échangèrent un signe de connivence et s'élancèrent vers le bas de la piste en zigzaguant.

Andrea avait vu ce spectacle plusieurs fois déjà, sans jamais se lasser. Les moniteurs s'entraînaient régulièrement pour la descente aux flambeaux, une de leurs fiertés, et elle allait souvent admirer leurs ballets adroits et gracieux.

Les touristes groupés devant l'hôtel applaudirent à tout rompre quand Francine et Bruno s'arrêtèrent devant eux.

— Andrea... Andrea !

Maggie, qui avait déchaussé ses skis, se précipita vers elle en battant des mains.

— Tu as vu ça ? C'est génial ! Je ne voudrais pas abuser, mais... Crois-tu qu'ils pourraient le faire le soir du mariage ?

— On ne parle pas de mariage !

Cal et elle avaient répondu d'une même voix. Joe, qui les avait rejoints, éclata de rire.

— Allez, on lui pardonne, dit-il, indulgent.

— J'ai une bonne raison ! protesta Maggie. Sérieusement, Andrea, serait-ce exagérer que de leur poser la question ?

— Je leur demanderai, promis. Mais je ne te garantis rien.

Cal se retenait de toute évidence de rire, et pour cause : la descente aux flambeaux était l'animation secrète du mariage. Prévue depuis des semaines, elle devait rester une surprise. Huit moniteurs avaient travaillé d'arrache-pied pour mettre au point une nouvelle chorégraphie qui, d'après Francine, promettait d'être époustouflante !

— Merci, tu es mignonne, répondit Maggie. Je ne me fais pas trop d'illusions, si près de la date. Mais sait-on jamais...

— Oui, je...

Cal s'avança, et glissa un bras sous celui de Maggie.

— S'ils ne sont pas dispos, je le ferai moi-même, promit-il. Tout nu, avec une rose entre les dents.

La diversion produisit l'effet escompté : Maggie éclata de rire.

— Je voudrais bien voir ça, fit Joe, hilare.

Les fiancés s'éloignèrent main dans la main, et Andrea se tourna vers Cal.

— Dois-je annuler la descente des moniteurs ? demanda-t-elle, taquine. Quelle couleur veux-tu pour ta rose ?

Il éclata de rire.

— Bleue, si tu trouves. Elle sera assortie à ma couleur de peau !

La deuxième séance de gym avait tenu ses promesses.

Cal avait trouvé Andrea plus concentrée. Elle avait adopté de meilleures postures et, à la fin des exercices, il l'avait chaudement félicitée. Si le mental suivait, elle récupérerait vite. Car chez elle, tout était dans la tête…

De peur de la contrarier, il s'abstint d'aborder le sujet dans le funiculaire qui les emmenait au village. Andrea était ravie de jouer les hôtesses, et le trajet en bus vers l'aéroport permit à Cal d'en apprendre davantage sur les invités, amis et membres de la famille, qui avaient fait le déplacement.

Dans la zone de débarquement, il s'amusa de la voir trépigner d'impatience.

— Depuis quand n'as-tu pas vu tes parents ? demanda-t-il.

— Trois mois. J'ai passé quinze jours en Angleterre avant le début de la saison. Là, on s'appelle une fois par semaine en vidéo, mais ce n'est pas la même chose…

Avisant un premier groupe de voyageurs, elle leur fit de grands signes. Les présentations effectuées, Cal les guida vers le tourniquet à bagages tandis qu'elle surveillait les portes pour repérer les autres.

Elle venait d'orienter trois nouvelles personnes vers lui quand il l'entendit pousser un cri de joie.

— Maman ! Papa !

Un couple d'une cinquantaine d'années se dirigeait, tout sourire, vers elle. Elle étreignit longuement sa mère, puis son père. Alors elle se retourna et fit signe à Cal d'approcher. Il les rejoignit.

— Cal, je te présente mes parents, Linda et George. Papa, maman, c'est Cal, le témoin de Joe…

Il échangea une poignée de main avec les nouveaux venus. La paume de Linda lui parut un peu moite, et elle semblait fatiguée. Sans doute les Allison, comme les autres invités, s'étaient-ils levés de bonne heure pour prendre leur avion. Tout le monde pourrait heureusement se reposer à l'hôtel.

— Andrea nous a expliqué que vous étiez médecin, dit George.

— Tout à fait. Et elle m'a raconté que vous aviez exercé en Afrique.

— C'était il y a longtemps, mais ça me ferait plaisir d'en discuter avec vous. D'après Andrea, vous développez des projets tout autour de la planète. Je serais curieux de savoir ce qui a changé depuis l'époque où je… Linda ?

George s'était interrompu pour lancer un regard anxieux à son épouse, qui vacillait légèrement… puis elle perdit l'équilibre, et ses jambes se dérobèrent. Cal eut tout juste le temps de la retenir avant qu'elle heurte le carrelage.

Il la porta vers une rangée de fauteuils. Elle avait perdu connaissance, et aussitôt George l'aida à l'allonger. Puis il roula sa veste en boule pour la glisser sous la tête de son épouse.

Cal jeta un coup d'œil à Andrea. Blême et le visage tendu, elle n'avait pas bougé d'un millimètre. Elle semblait inconsciente des mouvements de foule autour d'elle.

— George…, murmura Linda.

Cal se focalisa sur elle, en croisant les doigts pour qu'Andrea réagisse. Malgré le choc, elle devait se reprendre. Faute de quoi elle perdrait le peu de confiance en elle qui lui restait…

— Du calme, chérie, dit George d'un ton apaisant.

— Ça va aller. J'ai dû… m'évanouir.

Linda voulut s'asseoir, mais son époux la retint.

— Ne bouge pas. Il faut vérifier que tout va bien.

— Papa a raison, dit Andrea. Sois sage une minute.

Sa voix avait résonné, calme et ferme, derrière Cal. Il s'écarta pour la laisser approcher. Aussitôt, elle se pencha et mit la main sur le front de sa mère.

— Pas de fièvre, déclara-t-elle. Des maux de tête ?

— Non.

George s'était écarté. Posté près de Cal, il observait la scène.

— Laissons Andrea prendre les choses en main, dit-il d'un air entendu.

Ils étaient sur la même longueur d'onde : Andrea devait conduire seule cet examen, pour sa tranquillité d'esprit et, surtout, pour se prouver qu'elle en était capable.

En l'entendant poser les bonnes questions, en la voyant accomplir les bons gestes, Cal sut que la partie était gagnée. Après un moment, elle aida sa mère à s'asseoir.

— Tout va bien, annonça-t-elle. C'était juste un évanouissement.

— C'est ce que je vous disais ! déclara Linda, qui commençait à reprendre des couleurs. J'ai été incapable d'avaler quoi que ce soit dans l'avion.

— Alors tu es à jeun depuis hier soir, dit Andrea d'un ton sévère.

— Euh… Oui.

Une dame âgée, vêtue d'un ciré violet éclatant, approcha. Tout le monde l'appelait « tante Mae », mais Cal ne savait pas de qui elle était parente, au juste.

— As-tu de l'eau dans ton sac, tatie ? demanda Andrea.

La vieille dame fourragea dans sa grande besace, d'où elle extirpa une bouteille et une tasse en plastique fournie par la compagnie aérienne. Andrea la remercia et servit de l'eau à sa mère.

— J'ai aussi récupéré un sandwich ! dit tante Mae, l'air triomphant.

— Non, merci, répondit Linda en souriant. Je me sens beaucoup mieux.

— Taratata ! Tu vas manger quelque chose. Tiens, fit tante Mae, lui tendant le sandwich. C'est un jambon-tomates.

Elle s'assit près de Linda sur la banquette, visiblement décidée à prendre les choses en main. George renfila sa veste et secoua la tête.

— Trois médecins sur place, et Mae fournit le remède miracle ! C'est toujours comme ça…

Cal se mit à rire. Il était vraiment fier d'Andrea. Elle avait paniqué, mais elle s'était reprise, au soulagement visible de son père qui devait beaucoup s'inquiéter pour elle.

Voyant les invités rassemblés autour du tapis roulant à bagages, il les rejoignit et les orienta vers le minibus garé à l'extérieur. À son retour, George avait récupéré leurs valises, et Andrea se dirigeait bras dessus, bras dessous avec sa mère vers la sortie.

Cal aida le chauffeur à ranger les bagages, puis monta dans le bus. Andrea l'arrêta lorsqu'il parvint à sa hauteur.

— Je suis désolée, mais je ne vais pas pouvoir t'accompagner au village, finalement.

— Aucun problème. De toute façon, je préfère rester à l'hôtel avec toi.

Il voulait être présent pour elle, au cas où. Et son sourire lumineux fut la plus belle des récompenses… Après quoi il s'assit à côté de tante Mae pour ce qui lui parut, au final, le trajet en bus le plus cocasse de l'histoire !

Assis dans un fauteuil devant un chocolat chaud, Cal lisait le journal. Habitué aux foules, il n'avait pas l'air le moins du monde perturbé par le va-et-vient continu dans le hall. Andrea s'installa en face de lui et lui tapota le genou.

— Hé ! coucou ! dit-il. Comment va ta mère ?

— Très bien, merci. Papa et moi avons déballé notre science et conclu qu'elle avait eu un léger évanouissement.

Il eut un petit rire.

— La pauvre ! Avec deux médecins, elle est servie.

— Dis plutôt trois. Mon petit frère est urgentiste.

— De mieux en mieux ! Elle doit préférer suivre les conseils de tante Mae. De qui est-elle la tatie, au fait ?

— De personne. C'est la voisine des parents de Maggie. On

la connaît depuis qu'on est petites. Elle nous invitait souvent à boire le thé. Elle nous servait dans de la porcelaine pour enfants, et nous confectionnait des minicakes. On était ravies.

— Elle est géniale. Pendant le trajet, elle m'a raconté l'histoire des guerriers samis, dont les femmes combattaient sur des skis armées d'arcs et de flèches.

— Tante Mae est un puits de science. Il y a des livres partout chez elle. Quand je suis partie à la fac, elle m'a donné un peu d'argent pour m'amuser. Elle m'a dit que je serais un bon docteur, comme mon papa.

Andrea sentit ses mains trembler. La vieille dame s'était trompée sur ce point…

— Tu *es* un bon docteur ! dit Cal.

— Non. J'ai paniqué en voyant ma mère s'évanouir.

— Peut-être, mais tu t'es reprise et tu as fait face à la situation.

— Ce n'était pas compliqué. Tante Mae aurait pu établir le diagnostic.

— Écoute… En tant que chirurgien, je n'opérerai jamais un membre de ma famille. Pensais-tu pouvoir rester indifférente lorsque ta mère s'est évanouie ? Ça n'aurait pas été normal !

Elle haussa les épaules.

— Non, en effet.

— Après ce que tu as vécu, tu avais de bonnes raisons d'avoir peur. L'essentiel, c'est que tu aies repris tes esprits. Elle aurait pu avoir quelque chose de grave. Tu n'en savais rien, et tu as pratiqué un check-up complet sans l'inquiéter. Alors oui, tu es un *excellent* médecin.

Il semblait sincère. Il croyait en elle. Peut-être pouvait-elle lui faire confiance.

— Merci, dit-elle.

Il lui lança un regard dubitatif.

— Tu n'as rien d'autre à dire ?

— Non. « Merci » est le mot important. Il résume tout.

— Mon pouvoir de persuasion est meilleur que je ne pensais, répondit-il en souriant. Tu m'en vois ravi.

Elle baissa la tête, puis jeta un coup d'œil à sa montre.

— On a encore le temps de descendre au village, si tu veux.

Il secoua la tête.

— Je préfère rester ici et me coucher tôt.

Elle eut l'intuition qu'il pensait à elle en répondant cela. Il voulait qu'elle se repose !

— C'est la dernière occasion de faire la tournée des bars, insista-t-elle. Les parents de Joe et ceux de Maggie arrivent demain matin. L'après-midi, ce sera répétition générale et ensuite dîner avec tout le monde. Et jeudi soir, il y aura les enterrements de vie de garçon et de jeune fille…

— Je te laisse choisir un bar. Tu les connais. Que recommandes-tu ?

— Cal, je n'ai jamais organisé ce genre de fiesta. Je n'y ai même jamais participé !

Il rit.

— Si j'étais malade, il faudrait bien que tu gères. Je te fais entièrement confiance. Tu connais Joe, le genre d'amis qu'il a…

Elle leva les mains en signe de résignation.

— D'accord, parfait ! Il y a une petite brasserie familiale à cinq minutes à pied du funiculaire. Ils proposent des plats typiques à base de produits frais et servent de très bonnes bières. Cerise sur le gâteau, il y a de la musique et même un karaoké le soir. Qu'en penses-tu ?

Son sourire dissipa la fatigue nerveuse qui pesait sur elle.

— Je n'en pense que du bien, Andrea. Adjugé, vendu.

10.

Tout le monde était arrivé à bon port. La répétition générale s'était bien déroulée, et l'enterrement de vie de garçon avait connu un franc succès.

Cal, qui avait supervisé le retour des joyeux lurons, venait de laisser un Joe ravi rejoindre Maggie dans le hall de l'hôtel. Les futurs époux, tendrement enlacés, attendaient l'ascenseur. Maggie était en peignoir en éponge, avec des chaussons aux pieds : une bonne indication pour deviner où les filles avaient passé la soirée !

Il était tard, et Cal aurait dû aller se coucher, mais ce fut plus fort que lui : contournant le bar, il rejoignit la véranda, où se trouvait l'espace balnéo.

Sous la lumière tamisée des lampes LED, le jacuzzi était une invitation à la détente. En approchant, Cal vit Andrea allongée dans les bulles au coin de la grande cabine hexagonale. Elle lui fit signe.

— Salut ! Tout s'est bien passé ?

— Oui, c'était génial. On est revenus entiers, répondit-il en souriant. Et côté filles ?

— On a passé un super moment. Maggie est partie avec Joe.

— Je sais, je viens de les quitter. J'espérais… te trouver là.

Elle fit deux brasses pour se rapprocher de lui. Le verre qu'elle tenait à la main glissa dans les bulles.

— Oups ! fit-elle, bataillant pour le récupérer.

Il s'accroupit, releva ses manches de chemise et y parvint avant elle.

— Ma parole, tu es pompette !

Elle haussa les sourcils.

— Absolument pas. Je n'ai bu que du jus de fruits.

— Ha ha ! moi, de la bière sans alcool. Je voulais garder les idées claires pour surveiller mes troupes.

— Pauvre de toi !

— Oh ! je ne suis pas malheureux. Mais puisqu'on a passé une bonne soirée, que tout le monde est content… On pourrait peut-être boire un verre ensemble ?

— D'accord, si tu viens dans le jacuzzi. On est trop bien là-dedans.

La tentation était trop forte. Cal n'était qu'un être humain, après tout.

Il monta enfiler un caleçon de bain dans sa chambre puis redescendit, vêtu d'un peignoir blanc de l'hôtel, et fit un crochet par le bar avant de rejoindre la véranda.

— Waouh ! du champagne ! dit Andrea quand elle le vit approcher.

— L'occasion le vaut bien, madame…

Il emprunta le plancher chauffant qui menait au jacuzzi, retira son peignoir en frissonnant et se hâta d'entrer dans l'eau bouillonnante.

— Mmm ! C'est génial, dit-il. On est dans un cocon douillet entourés de neige.

— Oui, ça m'enivre presque, cette sensation.

La voir allongée dans les bulles, détendue et heureuse, était complètement ensorcelant. Il emplit deux coupes de champagne et lui en tendit une.

— À quoi trinquons-nous ? demanda-t-il.

— Au succès de la soirée. Et aux futurs mariés.

— À Maggie et Joe. Tchin !

Ils entrechoquèrent leurs coupes. La première gorgée lui fit tourner la tête, mais ce n'était pas l'effet de l'alcool : il était hypnotisé par le regard d'Andrea.

Elle était fascinante, avec ses cheveux légèrement humides relevés en queue-de-cheval. Il aurait pu passer la nuit à admirer les courbes de sa nuque et de ses épaules, à loucher sur ses jambes fines…

— Raconte-moi, dit-elle. L'oncle Pete a-t-il abusé de la bière locale ?

— Il était parti pour, mais je lui ai commandé quelques bières sans alcool, et il n'a pas fait la différence.

— Génial. Maggie craignait qu'il ne gâche la soirée en dépassant les limites.

— Pas de souci, on l'a gardé sous contrôle. C'était judicieux, de choisir un endroit où on pouvait manger. Du coup, tout le monde en a bien profité. Le petit frère de Joe a rencontré une charmante vacancière à qui il a donné son numéro. Quant à papy Dave, c'était lui le plus en forme. Figure-toi qu'il voulait aller dans un autre bar ! Heureusement, je l'ai convaincu de rentrer se coucher, mais il bougonnait que les jeunes de maintenant ne savaient plus s'amuser.

Elle rit.

— Ça ne m'étonne pas. La grand-mère de Maggie attendait les Chippendales. Elle était très déçue d'apprendre que ce genre de spectacle ne plaisait pas à sa petite-fille, et qu'elle n'en verrait aucun.

Il remplit de nouveau leurs coupes, et elle ajouta :

— Maintenant, j'ai un très bon feeling pour ce mariage. Rien de tel qu'une fiesta pour avoir la pêche !

Pour lui, la meilleure partie de la soirée se déroulait là, dans ce jacuzzi, avec elle. En la rejoignant, il avait eu l'impression de rentrer chez lui. Comme quelqu'un qui parle de sa journée avec sa femme, ou sa compagne, en revenant à la maison…

L'envie de la toucher était irrésistible. Il oscillait sur la corde raide, à un souffle de tomber amoureux. Mais hélas ! cela ne suffisait pas. Il avait bataillé dur pour construire sa vie et ne se sentait toujours pas prêt à la partager avec quelqu'un.

Maggie et Joe avaient aisément franchi le pas. Ils avaient fusionné leurs rêves et leurs espoirs. Lui n'était pas sûr d'avoir quelque chose à offrir à une femme, même à Andrea.

— Il se fait tard…, dit-elle.

Son regard lui disait qu'elle non plus n'avait pas envie de partir. Il le fallait, pourtant.

— Oui, on devrait y aller, répondit-il. Une longue journée nous attend demain.

Il sortit du jacuzzi, enfila son peignoir et lui présenta le sien. Elle s'y glissa rapidement, puis en noua la ceinture autour de sa taille mince.

— Merci. C'était la meilleure partie de ma soirée.

— Pareil pour moi, répondit-il en souriant. Il reste du champagne. En veux-tu ?

— Non, merci, ce ne serait pas raisonnable. Ils ont des bouchons hermétiques au bar. On va en récupérer un.

Ils regagnèrent le hall, où le barman leur en fournit volontiers un. La dernière vision de Cal fut la silhouette d'Andrea s'éloignant dans le couloir, en peignoir blanc, la bouteille à la main.

Il dut déployer un énorme effort de volonté pour ne pas la suivre.

La première pensée d'Andrea au réveil fut pour Cal.

À demi nu dans le jacuzzi, il l'avait ensorcelée. Elle avait admiré ses épaules larges, son torse musclé, sa peau mate rendue brillante par la vapeur d'eau. Comment avait-elle réussi l'exploit de ne pas le toucher ? Elle se le demandait encore.

Il incarnait l'homme idéal dont elle avait besoin. Un point pour Maggie…

Elle s'assit brusquement contre les oreillers. Maggie, Joe, le mariage ! Elle devait arrêter de rêvasser !

La soirée de la veille avait été parfaite, mais à présent elle avait beaucoup de choses à faire. En premier lieu, prendre une douche froide, histoire de se remettre les idées en place.

— Cal, au secours ! La grand-mère de Maggie a perdu un de ses appareils auditifs.

Andrea avait dû gérer de nombreux petits problèmes ce matin-là. À présent, elle s'occupait de réceptionner les fleurs Elle ne pouvait pas être partout en même temps !

— Déstresse, je vais l'aider à chercher, répondit-il d'un ton gai. Où est-elle ?

— Euh… Je n'en sais rien. Elle doit fureter dans les couloirs.

— Donc, si je comprends bien, on a peut-être un sonotone retrouvé et une grand-mère perdue ?

Malgré l'agitation du moment, Andrea éclata de rire. L'humour de Cal était le meilleur remède contre les angoisses.

— On peut le voir comme ça, en effet.

— Ne t'inquiète pas, je vais m'assurer que l'appareil et sa propriétaire sont réunis, et qu'ils restent dans notre champ de vision.

Elle rit de nouveau.

— Merci beaucoup. Je te revaudrai ça.

À peine avait-elle fini sa phrase que son téléphone se mit à vibrer. Elle consulta l'écran et se rembrunit.

— Oh non ! Ils auraient dû appeler Tomas. Il est de garde !

— Que se passe-t-il ? demanda Cal.

— Un commis de cuisine est tombé dans l'escalier. Apparemment il n'a rien, mais Craig, le chef, aimerait que je descende par précaution.

— Je peux y aller si tu veux.

— Tu ferais ça ? Je ne voudrais pas abuser, mais il faut que je m'occupe des fleurs et…

— Pas de souci. Je m'occupe de la grand-mère et du cuisinier. C'est comme si c'était fait.

Se penchant vers lui, elle l'embrassa sur la joue.

— Merci beaucoup.

Le contact de sa paume sur sa taille lui donna un frisson. Il l'avait à peine effleurée, mais déjà elle basculait dans un univers enchanté.

— Tout le plaisir est pour moi, fit-il.

Elle résista à l'envie de se jeter dans ses bras et lui sourit. Ils avaient mille choses à faire. Mais plus tard, peut-être…

La journée s'était finalement déroulée au mieux.

Après avoir réglé une foule de détails, Andrea avait emporté sa bouteille de champagne à moitié pleine dans la chambre de Maggie. Elles avaient trinqué et ri comme des gamines, puis Andrea s'était éclipsée pour prendre une douche avant le dîner.

Ce mariage allait être une réussite. Elle n'était visiblement pas la seule à en être convaincue, à en juger par l'ambiance qui régnait au restaurant principal !

Les invités, famille et amis, étaient déjà tous attablés autour d'un apéritif. Elle fut néanmoins déçue de ne pas voir que Cal. Lui avait-il laissé un message ?

Son sac à main vibra au moment où elle allait l'ouvrir pour attraper son téléphone. Elle lut le SMS que Cal venait d'envoyer et se figea.

Problème de dernière minute pour le mariage.

Forcément. Ça aurait été trop beau !

Ne t'inquiète pas, on va gérer. Ne dis rien à personne.
Éclipse-toi dès que tu pourras et descends à la cuisine.

Le père de Maggie était en train de porter un toast aux futurs mariés. Andrea jeta un regard autour d'elle et prit une décision rapide : elle ne pouvait pas s'asseoir à table, puis partir au bout de cinq minutes sans éveiller les soupçons.

— Ah ! te voilà ! dit Maggie en lui faisant de grands signes.

Elle se rapprocha mais ne prit pas la chaise que son amie écartait pour elle.

— Désolée, je viens d'être appelée. Rien de trop grave, je pense. Je ne devrais pas en avoir pour longtemps.

— Pas de souci. On sait bien que vous, médecins, êtes constamment sur la brèche.

— On te gardera du champagne au frais, promit Joe.

— Super, merci. À tout de suite.

Elle descendit rapidement à la cuisine, où Cal l'attendait assis dans un coin pour ne pas gêner le service. Il se leva et traversa la pièce à grandes enjambées.

— Tu n'étais pas obligée de venir si vite…

— Cal, s'il y a un problème, c'est forcément urgent !

— Hum ! en fait… oui.

Comme il n'était pas du genre à paniquer, son air inquiet l'alarma au plus haut point.

— Ne tourne pas autour du pot. Je veux tout savoir.

Il lui prit la main sans répondre et lui fit contourner les fourneaux jusqu'au coin pâtisserie. Où ce qu'elle vit lui arracha un cri d'horreur : le gâteau de mariage gisait, informe et en mille morceaux, sur un coin du plan de travail.

— Oh non ! Que s'est-il passé ?

— Le gars qui est tombé dans l'escalier portait le gâteau vers la salle de réception.

— Est-il blessé ?

— Non, il n'a que quelques bleus.

— Ouf ! Mais… Pourquoi montait-il déjà le gâteau ?

— Pour que tu donnes ton avis. Ensuite, ils l'auraient stocké au frais là-haut.

— Je l'aurais forcément trouvé très bien, voyons.

Il haussa les épaules.

— Écoute, on ne peut pas leur en vouloir d'être précautionneux. Ils ont un peu la pression quand même.

— Ah ! d'accord. En fait, c'est ma faute !

— Andrea, je me suis mal fait comprendre, pardon. Ce n'est la faute de personne, c'était un accident. L'essentiel, c'est que le commis n'ait rien de grave.

Elle soupira.

— Évidemment, tu as raison. Le reste doit pouvoir s'arranger. Je vais me calmer, respirer…

— Bonne idée. Je vais faire la même chose.

Il prit plusieurs inspirations, puis dit :

— Pourquoi est-ce qu'on panique ? Si mes mains tremblaient comme ça au bloc, je devrais changer de métier.

— Au bloc, tu connais ton travail. Combien de catastrophes as-tu gérées dans une cuisine ?

— Très bonne remarque. Je vais donc faire comme si j'allais pratiquer une appendicectomie !

— Fais ce que tu veux, mais il nous faut un plan B.

— Il est déjà prêt. Craig va préparer trois nouveaux gâteaux puisque c'est un trois étages. Comme il fallait réagir vite et avec les ingrédients à disposition, on a choisi un gâteau à la carotte pour le bas, un tout chocolat pour le milieu et un cheese-cake rouge velours pour le haut.

— Waouh ! ça m'a l'air très bien !

— Craig m'a assuré que tout serait prêt. Il fera à la dernière minute un glaçage blanc au beurre, et le tour sera joué.

— Ça semble un peu trop beau pour être vrai…

— Le hic, c'est la décoration. L'épouse de Craig est sur le point d'accoucher. Il voulait absolument rester, mais je l'en ai dissuadé. J'ai pris la liberté de dire qu'on s'occuperait du décor. Il m'a donc appris à façonner des roses en sucre.

Cal avait dû tomber sur la tête. Ces choses-là demandaient du doigté, de l'expérience…

— D'accord, dit-elle pourtant. Tu es chirurgien. Tu dois être habile de tes doigts.

— Euh…

— Je te donnerai un scalpel, au besoin. J'en ai une boîte entière.

Il éclata de rire.

— Génial. On va faire l'opération gâteau !

— Voilà. Exactement.

Un petit décor en plastique dépassait des ruines du gâteau.

Elle le récupéra : il s'agissait des ministatues à l'effigie des mariés.

— On aura toujours sauvé ça, dit-elle en souriant.

Il lui prit la main et, de manière inattendue, la porta à ses lèvres.

— Tu crois que ça peut marcher ? demanda-t-il.

— Bien sûr ! Ce n'est pas comme si on avait le choix. Le mieux, c'est de remonter dîner pour ne pas éveiller les soupçons. On s'éclipsera le plus vite possible.

— Tu ne pourras pas rester debout jusqu'à l'aube, protesta-t-il. Tu as déjà beaucoup donné aujourd'hui.

— Pas plus que toi. Et en tant que médecins, on a l'habitude des nuits courtes. On va le faire ensemble, Cal. On y arrivera.

Elle le précéda pour sortir de la cuisine. Alors sa voix s'éleva derrière elle.

— J'ai oublié de te dire une chose, Andrea.

Elle se retourna, un peu affolée.

— Quoi donc ?

— Tu es très en beauté, ce soir.

11.

Pendant le dîner, Andrea eut beaucoup de mal à rester zen. Comment rire et plaisanter alors que le mariage aurait lieu dix-huit heures plus tard et qu'ils n'avaient pas de gâteau ?

Cal et elle durent attendre le dessert pour partir, prétextant des surprises de dernière minute à organiser. Dans l'allégresse générale, personne ne songea à mettre leur parole en doute, et tandis que Cal gagnait la cuisine, elle monta se changer chez elle.

Après avoir troqué sa robe contre un jean et un T-shirt, elle redescendit à la hâte.

Le service se terminait. Les commis avaient presque fini la vaisselle et le rangement. Malgré les circonstances, découvrir Cal vêtu d'un tablier immaculé, affairé devant le plan de travail, la fit sourire.

Une rose en sucre à la forme parfaite était posée sur le marbre, devant lui.

— C'est le modèle que Craig t'a donné ? demanda-t-elle.

— Pas du tout. L'original est là, sur la petite étagère. Celle-ci est mon deuxième essai. Qu'en penses-tu ?

Elle le dévisagea, médusée.

— Je n'en reviens pas. Elle est parfaite !

— Si tu le dis… Dans ce cas, il en reste une douzaine à fabriquer, plus le reste.

Il indiqua une photographie, scotchée au mur, qu'elle étudia en fronçant les sourcils. Une cascade de roses avec leurs feuilles vertes courait sur les trois étages d'un gâteau. Le créateur avait intercalé des papillons pour faire bonne mesure, ajoutant un cercle de roses minuscules autour des statuettes des mariés.

— N'est-ce pas un peu… ambitieux ? demanda-t-elle.

— Craig nous a laissé des astuces avant de partir. Tout est écrit là, sur ce carnet. Les gars ont fait cuire les gâteaux pendant qu'on mangeait. Le montage et le glaçage sont prévus pour demain matin, de très bonne heure. Il ne manque plus que nos décors, finalement.

— Que puis-je faire ? Tu as l'air de maîtriser les roses…

— Si tu essayais les papillons ?

Elle scruta la photo en plissant les paupières. La suite dépendait de son – de leur – habileté manuelle. Le résultat pouvait être superbe ou catastrophique. Mais elle ne s'avouerait pas vaincue avant d'avoir commencé.

Résolument, elle attrapa un tablier et le noua autour de sa taille.

— Allons-y ! On a du pain sur la planche.

2 heures du matin était généralement le cap difficile d'une garde. Mais cette nuit-là n'était pas ordinaire. Être avec Cal changeait tout, et Andrea ne sentait pas la fatigue.

Énergique et positif, il l'encourageait constamment. Des roses de toutes tailles s'alignaient désormais sur le plan de travail, et il était en train d'y apposer la touche finale, à savoir un vernis sucré rose clair du plus bel effet.

Les papillons d'Andrea, eux, avaient meilleure allure qu'elle n'aurait pu l'espérer. Ils avaient également pris de belles couleurs sous le pinceau expert de Cal, dont la minutie n'avait d'égal que le talent.

— Si tu manques de patients, tu pourras te reconvertir dans la pâtisserie haut de gamme, dit-elle, amusée.

Il s'étira en souriant, les mains derrière la tête.

— Jamais de la vie ! J'ai les nerfs en pelote. Je me demande comment Craig tient le coup.

— Et lui doit se demander comment un chirurgien gère la pression. Autrement dit, à chacun son métier.

— Tu l'as dit… Bien, on en voit le bout. Une dernière rose, et le tour sera joué. On va la faire ensemble.

Elle faillit répondre qu'il s'en sortirait mieux tout seul, mais se ravisa. Il semblait y tenir, et elle ne voulait pas le décevoir.

— D'accord. Si tu veux.

Il la laissa rouler la pâte d'amandes, puis découpa des pétales. Elle essaya alors de leur donner le pli adéquat, en vain.

— Elle est trop moche ! dit-elle. On jette.

— Refais-en une. Comme ça…

Du bout des doigts, il guida sa main pour que les pétales prennent la bonne forme.

— On fait de petits arcs de cercle à partir du milieu, puis on affine les bords… Voilà.

Elle sentit ses doigts frémir sous les siens. Ils étaient en train de créer quelque chose ensemble, à l'unisson, dans le silence de la nuit. L'émotion lui noua la gorge, et elle se tut, bouleversée.

— Magnifique, dit-il tout bas. Il ne nous reste plus qu'à signer notre œuvre.

Il plongea le minipinceau dans le colorant alimentaire et, délicatement, traça un C sur le dos de la fleur. À son tour, elle inscrivit un A tremblotant juste à côté. Puis elle posa la rose à côté des autres et se retourna.

— Cal…

Incapable de se retenir, elle l'entoura de ses bras. Il la serra contre lui.

— Tu ne pensais pas qu'on irait au bout ? demanda-t-il.

— Non.

La tête appuyée contre son torse, elle se délectait d'entendre les battements réguliers de son cœur. Il eut un rire bas.

— Moi non plus, mais on l'a fait, Andrea.

Dressée sur la pointe des pieds, elle déposa un baiser au

coin de sa mâchoire. Il soupira, parut hésiter, puis sa bouche captura la sienne en un baiser d'une tendresse infinie.

Douces et fraîches comme des pétales de rose, ses lèvres prenaient sans rien exiger. Elle se sentit faiblir et s'accrocha à son cou, enivrée par la force et la chaleur qui émanaient de lui. Il l'étreignait comme un trésor précieux et, rien que pour cela, elle ne voulait pas le lâcher…

Il le fallait, pourtant.

— Je… hum ! On devrait ranger, dit-elle en balbutiant.

— Oui. On va préparer les supports pour que Craig et son équipe aient un minimum de choses à faire demain, ou plutôt tout à l'heure.

— La nuit a filé vite. Mais c'était chouette, Cal…

3 heures avaient sonné lorsque, satisfaits, ils quittèrent enfin la cuisine. Cal n'en revenait toujours pas qu'ils aient accompli une pareille tâche, mais Andrea et lui pouvaient être fiers !

— La phase de sommeil est passée, dit-elle, alors qu'ils atteignaient le hall désert. Je me sens en pleine forme.

— Moi aussi. Et soulagé, surtout.

— Ça te dirait, un chocolat chaud ? Ça nous ferait du bien.

Il pourrait se dispenser du chocolat, mais il était en revanche preneur d'un moment supplémentaire en sa compagnie !

— Volontiers, merci.

Ils montèrent à l'appartement d'Andrea, où elle le fit asseoir sur le canapé tandis qu'elle préparait les boissons. Être resté penché avait laissé des traces, comprit-il en se frottant le cou. Ses cervicales n'avaient pas apprécié l'opération roses…

Quand Andrea reparut avec les mugs, il prit le sien et se cala contre le dossier du sofa. Ils dégustèrent leur chocolat dans un silence amical. Ils étaient détendus, heureux du travail accompli. Que demander de plus ?

Voyant qu'Andrea glissait dans le sommeil, il lui enleva sa

tasse. Il abandonna les deux mugs sur le tapis et se réinstalla confortablement. Puis il ne pensa plus à rien.

Ils s'étaient endormis dans les bras l'un de l'autre.

Dans un demi-sommeil, Cal avait dû retirer ses chaussures. Il était désormais allongé confortablement sous un plaid, avec Andrea qui pesait à moitié sur lui.

Il s'arrêta presque de respirer devant cette vision incroyable. L'instant n'aurait pas été plus beau s'ils avaient fait l'amour, mais ils étaient tout habillés…

Andrea remua et se passa une main sur le visage. Ainsi, elle était réveillée. Elle aussi devait faire sembler de dormir pour prolonger la magie de l'instant !

Soudain, l'alarme d'un réveil déchira le silence paisible. Elle se dégagea doucement.

— Tu étais réveillé, dit-elle.

— Oui, comme toi.

Ni elle ni lui n'avaient d'explication à donner. Ils avaient réagi de la même manière, en osmose totale, goûtant ces moments d'intimité parfaite.

Il bascula les jambes sur le côté et s'assit, entraînant Andrea avec lui. Attendri, il la vit se passer une main dans les cheveux pour discipliner ses boucles. Avec ses mèches folles, ses joues roses et ses yeux embrumés de sommeil, elle était d'une beauté à couper le souffle !

— J'avais sous-estimé ma fatigue, dit-elle. Je suis tombée comme une masse.

— Oui, moi aussi.

Déjà, le rêve cédait la place à la réalité. Elle s'était levée pour aller éteindre le réveil qui continuait de sonner.

Quand elle reparut, elle s'assit dans un fauteuil. Loin, beaucoup trop loin de lui…

— Craig a dû assembler le gâteau, dit-elle. Il faut qu'on le montre à Joe et Maggie.

— Oui, le plus tôt sera le mieux. J'espère qu'ils ne seront pas trop déçus.

— Franchement, ça m'étonnerait. Il ne ressemblera pas à leur choix initial, mais je fais confiance à Craig. Alors, voyons… je vais prendre une douche et j'irai chercher Maggie. Elle doit être levée, je pense. On se rejoint à la cuisine dans vingt minutes ?

— Parfait ! J'y serai.

Un quart d'heure plus tard, il était déjà en bas. Craig venait de poser les fameuses roses sur le glaçage quand il le rejoignit. Vu de loin, le résultat était bluffant… Même si quelques pétales semblaient un peu biscornus lorsqu'on se rapprochait.

— Alors, verdict ? demanda-t-il au chef.

— Vous vous êtes surpassés, répondit Craig, enthousiaste. Franchement, bravo ! Regarde comme c'est joli !

— Merci. On a fait le maximum… Comment va ta femme ?

— Rien de neuf. Elle m'a réveillé en pleine nuit, croyant qu'elle allait accoucher, mais c'étaient des… quoi, déjà ?

— Des contractions de Braxton-Hicks. Elles s'arrêtent quand la maman change de position ou marche un peu.

— Voilà ! Franchement, c'est épuisant. Je n'en peux plus d'attendre.

Cal rit.

— Les bébés sortent quand *ils* le décident, pas pour faire plaisir à leurs parents.

— Elle a déjà du tempérament, cette petite, dit Craig en riant. Elle donne de bons coups de pied dans le ventre de sa mère.

Cal sentit une boule lui nouer la gorge. Jamais, sans doute, il ne connaîtrait ce genre d'émotion.

— Si tout va bien, tant mieux…

— Oh ! regarde, les voilà ! l'interrompit Craig.

Andrea, Maggie et Joe venaient d'entrer dans la cuisine. Ils bavardaient gaiement, mais Cal lut une vive inquiétude dans le regard d'Andrea. Après les échanges de salutations, Maggie se tourna vers Craig.

— Qu'est-ce qu'on fait là ? Le menu est testé et approuvé depuis longtemps. C'est une surprise ?

— Une surprise dont on se serait bien passés, dit Andrea. Il y a eu… un petit souci avec le gâteau. On a dû en fabriquer un autre.

Maggie, l'air horrifiée, porta une main à ses lèvres.

— Quoi ? Oh non !

— Tout est arrangé, Maggie…

La future mariée jeta les bras autour du cou de Joe.

— Tant pis s'il n'y a pas de gâteau ! Le plus important, c'est qu'on se marie.

Joe lui embrassa le bout du nez.

— Tu as mal entendu, mon cœur. Ils en ont fait un autre.

Maggie lança un regard fébrile autour d'elle. Comme Andrea semblait tétanisée, Cal prit les choses en main et ouvrit la porte du réfrigérateur principal. Les mariés s'avancèrent… et restèrent bouche bée.

— Andrea et Cal ont travaillé la moitié de la nuit sur le décor, dit Craig. J'ai fait le reste. Je viens de finir.

— Vous avez fait tout ça pour nous ? demanda Maggie. Il est… superbe. Encore plus beau que l'autre !

Elle se jeta dans les bras de Cal avec une telle fougue qu'il faillit basculer en arrière. Puis elle étreignit Andrea, et enfin Craig, avec le même enthousiasme.

— Je ne savais pas que tu étais la championne des roses en sucre, Andrea.

— Le champion, c'est Cal. Moi, j'ai fait les papillons et les feuilles.

— Cal, tu m'étonneras toujours ! dit Maggie. Et ces trois étages, Craig ! Merci à vous trois. Beaucoup, beaucoup, beaucoup… Mais au fait, qu'est-il arrivé au premier gâteau ?

— Un commis de cuisine est tombé dans l'escalier avec. Il le montait à la salle de réception, répondit Andrea.

— Oh ! mince. Il s'est fait mal ?

— Non, il va bien. Le gâteau a amorti sa chute. Il était complètement écrasé.

— Tant mieux, alors. On aurait culpabilisé qu'il y ait un accident grave à cause de notre mariage. Et quand je pense que nos témoins ont rattrapé le coup… C'est le plus beau cadeau que vous pouviez nous faire.

— J'allais le dire, dit Joe en souriant. Merci à vous trois, vraiment. Et puisque tout est bien qui finit bien, je propose qu'on aille de marier. Qu'en penses-tu, mon cœur ?

Maggie glissa le bras sous le sien et l'entraîna vers la sortie.

— Le plus grand bien, mon amour.

12.

La cérémonie, simple et émouvante, avait tenu toutes ses promesses.

Maggie, radieuse, avait ébloui les invités, mais Cal n'avait eu d'yeux que pour Andrea. Très élégante en robe rose pâle, coiffée d'un chignon rehaussé de perles, elle était, selon lui, la reine du jour. La femme la plus sexy qu'il eût jamais rencontrée. Une femme dont la beauté n'avait d'égal que la gentillesse et l'intelligence.

Sa manière de contrôler en douceur les événements de la journée l'avait bluffé. Et maintenant que Maggie et Joe venaient d'ouvrir le bal, il allait, enfin, pouvoir lui exprimer son admiration.

— Quelle est la suite du programme ? demanda-t-il en regardant ostensiblement la piste.

— Je crois que le garçon d'honneur a un truc à faire, là, maintenant…

— Ah, bon ? Aurais-je par hasard oublié quelque chose ? répliqua-t-il, taquin.

Si elle savait su ! Il n'avait pensé qu'à ce moment-là tout l'après-midi.

— Je cherche…, fit-elle.

Tout à coup, il l'enlaça, lui arrachant un petit cri. Puis il l'entraîna vers la piste sans lui laisser le temps de dire ouf. Quand elle se blottit contre lui, il la serra plus fort, bouleversé. C'était comme s'ils étaient seuls au monde, comme si les autres danseurs n'existaient plus…

— Tu peux être fière, dit-il. Tu as tout géré à la perfection. Cette journée restera longtemps dans les mémoires.

— Je n'y serais pas arrivée sans toi, Cal. Je te remercie. Vraiment.

— Je n'ai fait que suivre les instructions. Tout était écrit.

Elle appuya la joue contre sa chemise, et il soupira. Même le silence était agréable avec elle. À Londres, le calme risquait d'avoir un goût de solitude.

— Je ne pensais pas qu'au mariage, reprit-elle. Tu m'as aidée à franchir un cap. Je me sens… différente. Plus libre.

Lui aussi avait changé. Chacun avait évolué au contact de l'autre, mais cela suffirait-il ?

Un jour, Andrea serait libérée de ses fantômes. Elle en prenait le chemin. Toutefois, elle avait besoin de temps, et ils n'en avaient pas.

— Je suis content pour toi, dit-il. Vraiment. Tu n'imagines pas à quel point ça me fait plaisir.

Andrea aurait voulu garder Cal pour elle, mais c'était impossible.

D'après la tradition, le témoin devait danser avec toutes les dames ou presque. Tante Mae, resplendissante dans une robe rouge à sequins, fut d'ailleurs la première à lui rappeler ses devoirs !

À l'heure du dessert, Joe fit un discours pour raconter à ceux qui n'étaient pas au courant les péripéties de la veille. Lorsqu'il eut terminé, Andrea, postée derrière la fenêtre, leva les bras pour donner le départ de la descente aux flambeaux. Maggie courut vers la baie vitrée en poussant des cris de joie, bientôt imitée par les invités.

Le ballet féerique s'acheva au pied des pistes, où les moniteurs plantèrent les torches dans la neige pour dessiner un cœur. S'ensuivit un tonnerre d'applaudissements puis, comme convenu, Francine et ses amis vinrent rejoindre l'assistance pour trinquer à la santé des mariés et prendre une part de gâteau.

Maggie et Joe firent la première découpe, mais, dérogeant à la tradition, ils insistèrent pour qu'Andrea et Cal les imitent.

Andrea sentit les doigts de Cal se refermer délicatement sur les siens, puis des acclamations chaleureuses retentirent à nouveau dans la pièce lorsqu'ils manipulèrent le couteau ensemble.

Qu'ils le veuillent ou non, ils étaient les autres héros du jour, avec Craig. Le chef ne fut d'ailleurs pas autorisé à quitter la salle sans emporter une énorme part de gâteau, à déguster à la maison avec sa femme !

Par un « heureux hasard », la rose gravée du A et du C avait atterri dans l'assiette d'Andrea. Elle ne s'en aperçut qu'une fois de retour à sa place.

— Ça me gêne de la manger, dit-elle à Cal.

Elle ne pouvait pas la garder non plus, mais elle aurait aimé la conserver éternellement…

— Elle est faite pour ça, voyons !

La réponse de Cal ne l'étonna pas. Il vivait l'instant présent, le « ici et maintenant », sans regarder en arrière ni se tourner vers l'avenir.

Délicatement, elle enleva quelques pétales et les posa sur son assiette, à lui.

— C'est *notre* rose. On partage, dit-elle, décidée.

— Avec grand plaisir.

C'était comme si, par ce geste, ils scellaient un accord tacite, un lien indissoluble, et Andrea finit son dessert en silence. Toute cette symbolique, toutes ces émotions, c'était trop. Elle devait prendre une décision et s'y tenir. Le monde n'allait pas s'arrêter de tourner pour ses beaux yeux.

Elle devait prendre ce que la vie lui offrait, tant qu'elle le pouvait encore.

Elle poussa un soupir de soulagement quand, après avoir souhaité bonne nuit à la ronde, Maggie et Joe regagnèrent leur suite. Quelques invités s'attardaient encore, mais les serveurs de l'hôtel pouvaient très bien gérer les couche-tard !

Elle se rapprocha de Cal, qui observait les danseurs au coin de la piste.

— Un chocolat comme hier, ça te tente ? demanda-t-elle. J'essayerai de rester éveillée.

— Volontiers. Ce serait agréable, de se poser au calme.

Lorsqu'ils arrivèrent chez elle, son premier réflexe fut d'enlever ses escarpins. Cal retira sa veste, dénoua sa cravate et s'installa confortablement sur le canapé.

— Je n'en ai pas pour longtemps, promit-elle.

Quand elle revint, il lui sembla revivre la scène de la veille. Mais cette fois, elle ne s'endormirait pas.

— Il s'en est passé des choses, en douze jours, dit-elle.

— Oui, c'était... parfois intense, parfois compliqué, mais en tout cas très bien. Extraordinaire, même...

Ainsi, ils étaient sur la même longueur d'onde. Elle l'avait toujours senti. Néanmoins, il ne ferait jamais le premier pas. Il était du genre à respecter sa parole.

— Je voudrais... que tu restes avec moi cette nuit, dit-elle simplement.

Voilà, elle avait osé. Les mots étaient lâchés. Elle ne pouvait plus les reprendre.

Le visage de Cal se durcit, et elle frissonna.

— Je ne peux pas, Andrea. J'en ai envie, tu l'imagines bien, dit-il en soupirant. Mais tu l'as dit toi-même : tu n'es pas prête pour une relation.

Il lui cachait quelque chose. Elle s'était montrée honnête, mais elle avait, soudain, la conviction que ce n'était pas entièrement réciproque.

— Tu sais mieux que moi ce qui me convient ? répondit-elle. Je te trouve un peu arrogant, là...

Il leva les mains.

— Pardon, ce n'est pas ça du tout. Simplement... je repars dans deux jours. Je me sens incapable de passer une nuit avec toi et de m'en aller comme si de rien n'était. Tu commences à me connaître. Tu sais que je réfléchis avant de prendre une décision.

— Mais si on est d'accord ? Si on veut les mêmes choses, justement ?

L'espace d'un instant, elle crut qu'il allait oublier ses réserves et l'embrasser. Puis la lueur inquiète reparut dans son regard.

— Je ne suis pas…

Il s'interrompit, secoua la tête. Elle lui pressa l'épaule, mais il tressaillit vivement, et elle retira la main. Alors, de manière inattendue, il la lui prit et la garda dans les siennes.

— Andrea, je suis désolé. Je ne voulais pas dire…

— Que veux-tu dire, au juste ? Allez, hop ! Crache le morceau !

Ses lèvres s'étirèrent en un sourire en coin.

— Je l'ai bien cherché.

— Tout à fait, monsieur !

Il soupira et se rejeta en arrière contre les coussins, les yeux rivés au plafond. Elle attendit patiemment.

— Il m'a fallu du temps pour atteindre mes objectifs. Se dire qu'on a choisi la bonne voie malgré les ambitions contraires de ses parents n'a rien de simple.

— Oui, je m'en doute.

Elle le dévisagea, perplexe. Quel rapport cela avait-il avec *eux* ?

— On n'est pas prêts à s'engager, ni l'un ni l'autre, dit-il.

— Peut-être pas tout de suite, mais quelle importance ? Rien ne nous empêche de vivre le moment présent, Cal.

— Et que se passera-t-il si l'un de nous tombe amoureux ?

Elle déglutit péniblement. Elle avait relégué cette question dans un coin de sa tête. Elle ne voulait pas y penser…

— J'ai blessé une femme, Andrea. Je lui ai fait beaucoup de mal.

— Quoi ? Qu'est-ce que tu racontes ?

L'idée lui paraissait ridicule, invraisemblable. Mais après

tout, Cal n'était qu'un être humain. Jamais il n'aurait affirmé cela sans avoir vécu une mauvaise expérience…

— Mary est une fille adorable. À l'époque où on est sortis ensemble, c'était une amie proche. J'ai cru qu'on pourrait avoir une relation simple.

— Savait-elle à quoi s'en tenir ?

— Oui, l'idée venait même d'elle. Elle est avocate et travaillait beaucoup, elle aussi. Vu nos carrières exigeantes, on a pensé qu'une histoire sans engagement pourrait fonctionner.

Andrea sentit un frisson glacé la parcourir. Elle venait, justement, de suggérer la même chose à Cal…

— Que s'est-il passé ?

— Mary est tombée amoureuse, moi pas. Elle était prête à faire des concessions sur le plan professionnel, à revoir ses priorités. Je ne l'aimais pas assez pour en être capable. J'avais beaucoup d'affection pour elle, mais mes sentiments n'avaient pas changé. Elle en a beaucoup souffert.

— Mais nous… ce n'est pas la même chose.

Elle avait répondu sans réfléchir, parce qu'elle avait désespérément besoin de lui. Il secoua la tête.

— Ta vie est ici, Andrea. La mienne est à Londres. On parle de ton cœur et du mien, pas d'un gâteau de mariage. S'ils se brisent, on ne pourra pas les refaire en une nuit.

À ces mots, une vive colère la submergea. Elle était furieuse à cause du gouffre qui les séparait. Elle s'en voulait de s'être autant rapprochée de Cal. Et surtout, elle *lui* en voulait d'avoir raison : après une nuit d'amour, ils ne pourraient jamais se dire adieu comme si de rien n'était…

— Nos cœurs ne vont pas se briser, dit-elle, consciente de mentir.

— Arrête de faire semblant, Andrea. Tu ne peux pas prendre le risque, et moi non plus. Tu le sais très bien.

— Dans ce cas, tu devrais aller te coucher. Maintenant, tout de suite.

Elle avait répondu d'un ton froid, sans pouvoir cacher son

amertume. Quand il gagna la porte, attrapant sa veste au passage, elle ne chercha pas à le retenir. Tout était dit. Elle ne s'humilierait pas à essayer de le convaincre.

Le verrou de sécurité se referma automatiquement avec un clic. Cal ne pourrait pas revenir même s'il changeait d'avis. Au fond, c'était une bonne chose.

Elle allait pouvoir se jeter sur son lit et pleurer toutes les larmes de son corps sans risque d'être dérangée.

13.

Le restaurant et la véranda chauffée étaient déserts.

À cette heure-ci, la plupart des invités devaient dormir. Sans doute se régaleraient-ils d'un brunch aux environs de midi, mais pour l'instant Andrea, Maggie et Joe étaient parmi les seuls à être debout.

Maggie était allée proposer un café matinal à Andrea. Joe, lui, était parti marcher avec grand-père Dave, qui tenait à lui transmettre les clés d'un mariage réussi !

— Les grands-parents de Joe ont soixante ans de mariage au compteur, dit Maggie en riant. Tu imagines ! Et apparemment, ils ne se disputent jamais.

— Eh bien… Ça doit manquer de sel, non ?

— Tout est dans les apparences, répondit Maggie en riant. D'après la mère de Joe, ils se chamaillent, mais jamais en public. Ils sont malins. Ils règlent leurs histoires entre eux.

— C'est une bonne politique, je trouve.

Elle-même avait résolu de cacher ses problèmes à Maggie. Elle refusait de ternir le bonheur de son amie, même si en parler lui aurait fait du bien.

— Où va-t-on ? demanda Maggie. Joe et moi, on a pris un petit déjeuner dans la chambre, mais tu as peut-être faim.

— Non, pas du tout. Un simple café m'ira très bien.

Elle aurait été incapable de manger quoi que ce soit tant elle avait l'estomac noué.

D'un commun accord, elles gagnèrent la véranda. Malgré le chauffage, l'air était frais, et elles mirent chacune un plaid sur leurs genoux. Mais Andrea se souciait peu du froid : c'était surtout intérieurement qu'elle était glacée.

— C'est beau, dit doucement Maggie. Tu as fait tant de choses pour moi, Andrea. Je ne sais pas comment te remercier.

— Si tu savais à quel point ça m'a fait plaisir…, répondit Andrea avec émotion. J'ai passé de super moments à organiser ce mariage.

— Andrea ? Ma chérie, qu'est-ce qui t'arrive ?

Maggie avait capturé ses mains. Alors seulement, Andrea se rendit compte qu'elle pleurait.

— Rien… Je veux dire…

Elle essuya ses larmes avec sa manche de pull et esquissa un sourire tremblant.

— C'est la tension qui retombe, dit-elle. J'ai adoré vous avoir tous ici. Et toi, tu vas me manquer.

— Il n'y a rien d'autre ? S'est-il passé quelque chose ?

Le sous-entendu était clair. Maggie voulait dire : « quelque chose avec Cal ». Elles se connaissaient trop pour que sa meilleure amie n'ait rien remarqué.

— Non, prétendit-elle. Et tout va bien. Je suis juste fatiguée.

— Évidemment ! Toi et Cal avez passé une nuit blanche à fabriquer le décor du gâteau.

Maggie l'étreignit longuement.

— Tu es la meilleure amie qu'on puisse rêver d'avoir. N'en doute jamais.

Maggie et Joe devaient partir dans l'heure en lune de miel.

Andrea avait pu éviter Cal toute la journée, mais là, impossible d'y échapper : tout le monde avait rendez-vous dans le hall pour saluer une dernière fois les jeunes époux. Elle ne pouvait pas briller par son absence…

Elle descendit et resta avec ses parents, loin des amis de Joe. Les mariés faisaient le tour des groupes et, après les embrassades, la mère de Maggie leva la main pour demander le silence.

— On va faire quelques photos souvenirs ! dit-elle. J'ai descendu mon appareil exprès.

Andrea voulut s'esquiver, mais Maggie semblait avoir deviné ses intentions.

— Mets-toi près de Joe, dit-elle d'un ton sans appel. Où est Cal ?

Il s'avança, le visage tendu. Puis il esquissa un sourire forcé, et Andrea songea qu'elle-même devait faire piètre figure. Mais la mère de Maggie, aux anges, n'avait visiblement rien remarqué.

— Stop, maman ! dit Maggie en riant. Tu as dû en prendre une centaine.

Elle confisqua l'appareil à sa mère, mais ajouta :

— On va en faire une des témoins, quand même !

Ainsi, l'épreuve n'était pas terminée. Joe s'écarta, et Andrea dut se rapprocher de Cal. Alors elle sentit, presque physiquement, le mur qu'il avait érigé entre eux. Il ne voulait plus la regarder ni la toucher. Finalement, lorsqu'il la prit par les épaules, ce fut à peine s'il effleura son pull !

Dès que Maggie eut fait la photo, il s'éloigna. Les personnes âgées se rassemblèrent pour un dernier cliché, après quoi tout le monde rejoignit la gare du funiculaire.

Au moment du départ, Maggie et Joe, postés à la fenêtre de leur compartiment, firent de grands signes à l'assistance. Cal se joignit aux effusions générales, mais au lieu de s'attarder après le départ du train, il se tourna vers grand-père Dave. Andrea les vit s'éloigner bras dessus, bras dessous, tandis qu'elle-même remontait la côte avec ses parents et ceux de Maggie.

Tout était terminé. À compter de ce soir-là, les gens allaient partir les uns après les autres. Cal devait encore rester deux jours, mais cela n'avait aucune importance : elle n'avait pas l'intention de le revoir, ni de près ni de loin.

Elle avait compris le message. Au temps pour ses illusions.

Cal avait joué son rôle jusqu'au bout. Il avait dû boire trois cafés ce matin-là pour récupérer d'une nuit sans sommeil, mais il avait tenu bon.

Après s'être fait monter un petit déjeuner dans sa chambre, il avait appelé l'aéroport pour changer son billet d'avion. Et à présent, alors que le crépuscule tombait, il se trouvait dans le funiculaire que Maggie et Joe avaient emprunté quelques heures auparavant, direction l'aéroport.

Ce retour anticipé à Londres était la seule décision possible, se répéta-t-il pour la centième fois. Jamais il n'aurait dû aller aussi loin avec Andrea. Elle avait trouvé la paix dans cette station de montagne, et s'il l'aimait un tant soit peu, il devait la laisser tranquille.

Il s'obligea à regarder droit devant lui alors que le funiculaire glissait lentement le long des rails pentus. La tentation de se retourner était forte, mais il ne céderait pas.

Cette histoire appartenait déjà au passé. Elle n'aurait pas d'avenir.

Quatre jours. Cela faisait quatre jours que Cal était parti sans dire au revoir. Andrea avait d'abord été furieuse contre lui, puis contre elle-même, mais désormais elle se sentait seulement engourdie. Vidée. Lessivée.

En public, elle faisait contre mauvaise fortune, bon cœur. Elle passait son temps libre avec ses parents et les invités qui avaient prolongé leur séjour. Mais sitôt refermée la porte de son appartement, elle s'écroulait.

Comment avait-elle pu être assez bête pour tout gâcher ? Elle avait toujours su à quoi s'en tenir avec Cal. Elle aurait pu le garder comme un ami précieux, mais non. Il avait fallu qu'elle franchisse la ligne rouge !

Des coups insistants frappés à sa porte la tirèrent d'un sommeil agité. D'habitude, elle ne se levait jamais si tard, même les jours de repos, mais à enchaîner les nuits blanches, elle tombait d'épuisement…

Les yeux embrumés, elle alla ouvrir. Tante Mae se tenait sur le seuil, vêtue d'un sweat-shirt fuchsia portant le logo de l'hôtel et d'un pantalon de ski beige au tombé impeccable.

— Coucou, tatie. Entre… C'était bien, ta balade en scooter des neiges avec Francine ?

— Génial, ma chérie. J'en reviens tout juste. Oh ! là là… Tu as l'air d'avoir besoin d'un bon café.

— Hum ! oui… Justement, j'allais en faire.

Tante Mae entra sans attendre d'invitation et se dirigea tout droit vers le salon, où elle s'assit sur le canapé.

Andrea fit un détour par la salle de bains, se coiffa rapidement, puis prépara le café. Quand elle rejoignit tante Mae, celle-ci fourrageait, comme souvent, dans son immense cabas en toile.

— Tu as faim, tatie ? Je peux préparer des toasts.

— Non, merci. J'ai pris mon petit déjeuner avant de sortir sur les pistes, tu penses bien. Mais vas-y, toi.

— Un café me suffira, merci.

— Un café… Et ceci ! s'exclama tante Mae, en sortant une petite bouteille de whisky de son sac.

Elle l'avait sans aucun doute récupérée dans le minibar de sa chambre !

— Euh… Il est un peu tôt, non ?

— Aux grands mots, les grands remèdes !

Renonçant à protester, Andrea laissa tante Mae lui en verser quelques gouttes dans son café.

— Cal est beau garçon, je trouve. Il a cette petite étincelle, ce je-ne-sais-quoi qui m'a toujours plu chez un homme.

Voilà, on y était. Elle savait maintenant à quoi s'en tenir.

— C'est vrai, répondit-elle d'un ton calme. Mais tout va bien, tu sais. Je ne vais pas m'écrouler.

Contre toute attente, la vieille dame retira le médaillon dont elle ne se séparait jamais.

— Tu n'as jamais vu ce qu'il y a dedans, je crois. Vas-y, regarde.

Curieuse, Andrea prit le bijou. À l'intérieur se trouvaient deux petites photos : celle d'un jeune homme en uniforme et celle d'un vieux monsieur au sourire irrésistible.

— Ce sont mes deux époux.

— Quoi ? Je n'ai jamais su que tu avais été mariée !

— J'ai épousé Ted à l'âge de dix-huit ans. Il était militaire. Il est mort en service commandé un an plus tard.

Andrea déglutit péniblement. Ses problèmes lui semblaient, tout à coup, très anecdotiques.

— Je suis désolée, répondit-elle d'un ton doux. Tu n'en parles jamais.

— C'est loin tout ça, ma chérie. Dix ans plus tard, j'ai épousé Harry. Nous avons connu vingt années extraordinaires, et puis il est mort d'une crise cardiaque.

Tante Mae avait toujours eu l'art et la manière de surprendre les gens, mais là cela dépassait tout. Jamais Andrea n'avait vu de photos chez elle, ni entendu la moindre allusion à ses maris…

Elle étreignit tendrement la vieille dame.

— Je ne me doutais pas… Je suis désolée, répétait-elle.

— Ne t'inquiète pas, trésor. Je suis heureuse aujourd'hui, comme je l'ai été autrefois avec eux. Je chéris tous les moments que nous avons passés ensemble.

Tante Mae recula légèrement, et ajouta :

— Harry était un tigre au lit, pour tout t'avouer.

— Tatie !

— Quoi ? Tu crois que les jeunes ont inventé l'amour ? Tu n'as plus douze ans, et tu es médecin. Bref… Cal me fait penser à Harry.

Oubliant le whisky, Andrea avala la moitié de son café d'un coup. L'alcool lui brûla la gorge. Elle se leva en toussant et rattacha le médaillon au cou de tante Mae.

— Que cherches-tu à me dire, tatie ?

— Que j'ai eu une belle vie et que je ne regrette rien. Il faut vivre, Andrea. Si tu ne te bats pas pour tes rêves, tu le regretteras toujours.

— C'est… compliqué. Il ne veut pas de moi.

— Forcément ! Les hommes sont les rois des complications. Mais Cal n'aurait pas dansé avec toi comme ça s'il n'avait rien ressenti…

Andrea eut soudain la gorge nouée. Elle avait pensé la même chose, tout en se disant qu'elle avait dû rêver.

— Merci, tatie, dit-elle, les larmes roulant sur ses joues.

— De rien, mon cœur. À quoi cela servirait-il d'avoir quatre-vingts ans si on ne pouvait pas donner un petit conseil de temps en temps ? Allez, zou ! bois ton café et habille-toi ! J'ai besoin que tu me rendes un service.

Andrea s'essuya les yeux en souriant.

— Bien sûr, lequel ?

— La descente aux flambeaux à skis… Crois-tu que je pourrai y participer ce soir ? Ça a l'air très drôle.

Cette fois, Andrea rit franchement.

— C'est comme si c'était fait ! Je t'accompagnerai pour prendre des photos.

Ses parents et ceux de Maggie voudraient sûrement être témoins de l'aventure, eux aussi. Tout le monde n'avait pas la chance d'avoir un phénomène comme tante Mae dans son entourage.

La vieille dame battit des mains.

— Merci, merci ! Je vais en avoir, des choses à raconter à mes copines de la bibliothèque !

— Alors, cette vie d'homme marié ? Dis-moi tout.

Cal posa deux pintes de bière sur la table et s'assit face à Joe. Ce soir-là, ils s'étaient retrouvés au pub, un rendez-vous hebdomadaire auquel ils dérogeaient rarement.

— C'est génial. Je vote pour ! répondit Joe. Tchin !

Savoir son meilleur ami heureux faisait du bien à Cal. Joe, au moins, avait trouvé le bonheur…

— Bon, ça y est, tu as signé ? demanda Joe.

— Hier matin. Le conseil d'administration m'a proposé de concevoir des projets pendant deux mois. Ensuite, je prendrai officiellement les rênes du bureau de Londres pour développer mes stratégies.

— Bravo, je te félicite ! Je suis content que tu aies franchi le pas, après toutes ces tergiversations.

— Merci. J'ai été bien conseillé.

Par-delà les airs, Cal adressa un remerciement muet à Andrea. Depuis son retour, deux semaines plus tôt, il ne pensait qu'à elle. Il voulait qu'elle aille bien, qu'elle soit heureuse. Rêver d'elle lui permettait de tenir le coup quand il avait trop mal. Quand son cœur se déchirait dans sa poitrine…

Joe leva les sourcils.

— C'est nouveau ? Depuis quand écoutes-tu les conseils ?

Depuis Andrea.

— On change, tu sais.

— Venant de toi, ça m'étonne un peu. Oh ! mais je crois comprendre… Andrea ?

— C'est la femme de ma vie. Ça se voit tant que ça ?

— Comme le nez au milieu de la figure. Elle le sait, au moins ?

— Non. Elle est trop fragile. Elle a trouvé son équilibre là-bas. J'ai peur de lui faire plus de mal que de bien.

Joe, pensif, se frotta le menton.

— En es-tu sûr ? Rappelle-toi ce que tu me disais pour Maggie.

— C'est différent. Tu n'es pas aussi têtu que moi. Tu m'as assez souvent répété que j'étais une tête de mule.

Le visage d'Andrea dansa de nouveau devant lui. Il eut l'intuition qu'elle lui parlait, qu'elle croyait en lui comme il croyait en elle. L'idée qu'un jour peut-être ils auraient assez changé tous les deux pour se rejoindre était son unique lumière au bout du tunnel.

— Écoute, Cal… Si vous vous aimez, ce serait mieux d'affronter les problèmes ensemble.

— Non. La recette magique ne fonctionnera pas pour nous. Tout simplement parce que c'est *moi* le problème !

Joe, le nez dans sa bière, marmonna une réponse inintelligible. Tout était dit. Cal n'avait plus envie d'en parler.

Il se dirigea vers le grand appui de fenêtre, où un échiquier était disposé. Jouer lui changerait sûrement les idées… ou pas. Mais il était prêt à tout tenter pour ne pas devenir fou.

14.

Une semaine plus tard

— Andrea ?

Cal la dévisageait comme s'il avait vu un fantôme. Finalement, il se ressaisit et ouvrit sa porte en grand.

— Je suis content de te voir !

— Moi aussi, Cal.

— Entre, je t'en prie. Tu es venue voir Maggie et Joe ?

Elle le suivit dans l'entrée de son appartement. Il referma la porte derrière eux.

— Non, j'arrive de l'aéroport, je dois prendre le train pour Oxford. Je voulais faire une surprise à mes parents.

C'était une piètre excuse, mais il parut la prendre pour argent comptant. Il se montrait aussi neutre et amical que s'il accueillait une vieille connaissance de retour à Londres.

— J'allais me faire du thé. En veux-tu un ? demanda-t-il sur le ton de la conversation.

— Avec plaisir, merci.

Il la précéda en direction de la cuisine, où il brancha une bouilloire électrique. Elle réprima une envie folle de le secouer. Allait-il continuer longtemps comme cela ?

— Je me demande si j'ai bien fait de venir, fit-elle finalement.

— Ah, bon ? Pourquoi ?

— Parce que le Cal Lewis dont je me souviens était un peu plus franc et honnête que toi en ce moment !

Pendant trois semaines, elle aussi n'avait fait semblant de

rien. Perdue dans le brouillard, elle avait continué à vivre, à sourire comme si de rien n'était. Puis elle avait réagi.

Cal s'était figé, et l'intensité de son regard la bouleversa. S'il ne parlait pas maintenant, tout de suite, elle allait fondre en larmes. Ou l'assommer avec la poêle qui séchait sur l'égouttoir…

— Qu'est-ce que tu fais là ? demanda-t-il enfin, l'air si inquiet qu'elle se sentit fondre.

— Je suis venue te parler. J'en avais besoin.

— Je croyais qu'on s'était tout dit.

Il savait bien que c'était faux. Mais comment le lui faire admettre ?

Elle se rapprocha de lui. De près, son langage corporel était particulièrement révélateur : il ne pouvait pas contrôler la petite veine qui battait à son cou, ni la dilatation de ses pupilles !

— Alors, ça fait quel effet ? murmura-t-elle sans le quitter du regard.

— Ça me fait… trop d'effet.

— Idem.

Du bout des doigts, mais sans la toucher, il suivit le contour de son visage. Sa peau fourmilla comme s'il avait posé la main sur elle.

— Il y a quelque chose de spécial entre nous, Andrea. Si je suis parti, c'est justement parce que je ne pouvais plus résister.

Au moins, il était honnête. On avançait.

— Après ton départ, j'étais furieuse contre toi, répondit-elle. Le lendemain, tu me manquais déjà. En réfléchissant bien, je me suis mise en colère contre moi-même. Je me suis reproché de n'avoir rien fait pour te retenir. Et tu me manquais toujours.

Contre toute attente, il lui sourit, d'un sourire sincère et lumineux. Il baissait enfin le masque. Il était temps.

— C'est un processus psychologique normal, répondit-il.

Le sifflement de la bouilloire les fit sursauter. Il l'éteignit, puis se retourna vers elle avec un sourire d'excuse.

— Je vais faire le thé.

— Oui, d'accord.

Elle aussi avait besoin de laisser retomber la pression, car ses genoux tremblaient. Mais au moins, ils avaient progressé. Cal avait même reconnu l'évidence beaucoup plus vite qu'elle n'aurait pu l'espérer !

Le plateau prêt, il l'invita à le suivre au salon, où il posa théière et mugs sur une table basse encombrée de papiers et de journaux.

— Je te dérange, dit-elle. C'est samedi, mais tu travailles.

Il regarda les dossiers comme s'il les voyait pour la première fois. Puis, d'un grand geste, les envoya sur le tapis.

— Plus maintenant, Andrea.

Il n'avait pas réussi à faire semblant.

Andrea le poursuivait partout depuis trois semaines. Elle hantait ses pensées jour et nuit. Comment aurait-il pu lui faire croire qu'il n'éprouvait rien ?

Maintenant qu'elle était assise à un bout du canapé et lui à l'autre, il n'éprouvait plus la même pulsion irrépressible que dans la cuisine. Néanmoins, l'attraction demeurait intacte.

— Andrea, ce qui se passe entre nous… risque de nous détruire, dit-il.

— Pourquoi ?

— Parce que tu as trouvé ton équilibre et que je risque de tout casser. Que deviendras-tu si, malgré nos efforts, cela ne marche pas ?

Ils auraient le cœur brisé tous les deux, mais il ne s'inquiétait pas pour lui. Il ne pensait qu'à elle !

La douceur de son regard l'émut au plus profond. Il savait déjà qu'il ne supporterait pas de la perdre…

— Tu as peur de me faire du mal, mais c'est impossible, répondit-elle d'un ton ferme. Certes, j'étais très bien à la montagne, mais j'ai changé grâce à toi. Aujourd'hui, tout ce qui compte, c'est qu'on soit réunis.

Il n'osait pas y croire, il rêvait… C'était trop beau.

— Tu n'en sais rien, objecta-t-il. On a passé deux semaines ensemble et on n'a même pas…

— … fait l'amour ? compléta-t-elle, les joues rosies.

— Je mentirai en disant que je n'y ai pas pensé, mais il y a bien plus important. On se connaît à peine !

— Je sais tout ce que j'ai besoin de savoir, Cal. Je t'aime. Tu es l'homme de ma vie. Le reste n'est que des détails.

Il lui sourit.

— Je n'aurais pas appelé ça des « détails », mais bon…

— Toi non, évidemment !

Une soudaine vague de chaleur déferla sur lui. Andrea l'aimait. Elle l'aimait tel qu'il était, avec ses qualités et ses défauts, et il l'aimait en retour. Il l'avait toujours su. Il avait seulement mis du temps à l'accepter.

Avec elle, il se sentait prêt à franchir des montagnes. La pièce manquante du puzzle de sa vie était assise là, près de lui. La vie lui offrait une seconde chance. Il aurait été fou de la laisser partir.

Elle prit une profonde inspiration, puis ajouta timidement :

— On a peut-être besoin de temps pour réfléchir.

— Tu penses que *j'ai* besoin de temps, mais…

Il lui prit les mains et les garda prisonnières des siennes.

— J'ai assez tergiversé, Andrea. Je sais avec qui je veux passer le reste de ma vie. Je t'aime. Je t'aime depuis le premier jour, la première minute, la première seconde. Alors si tu as une solution pour nous deux, je prends !

— Oh ! Cal… Je n'ai pas toutes les réponses, mais je crois en toi. Et si tu me fais confiance aussi, tout sera possible.

Il se pencha vers elle et s'arrêta à quelques millimètres de sa bouche.

— Tout ? chuchota-t-il. Sans restriction ?

— Sans aucune restriction, mon amour.

Cal avait embrassé Andrea jusqu'à lui faire perdre la raison.

Quand il la souleva pour l'emmener dans sa chambre, elle se blottit contre son épaule en frissonnant de désir. Il se montrait à la fois tendre et passionné, et sitôt franchi le seuil il la fit asseoir sur son lit avec une délicatesse touchante.

Il prit son temps pour la déshabiller, ponctuant chaque geste de caresses ensorcelantes. Mais soudain, alors qu'il dénudait ses épaules, une timidité soudaine l'envahit. Il était si beau, si parfait. Et s'il trouvait ses cicatrices affreuses ?

— Cal, je…

Il l'étreignit de toutes ses forces.

— Parle-moi, lui dit-il à l'oreille.

— Mon épaule… Je ne me suis jamais préoccupée de son aspect. Je m'en moquais, en fait. Elle n'est sûrement pas très jolie.

Il l'attira sur ses genoux.

— Tu es la plus belle femme que j'aie jamais rencontrée, Andrea. Je pourrais te répondre que tes cicatrices sont sans importance, mais c'est faux. Elles sont importantes, parce qu'elles font partie de toi et que tout, chez toi, me tient à cœur. Si tu veux essayer de faire quelque chose – et seulement si tu en as envie – je serai là pour t'encourager. Mais il ne faudra surtout pas le faire pour moi. C'est ton bien-être qui compte…

Elle sentit sa gorge se nouer. Existait-il homme plus gentil et plus attentionné ?

Elle lui prit le visage à deux mains et l'embrassa passionnément. L'amour ne mentait pas. Cal était sincère, franc et honnête. Il serait toujours là pour elle.

— Tu seras là pour moi ? demanda-t-il, en écho à ses pensées.

— Toujours, promit-elle. Je te soutiendrai dans tout ce que tu entreprendras. On gérera notre vie au gré du vent…

— Rien ne me plaira davantage que de me laisser porter par les courants avec toi. Je t'aime, Andrea.

Ils échangèrent un baiser ardent. Puis, immergés dans

un océan de douceur, ils continuèrent de se déshabiller mutuellement. Chacun goûtait, explorait et caressait l'autre à l'envi dans une soif insatiable de découverte. Oubliés, les doutes et les questions. Seul comptait le besoin immense qu'ils avaient l'un de l'autre.

Ce petit jeu dura aussi longtemps qu'ils purent. Enfin, n'y tenant plus, Cal renversa Andrea en arrière sur les oreillers et s'allongea sur elle.

— Andrea… Tu n'imagines pas à quel point j'en ai rêvé.

Il vint en elle avec une extrême douceur. Ivre de joie, elle noua les jambes autour de sa taille et se perdit dans le tumulte qu'il faisait naître en elle.

Il n'y avait aucune incertitude, aucune limite.

Elle avait enfin trouvé sa place. Et pour la vie cette fois.

Les premiers rayons du soleil baignaient la chambre d'une douce lueur. Blottie entre les bras de Cal, Andrea n'avait jamais été aussi heureuse.

— Tu m'avais bien caché ça…, dit-elle.

— Quoi donc, mon ange ?

— Je n'imaginais pas que la réalité serait plus belle que mes fantasmes.

Il lui sourit.

— Parce que tu fantasmais sur moi ? C'est génial. Maintenant, je vais rêver de toi en train de rêver de moi.

— Et avant ?

— Je pensais juste à toi sans arrêt. L'obsession a commencé dix secondes après notre première rencontre, et elle a duré jusqu'à hier matin. Ensuite, mes rêves sont devenus réalité. Et j'en redemande, mon trésor !

Elle éclata de rire.

— Ça tombe bien. Je n'ai rien de prévu aujourd'hui.

— Et pour la suite ? Londres ou l'Italie ? Qu'en penses-tu ?

— Londres, répondit-elle d'un ton ferme. J'y ai déjà réfléchi.

— Tu es sûre ? Je sais à quel point tu aimes les montagnes.

— Je t'aime surtout, toi. Et ta vie professionnelle est ici.

— Elle l'a été jusqu'à présent, mais je pourrais bouger.

Il pourrait abandonner son travail, renoncer à sa carrière pour elle. Il ne parlait pas à la légère et le ferait sans hésitation, tout comme elle était prête à quitter l'Italie. L'amour, le vrai, ne s'embarrassait pas de « détails ». Il valait tous les sacrifices.

— Les Alpes ne vont pas changer de place, répondit-elle doucement. On pourra y aller quand on voudra. Mais moi, j'aimerais revenir à Londres. Je suis partie depuis trop longtemps et j'ai beaucoup de choses à faire ici.

— Si tu es sûre, vraiment sûre…

Elle le fit taire d'un baiser. Pour elle, la question était réglée.

— D'accord, dit-il en souriant. Va pour Londres, mais à une condition.

— Laquelle ?

— Puisque j'ai deux mois pour m'intégrer dans mes nouvelles fonctions, je peux travailler depuis l'Italie. Je vais passer du temps avec toi là-bas pour préparer ton départ en douceur.

— Mais… Tu crois ? Tu as sûrement une foule de choses à organiser ici et…

Il lui posa un doigt sur la bouche pour la réduire au silence.

— Ma place est avec toi, et on trouvera toujours des solutions. Au début, j'aurai des entretiens avec des gens qui vivent aux quatre coins du monde. Je peux organiser des visioconférences depuis l'Italie aussi bien que depuis mon bureau de Londres.

— Tu en es sûr ?

— Certain ! Et j'aurai bien besoin de toi pour éplucher les projets. Ton aide me sera précieuse. Tu es la reine de l'organisation, mon cœur, dit-il en souriant.

— J'en serai ravie. Tu le sais bien.

Elle lui noua les bras autour du cou et l'embrassa.

— Maintenant que le problème géographique est résolu

et que ton cas est réglé, il ne reste plus que moi. Mais il n'y a aucune urgence. On verra ça plus tard…

Il sourit contre ses lèvres.

— Ah bon ? Et que comptes-tu faire là, maintenant ?

— Je vais commencer à organiser notre vie. Je propose d'inscrire « Grasses matinées crapuleuses » dans la case du dimanche matin.

— Excellente idée… Si on s'y mettait tout de suite ?

— Avec joie, mon amour.

Cal avait passé le meilleur week-end de sa vie.

Le lundi matin, il avait accompagné Andrea à l'aéroport en promettant de la rejoindre le vendredi soir. Puis il s'était mis au travail. Il avait planifié sa nouvelle carrière et obtenu le soutien total de ses collègues.

Ce mardi après-midi, Andrea l'avait appelé. Elle avait donné sa démission, avec préavis de deux mois pour que l'hôtel puisse se retourner. Elle comptait former son successeur, faire les choses dans les règles, et elle avait bien raison.

Ce soir-là, Cal souriait en pianotant le numéro de Joe sur son mobile. Il perdit peu de temps en salutations et alla droit au but.

— J'ai un service à te demander, mon gars.

— Bien sûr ! Lequel ?

— Je t'ai dit qu'Andrea était la femme de ma vie, l'autre jour.

— Euh… En effet, répondit Joe d'un ton prudent.

— Andrea est assez kamikaze pour penser que moi, je suis l'homme de sa vie. Et c'est là que tu entres en scène.

Le rire heureux de Joe lui fit chaud au cœur.

— Vas-y, Cal. Explique-moi tout !

Andrea l'attendait sur le quai du funiculaire.

Les portes à peine ouvertes, Cal se précipita à l'extérieur.

Elle se jeta dans ses bras avec une telle fougue qu'elle faillit écraser le bouquet de roses qu'il tenait à la main.

— Tu m'as manqué, dit-il.

— Toi aussi. On va devoir rattraper le temps perdu. Mais avant, que dirais-tu d'un petit dîner en amoureux ?

— J'en rêve, ma chérie.

Elle avait réservé sa table favorite, près de la fenêtre, au restaurant de l'hôtel. Vu de là, le paysage majestueux était époustouflant.

— Ça va te manquer, dit-il doucement.

— Peut-être un peu…

— Beaucoup même, et ce sera normal. Il ne faudra surtout pas réprimer ta nostalgie.

Ils en avaient rediscuté au téléphone, et il s'était assuré qu'elle avait bien mûri sa décision. C'était le cas. Il lui faisait confiance.

— Oui, ce sera dur de partir, dit-elle. Mais il faut que je rentre à la maison et que j'aille de l'avant.

— On prendra tout le temps nécessaire. Le conseil d'administration ne voit aucun inconvénient à ce que je reste en Italie avec toi.

— C'est tellement adorable de ta part… Sachant cela, j'appréhende beaucoup moins.

Ils passèrent le dîner à planifier les semaines à venir et les mois suivants. Après le dessert, Cal jeta un nouveau coup d'œil par la fenêtre.

— Il fait doux ce soir. Si on faisait un tour dans la véranda ?

— Excellente idée. J'ai très envie de t'embrasser au clair de lune…

Il alla chercher leurs manteaux au vestiaire. En revenant, il glissa un mot au maître d'hôtel, qui attendait le signal. Et lorsqu'il entra dans la véranda avec Andrea, une petite table avait été préparée pour eux.

Les serveurs s'étaient déjà éclipsés. Cal ouvrit la bouteille de champagne qui attendait dans son seau en argent. Il montra l'étiquette à Andrea. Elle le regarda, étonnée.

— La classe ! dit-elle.

— C'est Joe qui me l'a conseillé.

— Je vois. Donc, pendant que Maggie et moi parlons de déménagement, ces messieurs papotent sur les grands crus…

Il rit, fit sauter le bouchon et versa le liquide pétillant dans deux coupes en cristal. Ils trinquèrent les yeux dans les yeux, amoureusement.

— C'était mon idée, dit-il. Mais Joe est au courant, bien sûr.

Il s'agenouilla devant Andrea. Elle faillit lâcher sa coupe, qu'il lui enleva pour la poser un peu plus loin.

— Veux-tu m'épouser ? demanda-t-il très doucement. C'est mon dernier rêve, le plus beau, le début de notre avenir.

— Oui, répondit-elle, les larmes aux yeux. Oui, Cal. J'en ai rêvé, moi aussi.

Il fouilla dans sa poche, en retira un petit écrin et l'ouvrit. Émerveillée, elle contempla la bague de fiançailles. Il avait choisi deux diamants montés sur un nœud d'or. Le symbole de leur nouvelle vie.

— C'est trop beau, dit-elle alors qu'il la lui glissait au doigt.

— Cette bague nous ressemble. Ces pierres sont inséparables, comme nous le serons désormais.

— Ton choix est parfait. Merci, mon amour…

Elle le fit lever, se jeta dans ses bras. Alors, avec les montagnes éternelles pour témoins, ils scellèrent leur engagement d'un baiser passionné.

Épilogue

Deux paons se promenaient sur les pelouses d'un vert étincelant. Le jardin botanique offrait un somptueux cadre naturel pour un mariage, et aucune décoration, ou presque, n'avait été nécessaire.

On avait disposé des rangées de chaises de part et d'autre de l'allée centrale. Les invités attendaient, assis au soleil dans un écrin de verdure, leurs tenues colorées offrant un contrepoint parfait à la végétation. Avec sa robe fuchsia et son grand chapeau bleu, tante Mae n'était pas en reste. Elle s'était installée au premier rang, avec les parents d'Andrea.

De sa place, Cal écoutait avec amusement les commentaires émerveillés de la vieille dame. Il était assis à côté de Joe, sous une arche en fer forgé d'où pendaient de luxuriantes grappes d'orchidées. Son témoin et ami prenait son rôle très à cœur. Il était même étonnamment agité, lui d'habitude un modèle de calme.

— J'ai les bagues, tout va bien, répéta-t-il après avoir vérifié sa poche pour la dixième fois.

— Je ne m'inquiétais pas, répondit Cal en souriant.

— Mais enfin ! Tu pourrais faire semblant d'être un peu stressé.

— Stressé ? Pourquoi donc ? Je n'ai jamais été aussi zen.

Et c'était vrai. Il ne voyait aucune raison d'être nerveux. Il était même très serein à la perspective d'épouser la femme de sa vie.

Les six mois qui venaient de s'écouler n'avaient pas été de tout repos, mais Andrea et lui avaient trouvé leur équilibre.

Bien sûr, elle avait beaucoup pleuré en quittant l'Italie. Il lui avait fallu quelques semaines pour se faire à sa nouvelle vie, et il l'avait soutenue à fond, conscient qu'elle ne regrettait pas son choix et qu'elle avait simplement besoin de temps.

L'horizon s'était considérablement éclairci quand, après des recherches intensives, elle avait décroché le poste de ses rêves.

Son travail de médecin dans un centre pour enfants handicapés lui allait à la perfection. Si elle avait douté de ses compétences, les recruteurs, eux, ne s'y étaient pas trompés : ils l'avaient engagée deux jours après l'entretien !

Depuis, Andrea et lui traçaient leur chemin avec amour et enthousiasme, main dans la main, conscients de leur chance d'être réunis.

Le nouveau poste de Cal le satisfaisait pleinement. Comme prévu, il voyageait moins, mais quand il devait se déplacer Andrea soutenait ses projets à fond. Elle avait même retardé sa propre entrée en fonctions d'une semaine pour l'accompagner en Afrique, un séjour riche en émotions qui les avait encore rapprochés.

Pour la première fois depuis longtemps, il admettait enfin, en toute simplicité, qu'il était heureux.

— Aujourd'hui, au moins, le gâteau est intact…

La voix de Joe interrompit sa rêverie. Il rit.

— Oh ! je ne m'inquiète pas. Ça va sûrement être *le* gâteau de l'année !

Maggie avait tenu à le concevoir elle-même, avec l'aide d'un chef pâtissier. Joe et elle s'étaient beaucoup entraînés pour réaliser, de leurs mains, le décor en sucre.

Son ami secoua la tête en soupirant.

— Tu aurais pu me prévenir, quand même. Être témoin n'est pas de tout repos. J'étais beaucoup moins stressé dans le rôle du marié.

— Relax, Max ! La cérémonie ne va pas durer longtemps. Ensuite, tu pourras profiter des jardins et boire une petite coupe… Au fait, tu connais la demoiselle d'honneur d'Andrea ? Elle s'appelle Maggie. Elle est super mignonne.

Joe se détendit enfin et rit. Puis ils se levèrent tous les deux d'un même mouvement ; l'orchestre à cordes s'était mis à jouer.

Cal tendit le cou pour apercevoir Andrea, au bout de l'allée. Mais comme le voulait la tradition, Maggie fit son entrée la première, flanquée de deux adorables fillettes qui jetaient consciencieusement des pétales de roses autour d'elles.

Enfin, il la vit. Resplendissante dans son fourreau de dentelle blanche, une couronne de fleurs minuscules dans les cheveux, Andrea s'avançait, radieuse, au bras de son père. Il eut l'impression qu'elle volait vers lui. Son père avait toutes les peines du monde à lui faire adopter un rythme modéré de circonstance !

Dès qu'elle fut près de lui, Cal prit sa main et l'étreignit.

— Prête ? demanda-t-il à voix basse.

— J'ai cru que ce moment n'arriverait jamais. Marions-nous vite, mon amour !

Alors, oubliant la tradition, ils échangèrent un tendre baiser sous les regards indulgents et ravis de l'assistance.

AMY RUTTAN

Amoureuse d'un urgentiste

Traduction française de
PIERRE ALEXIS

BLANCHE

HARLEQUIN

Titre original :
A REUNION, A WEDDING, A FAMILY

Prologue

Un été, dix ans plus tôt.
Jasper, Alberta.

Il fallait absolument qu'elle établisse un peu de distance avec les pitreries de son frère, songea Candice Warner. Elle avait beau adorer Logan, le fait de le voir courir autour d'un feu de camp, nu comme un ver, sous la clarté de la lune, n'était vraiment pas ce dont elle avait besoin. Surtout le soir de son anniversaire.

Non qu'elle fût incapable de comprendre et de ressentir l'envie qu'il avait, ce soir, de décompresser. Dans une semaine, avec Jimmy, son meilleur ami, il quitterait Jasper pour aller suivre la formation initiale des forces armées canadiennes.

Jimmy… Le garçon qu'elle aimait depuis toujours.

Elle soupira, incapable de songer à autre chose qu'à Logan et à Jimmy. Bientôt, ils seraient partis, et elle n'avait pas la moindre idée du jour où elle les reverrait.

Toi aussi, tu pars bientôt. Pour l'université.

Mais même cela était dur à intégrer. L'idée de quitter Jasper lui faisait peur. N'était-ce pas l'endroit où elle avait passé sa vie ?

S'éloignant du feu de camp, elle alla jusqu'à la rivière pour pouvoir réfléchir au calme. Au bord de l'eau, un rondin lui servit de siège. Son cerveau réfléchissait à une vitesse folle. La situation était tellement incertaine…

— Que fais-tu là toute seule ?

Elle leva les yeux. Jimmy approchait. Elle sentit son cœur faire un bond. Comme chaque fois…

Avec toujours une nouvelle fille à son bras, Jimmy passait pour un coureur de jupons, ce qui, elle le savait, aurait dû la dissuader de l'approcher. Mais il n'y avait rien à faire. L'étincelle avait jailli. Avec lui, elle échangeait comme avec personne, elle le voyait tel qu'il était vraiment et le considérait comme l'un de ses meilleurs amis.

Cela faisait si longtemps qu'ils étaient inséparables, elle, Logan et Jimmy.

Mais lorsque chacun aurait disparu de son côté, rien ne serait plus jamais comme avant.

— Est-ce que je peux me joindre à toi ? demanda-t-il alors qu'elle n'avait pas répondu à sa première question.

— Bien sûr.

— Veux-tu une bière ?

Sans attendre sa réponse, il lui tendit une canette.

Elle arqua un sourcil.

— J'ai eu dix-huit ans, il y a juste une heure.

— Parfait. Comme ça, tu es dans la légalité. Il me semblait que tu en aurais besoin après avoir vu ton frère nu.

Elle sourit en prenant la canette qu'elle n'ouvrit pas.

— Merci.

Jimmy s'assit près d'elle et leva les yeux vers le ciel.

— Waouh ! Toutes ces étoiles… Elles vont me manquer.

— Je veux bien te croire…, répondit-elle avec un soupir.

Son envie de dire à Jimmy ce qu'elle ressentait était réelle, mais les mots lui échappaient. Toujours ce sempiternel problème : son incapacité à trouver les mots.

— Donc, Logan et toi allez vraiment partir, reprit-elle.

Jimmy acquiesça de la tête.

— Rien ne nous retient vraiment ici.

— Que veux-tu dire exactement, Jimmy ?

— Quelle autre option avons-nous ? En ce qui me concerne, celle d'aller travailler dans le motel de mes parents et de n'avoir aucune vie hormis celle de me tuer à la tâche pour des touristes sans gratitude, alors non, merci.

— Tes parents ont travaillé dur pour faire de ce motel une réussite.

— En effet. C'est d'ailleurs à cause de lui que l'on m'a abandonné à moi-même pendant la plus grande partie de ma vie.

— Il n'y a vraiment rien qui te retienne ici ?

Jimmy éclata de rire

— Allons, Candice, que veux-tu dire, à ton tour ?

— J'existe..., murmura-t-elle tandis qu'un long frisson la parcourait.

Trouvant le courage de regarder le jeune homme dans les yeux, elle ajouta :

— Je suis là...

Il lui sourit sous la lune qui faisait briller son regard.

— Plus pour longtemps. Tu vas entrer à l'université et devenir une chirurgienne de renom qui ne reviendra pas ici. Tu es trop spéciale pour t'enterrer à Jasper.

— Qu'essayes-tu de me faire comprendre ? demanda-t-elle tandis que ses joues s'empourpraient.

Il lui effleura le visage. Elle ferma les paupières, le corps vibrant d'impatience.

— Je crois que tu le sais, Candy, répondit-il avec douceur.

Se penchant vers elle, il pressa les lèvres sur les siennes, lui volant ainsi son premier baiser.

Candice avait toujours voulu que celui-ci vînt de Jimmy. De lui seul. Toujours. Et, en cet instant précis, elle se moquait bien que son frère lui ait répété tant et plus que Jimmy était un être non conformiste. Le moment qu'elle avait toujours désiré était arrivé, et elle n'allait pas le laisser passer. De la même façon, elle ne voulait pas que Jimmy parte avant d'avoir appris ce qu'elle ressentait.

— Je t'aime, Jimmy, murmura-t-elle contre ses lèvres.

— Moi aussi, Candy, je t'aime. Je t'ai toujours aimée.

À cet aveu, elle sentit ses jambes devenir molles et eut l'impression qu'elle allait pleurer. Ils échangèrent un deuxième baiser. Plus fervent. Certes, ils allaient bientôt quitter Jasper, mais Candice savait qu'il leur restait encore une semaine. Et elle ferait en sorte que celle-ci compte !

— Viens, dit-elle en se levant, une main tendue.

— Où ?

— Sous ma tente…

— Tu es sûre ? N'est-ce pas la bière qui, peut-être…

— Je n'en ai pas bu une goutte. Et toi ?

— Moi non plus, répondit-il en lui montrant sa canette intacte. Comme toi, je n'ai rien avalé de la soirée.

— Dans ce cas, pourquoi m'avoir apporté une canette ?

— Ça me donnait une bonne excuse pour t'aborder.

S'interrompant, Jimmy lui prit le visage entre les mains et l'embrassa de nouveau avant d'ajouter :

— Et parce que je ne pouvais pas partir avant de t'avoir dit ce qui se passait en moi.

— Viens, répéta-t-elle en en l'entraînant vers sa tente.

— En es-tu sûre, Candy ? demanda-t-il de nouveau.

— Oui.

De sa vie, jamais elle n'avait été plus sûre de quelque chose.

1.

Aujourd'hui
Jasper, Alberta.

— Je suis si contente de vous revoir ! s'écria Samantha avec chaleur alors que Candice s'approchait du bureau de la réception de Mountain Rescue, le service de secours en montagne.

— Moi aussi, je suis contente d'être revenue, dit Candice.

Et c'était vrai. Après avoir attrapé une grippe qui l'avait assommée pendant quinze jours, elle était heureuse de revenir au travail. Surtout avec le retard qu'elle allait devoir rattraper.

— Vous allez être contente d'apprendre que, pendant votre maladie, la direction de Gatineau vous a adjoint un urgentiste supplémentaire. Il commence aujourd'hui et ne devrait d'ailleurs pas tarder.

Elle hocha la tête tandis que la réceptionniste lui tendait le dossier de son nouvel employé.

— Je leur avais dit que je le trouverais moi-même, marmonna-t-elle avant d'avaler une gorgée de son café maintenant froid.

Depuis son arrivée, une heure plus tôt, elle ne faisait que ce qu'elle détestait le plus : de la paperasse. Alors qu'elle aurait tellement préféré se trouver dehors dans la nature ou, sur le terrain, en train de sauver des vies ! Mais, depuis sa promotion, elle se retrouvait coincée derrière un bureau plus souvent qu'à son tour. Heureusement, la haute saison approchait et, avec elle, l'espoir de passer plus de temps à l'extérieur.

Tout comme cet hiver, alors que les skieurs se pressaient sur les pistes et qu'elle avait pu piloter son hélicoptère plusieurs fois pour secourir des randonneurs.

— Je sais, mais ils ont été contactés par quelqu'un ayant servi dans l'armée canadienne et doté de références exceptionnelles, répondit Samantha. Apparemment, ils ne pouvaient pas le renvoyer. Cela dit, je comprends que vous auriez préféré choisir vous-même votre urgentiste supplémentaire.

Le sentiment de dépossession de Candice reflua. Elle avait un faible pour toute personne ayant servi comme Logan l'avait fait. Bien que son frère lui manquât de terrible manière, elle n'ignorait pas qu'il aurait été honoré d'être mort en servant son pays, et était fière de ce qu'il avait accompli. Tout comme ses parents l'avaient été, avant de décéder à leur tour – sa mère un an après la mort de Logan, cinq ans plus tôt, et son père, l'été précédent, d'un cancer du pancréas.

Voilà pourquoi elle éprouvait un petit faible pour ceux qui servaient dans l'armée. Le simple fait de songer à Logan lui nouait d'ailleurs la gorge. Elle retint une larme, soucieuse de ne pas pleurer quand elle était au travail.

Du reste, elle ne pleurait jamais devant personne.

Chad, son ex-mari, ne répétait-il pas que pleurer était un signe de faiblesse ? Or, ici, elle était la patronne du service de secours en montagne, et elle ne pouvait s'autoriser la moindre faiblesse.

— Vous disiez qu'il s'agit d'un ancien militaire ? s'enquit-elle en recouvrant sa maîtrise.

— Libéré avec les honneurs, répondit Samantha avec un sourire. Cela ne peut donc pas être si terrible, n'est-ce pas ?

Acquiesçant de la tête, elle sourit à son tour.

— En effet. Vous avez raison.

À la direction, ils savaient ce qu'ils faisaient. Pour autant, elle préférerait vraiment prendre elle-même ses décisions concernant le personnel.

À peine eut-elle ouvert le dossier qu'elle tressaillit. Une

chance qu'elle ait déjà posé sa tasse de café, sinon elle en aurait renversé tout le contenu sur le document qu'elle avait sous les yeux.

Le nom en lettres majuscules surlignées venait de faire surgir un fantôme du passé.

— Ça va ? demanda Samantha.

Candice secoua la tête en fermant le dossier avec hâte.

— Quoi ?

L'assistante haussa un sourcil.

— Je vous demandais si ça allait. On dirait que vous venez de voir passer un fantôme.

Candice esquissa un sourire rassurant, mais celui-ci dut plutôt lui donner l'air effrayant, car Samantha recula d'un pas.

— Oui, tout va bien, répondit-elle enfin en espérant parler d'une voix ferme. Pourrez-vous me prévenir quand l'urgentiste arrivera ?

— Bien sûr.

Sans s'attarder davantage, Candice fit demi-tour et se dirigea vers son bureau.

Ce ne fut que lorsqu'elle eut refermé la porte qu'elle put se détendre, s'asseoir et regarder la couverture du dossier :

JIMMY LIU

Ses premières fois.

Premier baiser.

Premier garçon.

Premier amour.

Premier cœur brisé.

Ils avaient passé une semaine ensemble, juste tous les deux. Et, au moment où il était parti, Jimmy avait rompu, lui laissant le cœur en miettes. Aujourd'hui, le souvenir de cet épisode lui revenait dans un éclair douloureux.

« Je croyais que tu m'aimais… », lui avait-elle répondu ce matin-là, dix ans auparavant.

Son cœur était si serré qu'elle pouvait à peine respirer.

« Non. »

N'ayant pas la décence de la regarder en face, Jimmy avait détourné les yeux.

« Alors, c'est fini ? »

« Oui, avait-il confirmé avec froideur. C'est fini ».

Son cœur s'était brisé une seconde fois, quelques mois plus tard, lorsqu'elle avait perdu le bébé qu'ils avaient conçu ensemble au cours de leur première nuit.

Depuis, Jimmy n'était plus jamais revenu à Jasper.

Cette désertion avait anéanti Candice. Pourtant, combien de fois Logan ne l'avait-il pas mise en garde contre lui ? Mais elle n'avait pas écouté.

« Jimmy est mon meilleur ami, Candice, mais il n'est pas fait pour toi », avait dit Logan en tentant de la retenir pour qu'elle n'aille pas retrouver son amoureux après leur rupture, la dernière nuit.

« Laisse-moi, avait-elle rétorqué. Jimmy m'aime. Il me l'a dit ».

Sans répondre, Logan avait alors jeté un regard triste autour de lui, et elle avait senti son cœur chavirer.

« J'ai besoin d'aller lui parler ».

Logan avait poussé un soupir.

« Soit…, mais, en toute honnêteté, Candy, tu es trop bien pour lui. Tu as de grandes aspirations, et je pense que tu dois poursuivre tes rêves. Tu veux devenir médecin. Or, les gens comme Jimmy ou moi sommes juste bons à tirer une personne comme toi vers le bas. »

Candice secoua la tête en repoussant ce souvenir. Des larmes lui piquaient les yeux lorsqu'elle pensait à Logan, à son propre sentiment de rejet, à son cœur qui avait été brisé et à ses rêves qu'elle n'avait pu réaliser.

Au bébé qu'elle avait perdu.

À la famille qu'elle n'avait pu constituer.

Après avoir perdu Logan et sa mère en l'espace d'un an, il lui avait semblé évident de rester à Jasper pour s'occuper de son père. Et même si ce dernier l'avait poussée à réintégrer l'école de médecine, elle n'avait pu le quitter.

Voilà comment le service de secours en montagne était devenu sa famille et l'endroit où elle avait trouvé ceux qui l'avaient soutenue, l'année dernière, à la mort de son père.

À la différence de son ex-mari.

Et de Jimmy.

Jimmy Liu. De retour après tout ce temps.

Elle reposa le dossier avec un soupir et passa les doigts dans ses longs cheveux noirs avant de les nouer. Puis elle alla s'accouder à la fenêtre qui surplombait le parking et suivit du regard un vieux 4x4 qui se garait sans hâte.

Un 4x4 qu'elle reconnut tout de suite… Le même que dix ans auparavant…

La portière du véhicule s'ouvrit, et son cœur eut un raté. Comme chaque fois qu'elle voyait Jimmy…

Rappelle-toi que tu es la patronne, ici. Cette fois, c'est toi qui contrôles la situation.

Et elle allait s'en souvenir. Après le départ de Jimmy, après son bref et désastreux mariage avec Chad, elle en avait assez de se faire rejeter et maltraiter.

Comme, au bout du compte, tout le monde finissait par la quitter, plus jamais elle n'accorderait sa confiance ni n'offrirait son cœur à quelqu'un.

Jimmy et Chad lui avaient tous deux endurci le cœur. Aujourd'hui, c'était son travail l'amour de sa vie.

Une longue inspiration l'aida à apaiser ses nerfs à vif. Ce n'était pas de cette façon qu'elle aurait voulu commencer sa semaine

— Le nouvel urgentiste est arrivé, annonça à cet instant Samantha en ouvrant la porte du bureau.

— Merci, Samantha, répondit-elle en s'appliquant à conserver un ton égal. Faites-le entrer.

La jeune femme acquiesça de la tête puis disparut.

Candice prit une nouvelle et longue inspiration, s'assit

derrière son bureau, redressa une pile de documents et posa les mains sur le dossier administratif de Jimmy. Le dos droit et les lèvres pincées, rien, dans sa tenue, ne trahissait le fait que, sous son bureau, des petites secousses nerveuses agitaient l'une de ses jambes ni que les battements de son cœur l'assourdissaient.

Samantha réapparut en compagnie de Jimmy.

— Par ici, monsieur Liu.

— Vous pouvez m'appeler Jimmy, répondit-il de cette voix charmante qui avait su conquérir Candice.

Entendre Jimmy suffit à lui évoquer mentalement son sourire, la petite étincelle au fond de ses yeux noirs et l'inévitable clin d'œil qui allait de pair.

Autrefois, elle était tombée sous le charme.

Mais c'était autrefois… Depuis, le temps avait passé. Aujourd'hui, c'était elle qui contrôlait la situation.

Elle carra les épaules quand Jimmy entra dans la pièce. Mais, au moment précis où il faisait son apparition, toute sa détermination et toute sa maîtrise fondirent comme la brume du matin sur le lac, quand le soleil darde ses premiers rayons.

Il n'avait presque pas changé. Mieux, sa carrure et sa musculature semblaient plus imposantes. Quant à son costume gris et à sa chemise blanche, ils lui allaient comme un gant. La coupe de ses cheveux noirs était soignée, et son visage montrait une petite cicatrice que Candice découvrait. Sa belle mâchoire ciselée et ses lèvres pleines restaient, en revanche, exactement telles qu'elle se les rappelait.

Ces lèvres dont elle avait si souvent rêvé pendant des années après son départ. Le souvenir de leur premier baiser au bord de la rivière restait si précis dans sa mémoire ! Autant que la façon dont, la nuit venue, il l'avait prise contre lui tandis qu'elle remettait son cœur entre les mains qui la serraient, et se donnait à lui.

Confiante dans le fait qu'il ne la blesserait pas.

L'écoutant lui murmurer qu'il l'avait toujours aimée.

Mensonges.

Après avoir adressé un dernier sourire à celle qui l'avait conduit jusqu'ici, Jimmy tourna le regard vers Candice. Ses yeux s'écarquillèrent, et il resta bouche bée pendant un court instant.

Quel soulagement pour elle qu'il ne pût voir sa jambe qui battait la mesure sous le bureau ! Car il aurait immédiatement compris sa nervosité. Elle posa discrètement une main sur son genou pour l'immobiliser.

— Candy ?

— Jimmy Liu…, dit-elle. Ça fait longtemps.

Jimmy ne parvenait pas à croire ce qu'il voyait. L'espace d'un bref instant, il songea à ces vieux films en noir et blanc que sa *yéye* regardait en boucle quand il était petit.

« Entre tous les bistros du monde, il a fallu qu'elle entre dans le mien… »

Ou quelque chose comme ça.

Pour le moment, en tout cas, c'était ce qu'il ressentait.

Disparue, la fille timide qu'il avait connue, celle qui se dissimulait derrière Logan ou derrière un livre. La femme qui se trouvait assise en ce moment devant lui était sûre d'elle. Ses cheveux brillaient du même noir soyeux qu'auparavant, et il se rappela comme il avait aimé lui repousser des petites mèches derrière l'oreille pour la voir rougir.

Se mordillait-elle encore la lèvre inférieure quand elle était nerveuse ? Il trouvait cela si adorable à l'époque…

Sa contemplation le ramena au soir où ils s'étaient embrassés pour la première fois, à la première nuit où ils avaient fait l'amour.

Dieu comme il l'aimait alors… Il serait resté avec elle… si Logan n'était pas intervenu.

« Tu ne peux pas fréquenter ma sœur », lui avait lancé un jour le frère de Candice en le bousculant.

« Que veux-tu dire ? avait-il répliqué. Je l'aime. C'est d'ailleurs pour ça que je ne peux pas m'enrôler avec toi dans les forces armées canadiennes. Je veux rester avec elle. »

Logan avait secoué la tête.

« Elle a un rêve, mon gars, celui de devenir médecin. Et tu risques de l'empêcher de le réaliser. »

Jimmy avait laissé échapper un long soupir. Il connaissait ce grand projet de Candice. C'était même l'une des choses qu'il admirait le plus en elle.

« Mais je l'aime… »

« Si tu l'aimes, alors tu la laisseras partir, avait insisté Logan. Laisse-la partir. Fais ça pour notre amitié. »

Balayant ce souvenir de sa mémoire, Jimmy remarqua alors que les grands yeux marron foncé de Candice s'étaient posés sur lui avec confiance, sans chercher à fuir.

Selon Logan, Candice était un être à part, et même si Jimmy avait eu l'impression de mourir un peu en la quittant, il l'avait fait pour son bien.

Avant de partir, il avait emporté une photo d'elle, volée à Logan, et l'avait gardée pendant toutes ces années, jusqu'à aujourd'hui. Songer à Candice et à l'existence plus intéressante qu'elle avait dû connaître parce qu'il l'avait quittée lui avait permis de dépasser son chagrin et de surmonter son sentiment de perte.

Surtout lorsqu'il avait appris qu'elle s'était mariée.

Car Jimmy avait beau avoir échoué à sauver Logan sur le front – si lui-même avait survécu à l'attaque à base d'engins explosifs, il n'était pas parvenu à sauver la vie de son meilleur ami –, il avait tout de même réussi à tenir la promesse qu'il lui avait faite avant de partir de Jasper dix ans plus tôt. Oui, en quittant Candice pour qu'elle puisse poursuivre son rêve, il avait contribué à façonner l'être à part qu'il avait connu. En même temps, toute une partie de lui la désirait encore. Elle le touchait toujours.

Candy est mariée.

Non que, de son côté, il fût en mesure de songer à faire des rencontres ou à sortir avec quiconque. Trop volage, il en payait les conséquences : des responsabilités et un fils à sa charge.

— C'est Candice et non Candy, dit-elle sur un ton sec, interrompant le fil de ses pensées. Et, lorsque nous serons dehors, nous nous appellerons par nos noms de famille. Le mien est Lavoie.

Il sentit son ventre se nouer. Lavoie… C'était donc ainsi que s'appelait Candy aujourd'hui… Aussitôt, il se prit à envier l'homme qu'elle avait épousé.

Et à le détester.

— Voilà pourquoi je n'ai pu reconnaître ton nom, répliqua-t-il à voix basse. « Lavoie » au lieu de « Warner »… Depuis combien de temps es-tu mariée ?

Il connaissait la réponse… Candice s'était mariée exactement un mois avant l'attaque au Moyen-Orient. Une mission de maintien de la paix qui avait dérapé, le laissant blessé et ayant volé la vie de Logan.

Ensuite, il avait passé des mois dans un hôpital militaire allemand où il avait subi l'intervention chirurgicale qui l'avait débarrassé des éclats d'obus incrustés dans sa hanche. Puis, il lui avait fallu réapprendre à marcher, car ses jambes avaient été brisées.

Or, pendant cette longue période, tout ce à quoi il avait pu penser était que son meilleur ami était mort et que la fille de ses rêves était mariée avec un autre.

Candy plissa les yeux tandis que ses joues se teintaient de rose.

— Je suis divorcée, mais n'ai pas cherché à reprendre mon nom de jeune fille.

Secrètement ravi, il fit tout son possible pour ne rien en montrer.

Des mots que Candy lui avait dits lui revinrent en mémoire : « Je t'aime, Jimmy. Je t'ai toujours aimé. »

Il tourna les yeux vers elle, mais ne retrouva pas l'émotion contenue ce jour-là au fond de son regard couleur café. À l'évidence, il ne s'agissait aujourd'hui pour Candice que de travail. Et c'était mieux ainsi.

Oui, bien mieux.

À moins que…

— Pourquoi ne pas t'asseoir pour que nous passions en revue les choses à voir ensemble ? proposa-t-elle en lui indiquant siège devant son bureau.

— Bien sûr.

Il s'assit avec raideur, embarrassé par la tension qui montait entre eux. Deux étrangers l'un pour l'autre ? Oui, mais sans l'être vraiment.

Très surpris, il réalisait surtout à quel point le fait de la voir si distante, alors qu'ils avaient été autrefois si proches, le faisait souffrir.

Ça fait des années que tu as quitté Jasper. À quoi t'attendais-tu donc ?

Aujourd'hui encore, le fait de n'avoir pu assister à l'enterrement de Logan continuait à le perturber. Mais comment revenir dans son pays alors qu'il était bloqué dans cet hôpital militaire allemand ? Puis, à l'issue de cette période, il lui avait semblé qu'il n'avait plus de raisons de retourner à Jasper. Avec Logan parti et Candice mariée… Alors, il avait déménagé à Toronto.

Comment reprocher à Candice de lui en vouloir, voire de le détester alors qu'il lui avait brisé le cœur et n'avait ensuite même pas été là pour elle quand elle avait perdu son frère ?

Elle ouvrit le dossier posé devant elle.

— Ainsi, tu as reçu ta formation d'urgentiste au sein de l'armée canadienne ?

— Oui, je suis devenu médecin et j'ai obtenu ma certification en médecine et chirurgie en milieu hostile. Je suis maintenant à même d'effectuer des interventions chirurgicales mineures dans les conditions les plus dures.

— Quel genre d'interventions ?

— Sutures, extraction de fragments d'obus et trachéotomie. J'ai aussi effectué des drainages thoraciques.

Hélas ! rien de tout cela ne s'était révélé utile quand il avait fallu aider Logan sur le front.

« Tiens bon, vieux ! » avait-il hurlé à son ami pour couvrir le fracas des tirs.

Bien qu'un camion retourné leur eût servi de légère protection, un mur s'était tout de même écroulé sur Logan, lui comprimant la moitié inférieure du corps. De son côté, Jimmy, avec les jambes coincées, avait été incapable de se porter au secours de son ami.

« Je ne sens plus rien, avait murmuré Logan. J'ai l'impression que ma colonne vertébrale et mon bassin sont écrasés. Et je suis à peu près sûr que mon artère fémorale est sectionnée. »

« Il faut que tu tiennes bon. On va venir t'évacuer et on te conduira en chirurgie. »

Logan avait secoué la tête avec douceur.

« Promets-moi une chose. Prends soin de Candy pour moi. »

« Tu pourras prendre soin de Candy toi-même quand tu seras de retour chez nous, à Jasper. »

Logan avait secoué de nouveau la tête.

« Je ne pourrai pas. Oui, je sais que je t'avais dit de ne plus l'approcher, mais tu dois quand même me promettre de veiller sur elle. Promets-le-moi. Je sais qu'elle tient à toi. »

Jimmy n'avait pas exaucé ce souhait de Logan concernant Candice, espérant qu'elle avait trouvé le bonheur.

Aujourd'hui s'il revenait pour la première fois à Jasper depuis quatre ans, c'était pour une raison très simple : pour rendre l'existence de son fils plus belle.

Candice termina de lire le dossier et hocha la tête.

— Impressionnant… Je comprends pourquoi la direction t'a engagé.

— Merci.

— Une nouvelle saison chargée se profile, reprit-elle. Comme tu le sais, l'été amène toujours de nombreux touristes à Jasper. Les gardes du parc effectuent des patrouilles sur la plupart des zones où se trouvent les campeurs, mais le camping de l'arrière-pays vient d'ouvrir aussi, et c'est là que nous devrons veiller plus spécialement sur les randonneurs.

— Très bien, répondit-il.

— Bon nombre de visiteurs ignorent à quelle vitesse le temps peut changer en montagne. Le fait que tu sois un local sera un plus, même si tu n'es pas revenu ici depuis… Combien déjà ? Dix ans ?

Il resta muet pendant quelques secondes. Pas question de révéler à Candice qu'il était revenu quatre ans plus tôt pour elle. Tout cela pour repartir, en fin de compte, le cœur brisé.

— C'est exact, répondit-il avec une sécheresse involontaire. Dix ans.

Candice pencha la tête sur le côté.

— Tout va bien ? Tu ressembles à quelqu'un qui a subi un choc.

— C'est un peu le cas, répliqua-t-il avec un petit rire nerveux.

— Quelle en est la cause ?

— Pour être honnête, je ne pensais pas que c'était toi qui dirigeais les secours en montagne à Jasper.

— Et pourquoi ça ? demanda-t-elle en plissant de nouveau ses grands yeux bruns.

— Parce que tu as toujours voulu entrer à l'école de médecine et que je te pensais aujourd'hui chirurgienne ou médecin.

Une expression étrange qu'il ne put déchiffrer passa sur le visage de Candice. À la façon dont la jeune femme venait de se raidir, toutefois, il lui sembla évident qu'il avait touché un point sensible.

— Disons que les choses peuvent changer, répondit-elle avec raideur. Ma mère a mal supporté la disparition de Logan. Elle est morte l'année d'après. Il n'est plus resté que mon père et moi… jusqu'à l'année dernière où un cancer l'a emporté.

Quand on a à cœur de tenter de maintenir sa famille unie, il ne reste guère de temps pour l'école de médecine.

Il sembla à Jimmy que son ventre se déchirait. S'il avait bien appris par ses parents que la mère de Logan était morte, il ignorait que M. Warner était aussi parti. Les Warner s'étaient toujours montrés si gentils avec lui, si accueillants, qu'il lui était difficile de se dire qu'il ne les verrait plus.

— Je... je ne sais pas quoi dire, Candice. Je suis si désolé !

Il vit un bref sourire sur les lèvres de Candice. Mais sourire de façade...

— Merci, dit-elle en se levant.

La succession de pertes qu'elle avait subies depuis la mort de Logan était si terrible que son calme apparent le stupéfiait : sa mère, son père, son mari... Elle était complètement seule.

Elle est ta patronne.

— Sois le bienvenu à Mountain Rescue, Jimmy.

Il fixa la main qu'elle lui tendait avec l'envie de la prendre, elle, dans ses bras. De lui apprendre que c'était pour elle qu'il était venu. Qu'il tenait toujours à elle. Oui, il avait envie de la serrer contre lui comme il avait rêvé de le faire chaque jour qu'il avait passé loin d'elle. Simplement, il ne pouvait pas se le permettre. Ne lui avait-il pas brisé le cœur ? Et puis, cela faisait si longtemps qu'il avait déserté Jasper qu'ils étaient devenus des étrangers l'un pour l'autre.

Il saisit la main fine et blanche qu'elle lui tendait dans la sienne et se sentit si ému lorsqu'il la serra qu'il craignit de se mettre à trembler.

— J'ai hâte de travailler avec toi, dit-il en gardant sa main dans la sienne plus longtemps que nécessaire.

Quand Candice la retira et qu'il vit ses pommettes se teinter de rose, il sentit ses propres battements de cœur s'accélérer.

— Samantha va te montrer où se trouve ton équipement et te remettre une tenue provisoire, annonça Candice.

Mais la voix de la jeune femme mourut quand le téléphone sur son bureau se mit à sonner. Récupérant son siège, elle saisit l'appareil, prit un stylo ainsi qu'une feuille de papier, et commença à prendre des notes.

Incertain, ne sachant trop quoi faire ni où aller, il l'observa en silence.

— Merci, dit-elle. Nous serons là très vite.

Elle raccrocha et le regarda.

— Apparemment, ta première mission vient de tomber. Il s'agit d'un randonneur qui s'est blessé au Maligne Canyon. Il a glissé dans un ravin, et nous devons le sortir de là. Tu te sens d'attaque ?

Il acquiesça en silence, balayant les pensées qui l'assaillaient, sa tristesse et tout ce qui tournait dans sa tête.

— Je suis prêt.

Candice sourit.

— Dans ce cas, va demander à Samantha de te montrer l'endroit où tu peux te changer puis nous prendrons la route.

Il ouvrit la porte mais, avant de sortir, se retourna une dernière fois. Candice avait repris le combiné. Difficile de croire qu'ils allaient retravailler ensemble.

La petite Candice Warner était devenue sa chef.

Non, Candice *Lavoie*.

Elle n'était plus cette jeune fille qu'il avait aimée.

Son premier amour.

Quant à lui, il ne pouvait simplement pas se permettre de mal faire son travail. Il était venu ici pour gagner sa vie et offrir une belle existence à son fils.

Oui, aujourd'hui, il fallait qu'il recommence tout, même si cela signifiait pour lui devoir repartir de zéro.

2.

Candice ignorait la raison de sa nervosité. N'avait-elle pas déjà effectué maints sauvetages pour Mountain Rescue ?

Si, mais sans la présence de Jimmy à son côté.

Et même si elle se répétait qu'elle était aujourd'hui sa supérieure hiérarchique, il était clair qu'il l'affectait et la rendait nerveuse. En temps normal, elle contrôlait bien ses émotions, mais depuis qu'elle avait lu le nom de Jimmy sur la première page de son dossier, elles étaient parties dans de drôles de directions.

Elle grimpa à l'arrière de l'ambulance de manière à pouvoir se trouver près de Jimmy. Une camionnette les suivait, emportant de l'eau, des couvertures et le matériel de première nécessité pour l'escalade. D'habitude, jamais elle ne s'asseyait à l'arrière, mais en l'occurrence la situation était particulière : Jimmy était nouveau, et au cours de leurs premières missions les nouveaux demeuraient immanquablement près d'elle. Aussi, pour autant qu'elle eût souhaité garder ses distances, il débutait dans une équipe qu'elle dirigeait et, à ce titre, elle devait le former.

D'autant que cette équipe était l'une des meilleures de la province et qu'elle n'allait pas en compromettre la réputation en laissant Jimmy se débrouiller seul dès sa première mission. Ce n'était pas non plus parce qu'elle se sentait peu à l'aise avec lui qu'elle ne devait pas travailler de son mieux. Dans quelques jours, la situation aurait évolué. Et puis, la bonne réputation de Mountain Rescue grâce à la gestion qu'elle en avait était la seule chose qui comptait. Ce qu'elle ressentait restait secondaire.

— Où allons-nous, chef ? demanda Stu, assis à l'avant.

— Au Maligne Canyon. Il faudra nous garer devant le premier poste de guet du pont.

— Parfait, répondit Stu.

L'instant d'après, elle s'asseyait à côté de Jimmy tandis que la sirène se mettait en marche et que le véhicule s'élançait sur l'autoroute en direction du Maligne Canyon, à vingt minutes au nord-est de Jasper. Se retrouver ainsi à côté de lui était si étrange… En temps normal, cela ne la dérangeait pas de se retrouver tassée à l'arrière de l'ambulance avec son équipiers. Mais aujourd'hui, la situation était tout autre : cet équipier-là l'avait vue nue.

— As-tu trouvé tout ce dont tu avais besoin ? lui demanda-t-elle en s'éclaircissant la voix.

— Je crois, oui, répondit-il avec un regard au sac qu'il avait posé sur ses genoux.

Un nécessaire chirurgical, peut-être.

— Qu'est-ce que c'est ? demanda-t-elle en se penchant.

— Un kit médical supplémentaire que j'ai suggéré à la direction d'adopter.

— Nous veillerons à ce que tu disposes de tout ce dont tu as besoin, répliqua-t-elle, impressionnée. Tu pourrais peut-être le montrer au groupe ?

— Certainement, répondit-il en se plongeant dans son matériel pour le vérifier.

Les manches courtes de la chemise de Jimmy permirent à Candice d'admirer ses bras musclés ainsi qu'un petit tatouage dont elle ne se rappelait pas. Il représentait une montagne très stylisée et géométrique, piquée d'un épicéa solitaire, et elle l'apprécia au premier coup d'œil.

Dans leur adolescence, ils avaient tous trois parlé de se faire tatouer. Mais Jimmy n'ignorait pas que cela choquerait ses parents très stricts. Aussi s'était-il abstenu pendant tout le temps où il avait vécu à Jasper. Même quand, de son côté, Logan était passé à l'acte. Même quand *elle* était passée à l'acte, se faisant faire un tatouage dont elle avait parfois songé à se débarrasser.

« Ton tatouage est si sexy », avait-il murmuré quand il l'avait découvert, en en suivant le tracé du bout du doigt.

« Il est discret », avait-elle répondu, rougissant comme une pivoine au contact du doigt de Jimmy sur sa cuisse.

« Pour moi, c'est important de le voir. Et puis, je suis le premier à qui tu le montres. »

Puis il l'avait serrée contre lui et embrassée une nouvelle fois.

Candice repoussa cette pensée, gênée que tous ces souvenirs, qu'elle avait crus sous clé depuis longtemps, soient en train de revenir doucement et la déconcentrent.

Ne laisse pas Jimmy s'infiltrer dans ton esprit.

— As-tu du répulsif à ours dans tes affaires ? demanda-t-elle pour s'empêcher de partir à la dérive.

— Ah non…

Elle sortit une boîte de son sac.

— Prends ça. Les ours viennent de terminer leur hibernation, et on peut peut-être en croiser un. Mieux vaut avoir du répulsif avec soi.

— Merci, chef, dit-il en s'exécutant avec un sourire.

Elle s'immobilisa. Cela lui faisait si drôle de l'entendre l'appeler chef au lieu de Candy.

Tu lui as toi-même dit de ne pas t'appeler Candy. De plus, tout le monde t'appelle chef ou par ton nom de famille.

Bien sûr… Mais entendre ce petit mot dans la bouche de Jimmy…

— De rien, dit-elle en lui rendant son sourire.

L'ambulance s'engagea sur l'autoroute et prit de la vitesse. En approchant de Maligne Canyon, ils comprirent que la gendarmerie avait fermé la route de Maligne Lake ainsi que le parking situé près du pont où le randonneur était tombé. C'était bien l'endroit auquel Candice avait pensé : cette pente presque verticale. Pour récupérer le randonneur, ils allaient devoir utiliser leur matériel de rappel.

Pourvu qu'il ne soit pas trop gravement blessé et que la rivière ne l'ait pas emporté, se dit-elle.

— Tu te souviens comment on descend en rappel ? demanda-t-elle en tournant la tête vers Jimmy.

— Quoi ?

Jimmy leva les yeux de son sac. À l'évidence, il était ailleurs.

— Logan et toi faisiez beaucoup d'escalade. Mais tu te souviens encore aujourd'hui de la façon dont on descend une paroi rocheuse en rappel ?

Il acquiesça de la tête.

— Oui. J'ai continué l'escalade quand je vivais à Toronto.

— Bien. Parce que, sauf erreur de ma part, le randonneur se trouve au pied d'une pente très raide. Lisse, en plus, et mouillée par l'eau de la cascade non loin. Techniquement, la récupération va être difficile.

— Je connais bien les environs, répliqua Jimmy sur un ton ferme. Et je suis prêt.

Candice sourit.

— Je sais que tu l'es.

Faux… Elle n'avait pas vu Jimmy depuis longtemps. Alors pourquoi le croyait-elle prêt ?

Il était un inconnu pour elle. À tous les égards.

Ce n'est pas un inconnu.

Elle connaissait Jimmy Liu. Un peu trop bien.

Certes, à cause de tout ce qui s'était passé entre eux par le passé, l'idée de travailler avec lui pouvait l'inquiéter, mais elle ne doutait pas qu'il fût compétent ni qu'il représenterait un atout pour l'équipe. N'arrivait-il pas auréolé par les rapports élogieux de plusieurs officiers ? Pour autant, une angoisse persistante l'habitait. Suivrait-il ses ordres ? La respecterait-il ?

S'il te respectait, il ne t'aurait pas quittée comme il l'a fait…

Cette pensée la perturbait. Autant que le fait de douter à présent d'elle-même. À la tête de Mountain Rescue, ne détenait-elle pas à la fois un certificat de garde forestier et un autre de pilote ? Jimmy devrait donc faire ce qu'elle lui dirait.

De son côté, elle devait, pour commencer, cesser de se faire du souci pour rien et se focaliser sur le sauvetage qui commençait.

Oui, cela seul comptait.

L'ambulance ralentit et emprunta la route de Maligne Lake. Ils seraient bientôt arrivés.

— Je n'arrive pas à croire que quelqu'un ait décidé de passer par-dessus la clôture, murmura Jimmy quand ils se trouvèrent dans le sentier.

— Hélas ! c'est pourtant chose courante, au point d'être devenu un motif fréquent de sauvetage. Malheureusement, il ne débouche pas toujours sur un résultat positif. Un faux mouvement, et la rivière peut vous emporter comme un fétu de paille.

Jimmy acquiesça de la tête avec un sourire.

— Je suis partant pour apprendre avec vous, chef.

Une bouffée de chaleur la parcourut. En fin de compte, peut-être que les choses ne se dérouleraient pas aussi mal qu'elle l'avait pensé.

Quand l'ambulance fut garée, ils se saisirent du matériel, et Candice ouvrit la voie vers le pont n° 1 avec l'espoir de localiser facilement le randonneur.

En avisant Bruce, l'agent de police, qui l'attendait, elle fit signe à Jimmy de la suivre. C'était l'un des membres de la police montée auquel elle préférait avoir affaire. Il connaissait bien sa tâche, et travailler avec lui était facile. Certains autres agents qui l'avaient connue quand elle était petite ne la traitaient pas avec le même respect. Mais Bruce, qui arrivait de Toronto, ne la connaissait que depuis son transfert. Aussi la traitait-il d'égal à égal, de collègue à collègue.

— Lavoie… Je suis content de vous voir, dit-il comme elle approchait.

— Où aurais-je pu aller si ce n'est ici ? répliqua-t-elle, plaisantant.

Bruce sourit, et son regard tomba sur Jimmy.

— Ah oui ! votre équipe comporte un nouvel urgentiste…

— En effet. Jimmy Liu, voici l'agent Bruce du détachement de Jasper. Jimmy a servi à l'étranger pour les forces armées canadiennes. Il sait évoluer dans des conditions difficiles.

Bruce haussa les sourcils, l'air impressionné.

— C'est un plaisir de vous rencontrer, Liu.

— Tout le plaisir est pour moi, Bruce, répondit-il en lui serrant la main.

— Bien… Le randonneur a franchi la clôture près de la cascade tout au bout du sentier. Il allait entamer la descente en rappel de la falaise, mais ayant trop peu d'expérience du calcaire, il ignorait que celui qu'on trouve ici est poreux. Quand il a piqué sa pointe, elle n'a pas tenu…

Candice laissa échapper un soupir.

— Avez-vous pu évaluer la gravité de ses blessures ?

Bruce secoua la tête.

— Non. Depuis son appel à l'aide, nous n'avons pu établir la communication avec lui. Son équipier dit avoir essayé de le retenir – c'est lui qui nous a prévenus – et lui avoir trouvé un comportement étrange.

— Étrange ? répéta Candice, alertée.

— Je vais tout de suite vous mettre en relation avec lui, dit Bruce.

Candice et Jimmy échangèrent un regard tandis qu'elle essayait de comprendre ce qui avait pu pousser le randonneur à agir ainsi.

— Dean, je vous présente Lavoie, notre intervenante n° 1, dit Bruce en les menant vers l'équipier du blessé. Pouvez-vous lui raconter ce qui s'est passé ?

Dean hocha la tête d'un air inquiet.

— Nous venions d'atteindre la Roche Bonhomme et de décider d'emprunter le sentier à marche forcée. Reggie prépare un concours d'endurance, et il pensait que monter en altitude et redescendre aussitôt lui permettrait de renforcer sa résistance cardiaque.

Candice retint un soupir. Sans préparation préalable, cet exercice n'avait aucun effet de ce genre.

— Êtes-vous du coin ? demanda-t-elle.

— Non, nous sommes de l'Ontario, et Reggie voulait s'entraîner en montagne. À Jasper, nous avions parcouru les pistes sans répit, mais, là, au milieu de la descente, il a commencé à se plaindre de nausées et à tanguer un peu.

— Tanguer ? répéta Candice en songeant que cette perte d'équilibre pouvait provenir d'un problème avec les hauteurs, voire de quelque chose de plus inquiétant comme un œdème pulmonaire de haute altitude.

— Oui, répliqua Dean. Malgré tout, il tenait à poursuivre l'escalade, et ne m'écoutait pas. Il était comme ivre. Rien ne semblait pouvoir l'arrêter. J'ai tenté de m'assurer que sa ligne était bien sécurisée, mais il a bougé si vite que celle-ci a cédé.

Candice hocha la tête.

— Merci, Dean. Je sais que cette situation est très préoccupante pour vous, mais je vous promets que nous ferons de notre mieux pour venir en aide à Reggie.

Puis elle fit signe à son équipe de la suivre, et ils empruntèrent le sentier balisé jusqu'à la plate-forme d'observation située au bout.

Soudain, une rafale de vent froid ramena sur eux des gouttelettes d'eau glacée provenant des cascades tout près. Parcourue par un frisson, Candice prit une inspiration.

— Allons-y.

— Qu'est-ce que tu as en tête ? demanda Jimmy en la rejoignant.

— Si tu me disais ce que tu penses toi de cette situation au vu des informations dont nous disposons…

— C'est un test ? demanda Jimmy, un sourcil arqué.

— Absolument.

— L'attitude irrationnelle de la victime et ses récentes escalades m'inciteraient à penser que nous nous trouvons devant un cas de mal aigu des montagnes.

— Un cas impressionnant, dit-elle. Si le randonneur a un œdème, il aura besoin d'une chambre hyperbare. Sans oublier ses autres blessures potentielles.

Les gardes forestiers étaient passés couper la clôture pour que son équipe puisse accéder à une descente en rappel. De son côté, Jimmy était déjà en train d'enfiler son harnais. Secrètement ravie, elle le regarda disposer son matériel. Pas besoin de lui expliquer quoi que ce soit, elle pourrait s'engager dans la descente en étant bien concentrée. Et quand elle aurait évalué la situation, Jimmy la suivrait.

La descente était périlleuse, mais elle avait déjà effectué plusieurs sauvetages au fond de ce canyon. Certains faciles, d'autres qui ne s'étaient pas bien terminés. Toujours est-il qu'elle connaissait cette ligne de rappel sur le bout des doigts.

En cet instant, son principal espoir était que Reggie ait échoué sur le sol et non dans l'eau.

Elle était en train d'arranger son harnais quand Jimmy s'approcha d'elle pour l'aider sans qu'elle ait eu besoin de le lui demander.

Ses mains posées sur elle lui firent juste battre le cœur plus vite. Elle était si près de lui qu'elle reconnut son odeur et fut contente de pouvoir dissimuler, sous la tenue qu'elle portait, le frisson qui la parcourait.

— Tu es maintenant assurée, et je vais sécuriser ta ligne. Qu'il ne t'arrive pas la même chose qu'au randonneur. Le calcaire ne retient rien.

— Je sais…

Il sourit.

— Quoi ? Pourquoi me regardes-tu comme si tu étais surprise que je sache ce que je fais ?

— Pas du tout. C'est juste que…

Elle s'interrompit, les joues roses.

— Tu as oublié que j'avais vécu ici toute ma vie, Candice. Je sais quels accidents peuvent survenir en montagne.

— D'accord, mais ça fait longtemps que tu n'y vis plus.

Une expression étrange traversa le visage de Jimmy qui se détourna.

Le reste de l'équipe se mit en place, et Jimmy aida Candice à tenir sa ligne pendant qu'elle se dirigeait vers le bord avec son paquetage. Même si elle connaissait bien cette pente, alors qu'elle regardait en bas elle éprouva une drôle de sensation au creux du ventre.

L'exaltation à laquelle se mêlait la peur.

Moins fort que les battements de son cœur, elle entendit le grondement de l'eau qui roulait tout en bas. L'eau de la cascade… Elle était froide, et Candice n'ignorait pas à quel point. Y tomber ne la tentait pas du tout. Un simple faux pas pourtant, et elle se retrouverait dedans. D'autant que les éléments aussi pouvaient s'en mêler.

La nature était imprévisible.

Elle prit une longue inspiration et saisit son sac à dos.

— Prêt, chef ! cria Stu de sa place près de Jimmy qui s'apprêtait à la suivre.

Elle fit signe qu'elle avait entendu et, regardant à travers le feuillage, repéra l'endroit où elle voulait arriver. Elle descendrait prudemment avec l'espoir de repérer rapidement Reggie et de disposer d'assez de place pour intervenir en toute sécurité.

L'eau avait magnifiquement ciselé la roche, mais de façon irrégulière. La tâche ne se révélerait pas facile.

Candice commença à descendre le long de la paroi du canyon, les yeux rivés sur ce qui l'entourait, se balançant légèrement et se rapprochant peu à peu du randonneur qui, Dieu soit loué, se trouvait sur une corniche.

Le seul bruit qui lui parvenait était celui de l'eau. Le brouillard glacé s'infiltrait dans son dos, mais elle y était habituée et avait appris à oublier cette sensation pour focaliser son attention sur sa tâche. Une vie était en jeu.

Plus elle descendait, plus ses yeux s'habituaient à la pénombre, et mieux elle distinguait la victime à moitié étendue sur une saillie rocheuse à quelques centimètres seulement des flots.

— Reggie ? Est-ce que vous m'entendez ?

Ce dernier ne répondit pas. Parce qu'il était inconscient ? Dans ce cas, il y avait de nombreuses possibilités d'explication : hémorragie interne, traumatisme crânien…

Quand son pied gauche toucha le sol, Candice fit tout de suite très attention à la mousse glissante.

— Je suis arrivée ! cria-t-elle en levant la tête. Envoyez-moi Jimmy !

— Tout de suite, chef ! répondit Stu.

Elle retira son sac à dos avant de le poser pour en sortir son matériel médical sans le mouiller.

En s'approchant de Reggie, elle constata tout de suite l'angle bizarre de sa jambe repliée. Pas de sang. Mais cela n'excluait pas la possibilité d'une hémorragie interne. Il portait une trace de lacération sur le visage. Apparemment superficielle. Et sa tête ? L'avait-il cognée une fois en arrivant ou plusieurs fois au cours de sa chute ?

Quelques pierres roulèrent le long de la paroi. Un coup d'œil vers le haut lui indiqua que Jimmy achevait sa descente.

Elle avait hâte qu'il arrive pour qu'ils puissent évaluer l'état de Reggie. Ensuite, ils le déposeraient sur le brancard qui allait suivre Jimmy.

Quand il l'eut rejointe, ils profitèrent de ce qu'ils attendaient le brancard pour dresser un bilan de l'état du patient :

— Ses pupilles réagissent, dit Jimmy. C'est bon signe.

— Il a une fracture de la jambe. Il va falloir la fixer avant de le transférer sur le brancard et de l'évacuer.

Jimmy acquiesça de la tête et se pencha vers la jambe brisée.

— C'est le fémur… Ce qui signifie qu'une hémorragie interne est possible. Je vais lui faire une perfusion, puis nous le sortirons d'ici. Si nous considérons qu'il ne supporte pas l'altitude, il lui faut aussi de l'oxygène.

— Oui, ses ongles sont en train de virer au bleu.

Jimmy fronça les sourcils.

— En effet. Il a besoin d'oxygène.

Quand ils eurent mis Reggie sous oxygène et stabilisé sa jambe, ils le transférèrent sur le brancard puis s'assurèrent qu'il était bien sanglé.

Candice avait du mal à croire que la relation entre elle et Jimmy puisse être aussi fluide dans un tel contexte de froid et d'humidité, près d'une cascade alimentée par un glacier. Il était même surréaliste de voir ici le garçon qu'elle connaissait depuis l'enfance agir comme l'homme fort qu'il était devenu, l'aider à sauver une vie… Et le faire aussi bien.

— Il me semble que l'on peut évacuer le blessé sans risque, à présent, dit-il.

— Oui, sortons-le d'ici.

Ensemble, ils sécurisèrent le brancard par des cordes pour que Stu et les officiers de la gendarmerie royale du Canada, qui attendaient en haut, puissent aider à le remonter.

— En tant qu'urgentiste, ton rôle est de remonter avec Reggie et de rester près de lui, dit-elle tandis qu'ils poursuivaient leur examen des harnais.

Jimmy hocha la tête.

— Très bien, chef.

Candice avait maintes fois fait remonter des gens valides sur les planches prévues à cet effet. Mais y installer Jimmy la laissait songeuse. Elle espéra qu'il ne remarquerait pas que c'était d'une main tremblante qu'elle tirait sur les crochets et les attaches qu'il avait sur la poitrine, et s'étonna en secret de le découvrir plus musclé que dans son souvenir.

Elle rougit, consciente du regard de Jimmy posé sur elle.

— Ça va, chef ?

Elle se racla la gorge.

— Très bien.

Sauf que ce n'était pas vrai.

Quel était ce pouvoir que Jimmy Liu exerçait sur elle ?

Elle qui pensait s'être débarrassée de tout cela des années plus tôt, quand il l'avait quittée en lui déchirant le cœur…

Ses larmes avaient coulé pendant des semaines avant qu'elle se découvre enceinte de Jimmy. Elle s'était alors dit qu'elle devrait se faire à l'idée d'être mère célibataire. Mais au moment où elle commençait à se réjouir de la situation, elle avait perdu le bébé, et son cœur s'était brisé une seconde fois.

Pour pouvoir survivre et continuer à avancer, elle avait alors barricadé son cœur maltraité. Or, aujourd'hui, après toutes ces années, et alors qu'elle se croyait enfin passée à autre chose, le simple fait de se retrouver à Jasper avec Jimmy, de le sentir et de le toucher, lui faisait tout revenir en mémoire, la ramenant à la petite jeune fille docile qu'elle avait été, à tous ses rêves brisés, à tous ses idéaux perdus.

Reprends-toi.

— Tu peux y aller, Jimmy, dit-elle en reculant d'un pas et en sortant sa radio. Stu, Jimmy est prêt, et le patient sécurisé.

— Bien, répondit Stu.

Malgré le rugissement de la cascade, elle entendait l'équipe s'activer au sommet. Lorsqu'ils arrivèrent en haut avec le patient, l'hélicoptère attendait déjà sur la route principale à défaut d'avoir trouvé de la place sur le petit parking lui-même.

Après que Jimmy l'eut aidée à se détacher et à retirer son casque, ils se dirigèrent vers l'ambulance aérienne. C'était Stu qui, en fin de compte, accompagnerait Reggie à l'hôpital. Car Jimmy – Candice venait de le réaliser – ne détenait pas encore l'autorisation requise.

— Probable fracture du fémur, lacération à la tête mais pupilles réactives, dit Jimmy à son nouveau collègue. Pas d'autre traumatisme malgré sa chute. Je suspecte tout de même un état mental altéré, un éventuel œdème pulmonaire ou cérébral. Le blessé est aussi un peu cyanosé.

Stu hocha la tête.

— Je vais surveiller son oxygène.

Candice aida à charger le patient dans l'hélicoptère avant de s'éloigner en hâte quand les pales se mirent en marche. Détournant le visage de la poussière soulevée, elle regarda l'appareil s'élever au-dessus de l'autoroute et s'envoler vers l'hôpital. Elle reporta alors son attention sur Dean, désemparé, que les officiers de la gendarmerie royale s'apprêtaient à raccompagner.

En fin de compte, le sauvetage s'était bien déroulé malgré les émotions indésirables et inattendues que la présence de Jimmy avait réveillées en elle. Et Candice les trouvait d'autant plus déplaisantes qu'après la désertion de son premier amour elle avait tout de même rencontré le bonheur.

Mais oui ! C'est d'ailleurs pour cela que tu as divorcé !

Chad l'avait quittée quand elle avait eu le plus besoin de lui.

Exactement comme Jimmy.

Nouvelle pensée qu'elle chassa sans attendre. Depuis le départ de Jimmy Liu, elle avait mûri. C'était seule qu'elle avait fait le deuil de son frère et pris soin de ses parents. Puis qu'elle avait dépassé son amour ridicule pour Jimmy et gardé de lui le seul souvenir de son abandon.

Sauf que quand elle le regardait aujourd'hui, c'était comme si rien de tel n'était advenu. Sa seule présence la ramenait à leurs jours heureux, à l'époque où elle le prenait encore pour l'homme de sa vie et où Logan était encore là.

— Tout va bien ? demanda-t-elle à Jimmy qui arrivait vers elle. Il va falloir obtenir de l'hôpital ton autorisation d'accompagner et de suivre toi-même tes patients. C'est toi qui aurais dû te trouver dans cet hélicoptère, et non Stu.

Elle eut l'impression de voir une sorte de peur passer dans le regard de Jimmy. Puis tout redevint normal, et celui-ci risqua même un sourire Mais crispé et faux, comme s'il dissimulait un secret.

— Es-tu sûr que tout va bien ? demanda-t-elle, gênée.

— Pour être honnête, je ne suis pas trop fan des avions et des hélicoptères. Et je n'aime pas voler. Ça me rappelle…

Jimmy hésita. Ses lèvres se pincèrent.

— Aucune importance…

Elle eut alors le sentiment que ce qu'il voulait dire avait, au contraire, beaucoup d'importance. Mais cela ne la regardait pas. Quand Jimmy l'avait quittée, elle lui avait fermé son cœur. Aujourd'hui, une seule chose devait compter : qu'il se sente à l'aise dans son travail pour tenir le rôle qui lui reviendrait peu à peu au sein de Mountain Rescue.

Car, s'il avait changé, elle aussi avait changé. En dix ans, elle aussi était devenue quelqu'un de différent.

Vraiment ?

Elle devait garder ses distances avec lui.

— Nous ferions mieux de rentrer à Jasper, dit-elle très vite. Nous étudierons cette première mission en détail.

— Bonne idée, chef, dit Jimmy.

Mais il évita son regard tout le temps où il l'aida à ranger son matériel.

Elle jura en silence. Pourquoi ne pas l'avoir laissé rentrer avec l'ambulance ? De son côté, elle aurait pris le pick-up ! Faire le point sur leur sauvetage n'avait rien d'urgent.

Décidément, elle détestait que cet homme la rende irrationnelle à ce point. Tout comme elle détestait qu'en sa présence elle redevienne la fille qui avait si peu confiance en soi.

La fille qui avait été amoureuse de Jimmy Liu.

3.

Il faut que tu te reprennes, Jimmy.

Jimmy savait que travailler pour Mountain Rescue l'amènerait à prendre des hélicoptères. N'avait-il d'ailleurs pas grandi en les regardant passer dans le ciel ? Oui, mais depuis sa dernière mission au Moyen-Orient ils lui faisaient peur. Ils restaient pour lui la cause de l'explosion qui l'avait blessé et avait tué Logan.

Aujourd'hui, il s'était senti bien pendant le sauvetage, mais seulement jusqu'à l'arrivée de l'hélicoptère. Comment avait-il pu oublier qu'un sauvetage de ce genre nécessitait la présence d'un hélicoptère ? Et pourquoi n'avait-il pas réussi à surmonter son malaise ?

Lui qui avait pensé en être débarrassé…

Combien de temps avait-il passé avec Kristen, sa thérapeute, pour dépasser son traumatisme ? Quatre ans plus tôt, devant le spectacle de Candice, vivant mariée et heureuse à Jasper, il avait décidé de s'améliorer. Aussi, dès son retour à Toronto, il n'avait pas attendu pour consulter Kristen et s'attaquer au traumatisme de sa blessure.

De la mort de Logan.

De la perte de Candice. Période difficile de son existence où il admettait avoir manqué de prudence. Mais, pendant ces années, tout ne s'était pas si mal passé non plus.

Quelque chose de bien était advenu.

Marcus.

Certes, ce n'était pas ainsi que Jimmy avait imaginé sa vie, mais devenir père l'avait aidé à combler le fossé avec son propre père et sa mère, à porter sur sa relation avec eux un autre éclairage, à savoir à quel point un parent pouvait vouloir subvenir aux besoins de son enfant même si cela l'obligeait à prendre des décisions parfois difficiles. Oui, la naissance de Marcus l'avait remis sur les rails et rapproché de sa famille.

Aujourd'hui, Jimmy aurait fait n'importe quoi pour que son existence continuât à tourner autour de celle de son fils.

Mais, pour cela, il devait d'abord maîtriser sa peur des hélicoptères. Tout à l'heure, il avait regardé les soignants charger Reggie dans l'appareil sans même proposer son aide tellement il était tétanisé. Ce spectacle l'avait inquiété pour Candice et ramené au jour où Logan était mort. Un missile avait touché l'hélicoptère venu l'évacuer, et tué les passagers.

Nous ne sommes pas en guerre. Candice est en sécurité.

Quoi qu'il en soit, il y avait longtemps qu'il n'avait pas vécu un épisode aussi angoissant que celui d'aujourd'hui.

Un bruit sourd l'arracha à ses pensées. Le pick-up ralentit.

— Oh non ! s'écria Candice en allumant ses feux de détresse et en dirigeant en toute hâte le pick-up vers l'accotement.

Ce point de vue donnait sur la rivière Athabasca et sur les sommets de la Roche de Smet et de la Gargoyle. Mais le brouillard était tel que l'on ne voyait rien et que l'endroit était désert.

— Nous avons un pneu à plat ? demanda Jimmy.

— Oui, répondit Candice en arrêtant le pick-up avec un juron.

Puis, avec un soupir las, elle laissa aller sa tête contre le volant.

— Allez… Je suis sûr que tu sais changer un pneu. Je veux dire qu'avec ton frère on t'a souvent montré comment faire.

Elle le fixa.

— Je suis parfaitement capable de changer un pneu.

— Alors pourquoi avoir juré ?

— Parce qu'un pneu à plat, avec toi dans le pick-up, est bien la dernière chose que je voulais.

— Qu'est-ce que cette remarque est censée vouloir dire ? demanda-t-il en arquant un sourcil.

Sans répondre, elle détacha sa ceinture de sécurité et ouvrit sa portière pour sortir.

Jimmy se sentait confus. Qu'avait-il fait ? Cette Candice n'était pas celle qu'il se rappelait. Celle-ci était si tendue !

Et malheureuse.

Que sais-tu du bonheur ? Quand as-tu été heureux pour la dernière fois ?

Avec un soupir, il détacha à son tour sa ceinture de sécurité et alla rejoindre Candice. Elle avait déjà sorti le matériel et disposait des cônes de sécurité autour du véhicule.

— Nous nous trouvons en hauteur, dit-il. Personne ne risque de nous percuter, tu sais…

— Avec un brouillard pareil, il n'y a rien de moins sûr.

— Peut-être… Bon, je vais finir, dit-il en prenant les derniers cônes. As-tu besoin de moi pour le reste ?

— Non.

— Ah ! Tu vas changer la roue toi-même.

— Non. On ne peut pas changer une roue quand il n'y en a pas.

— Que… Que veux-tu dire ?

Elle eut un geste trahissant son exaspération.

— Qu'il n'y a pas de roue de secours.

Perplexe, Jimmy se pencha vers le pneu crevé.

— Ah ! je vois. C'était *déjà* la roue de secours.

Candice s'éloigna en pestant, le téléphone à la main.

Ils allaient devoir être remorqués et conduits à la gare.

— Et voilà, dit-elle en revenant un instant plus tard. Maintenant, à part attendre la dépanneuse, je ne vois pas ce que nous pouvons faire…

— Ont-ils précisé dans combien de temps ils seraient là ?

Jimmy avait promis à ses parents de ne pas passer trop tard pour récupérer Marcus, car le petit les connaissait mal. À Toronto, il ne les avait guère vus. Maintenant, il apprenait à les connaître, mais il était timide et préférait avoir son père dans les parages.

— Tu es pressé ? demanda Candice.

— Je dois aller récupérer mon fils.

Elle écarquilla les yeux.

— Ton… Ton fils ?

— Oui.

— Je ne savais pas que tu avais un fils.

— Normal, c'est la première fois que je t'en parle, répliqua-t-il d'un ton taquin.

Elle le rejoignit.

— Donc, ta femme t'attend chez vous.

— Ma femme ?

Il secoua la tête en riant.

— Non. Je ne suis pas marié, et la mère de Marcus ne fait pas partie de ma photo de famille.

Jennifer n'était passée, dans sa vie, que le temps d'une nuit, et il n'avait appris sa paternité que quand Marcus avait six mois, le jour où Jennifer avait déposé le couffin sur son palier. Il lui en avait longtemps voulu de lui avoir caché qu'elle était enceinte parce qu'il n'avait pas été présent à la naissance du petit. Mais, aujourd'hui, il n'y pensait plus. Marcus était comme un cadeau du ciel, et ce cadeau se trouvait avec lui !

— Où est la mère de Marcus ? Elle vit à Jasper ? s'enquit Candice en s'asseyant près de lui sur la glissière de sécurité.

— Non, elle est de Toronto et était en service hors du Canada, comme moi. Nous ne nous sommes vus qu'une fois. Elle m'a laissé Marcus six mois après sa naissance, comme si elle le rejetait. Apprenant qu'elle souffrait de stress post-traumatique, je l'ai cherchée pour tenter de l'aider, mais avant que j'aie pu faire quelque chose, elle avait trouvé la mort dans un accident. Depuis un an, Marcus et moi vivons tous les deux, et j'essaye d'être à la hauteur. Le silence de Jennifer sur sa grossesse m'avait mis très en colère, tu comprends ?

— Oui, répondit Candice en détournant le regard.

Jimmy ne pouvait croire qu'il osait faire cette révélation qui, de plus, mettait Candice visiblement mal à l'aise.

Même à ses parents, il n'avait rien révélé. Le fait qu'ils l'aient abandonné à lui-même quand il était petit pour s'occuper de leur motel l'avait empêché d'éprouver pour eux la confiance qui lui manquait encore aujourd'hui… Qui lui manquait, à vrai dire, envers beaucoup de monde.

— Je suis désolée pour la mère de Marcus, dit Candice. Quel âge a ton fils ?

Jimmy sourit.

— Il aura bientôt deux ans, et c'est un sacré numéro.

— Qui le garde en ce moment ?

— Ma mère. Elle adore son rôle de grand-mère.

Le sourire que lui adressa Candice eut quelque chose de triste.

— Elle a de la chance. Ma mère aussi aurait adoré devenir grand-mère. C'est ce qu'elle a dû espérer quand je me suis mariée. Mais cela n'est jamais arrivé.

— Pourquoi ?

Candice soupira.

— Elle est morte un an après mon mariage, mais même si elle avait vécu, cela ne se serait pas produit car Chad ne voulait pas d'enfants. Au début, il avait dit oui, mais après quelques mois de mariage il avait changé d'avis.

— Votre divorce remonte à combien de temps ?

— Trois ans. Notre mariage n'en a duré que deux. Nous nous sommes séparés quand mon père est tombé malade. Chad voulait reprendre ses études de médecine, mais il était impossible pour moi de laisser papa tout seul à Jasper.

— Désolé d'apprendre que ça n'a pas marché.

Mais, en fait, une part de lui-même, étonnamment importante, n'était *pas* désolée. Il regarda Candice, assise près de lui sur la glissière de sécurité en plein brouillard. Ses cheveux noirs et brillants avaient beau être tirés en arrière comme avant, elle était aujourd'hui une femme très différente de celle qu'il avait laissée en partant. Et pas seulement parce qu'un uniforme de secouriste remplaçait sa chemise de flanelle, son jean troué et ses Converse… C'était à travers sa voix et son regard qu'il captait ses changements les plus radicaux, ceux qu'elle lui dissimulait. À présent, au lieu de garder la tête baissée et d'avoir des mèches lui balayant le front, elle regardait droit devant elle, les bras croisés et l'air déterminé.

Non, elle n'était plus celle dont il était tombé amoureux.

Il tourna la tête pour jeter un coup d'œil, à travers le brouillard moins épais, à l'Athabasca. Elle coulait avec lenteur, ses eaux gonflées par les fontes de l'été, et était si large en cet endroit qu'elle ressemblait à un lac.

Ils se trouvaient tout près de l'endroit où ils avaient campé, le fameux soir où tout avait changé entre eux.

— Tu te rappelles la fois où Logan est allé prendre un bain de minuit ? C'était juste en face d'ici…

Un sourire étira les lèvres de Candice.

— J'essaye au contraire de ne pas trop m'en souvenir. Je veux dire que je n'étais pas précisément fière de voir mon grand frère décider de retirer tous ses vêtements et de partir en courant vers la rivière.

— Il avait trop bu.

— Je m'en souviens aussi, dit-elle avec un sourire forcé. Et c'est un souvenir pénible.

— Allez… C'était quand même drôle.

— Tu dis ça parce que tu n'as pas de frères et sœurs, et que tu ne sais pas à quel point il peut être déstabilisant de voir son frère se dénuder, comme ça, sous tes yeux.

Elle se passa une main sur le visage.

— Tous les deux, vous n'arrêtiez pas de faire n'importe quoi et de m'entraîner dans vos bêtises.

— Nous n'avions pas vraiment besoin de t'entraîner. Il me semble que tu venais de ton propre gré.

Il vit les joues de Candice se teinter de rose. Elle lui jeta un regard bref puis détourna les yeux.

— C'est surtout que… je n'avais pas beaucoup d'amis. Logan était mon frère *et* mon ami.

— Et moi alors ?

L'ombre rose s'intensifia sur les joues de Candice.

— Que veux-tu dire ?

— Est-ce que je n'étais pas ton ami ?

Qu'est-ce qui te prend, mon vieux ?

Qu'essayait-il de faire exactement ? Ne s'était-il pas promis de traiter Candice sans familiarité ? N'était-elle pas sa chef et ne lui avait-elle pas fait comprendre que leur relation devait rester purement professionnelle ?

Oui, mais chaque fois qu'il se trouvait à son côté, les sentiments qu'il avait éprouvés pour elle autrefois remontaient à la surface. Oui, malgré l'éloignement, il était clair que ses sentiments pour elle n'avaient pas faibli. Le simple fait de la sentir assise tout près de lui affolait son cœur. Il tendit la main pour lui effleurer le visage et la sentit frémir.

— Non. J'ai pensé que tu l'étais, mais tu ne l'étais pas.

Puis elle se leva et commença à s'éloigner.

Jimmy se sentit déçu, mais qu'avait-il espéré ? Après l'avoir laissée tomber comme il l'avait fait…

Il se passa une main dans les cheveux.

— Je suppose que je mérite ça, murmura-t-il.

Candice pivota sur ses talons.

— Quoi « ça » ?

— Ton rejet. J'ai beaucoup à me faire pardonner…

— En effet.

Comme il se mettait à fixer ses pieds, ne sachant que dire, Candice soupira.

— D'accord, tu étais aussi mon ami. Mais un ami pas fiable.

La sentence était dure. Il eut néanmoins un petit sourire parce qu'elle lui avait offert une porte de sortie. Pour cette fois…

— C'est-à-dire ? demanda-t-il, saisissant la perche qu'elle lui tendait.

— Tu m'as laissé voir mon frère et ses fesses nues sans faire mine d'intervenir.

Une étincelle avait brillé au fond du regard de Candice. La Candice qu'il connaissait. Celle d'avant. En ce temps-là, elle avait beau être timide, elle pouvait vous faire mordre la poussière d'un seul coup. C'était du reste l'un des nombreux côtés qu'il adorait chez elle.

— C'est vrai, ça fait de moi un ami pas fiable…

Puis il se leva de la glissière de sécurité et fixa un point droit devant lui. À travers le brouillard, il parvenait maintenant à distinguer la Gargoyle.

— On t'a probablement emmenée dans un tas d'endroits où tu ne désirais pas aller.

— Qu'est-ce qui te faire dire ça ?

— Eh bien, à l'époque, les filles de ton âge n'aimaient pas trop traîner dans les bois ou… enfin, toutes ces idioties que Logan et moi avions coutume de faire.

Candice souriait lorsqu'elle s'approcha de lui.

— Souvent, je les aimais bien, vos idioties, à Logan et à toi. Et puis, je ne m'entendais pas avec les autres filles. C'est d'ailleurs pour ça que les garçons ne me proposaient pas de sortir avec eux. Je n'étais pas assez féminine.

— Je ne dirais pas ça, répliqua-t-il en secouant la tête.

Comme elle levait vers lui un regard interrogateur, il ajouta :

— Les gars t'aimaient bien, Candice. C'est juste que tu ne le remarquais pas.

Il fit un pas vers elle tout en se retenant de lui effleurer la joue, de l'enlacer, de l'embrasser.

— *Moi*, je t'aimais bien.

Elle rosit de plus belle.

— Moi aussi.

Toutes les pensées de Jimmy convergeaient vers leur nuit passée au bord de l'eau. Son cœur battait à ses oreilles quand il s'approcha plus près.

— Celle nuit-là…

— Non…, dit-elle dans un souffle.

— Candice…

Comme elle se mordillait la lèvre inférieure, il se pencha vers elle, incapable de résister davantage.

Un coup de klaxon perçant le silence le fit se reculer. La dépanneuse venait d'arriver.

— Je ferais mieux de… d'aller parler au conducteur, dit Candice sans oser le regarder.

Puis elle s'éloigna tandis qu'il se frottait la joue, perturbé d'avoir perdu ainsi ses moyens. Après tout ce temps…

Candice dut rester tard pour achever de remplir le dossier de Reggie. Avec Jimmy, ils avaient regagné la base sans qu'ils échangent sur autre chose que le travail. Une fois leur service terminé, Jimmy s'en était allé et elle était restée seule pour terminer le compte rendu de leur journée.

Impossible pour autant de focaliser dessus son attention. Ses pensées revenaient sans cesse au baiser qu'ils avaient failli échanger et au fait que Jimmy avait un fils, nouvelle qui réveillait son chagrin d'avoir perdu leur bébé. Celui dont il n'avait rien su.

Il faut que tu lui apprennes ce qui s'est passé.

Bien sûr, mais que dirait-il, lui qui avait été si blessé par le silence de la mère de Marcus ?

La réponse lui faisait peur, à l'instar de l'effet que Jimmy exerçait sur elle.

Avec un soupir, elle se leva pour aller jusqu'à la fenêtre. Quelques mouflons déambulaient dans le parking. Alentour, tout était calme et tranquille. Sauf elle… Voir Jimmy avait réveillé des fantômes du passé qu'elle pensait depuis longtemps disparus. Quelle naïve elle avait été de les croire évanouis…

On frappa un coup à la porte.

— Entrez.

La tête de Stu apparut dans l'embrasure.

— Je rentre d'Edmonton.

— Oh ! ils ont transporté Reggie là-bas ?

— Oui, et vous aviez raison.

— À quel propos ?

— Du mal des montagnes. Reggie a un œdème pulmonaire. On lui a administré de la dexaméthasone, et il se trouve à présent en chambre hyperbare. Il a escaladé trop vite, et son corps n'a pas eu le temps de s'habituer.

— C'est tout de même un peu étrange..., dit-elle, songeuse.

Stu s'adossa à la porte.

— Qu'est-ce qui est étrange ?

— Cet œdème. Reggie s'entraîne. Il fait de l'exercice !

— C'est l'impression qu'il donne.

— Que voulez-vous dire ?

— Qu'il ne fait pas vraiment cela. Son équipier explique qu'il a perdu plus de cinquante kilos en un an. Chirurgie bariatrique... De plus, au lieu de pratiquer une activité régulière, il s'entraîne dans le but illusoire de repousser ses limites. Mais son cœur, plutôt fragile, encaisse mal tout cela.

— Et il en paye le prix aujourd'hui, conclut Candice avec un soupir. Dommage, vraiment...

— En effet. Mais il va s'en sortir. En partie parce que vous lui avez administré de l'oxygène sans perdre une seconde. L'urgentiste de l'hôpital a loué votre intervention.

— Je n'étais pas seule. Il y avait aussi Jimmy, le nouvel urgentiste.

Stu sourit.

— Oui, il a l'air d'un type bien.

— Il l'était... je veux dire, il l'est.

— Je vais rentrer, à présent. Et vous, chef, vous devriez en faire autant. Vous n'êtes pas tout à fait remise de votre mauvaise grippe, alors, ne forcez pas trop.

— D'accord, Stu. Bonne nuit.

Ce dernier s'en alla tandis qu'elle laissait échapper un soupir, heureuse de savoir que Reggie se rétablirait. Quant à l'oxygène, même si elle avait remarqué le bleuissement des doigts du blessé, c'était Jimmy le premier qui avait suggéré d'en administrer.

Oui, ils avaient effectué du beau travail ensemble.

Dix ans plus tôt, Jimmy lui avait déclaré qu'elle était trop « spéciale pour s'enterrer à Jasper ». Et il était vrai qu'elle regrettait parfois de ne pas avoir terminé ses études de médecine. L'aurait-elle fait qu'elle serait aujourd'hui diplômée. Comme Chad. Mais elle était restée avec son père malgré son insistance pour qu'elle reprenne sa médecine.

Aujourd'hui, qu'est-ce qui t'empêche de le faire ?

En dehors de son travail de secouriste, rien. Mais il était précisément si important ! Oui, chaque journée où elle sauvait une vie comme aujourd'hui la convainquait que la sienne valait la peine d'être vécue.

Mais tu es seule.

En effet. Comment le nier ? Elle était seule et quand elle acceptait de le reconnaître, elle se demandait ce qu'aurait été sa vie si elle n'avait pas perdu son bébé.

Mais elle avait eu quelqu'un, au nom du ciel ! Jimmy !

Elle éteignit son ordinateur, attrapa son sac, sa veste, et sortit. Ce matin, à son réveil, elle ne s'interrogeait pas sur son existence… Puis Jimmy avait franchi sa porte.

Importun fantôme du passé.

Importun ? Vraiment ?

Elle secoua la tête. Il fallait qu'elle sorte Jimmy Liu de son esprit. Il s'agissait de *sa* vie. Et les fantômes n'y avaient pas leur place.

4.

Au moment où elle entrait sur l'autoroute, Candice se rappela qu'elle n'avait rien à manger chez elle. Or, elle n'avait pas du tout envie de s'acheter un plat à emporter.

D'habitude, elle faisait ses courses à l'extérieur de Jasper, surtout en haute saison, quand les prix augmentaient. Mais ce soir, l'idée de rouler jusqu'à Hinton ne la tentait pas. Aussi s'arrêta-t-elle chez elle pour se changer et prendre deux sacs en toile. À peine un quart d'heure plus tard, elle avait presque couvert le kilomètre qui la séparait de sa petite épicerie.

Le centre-ville de Jasper respirait la joie de vivre sous le soleil d'été presque à son solstice. En général, Candice fuyait la cohue des touristes parfois bruyante. Mais, ce soir, la distraction tombait bien. Elle lui faisait oublier Jimmy.

— Hé ! Candy !

Elle se retourna et le vit. Jimmy… Dans ses bras, sa copie conforme en miniature, à cette différence que les lèvres du petit étaient barbouillées de chocolat. L'enfant la regarda en souriant tandis que ses joues poupines se creusaient d'une fossette. Sans crier gare, il enfouit la tête dans l'épaule de Jimmy, et son T-shirt blanc changea de couleur.

Elle eut un petit rire devant le spectacle de Jimmy qui regardait le désastre, les yeux ronds.

— Je ne m'attendais pas à te rencontrer ici, dit-il enfin.

Moi encore moins…

— J'avais quelques courses à faire et envie de me dégourdir les jambes.

Quand les yeux de Candice revinrent vers l'adorable enfant

accroché à son père, elle se sentit fondre, se languissant soudain de celui qu'elle aurait pu avoir.

— Je ne crois pas me tromper en pensant que c'est ton fils.

— Oui. Voici Marcus… avec ce qui reste de sa glace.

L'enfant la considérait maintenant d'un air timide.

— Bonjour, Marcus. Comment vas-tu ? demanda-t-elle, amusée.

Le petit sourit sans retirer la tête de l'épaule paternelle.

— Voici Candy, Marcus. Elle est la chef de papa et son amie de longue date.

Sans cesser de le regarder, l'enfant lui étala doucement du chocolat sur la joue.

— Merci, mon chéri, dit Jimmy. J'apprécie beaucoup…

Candice éclata de rire.

— Je trouve que ça te va très bien !

— Merci à toi aussi, répliqua Jimmy, pince-sans-rire. Cela dit, si tu avais un mouchoir en papier ou quelque chose d'approchant… Il se trouve que j'ai les bras un peu pris…

— Bien sûr, dit-elle en sortant de son sac une lingette humide pour nettoyer le visage de Jimmy.

Quand elle eut terminé, l'enfant lui tendit ses mains potelées sans un mot tout en la dévisageant avec intensité.

— Tu veux que je les nettoie aussi ?

Marcus acquiesça de la tête et rit aux éclats lorsqu'elle lui prit les mains et commença à les frotter.

— Merci encore ! dit Jimmy. C'est ce qui s'appelle sauver une situation…

— De rien. Que faites-vous dehors à cette heure-ci ?

— J'ai emmené Marcus au parc et, là, nous avons eu envie d'une glace au chocolat. Quand tu es apparue, nous partions faire quelques courses pour *năinai* à l'épicerie.

— C'est justement là que je me rends aussi.

— Si on y allait ensemble ?

Réponds non. Réponds non !

— Bien sûr.

Ils se remirent en marche tandis que Marcus, fatigué, glissait le pouce dans sa bouche et laissait retomber la tête contre le cou de son père.

— Il est vraiment adorable, dit-elle sans pouvoir détacher ses yeux de lui.

Elle ignorait le sexe du bébé qu'elle avait perdu, mais elle avait plutôt pensé à un garçon.

— Il a presque deux ans, c'est ça ?

— Oui. Hein, petit gars ?

Marcus hocha la tête.

— Votre promenade dans le parc paraît l'avoir épuisé.

Jimmy changea son fils de bras et sourit.

— Il faut dire qu'il a beaucoup joué. À Toronto, le parc du quartier où nous vivions n'était pas un endroit très sûr, et nous ne le fréquentions pas beaucoup. J'ai bien fait de revenir ici.

— Telle que je la connais, ta mère doit être ravie.

Candice savait en effet que, malgré leurs différends, Jimmy avait manqué à ses parents dont il était le fils unique.

— Ma mère est heureuse au-delà du possible. Elle est venue passer quelque temps à Toronto à l'époque où j'ai découvert que j'étais père d'un enfant, car j'ignorais tout de ce qu'il fallait faire, et elle m'a aidé. C'est elle ensuite qui a insisté pour que je rentre à Jasper. Mais avant d'obtempérer, il a fallu que je règle quelques affaires.

— Je parie que ta mère t'a supplié de venir t'installer chez elle.

— Exact, dit-il en riant. Malgré tout, j'ai préféré louer quelque chose en bas de la rue où habitaient tes parents. C'est petit mais suffisant pour Marcus et moi.

Elle déglutit.

— Tu… Tu es donc mon voisin.

— Tu habites toujours chez eux ?

— C'est chez moi depuis qu'ils sont morts.

L'expression de Jimmy se fit plus douce.

— C'est vrai… Excuse-moi.

— Il n'y a pas de mal.

Ils étaient arrivés à l'épicerie. Marcus protesta un peu quand Jimmy l'installa dans le chariot équipé d'un petit siège, mais il sourit dès que son père engagea le Caddie dans le magasin.

— La liste de ma mère n'est pas longue, dit-il en ouvrant une feuille pliée en quatre. Et puis, dès que je lui aurai installé un siège bébé à l'arrière de sa voiture, elle se fera une joie d'aller jusqu'à Hinton en compagnie de Marcus. Mais… Où diable se trouvent les noix de muscade ? Et d'abord, c'est quoi, une noix de muscade ?

— D'abord ? Eh bien, *d'abord*, c'est une épice, répliqua Candice, amusée. Comment as-tu pu survivre tout seul à Toronto ?

— Grâce aux plats à emporter, répondit-il en prenant quelques bananes.

Comme Candice pouffait, Marcus leva la tête vers elle avec un sourire. Elle ne put s'empêcher de le lui rendre. Il était si craquant ! Et son charme valait celui de Jimmy… Mais il la ramenait aussi au bébé qu'elle n'avait pas eu, et à ce qui lui manquait le plus : une famille.

— J'ai vu Stu, tout à l'heure, reprit-elle pour ne plus y songer. Il rentrait d'Edmonton. Reggie est sauvé.

— Ravi de l'apprendre. Ont-ils diagnostiqué le mal aigu des montagnes ?

— Oui, répondit-elle en prenant un flacon de noix de muscade qu'elle lui tendit. Il l'avait.

Jimmy examina le flacon, les sourcils froncés, avant de le poser dans le chariot.

— On utilise ce produit pour quoi faire ? Il sent fort.

— Pour cuisiner des plats.

— Beurk !

Ils tournèrent dans l'allée.

— En ce qui concerne un éventuel OPHA, en sait-on plus ?

— C'était bien un œdème pulmonaire de haute altitude.

— Ah ? Reggie est pourtant athlétique.

— Il semble en fait qu'il avait perdu trop de poids trop vite et qu'il se surentraînait.

— Beaucoup de gens pensent que maigrir assure une meilleure santé, mais ce n'est pas vrai si on ne remplace pas, en partie, la graisse perdue par du muscle. En tout cas, cela explique sans doute pourquoi il est devenu un peu fou et a voulu descendre le canyon à toute vitesse.

— Je ne crois pas que l'on puisse tout attribuer au MAM, commenta-t-elle en ajoutant ses propres courses au contenu du chariot. Sans en être atteints, bien d'autres randonneurs s'attaquent à des défis dangereux.

— Oui. C'est pourtant pure stupidité de leur part.

Elle eut un petit sourire en coin.

— Bienvenue à Mountain Rescue…

Quand Jimmy lui rendit son sourire, une étincelle s'était allumée dans son regard. Celle qui lui transformait les jambes en coton. Échanger avec lui était si facile…

Vous pourriez être amis. Ne l'étiez-vous pas, avant ?

— Je suis content de faire partie de Mountain Rescue, de pouvoir mettre en application ce que j'ai appris dans les forces armées canadiennes et de pouvoir accomplir cette mission dans ma ville natale.

Candice ne put s'empêcher de songer à ce soir lointain où il lui avait annoncé qu'il quittait la ville dont il n'avait rien à attendre. Aujourd'hui, soit dix ans plus tard, il se proclamait heureux d'y être revenu.

— Aurais-tu réalisé tes erreurs de jugement d'alors ?

— Quelles erreurs de jugements ?

— À l'époque, tu m'as dit n'avoir plus rien à espérer ici.

Jimmy eut l'air confus.

— J'ai dit ça ?

— Oui.

— Quand ?

— Juste avant ton départ avec Logan pour votre formation initiale. La nuit où nous avons…

Elle se tut tandis qu'il se raclait la gorge et détournait les yeux.

— C'est vrai. Depuis, j'ai compris que j'étais un parfait crétin.

— On ne peut pas dire le contraire, murmura-t-elle en s'éloignant dans l'allée suivante.

Quand ils eurent terminé leurs achats, ils regagnèrent le parking du centre-ville. Candice transféra leurs courses dans le coffre du véhicule de Jimmy tandis que celui-ci installait Marcus, qui s'était endormi, dans son petit siège.

— Veux-tu que je te raccompagne ? Nous sommes presque voisins…

— Merci, ça va aller.

— Il fait déjà presque nuit, et ça ne me dérange pas. Laisse-moi te raccompagner.

Elle se mordilla la lèvre inférieure, convaincue qu'elle devait refuser. Sauf qu'à chaque minute qui passait, la crème glacée qu'elle avait achetée oubliait sa condition de glace pour ne retenir que celle de crème…

— D'accord, merci, dit-elle en montant à l'avant.

Jimmy démarra.

— À présent, comment quitte-t-on ce centre-ville ?

— À gauche au bout de la rue et, ensuite, tout droit.

Dans moins de cinq minutes, elle se retrouverait tout à fait à l'ouest de Jasper, devant sa petite maison de rondins et de pierre face à la forêt et aux vastes étendues du parc national.

Jimmy s'arrêta derrière sa voiture, dans l'allée.

— Merci pour le bout de chemin, dit-elle.

Il hocha la tête.

— Avec plaisir. On se voit demain au travail.

— Oui. Il faut que l'on s'entraîne à grimper.

— J'ai hâte de m'y mettre.

— À ta place, je ne serais pas si pressé, dit-elle, taquine.

Puis elle quitta le véhicule et remonta l'allée. Elle ne se retourna pas. Elle ne voulait pas se retourner.

Avec Jimmy, ils pourraient redevenir amis, mais c'était tout. Même s'il réveillait en elle d'anciens sentiments, elle ne mettrait pas une seconde fois son cœur en danger. Bientôt, elle trouverait le courage de lui parler du bébé qu'elle avait perdu, puis elle se tiendrait à distance.

Jimmy demeura quelques instants dans l'allée de Candice pour s'assurer qu'elle rentrait en sécurité. Se trouver devant l'ancienne maison de M. et Mme Warner était un peu surréaliste. Il y avait passé tant de bons moments avec Logan. Avec Candice.

C'était souvent qu'il pensait à cette petite maison de rondins, de pierre et de bois. À toutes les fois où, avec Logan, ils baguenaudaient dans la petite pinède située à l'arrière et descendaient jusqu'à la source. À la manière dont se détachait la pointe de Whistlers Peak et à la minuscule station haut perchée où, en empruntant le téléphérique, les touristes montaient contempler Jasper d'en haut.

Combien de soirs d'été avait-il passés assis sous le porche de la maison ou à jouer au basket ?

Il était si dur de croire que les Warner avaient disparu.

Et que Candice était toute seule.

Jamais il n'aurait dû partir. Quelle idiotie d'avoir agi ainsi ! En restant, il serait devenu urgentiste à Jasper et aurait pu être avec Candice. Et les derniers instants de Logan n'auraient jamais existé.

Mais il n'aurait pas eu Marcus.

Un coup d'œil dans le rétroviseur lui montra son fils endormi. Il sourit.

Dans la chambre de Candice, la lumière s'alluma. Il remit le contact et quitta lentement l'allée vers la maison de ses parents située de l'autre côté de la ville, près du quartier des hôtels. Après avoir dirigé leur motel, ils l'avaient vendu et étaient maintenant à la retraite.

Quant à la proposition de sa mère de venir vivre chez eux, il avait préféré la décliner pour que dure leur bonne entente toute neuve. Vivre seul avec Marcus était préférable.

Sa mère le rejoignit alors qu'il coupait le contact.

— Tu es en retard.

— Désolé, j'ai rencontré Candice Warner. Elle rentrait à pied avec ses courses et je lui ai proposé de la raccompagner.

— C'est gentil de ta part…, dit-elle en le fixant.

— Elle est aussi ma chef. Je crois aussi qu'elle n'est plus Candice Warner. Elle s'appelle Lavoie maintenant.

— Oui, mais elle est divorcée, répliqua sa mère en ouvrant sans bruit une portière à l'arrière pour prendre un sac de courses.

Jimmy haussa un sourcil.

— Ça ne change rien au fait qu'elle soit ma chef.

— D'accord, mais comme tu mentionnais son changement de nom, je ne pouvais pas deviner que tu étais au courant pour le divorce.

— Savais-tu que Candice serait ma chef, maman ?

Les yeux de sa mère s'écarquillèrent.

— Bien sûr.

— Tu aurais pu me prévenir. Pourquoi ne l'as-tu pas fait ?

— Pour te dire quoi ? Tu étais juste ami avec elle et Logan. Je ne pensais pas que c'était très important. Est-ce que ça l'est ?

Eh oui…

Mais il ne pouvait pas le reconnaître. Sa mère ignorait ce qu'il avait vécu avec Candice dix ans auparavant. S'il avait su que celle-ci serait aujourd'hui sa chef, il aurait quand même accepté le poste, mais se serait préparé à la revoir. Alors que, maintenant, il allait *devoir* s'habituer à leur rencontre quotidienne au même titre qu'à l'utilisation des hélicoptères pour les sauvetages. Sauf que Candice lui était interdite et que les hélicoptères faisaient partie de son travail.

Bravo ! Comparer Candice à des hélicoptères…

— Non.

— Bien. As-tu trouvé tout ce qui était sur la liste ?

Il passa l'anse du second sac de courses sur un bras, prit Marcus dans l'autre, et suivit sa mère qui remontait l'allée.

— Oui.

— Et pourquoi mon petit-fils est-il tout poisseux ?

— Crème glacée.

Mme Liu fit la grimace en entrant dans la maison.

Avec un soupir, Jimmy alla mettre le sac dans la cuisine et déposa un instant le petit endormi sur le canapé. Puis il leva la tête vers la lune à moitié pleine, toute blanche dans le ciel presque noir. Cette pensée lui arracha un sourire. Candice, cette nuit-là, près de la rivière…

Et Candice toute seule à présent, à seulement une rue de chez lui. Mais il ne pouvait rien faire.

Avec son fils, avec le traumatisme de son enfance, il devait la tenir à distance. Juste comme Logan le lui avait demandé… Elle était libre. Pas lui.

5.

Assis sur l'herbe en compagnie du reste de l'équipe de Mountain Rescue avec qui il venait de remonter le sentier Overlander, Jimmy fronça les sourcils. Ils étaient censés attendre l'arrivée de Candice. Mais comment parviendrait-elle à la prairie alors qu'aucun chemin ne permettait d'y accéder en voiture ? Aussi se préparait-il à la voir arriver en hélicoptère et, pour ne pas perdre la confiance de ses collègues, à dominer sa panique.

— Est-elle toujours aussi en retard ? demanda-t-il.

— De temps en temps, répondit Stu. Tout dépend si elle peut faire approuver son plan de vol ou si le ciel au-dessus de l'aéroport est trop bouché.

— Son plan de vol ? répéta-t-il, le cœur battant la chamade, en se redressant. Elle… Elle pilote ?

Stu hocha la tête.

— Oui. Mais aujourd'hui, je crois que c'est Nigel qui est aux manettes. Lui aussi est nouveau. Quatre mois…

Jimmy n'en croyait pas ses oreilles. Candice était pilote d'hélicoptère !

À l'idée qu'elle ait un accident, il sentit une boule d'angoisse lui nouer le ventre.

— Quand on parle du loup…, dit Stu en se levant. Voici Nigel qui arrive. Je parie que Lavoie est avec lui.

Jimmy ne parvenait plus à bouger. Il ferma les yeux, convoquant dans sa mémoire les trucs que Kristen lui avait appris pour se reprendre quand la panique menaçait.

D'abord, se rappeler qu'il se trouvait dans une prairie où il avait passé son temps avec Logan quand ils étaient enfants.

Avant qu'il parte à l'étranger.

« Aux abris ! » avait hurlé Logan pour couvrir les coups de feu.

Jimmy s'était dirigé vers l'hélicoptère, mais avant que celui-ci ait pu atterrir, il explosait dans une boule de feu qui le projeta violemment au sol. Autour de lui, les explosions s'étaient enchaînées. Comme il se protégeait, il avait vu le mur s'écrouler dans sa direction et celle de Logan…

Le cauchemar se dissipa quand les hélices de l'appareil s'arrêtèrent. Candice descendit tandis qu'il chassait de son cerveau ces dernières images atroces. Il avait un travail à accomplir, et Candice était sa chef. La voyant tendre du matériel à Stu, il réussit à se lever et à se rendre jusqu'à l'appareil. Elle lui lança un sac qu'il alla déposer là où Stu et Kate rassemblaient le matériel.

Il fallait qu'il se reprenne, qu'il…

— Ça va, Jimmy ?

Candice arrivait à sa hauteur.

— Oui.

À sa façon d'incliner la tête, il comprit qu'elle ne le croyait pas. Mais cela lui était égal. La réponse ne la regardait pas vraiment. Tout comme ne le regardait pas qu'elle prenne le risque de piloter des hélicoptères.

Tiens bon.

— On va aller tous les cinq répéter un sauvetage dans l'arrière-pays. Pour commencer, il faut lister le matériel à notre disposition et étudier les premiers secours à apporter aux blessés devant être évacués.

— Dans ces cas-là, tu te sers de l'hélicoptère, non ?

Elle plissa les yeux.

— Nous imaginons une situation où on ne peut approcher le site en hélicoptère.

— Dans ce cas, pourquoi l'avoir pris aujourd'hui ? Tu pouvais venir avec nous à pied, marmonna-t-il.

Ses nerfs craquaient. Stu, Kate et Nigel le fixèrent, choqués, tandis que Candice faisait un pas vers lui.

— Je voudrais te parler. En privé.

— Tu peux dire tout ce que tu veux devant les autres. Ça m'est égal.

Qu'est-ce qui te prend ? Reprends-toi !

— Non, je ne crois pas.

Elle se tourna vers leurs coéquipiers.

— Nigel, peux-tu commencer sans nous ?

Il acquiesça de la tête Comme il faisait signe à Kate et à Stu de le suivre. Jimmy soupira, énervé contre lui-même.

— Qu'est-ce qui ne va pas ? demanda-t-elle avec fermeté.

— Rien.

— *Rien* ?

— Je sais…, dit-il en se passant une main sur le visage.

— Tu sais quoi ?

— Ma réflexion était déplacée. Je suis désolé.

— Je n'accepterai de personne la moindre tentative pour saper mon autorité devant l'équipe. C'est moi qui suis à la tête de Mountain Rescue. J'y suis parvenue grâce à un travail acharné et à une solide expérience. Celle que tu as acquise dans les forces armées canadiennes ne vaut rien ici. Il s'agit de *mon* équipe. Et c'est *ma* montagne. Compris ?

— Oui. Compris. Ça ne se reproduira plus.

— Veilles-y.

Elle soutint longuement son regard avant de reprendre :

— À présent, j'aimerais profiter de ton expérience dans les hôpitaux de campagne pour que tu prépares un kit chirurgical simple comme celui dont nous avons parlé hier. Penses-tu pouvoir t'en occuper ?

— Oui, répondit-il en hochant la tête. Merci, chef.

— Bien, dit-elle avec douceur avant de s'éloigner

Jimmy se passa une main dans les cheveux.

Liu, tu es un gros ballot.

Il aurait voulu dire à Candice ce qui le perturbait, évoquer ce jour où l'hélicoptère… Mais cela l'aurait amené à parler de la mort de Logan. Et il n'avait pas les mots…

Il ne voulait pas non plus décevoir Candice ni qu'elle le prenne pour un faible. Rester membre de son équipe était important pour lui. Pas question, donc, qu'elle le mette sur la touche à cause de ces stupides hélicoptères et de leurs effets sur lui.

Son rêve était de faire ce qu'il aimait le plus : sauver des vies dans la région qu'il n'aurait jamais dû quitter.

Candice ignorait ce qui avait pris à Jimmy. La veille, en la reconduisant chez elle après les courses, il semblait pourtant bien, et elle avait aimé leur long moment partagé avec son petit garçon. À tel point, même, que cela l'effrayait.

Mais, apparemment, elle s'était trompée. Moins de vingt-quatre heures après son retour, elle avait déjà renoué avec certaines émotions bien trop connues : le cœur brisé, la déception… Jimmy l'avait déjà quittée une fois après lui avoir dit l'aimer. Elle ne devait pas l'oublier. De plus, il n'était pas du genre à s'installer. N'avait-il pas révélé que la mère de Marcus n'avait été que l'aventure d'une nuit ?

Pour autant, l'attitude de Jimmy concernant l'hélicoptère l'inquiétait. En femme perspicace, Candice avait tout de suite compris que Jimmy souffrait d'un syndrome de stress post-traumatique. Hélas ! Mountain Rescue recourait si souvent aux hélicoptères qu'elle ne pourrait pas écarter Jimmy à chaque fois. En même temps, c'était un urgentiste compétent dont elle avait besoin dans son équipe et qu'elle ne voulait pas perdre. De plus, pour être honnête, elle lui enviait un peu son savoir.

Pourquoi ne finis-tu pas tes études de médecine ?

Elle repoussa cette idée, pourtant si tentante. Impossible

de quitter Jasper. Elle y était chez elle, et Mountain Rescue représentait sa vie.

Chacun reprenait son équipement quand elle perçut le bruit d'un moteur. Elle tourna la tête. Un véhicule tout-terrain des parcs du Canada se dirigeait vers elle.

Matt, un ranger, se gara et en descendit.

— Lavoie, content de vous trouver.

— Je mène une session de formation. Que se passe-t-il ?

Les lèvres de Matt se pincèrent sous sa moustache grise.

— Un ours a attaqué.

On aurait entendu une mouche voler.

— Je vois, dit-elle tandis que son ventre se crispait.

Le résultat de ces attaques n'était jamais beau à voir.

— Avez-vous besoin de nous ? J'ai un nouvel urgentiste avec moi.

— Très bien. Vous avez votre fusil ?

— Oui, dit-elle, parcourue par un frisson.

— L'ours est toujours dans la nature, mais la piste a été fermée. Vous et votre urgentiste pouvez venir avec moi. Il va falloir porter le blessé et faire très attention.

Candice se tourna vers son équipe.

— Très bien. Quittons cette piste. J'ai besoin d'un kit chirurgical. Jimmy, je veux que tu viennes avec moi. Ce sera un bon apprentissage. Nigel, il me faut mon arme.

Préférant ignorer l'air contrarié de Jimmy, elle prit son fusil que lui tendait Nigel et rassembla le matériel susceptible de lui servir. Avant de commencer sa formation de sauvetage en montagne, elle avait été ranger et savait comment réagir face à un animal sauvage.

Elle posa ses affaires à l'arrière du véhicule tout-terrain. Jimmy la rejoignit presque aussitôt.

— J'ignorais que tu savais utiliser un fusil pareil, déclara-t-il avec raideur.

Un Winchester Ranger assez puissant pour tuer un ours à bout portant.

— J'étais ranger, avant de venir ici et j'ai dû abattre un grizzly ou deux, répondit-elle sans ajouter que c'était l'une des tâches qu'elle avait le plus détestée.

— Cette… besogne paraît atroce.

— Nous devrons limiter les dégâts le plus possible, et dégager la victime, sans oublier que l'hélicoptère ne pourra pas se poser à l'endroit où l'ours a attaqué.

— J'ai vu tant d'horreurs sur le front que je pourrai supporter de voir celle-ci, commenta Jimmy.

Candice ne voulait pas imaginer ce que lui et Logan avaient vu ni songer aux derniers instants de son frère. Et s'il lui arrivait parfois de vouloir les connaître, elle finissait toujours par se dire que le contraire valait mieux.

Elle se rappela la façon dont sa mère avait complètement sombré après avoir perdu Logan. Puis de toute cette force qu'elle avait dû puiser en elle-même d'abord pour aider son père à surmonter ces deux épreuves, puis pour surmonter le départ de Chad. En fin de compte, elle n'avait jamais réussi à faire le deuil de son frère ni à le pleurer comme elle en aurait eu besoin. Et, comme les autres fois, aujourd'hui non plus n'était pas le bon jour.

Elle devait rester forte et maîtresse d'elle-même.

Ainsi qu'elle s'y employait depuis dix ans.

— Il faudrait y aller, annonça Matt en revenant. Votre équipe est prête.

Avec un hochement de tête, elle grimpa dans le véhicule et s'assit à côté de lui pendant que Jimmy montait à l'arrière avec le matériel et les équipements. Matt démarra, et si Jimmy se crispa au décollage de l'hélicoptère, il se détendit à mesure que le bruit des pales s'éloignait. Pendant tout le trajet, le véhicule suivit la piste, l'attaque s'étant produite près de la route. À mesure qu'ils avançaient, Candice comprit aussi que l'attaque devait avoir eu lieu peu de temps après le passage de son équipe. Un coup d'œil à Jimmy lui apprit que la même pensée le traversait. Ses lèvres étaient pincées, et son regard grave.

Matt ralentit.

— La victime campait dans un endroit interdit et ne nous avait bien sûr pas prévenus. De son côté, l'ours manquait peut-être de nourriture. Nous n'en sommes pas sûrs.

— Vous voulez dire que vous ignorez la raison de son agression ? demanda Jimmy.

— Cela fait un moment que nous l'observons. Son comportement nous a parfois fait penser qu'il était une bête à problème, mais jamais il n'avait attaqué. Heureusement qu'un groupe de personnes est arrivé – celui qui a découvert la victime –, car l'ours a pris peur et s'est enfui. Mais ne vous y fiez pas : quand un ours découvre une source de nourriture quelque part, il y revient toujours.

Candice frissonna. En montagne, les ours étaient sa hantise n° 1. Matt ayant arrêté le véhicule pour leur permettre de descendre, elle saisit son sac à dos, son fusil, et s'engagea sur la piste avec les deux hommes.

En approchant, ils aperçurent le groupe qui avait repéré la victime. Tous semblaient sous le choc mais indemnes. Des rangers recueillaient leurs commentaires.

— Par ici, dit Matt. Quand je suis parti vous trouver, le patient était dans un état stable. Mais le spectacle est rude.

Candice déglutit pour tenter de dénouer un peu sa gorge serrée. Ils passèrent sous des branches basses. En arrivant à l'endroit de l'attaque, elle tenta de ne pas réagir au spectacle du campement détruit et des jambes mutilées de la victime.

— Waouh…, dit Jimmy dans un murmure.

Candice resta silencieuse.

— Mais j'ai vu pire, chuchota-t-il.

Ils échangèrent un regard. Jimmy avait le front plissé, et ses lèvres ne formaient plus qu'une ligne. Pour sa part, Candice peinait à retrouver son souffle.

— J'en suis sûre, répondit-elle avec calme.

— Mais nous pouvons y arriver. Ensemble.

La fermeté de Jimmy lui plut. Sa conviction la motiva.

Le voir redevenir lui-même lui faisait plaisir, renforçait sa confiance. Tout allait bien se passer.

Après avoir enfilé des gants jetables, ils s'approchèrent du patient. L'homme était à demi conscient, et cela valait mieux. Les rangers lui avaient mis un garrot qui l'avait empêché de se vider de son sang.

— Comment s'appelle-t-il ? demanda Jimmy par-dessus son épaule.

— Ryan, répondit un ranger.

Candice, trop occupée à sortir son équipement et à essayer d'oublier les lacérations sur le visage de Ryan dues aux griffes de l'ours, ainsi que ses jambes blessées, ne le regarda pas.

Pourrait-on les sauver ? Elle en doutait un peu.

— Tu as vu pire ? demanda-t-elle, tendue, à Jimmy.

— Oui. Pour le moment, tout ce que nous pouvons faire pour le stabiliser avant de le transporter dans l'ambulance, c'est l'empêcher de perdre son sang. C'est vraiment le plus important. Le garrot a été bien exécuté, mais ne tiendra plus longtemps.

— Que suggères-tu ? On ne peut pas lui recoudre les jambes ici…

— Non, mais je vais utiliser des pinces hémostatiques. Et si ça ne suffit pas pour arrêter le sang, on lui installera une gouttière le temps de son transport. Avant tout cela, je veux mettre en place une voie veineuse centrale.

— Ici ? dit-elle en écarquillant les yeux

— Oui, ici.

— Dis-moi ce que je peux faire, répondit-elle, avide d'apprendre.

Ils posèrent la voie veineuse centrale puis Jimmy sortit une poche de solution saline, et Candice donna de l'oxygène à la victime. Quand Jimmy fut sûr que tout était au point, ils immobilisèrent les jambes de Ryan et le posèrent avec beaucoup de précautions sur le brancard.

— Il est stable, déclara-t-il. On peut le transporter.

Des rangers se présentèrent pour aider. Ils soulevèrent le brancard et emmenèrent Ryan à l'endroit où l'ambulance de l'hôpital l'attendait.

— Vas-y, Jimmy, dit Candice quand ils eurent terminé.

— Et toi ?

— Je dois partir à la recherche de l'ours avec les rangers.

Un éclair de panique traversa le regard de Jimmy.

— Tu vas aller chasser cet ours ?

— Je suis un ranger expérimenté et je connais ces bois, répondit-elle avec un sourire rassurant. Toi, tu t'occupes de Ryan. Je ne risque rien. Tu as fait du bon travail, Liu.

Comme Jimmy hochait la tête sans conviction, elle se demanda, gênée, s'il ne la considérait pas toujours comme la timide et vulnérable petite sœur de Logan.

Mais non, ce temps-là était révolu. Retenant les larmes qui menaçaient, elle ferma la porte de l'ambulance, fit signe au conducteur d'y aller et regarda le véhicule s'éloigner.

Dans le passé, Logan l'avait mise en garde contre Jimmy.

Aujourd'hui, celui-ci possédait les connaissances qu'elle voulait, la famille qu'elle voulait, tandis que, de son côté, elle restait telle qu'elle avait toujours été : effrayée et perdue.

6.

Qu'est-ce que tu fabriques là ?

Jimmy n'en était pas sûr.

En regagnant la base après avoir convaincu Ryan que son état était stable et qu'il se trouvait entre de bonnes mains, il avait constaté que Candice n'était pas rentrée de sa chasse à l'ours. Cette découverte l'avait aussitôt angoissé.

La voir avec son fusil lui avait déjà semblé si irréel ! Il avait eu tant de mal à se rassurer…

À la fin de son service, il était retourné chez ses parents pour passer un peu de temps avec Marcus. Comme il était d'astreinte pour la nuit, le petit dormirait chez ses grands-parents. Quand son fils fut installé pour la nuit, il sortit faire un tour en voiture… qui aboutit à la maison de Candice.

Il s'assit sous le porche pour l'attendre. Au moins, les voisins se souvenaient de lui et ne s'inquiéteraient pas de le voir guetter le retour Candice dans la nuit tombant doucement.

Des phares éclairèrent le coin de la rue. *Le 4x4…* Il se leva pour que Candice le reconnaisse et n'ait pas peur.

Son cœur cognait dans sa poitrine. Il se sentait nerveux, anxieux et… Quoi d'autre ? Il ne le savait pas vraiment, mais ce ne fut que lorsqu'elle quitta son véhicule qu'il put prendre une profonde inspiration et que son cœur recouvra son rythme normal.

Candice s'arrêta en bas de l'allée, paraissant étonnée.

— Jimmy ?

— Hé ! répondit-il avec un petit signe de la main.

— Qu'est-ce que tu fais là ?

— Je voulais être sûr que tu allais bien. Tu n'es pas repassée à la base avant la fin de mon service et…

— D'un point de vue formel, ton service n'est pas terminé puisque tu es d'astreinte cette nuit, dit-elle, moqueuse.

— Je sais, mais quand même… Tu traquais un ours. Un ours ! Avez-vous fini par le trouver ?

— Non. Notre espoir est qu'il ait gagné l'intérieur des bois. Il faut maintenant installer des avertissements pour les touristes et surveiller les sentiers de l'arrière-pays.

Elle semblait fatiguée.

— Je suis content que tu ailles bien. Cet ours n'avait pas ménagé Ryan…

— Comment va-t-il ? demanda-t-elle en venant s'installer sur la marche qu'il avait quittée.

— Il vivra, dit-il en s'asseyant près d'elle. Pour ce qui est de ses jambes, je ne sais pas, mais les chirurgiens sont confiants. Comme ils étaient impressionnés que j'aie si bien utilisé mes pinces, je leur ai dit où j'avais appris à le faire.

— Moi aussi, je suis impressionnée, dit-elle. Et pour tout dire, un peu envieuse aussi.

— *Envieuse* ? répéta-t-il, déconcerté.

— Oui… Toutes ces compétences que tu as acquises et que je pouvais acquérir aussi, mais auxquelles j'ai dû renoncer…

— Pourquoi ?

Elle pencha la tête sur le côté.

— Tu sais bien pourquoi. J'ai eu mes parents dont je devais m'occuper, et le bon moment ne s'est jamais présenté.

— Je pourrais te montrer.

— Vraiment ? demanda-t-elle en se redressant.

— Bien sûr, si tu en as envie…

— J'aimerais beaucoup.

Un silence embarrassé tomba entre eux. Toujours assis sur leur marche, ils contemplaient le ciel qu'illuminaient de plus en plus d'étoiles.

— Est-ce que tu as faim ? demanda-t-il soudain.

— Oui. J'allais entrer me cuisiner quelque chose.

— Si on allait au resto, plutôt ? Je ne pourrai pas boire parce que je suis d'astreinte, mais on pourrait prendre un burger avec des frites, ou quelque chose comme ça.

Tu te mets vraiment à divaguer, là…

— D'accord. C'est une super idée.

— On prend ma voiture car je suis de garde.

— Je sais. C'est moi qui ai fait le planning.

Il eut un petit rire.

— C'est donc toi que je dois remercier ! Je vois…

Candice éclata de rire comme avant, quand ils étaient ensemble, quand ils étaient plus jeunes et n'avaient pas de soucis en tête. Cela le rendit heureux. Il avait l'impression qu'on lui retirait un poids des épaules. Soudain, il se sentait libre, et cette sensation aussi lui plaisait.

Le chemin jusqu'au petit restaurant auquel il avait pensé, situé à l'écart du centre touristique, ne fut pas long. Seules deux voitures étaient garées dans le parking. Et Jimmy, qui s'était demandé s'il retrouverait ce lieu, était ravi.

— Candice ! Quel plaisir de vous voir ! s'écria Kelsey, la serveuse, quand ils entrèrent.

Ses yeux s'écarquillèrent en reconnaissant Jimmy.

— Mon Dieu ! Est-ce bien là Jimmy Liu ?

— Ravi de vous revoir, Kelsey. Ça fait longtemps.

Celle-ci fit une petite grimace.

— Comme vous dites ! Je me rappelle quand vous veniez tous, étant enfants.

Jimmy eut un grand sourire. Cette proximité entre les êtres, propre aux petites villes, lui avait manqué.

— Asseyez-vous où vous voulez, dit la serveuse en disparaissant dans la cuisine. Je reviens tout de suite.

Il suivit Candice dans le coin qu'elle choisit, un peu à l'écart.

Rien n'avait changé.

Mêmes sièges rembourrés en vinyle bleu et rouge, mêmes dessus de table en faux marbre et, flottant dans l'air, même odeur de bacon grillé et de café. Ils fixèrent un instant la rangée d'arbres de l'autre côté de la route où passait de temps à autre une voiture ou un camion.

La nuit était maintenant tombée. Pistes et campings fermaient, les touristes regagnaient leur logement.

Jimmy se prit à espérer que la nuit serait tranquille.

— Marcus est chez ta mère ? demanda Candice.

— Oui. J'aimerais tant ne pas recevoir d'appel de la base..., dit-il en croisant les doigts. Je pourrais enfin dormir !

— Espérons-le, oui, car ta première journée a vraiment été mouvementée. L'été, c'est toujours un peu comme ça, car les touristes sont nombreux. Sans parler des accidents dus aux bêtes sauvages. L'hiver est plus calme, encore qu'il faille compter avec les avalanches et d'autres problèmes.

Jimmy haussa les épaules.

— Je ne me souviens pas de pareilles attaques d'ours quand nous étions petits.

Candice sourit.

— Nous ne travaillions pas dans le secourisme, et elles ne font pas toutes l'objet de médiatisation. Et puis, quand on est très jeune, on ne s'intéresse guère à ce qui nous entoure.

— Ma mère m'aurait mis en garde contre un ours en colère, remarqua-t-il. Même en travaillant tout le temps, elle était surprotectrice. Elle l'est toujours d'ailleurs, et pas seulement avec moi.

— Ma grand-mère disait toujours que ses petits-enfants étaient sa joie et sa fierté, dit Candice dont le sourire se fit plus doux. De fait, ma mère se sentait écartée.

— C'était peut-être le cas.

— Pour en revenir aux ours, le problème est qu'à cause des selfies les touristes sont tentés de prendre plus de risques. Parfois, j'aurais tellement envie de calme et de paix ! Si je n'étais pas aussi attachée à Jasper, je crois que je monterais plus au nord.

Il pencha la tête sur le côté.

— Vraiment ?

— Disons que j'y ai déjà pensé. Mais non… C'est chez moi, ici. J'y suis heureuse et je ne veux pas en partir.

Il eut envie de la questionner davantage. Elle qui gardait l'espoir de reprendre ses études pour devenir chirurgienne, elle dont les parents étaient morts, pourquoi restait-elle ici ? Qu'est-ce qui la retenait à Jasper ?

— Que puis-je vous apporter à boire ? demanda Kelsey, interrompant le fil de ses pensées.

— Un café pour moi, répondit-il.

La serveuse le fixa comme s'il avait perdu la raison.

— Je suis d'astreinte cette nuit, expliqua-t-il.

— D'accord. Et vous, Candice ?

— La même chose. Je suis aussi d'astreinte.

— Je vous apporte ça tout de suite, dit Kelsey en s'éclipsant.

— J'ignorais que tu étais de garde, remarqua Jimmy.

— Tu es nouveau chez Mountain Rescue et à l'essai. Ce qui signifie que quand tu es d'astreinte, je le suis aussi.

Elle sourit.

— Alors, qu'est-ce que ça te fait d'être de retour ?

— Ça fait drôle… Je ne pensais pas que je reviendrais un jour ici. Mais, pour Marcus, c'est mieux.

— Et pour toi ? demanda-t-elle avec douceur.

— Pour moi aussi. J'ai été idiot de partir.

Oui, idiot. Pourtant, avec Logan, ils avaient été si sûrs de conquérir le monde, puis de revenir à Jasper en héros ! Au lieu de quoi, il était rentré vaincu, et Logan dans une boîte.

Son cœur se serra. L'émotion montait. Dans sa tête, explosions, coups de feu et cris retentissaient.

— Ça va ? demanda Candice.

— Bien sûr répondit-il très vite en chassant la vision de Logan de son esprit. Pourquoi ça n'irait pas ?

— Tu semblais ailleurs.

— Je vais bien.

Menteur.

— Voici vos cafés. Voulez-vous commander votre repas ?

Kelsey les considérait, le sourire aux lèvres.

— *Banquet burger* ! dit aussitôt Jimmy. Avec des frites !

Pas besoin, en effet, de consulter le menu pour savoir qu'il désirait ce burger lourd et gras que Logan commandaient toujours tandis que, de son côté, Candice dégustait un cheeseburger en les regardant, l'air un peu dégoûté, ajouter des frites entre la viande et le pain,

— Un *chicken burger* pour moi, s'il vous plaît, dit Candice. Avec une salade.

— Je vous apporte ça tout de suite.

Kelsey pivota sur ses talons.

— *Chicken burger* et salade ? reprit Jimmy.

— Eh bien, quoi ? Je n'ai pas très faim ni envie de ton affreux burger tout graisseux.

Elle secoua la tête.

— Tu as vieilli, Jimmy Liu, et tu pourrais bien ne pas supporter ce burger et le reste aussi bien qu'avant.

— *Et le reste* ? Tu parles des frites qu'on glissait dedans avec les sauces ? demanda-t-il non sans provocation.

— Oui. Vous étiez si dégoûtants, Logan et toi !

Il éclata de rire.

— Ça ne t'empêchait pas de traîner avec nous.

— Je te l'ai déjà dit : je n'avais guère le choix. Et puis, j'aimais bien mon grand frère ainsi que…

Sa voix mourut tandis que ses joues rosissaient.

— Que moi ? dit-il avec un grand sourire.

— Parfois…

Elle avait répondu avec calme, mais quelque chose de plus se lisait au fond de son beau regard noisette. De la douleur ?

— Merci, dit-il.

— De rien, répliqua Candice avec un sourire. C'est la vérité.

— Je vais donc essayer de ne pas être trop dégoûtant.

— Bonne idée. Je sens que je vais apprécier…

Il y eut un silence amusé. Puis Jimmy reprit en jetant un regard mélancolique autour de lui :

— Je n'arrive pas à croire que cet endroit existe toujours. Je me rappelle… Je devais avoir six ans, et nous arrivions de Toronto. J'étais éreinté, la nuit était tombée, et ce petit resto était le seul ouvert. Je crois même que Kelsey était déjà là.

Candice lui sourit avec chaleur.

— Sûrement. Et, oui, ce petit resto existait bien. C'était déjà une institution. Tout le monde venait y déjeuner le dimanche

— Sauf mes parents… Ils passaient leur temps au motel.

— Je crois que tu es quand même venu parfois avec nous.

Jimmy acquiesça avec un grand sourire.

— Tes parents se montraient si gentils avec moi ! Je leur étais tellement reconnaissant de m'inviter ! Ils n'étaient pas obligés.

— Ils t'aimaient beaucoup, dit Candice, les yeux brillants.

Jimmy serra les mâchoires. M. et Mme Warner lui manquaient, tout comme Logan, et il se sentait très mal de ne pas avoir été là quand ils avaient eu besoin de lui.

— Si j'avais pu…, commença-t-il en baissant la voix. Pour Logan. Et si j'avais su… pour ton père.

— Tu étais blessé. Et puis, tes parents ont été là. Ils ont assisté à l'enterrement de ma mère, de mon père, de Logan.

Candice marqua une pause.

— Au moins, mes parents ont retrouvé Logan, à présent…

— Et voici le *banquet burger*, la frite, le *chicken burger* et la salade ! annonça Kelsey sur un ton triomphant en déposant le tout devant eux.

— Mmm ! s'exclama Jimmy. Ça a l'air bon, Kelsey ! Autant que dans mon souvenir !

Sans attendre, il souleva le pain du dessus pour ajouter des sauces.

— Vous voilà vraiment revenu parmi nous ! commenta Kelsey en s'éloignant avec un rire.

Jimmy prit la bouteille de ketchup.

— Et moi, j'apprécie que tu n'aies pas fourré tes frites à l'intérieur de ton pain ! déclara Candice d'un air taquin.

— Qui te dit que je ne m'apprêtais pas à le faire ?

En fait, il n'avait pas prévu d'agir ainsi, mais puisque Candice faisait remonter les souvenirs… Prenant quelques frites, il les posa sous le pain de son burger, conscient que Candice faisait la grimace.

— Mmm…, fit-il en écrasant le pain et les frites, ce qui eut pour effet de faire sourdre moutarde et sauce sur les bords.

Puis il mordit dedans à pleines dents.

— Mmm… Délicieux !

— Pouah ! Dégoûtant !

Ils éclatèrent de rire en même temps.

Cela faisait tant de bien.

Ils finirent de dîner, réglèrent l'addition puis sortirent dans la nuit belle et paisible. Dans le ciel, les étoiles scintillaient comme dix ans auparavant, au bord de la rivière, et Candice aurait voulu que tout dure ainsi.

Jamais elle n'aurait imaginé qu'à cause d'un ours dangereux Jimmy serait d'astreinte dès sa première soirée, ni qu'elle aurait passé des heures en 4x4 à traquer l'ours en question. Quitter ce véhicule moins que confortable pour retrouver son lit avait été tout ce à quoi elle avait aspiré !

De même elle n'aurait pas pensé trouver Jimmy l'attendant sous son porche. Mais elle était contente qu'il l'ait fait. C'était curieux de l'avoir à son côté. À certains moments, ils riaient ensemble comme si le temps n'avait pas de prise sur eux et que les choses étaient restées les mêmes. Mais l'instant d'après toute la souffrance endurée lors de son départ lui revenait.

— Je dois rentrer chez moi pour me changer avant de regagner la base, dit-elle.

— Je te raccompagne.

Dis non. Dis non.

Impossible. Il était normal que Jimmy la raccompagne.

— D'accord.

— Je ne veux pas passer par chez mes parents. Marcus a le sommeil léger, et je préfère qu'il s'habitue à l'idée de se réveiller parfois chez eux. Quand je serai de garde, en fait…

— Où iras-tu ces soirs-là ?

Il haussa les épaules.

— Chez moi ou à la base. Je n'ai pas encore décidé.

— Pour ce soir, pourquoi ne pas venir me tenir un peu compagnie à la base ?

Impossible de croire qu'elle ait dit cela. Sans doute parce qu'elle était seule aussi et qu'ils passaient un bon moment.

— Avec plaisir. Si cela ne te dérange pas.

— Pas du tout. Comme ça, si nous recevons un appel, nous pourrons nous déplacer ensemble.

— Bien vu.

Après quelques minutes de route, Jimmy se garait devant chez elle. Candice se sentit gagnée par une nervosité qu'elle ne s'expliqua qu'après réflexion : c'était la première fois que Jimmy revenait à Jasper. Or, si elle avait ajouté sa touche personnelle à la maison, celle-ci restait pour l'essentiel celle de ses parents. Manière simple de demeurer proche d'eux. Et surtout, elle se sentait chez elle ici. Et en paix.

— Entre, dit-elle après avoir ouvert la porte.

— Eh bien… Ça n'a pas beaucoup changé.

— Pourquoi aurait-il fallu que ça change ?

— Je ne sais pas. Histoire de mettre ton empreinte.

— J'ai peu de temps pour moi. La disparition de mon père date de l'année dernière, et je n'ai pas été bien pendant longtemps. Je me sens chez moi comme ça, c'est tout.

Jimmy acquiesça de la tête en souriant.

— Pour être honnête, je suis content que tu aies conservé les choses presque telles quelles.

— Parfait…

Après avoir ôté ses chaussures, il traversa le salon, les

mains dans les poches de son jean, en observant les boiseries que le père de Candice avait découpées avec minutie, puis teintes et installées quand les Warner avaient acheté la maison avant la naissance de leur fille.

— Ça non plus, ça n'a pas changé, commenta-t-il ensuite en regardant la rue sombre par la baie vitrée avec un plaisir visible.

— Mets-toi à l'aise, répondit-elle avant de se diriger vers l'escalier. Je vais me changer. Je ne serai pas longue.

Seule la chambre principale, qui était devenue la sienne, s'était vraiment modifiée. Les dernières années de sa vie, son père étant devenu trop faible pour monter à l'étage, la salle à manger du rez-de-chaussée était devenue sa chambre.

Après s'être rafraîchie et changée, Candice redescendit.

Pas de Jimmy dans le salon. Ce fut à l'arrière de la maison, dans une salle où lui et Logan jouaient aux jeux vidéo, qu'elle le trouva. La pièce comportait une porte-fenêtre ouvrant sur un solarium donnant lui-même sur un jardin.

Jimmy fixait la forêt obscure. Candice mit sa tristesse sur le compte des photos de Logan disposées dans la pièce que ses parents avaient transformée en une sorte de sanctuaire à la mémoire de leur fils au fils des années.

— Ça va ? demanda-t-elle sur un ton tranquille.

— Oui, répondit-il en tournant à peine la tête. Mais je ne m'attendais pas à voir ici tant d'affaires à Logan.

— Ce sont mes parents qui…

Le sourire et l'air heureux de son frère sur les photos lui donnaient envie de pleurer.

— J'aurais pourtant dû m'y attendre, reprit Jimmy. Il vivait aussi ici.

— Est-ce qu'il te manque ?

— Oui. C'était mon meilleur ami.

— Il me manque aussi.

Jimmy se passa une main dans les cheveux.

— Je sais. J'aurais tant voulu être là…

— Nous savions que tu étais blessé, Jimmy, et que tu te trouvais en Allemagne, à l'hôpital.

Pourquoi n'es-tu pas revenu après ta guérison ? Pourquoi es-tu resté éloigné si longtemps ?

Mais elle fut incapable de poser ces questions.

— Un autre café ?

Jimmy sortit de l'ombre en souriant.

— Super...

Elle se dirigea vers la cuisine, et Jimmy lui emboîta le pas. Quand elle alluma la lumière, il alla s'asseoir à la place qui était la sienne quand il venait dîner ici, le dimanche soir. L'espace d'une seconde, elle eut l'impression de voir aussi Logan. Et ses propres parents. Elle se sentit heureuse.

On aurait dit que le temps faisait un bond en arrière.

Mais ce n'était pas vrai.

De même que ce n'était pas parce que Jimmy était revenu dans sa vie que la douleur allait disparaître. Entre elle et lui, tant d'eau avait coulé ! Il ne fallait pas l'oublier.

Elle tendit la main vers la cafetière.

— Comment aimes-tu ton café, à présent ?

— Noir.

— Je vois..., répondit-elle avec un petit sourire.

— Comme celui de ton père, oui, dit-il, souriant aussi. Il était si serré qu'il nous faisait nous dresser les cheveux sur la tête ! Un jour où ton père et le mien devaient aller pêcher ensemble, ils nous avaient emmenés, Logan et moi. C'était l'une de ces fois où mon père se décidait à participer à quelque chose en rouspétant. Aujourd'hui, je me demande d'ailleurs si ce n'était pas surtout grâce à ton père que le mien arrivait à se bouger un peu en dehors de son motel. Il en parlait comme de quelqu'un capable de persuader n'importe qui de faire à peu près n'importe quoi...

Jimmy eut un rire amusé, imité par Candice.

— Oui, c'était un beau parleur.

— J'adorais ces week-ends...

— Moi, la pêche m'intéressait peu.

— Nos pères adoraient ressembler à des sportifs. Cela devait leur paraître viril : marcher jusqu'à un lac, monter les tentes, pêcher… sans jamais attraper un seul poisson. En tout cas, le café que concoctait ton père semblait venir d'une huile de moteur ou quelque chose comme ça. Après, plus besoin de dormir pendant trois jours !

Elle sortit deux tasses du placard en riant.

— Je crains que mon café à moi ne soit pas pareil. Papa a emporté sa recette avec lui.

— Dommage parce qu'avec une seule tasse l'astreinte ne nous poserait plus de problème.

Leurs rires redoublèrent tandis que Candice remplissait les tasses. Jimmy souffla sur la sienne tandis que Candice prenait le siège d'en face.

— Et l'ours, jusqu'où l'avez-vous suivi ? demanda-t-il après un temps en recouvrant son sérieux.

— Fort loin de la piste. Notre espoir est qu'il ait sa tanière dans les parages, mais j'en doute. Cet ours bizarre devient de plus en plus audacieux. Je suis sûre qu'il va revenir et que nous devrons l'abattre, c'est juste une question de temps.

— Dommage…

— Oui, dommage… Dis-moi, ne m'as-tu pas dit que Marcus allait bientôt fêter son anniversaire ?

— Si. Son deuxième.

— Sais-tu comment tu veux le fêter ?

— D'après toi, il faut un thème ?

Jimmy semblait embarrassé. Elle hocha la tête.

— Oui. Je trouve ça mieux.

— Je crois que ma mère a voulu aborder le sujet, mais je n'ai pas vraiment cherché à comprendre de quoi elle parlait.

Candice sourit.

— Que t'a-t-elle demandé exactement ?

— Si Marcus appréciait les spectacles loufoques avec des cochons ou s'il préférait ceux avec des chiens.

— Choisis plutôt les chiens. C'est moins ennuyeux.

— Va pour les chiens ! conclut-il avec un rire.

— Bravo !

— Tu devrais venir, tu sais. Il n'y aura que mes parents, lui et moi, mais il s'est pris d'affection pour toi, et j'aimerais que tu sois là.

Le cœur de Candice se gonfla de joie.

— Tu veux que je sois là ?

— Oui, répondit-il avec un sourire.

Elle ne sut que répondre. L'invitation la flattait. De plus, Marcus était mignon, et Jimmy si tendre avec lui ! Le voir tenir son fils contre lui, lui caresser le dos et embrasser sa tête avec douceur l'avait fait fondre.

Jimmy était un bon père, et elle lui enviait sa chance.

Oui, elle avait envie de se rendre à cette petite fête. Néanmoins, une part d'elle-même lui conseillait de ne pas y aller. Que ce serait une erreur de s'impliquer, de s'attacher, qu'elle risquait de mettre son cœur en danger. Et si Jimmy rencontrait quelqu'un d'autre ? Elle ne pourrait, alors, s'intégrer à leur vie. Non, elle ne voulait plus souffrir.

Mais tu désires avoir une famille.

— Bien sûr, répondit-elle en espérant qu'il ne remarquerait pas que sa voix s'était cassée. Je serais ravie. Et si ta mère a besoin d'aide ou veut que je lui rapporte quelques courses de Hinton, je peux m'en occuper.

— Je te préviens qu'elle va en profiter tout de suite.

— Je n'en doute pas…, répliqua-t-elle avec un sourire.

— Cela représente beaucoup de choses à mes yeux que tu viennes. Tu es importante pour moi, Candice. L'une des rares personnes sur qui je peux compter.

Il se tut, et une expression passa sur son visage, qu'elle ne put déchiffrer. Confusion ? Hésitation ? On aurait presque cru qu'il était en train de prendre une décision.

— Je veux te parler de mes blessures et de la raison de

mon absence à l'enterrement de Logan. Il s'agit d'une chose que même mes parents ignorent. Mais je te dois la vérité.

— Très bien, répondit-elle, le ton calme, mais le cœur battant la chamade.

— Il m'a fallu un an pour me remettre de mes blessures.

— Un an ! répéta-t-elle, visiblement stupéfaite.

— Mes jambes avaient été brisées, et j'avais un éclat d'obus niché dans la hanche. Recouvrer la santé a été long, autant que pour réapprendre à marcher. De temps en temps, il m'arrive encore d'avoir mal.

— Ce qui explique le délai qui a précédé ton retour à Jasper…

Il confirma de la tête.

— Je voulais que tu le saches. Après tout, tu es ma chef.

— Est-ce la seule raison ?

Ses yeux noirs la perçaient, l'envoûtaient, la tenaient en leur pouvoir.

— Non, mais je ne voulais pas non plus que tu découvres la vérité par un autre biais.

Elle se mordilla la lèvre inférieure.

Tu dois lui dire.

— Il y a quelque chose que, de mon côté, je veux aussi que tu saches.

Quittant brusquement son siège, elle se mit à arpenter la pièce tout en s'exhortant au calme.

— Cette semaine que nous avons passée… il y a dix ans.

— Je m'en souviens, dit-il d'une voix rauque.

— Après ton départ, j'ai découvert que j'étais enceinte.

Il écarquilla les yeux, sous le choc.

— Que s'est-il passé ? demanda-t-il après un instant de silence.

Elle sentit sa gorge se serrer. Sur sa joue, une larme roula.

— Je l'ai perdu. Je suis désolée. Impossible ensuite de te joindre pour te prévenir. J'étais, de plus, si blessée.

Et tu m'avais brisé le cœur.

— Seuls mes parents étaient au courant. Logan n'a pas su.

Jimmy se leva pour venir l'entourer de ses bras.

— Je suis désolé !

Elle posa les yeux sur lui, frémissante, adorant se sentir si bien en sécurité contre lui. Tellement en confiance.

Il lui effleura le visage.

— Je suis désolé, Candice. Je n'étais pas là…

Avant de comprendre ce qu'elle faisait, elle se haussa sur la pointe des pieds et l'embrassa.

Retrouver ses lèvres fut si bon ! Une douce chaleur irradia en elle tandis que leur baiser se faisait plus profond.

Tu dois arrêter.

Elle ne pouvait pas. Elle ne voulait pas.

Dans sa poche, son téléphone se mit à vibrer. Impossible de l'ignorer. S'écartant, elle saisit l'appareil et aperçut un texto en lettres capitales. Une urgence… Son cœur sembla s'arrêter dans sa poitrine : l'ours était réapparu. Le message contenait aussi les coordonnées d'un terrain de camping.

— À nous de jouer.

— Qu'est-ce qui ne va pas ?

— L'ours est revenu.

Sur le trajet jusqu'au camping, dans le véhicule tout-terrain à l'arrière duquel se trouvaient tous les équipements nécessaires, Candice se sentait paniquée.

Pour sa part, Nigel les avait rejoints avec l'ambulance. Même si, au téléphone, les rangers lui avaient assuré que les campeurs ne souffraient que de blessures mineures et que l'ours était suivi à la trace, il n'en restait pas moins que c'était à son équipe d'assurer le bien-être de tous.

Le camping attaqué était plein. À leur arrivée, ils trouvèrent une foule en grande discussion et la police s'appliquant à garder la situation sous contrôle.

Jimmy ne disait rien. Avec sérieux, il avait sorti sa trousse de secours, mais, à en croire l'agent Bruce que Candice avait eu au téléphone, on ne pourrait probablement rien entreprendre d'important dès ce soir.

— Les blessés sont dans le fond, dit Nigel. Ils souffrent de légères lacérations, et l'un d'eux a une entorse. Par chance, l'ours s'est plus attaqué à leur tente qu'à eux.

— Je vais aller les voir, déclara Jimmy. Si l'animal leur a lacéré le visage il faudra les emmener à l'hôpital pour leur donner des antibiotiques.

Nigel hocha la tête tandis que Jimmy se dirigeait vers un couple assis à une table de pique-nique pliante. La jeune femme saignait au niveau du front..

— Bonjour, je suis Jimmy Liu, le médecin urgentiste. Comment vous appelez-vous ?

— Traci, répondit la jeune femme en rougissant.

Cela n'étonna pas Candice. Elle avait remarqué que Jimmy faisait parfois cet effet aux femmes.

— Joli prénom. Pouvez-vous me dire ce qui s'est passé ?

Il sortit sa lampe frontale et ses gants jetables de son sac.

— Nous allions nous mettre au lit quand l'ours a essayé d'entrer à l'intérieur de la tente. En nous enfuyant, je me suis cogné la tête contre une branche tandis que Derek, mon mari, glissait et se tordait le poignet.

— Ce n'est donc pas l'ours qui a causé votre coupure, dit Jimmy en examinant la blessure avec attention.

— Non, répondit-elle, tremblante. Il était bien trop occupé à saccager notre tente…

— Y gardiez-vous de la nourriture ? demanda Candice.

Derek secoua la tête.

— Non. Nous sommes d'Edmonton et savons comment faire quand il y a des ours dans les parages.

— Tu as entendu, Jimmy ?

— Oui. Je vais nettoyer cette coupure et la suturer. Elle est superficielle. Puis j'examinerai le poignet de votre mari.

Candice acquiesça de la tête et retrouva Matt qui avait essayé de la joindre au téléphone. Il discutait avec Bruce

— Nous avons eu l'ours, dit-il aussitôt. J'étais en train de patrouiller quand il est apparu. La police passe parmi les campeurs qui sont sous le choc.

Candice aperçut à cet instant une bâche dissimulant une forme massive. Triste fin pour l'animal. Mais cela avait été la seule façon de mettre les campeurs hors de danger.

— Merci, Matt ! Je préviens mon nouvel urgentiste.

Hochant la tête, Matt s'éloigna avec l'agent. Une camionnette attendait pour emporter la dépouille de l'animal.

Candice rejoignit Jimmy, penché sur le poignet de Derek.

— Comment ça se passe pour eux ? demanda-t-elle.

— Bien. Leurs blessures ne requièrent pas une visite à l'hôpital. Ils partent avec la police et seront hébergés en ville.

— Parfait.

— Derek, si votre poignet est plus douloureux demain, allez sans attendre aux urgences de Jasper.

— Entendu, dit celui-ci en entourant sa femme de son bras valide tandis que Jimmy lavait son matériel et se débarrassait de ses gants dans la poubelle de l'ambulance.

— Candice, si nous allions directement rédiger notre rapport à la station ? demanda-t-il.

— Ça me va.

Comme elle se dirigeait vers le 4x4, elle entendit soudain quelque chose éclater tandis qu'une douleur se propageait dans sa jambe. Elle s'écroula à terre et perdit connaissance.

7.

La douleur irradiait dans sa cheville, son coude et son visage. De manière curieuse, Candice avait aussi la sensation de flotter dans l'air. Ouvrant les yeux, elle vit tout flou et comprit qu'elle avait perdu une lentille. Puis, très vite, elle comprit aussi que… quelqu'un la portait.

Et que ce quelqu'un était Jimmy.

— Jimmy ?

— Tu es tombée, dit-il d'une voix qui tremblait un peu.

— Comment ? C'est tout plat, ici.

— En tout cas, tu t'es tordu la cheville. Peut-être te l'es-tu cassée. Il faut t'emmener à l'hôpital.

Un gémissement échappa à Candice. Sa nuque et le côté droit de son visage la faisaient souffrir. De toutes les blessures qu'elle aurait pu se faire dans l'exercice de son métier, il avait fallu qu'elle se torde la cheville et tombe, visage contre terre, dans un camping.

Et elle se sentait aussi humiliée qu'embarrassée que Jimmy soit là. Elle garda les yeux fermés tandis qu'il la portait et l'installait sur le brancard.

— Que se passe-t-il ? demanda-t-il sans qu'elle pût dire si sa voix grave recelait de la panique, de l'inquiétude ou de la colère. Pourquoi n'ouvres-tu pas les yeux ?

— Parce que je vois double : j'ai perdu une lentille et j'y vois d'autant plus mal que l'autre est maintenant rayée.

— Peux-tu la retirer ?

— À condition d'avoir mes lunettes. Or, elles sont dans la boîte à gants de mon 4x4.

— Je comprends… Pour le moment, le plus urgent est ta cheville. Laisse-moi la regarder un peu mieux…

— Je vais vous les chercher, chef, dit Nigel. Dans la boîte à gants, c'est ça ?

— Oui, merci, Nigel ! répliqua-t-elle avant de retenir son souffle, car Jimmy commençait à lui palper la cheville.

— Elle est gonflée. Il faut retirer cette botte.

Il commença à lui ôter. Malgré ses précautions, Candice gémit de douleur. Quand il lui eut retiré son bas, elle constata que sa cheville était à la fois rouge et enflée, et que le simple fait de bouger les orteils déclenchait une douleur intolérable.

— Il faut une radio, dit Jimmy. Et puis ta vision double me tracasse.

— C'est peut-être dû à la lentille qui me manque.

— J'en doute.

— Voici vos lunettes, chef, déclara Nigel en entrant dans l'ambulance et en les lui tendant.

Elle le remercia, retira sa seconde lentille rayée et la jeta.

— Bon sang ! marmonna-t-elle, ne parvenant à chausser ses lunettes.

Les lui prenant des mains avec douceur, Jimmy l'aida. Tout redevint clair… Mais la vision double persistait.

— Je crois que je vais me sentir mal, gémit-elle.

Jimmy fut près d'elle en un instant. Son malaise se dissipa, mais sa tête tournait de plus en plus.

— Hé ! Ne t'endors pas !

Un tissu frais lui recouvrit le front.

— Je ne me sens pas bien. Ça fait trop mal…

— Je sais, l'entendit-elle murmurer. Je sais…

Jimmy ne supportait pas de voir Candice dans cet état. Un peu plus tôt, en la voyant perdre l'équilibre, il s'était précipité pour la rattraper, mais trop tard. Elle était tombée sur le ventre, dans le gravier. Depuis, il ne cessait de s'adresser des reproches.

Quant à sa cheville, elle était violette, et il craignait une fracture Pourquoi ne s'était-il pas trouvé près d'elle quand il l'aurait fallu ? Une fois encore, il l'avait délaissée.

À présent, la priorité était de s'occuper d'elle. Certes, dix ans auparavant il n'avait pas été là. Mais il pouvait l'être aujourd'hui. Culpabilité et panique s'emparèrent de lui. Il *voulait* s'occuper de Candy, la débarrasser de sa douleur.

— Nigel, pourriez-vous nous conduire à l'hôpital ? demanda-t-il en sanglant Candice sur le brancard.

— Bien sûr !

En un clin d'œil, celui-ci avait fermé les portières de l'ambulance et démarré.

— Où allons-nous ? murmura Candice.

— À l'hôpital.

Se penchant vers elle, Jimmy sourit. Comme elle était belle ! Avant de mourir, Logan lui avait demandé de veiller sur elle, et c'était ce qu'il allait faire maintenant.

— Je suis là, murmura-t-il d'une voix douce en touchant le visage de Candice avec douceur. Je ne m'éloignerai pas.

Dès que l'ambulance s'arrêta, Jimmy se leva et rassembla ses affaires tandis que Nigel ouvrait la portière arrière. Les deux hommes portèrent le brancard à l'intérieur de l'hôpital. Par chance, il y avait peu de monde, et Candice fut emmenée dans la salle des urgences où Jimmy aida à la transférer dans l'un des lits.

— Vous restez ? demanda Nigel.

— Oui. À sa sortie, nous appellerons un taxi. Vous pouvez retourner à la base, si vous voulez.

— D'accord. La prochaine relève va arriver, et je serai libre de mon temps. Mais si vous êtes d'accord pour rester…

— Tout à fait. Candice n'a personne d'autre.

Quand Nigel fut parti, Jimmy prit place sur une chaise à côté du lit, attendant qu'un médecin vienne ausculter Candice.

— Où est mon 4x4 ? demanda-t-elle soudain.

— En sécurité dans le parking du camping. Nous le récupérerons demain. Matt est au courant de la situation.

Candice s'assit et se toucha la tête avec une grimace.

— Que se passe-t-il ? Où suis-je ?

— Aux urgences. Ta cheville a flanché, et je crois que tu t'es fait une commotion en tombant. Il te faut un examen approfondi.

Elle le considéra avec incrédulité, ses grandes lunettes noires glissant sur l'arête de son nez.

— Tu me racontes des histoires, là…

— Non, c'est vrai.

Et si la commotion cérébrale se confirmait, il faudrait du temps à Candice pour guérir. Ce qui le préoccupait, car elle vivait seule.

Un homme en blouse blanche pénétra dans la pièce.

— Je suis le Dr Zwart. Que se passe-t-il, ici ? demanda-t-il en levant les yeux de son bloc-notes. Oh ! Lavoie, j'ignorais que c'était vous !

— Bonjour, répondit Candice sur un ton enjoué avant de se laisser aller en arrière, visiblement étourdie.

— Je suis Jimmy Liu, urgentiste à Mountain Rescue.

— Heureux de vous rencontrer. Pouvez-vous me dire ce qui s'est passé ?

Le médecin s'était approché de Candice et lui palpait la cheville qui était d'un vilain bleu peu rassurant.

— Lors d'une chute dans un camping attaqué par un ours, Candice s'est cogné la tête. Elle voit double, est nauséeuse, et a des étourdissements.

— Il faut vérifier qu'elle n'a pas de commotion cérébrale, conclut Zwart. Et sa cheville ?

— Elle a beaucoup gonflé. J'ai surélevé sa jambe, mais je me demande s'il n'y a pas une fracture.

— La radio nous le dira, répondit Zwart. Merci, Liu, on s'occupe d'elle. Vous pouvez regagner votre ambulance.

— Vous voudrez bien m'excuser, mais Candice n'est pas seulement ma chef, c'est aussi une amie d'enfance, et j'aimerais rester avec elle.

— Pas de problème. Je vais lui faire passer des examens et demander à l'infirmière de désinfecter les écorchures. Elles semblent superficielles, mais salies avec du gravier, il vaut mieux faire très attention.

— Merci, doc.

Jimmy se leva, prit son téléphone et appela sa mère.

— Jimmy ? dit-elle sur un ton où perçait la panique quand elle décrocha. Il est presque minuit. Est-ce que tout va bien ?

— Moi, ça va, mais Candice est à l'hôpital. Il se peut qu'elle ait une commotion cérébrale et une fracture. Je vais donc rester avec elle pendant les prochaines vingt-quatre heures. Si ses examens ne sont pas mauvais, l'hôpital ne la gardera pas.

— Je comprends… Reste avec elle et ne t'inquiète pas pour Marcus. Sa *năinai* va le dorloter.

Il raccrocha et revint vers le lit protégé par des petits rideaux. Une infirmière nettoyait le visage de Candice.

— Vous êtes un proche de Candice Lavoie ?

— Oui. Jimmy Liu.

— Bien… Pour la radio, il faut lui retirer son uniforme qui contient du métal. Merci de nous laisser, le temps que je lui enfile un peignoir.

Quand les examens de Candice furent terminés, l'hôpital leur appela un taxi. En l'aidant à s'habiller, Jimmy remarqua que si ses vertiges s'estompaient, elle paraissait complètement épuisée. De son côté aussi, lui aussi se sentait fatigué.

Son soulagement fut grand quand Zwart annonça que Candice souffrait d'une grosse entorse qui serait guérie dans une quinzaine de jours. Quant à la commotion, elle nécessitait une surveillance permanente de deux jours à l'issue desquels il reverrait la patiente.

À leur arrivée chez elle, il souleva Candice dans ses bras et franchit le seuil avec elle avant de refermer derrière lui de la pointe de sa chaussure.

— Où sommes-nous ? demanda-t-elle d'une voix faible.

— Tu es chez toi, répondit-il en cherchant un endroit où la déposer.

Voyant une chambre, il se rappela qu'elle avait été la salle à manger grâce aux explications de Candice sur son père.

— Je te dépose sur le canapé et je monte te prendre quelques affaires ?

— D'accord.

Après l'avoir installée avec soin, il monta l'escalier. Dans le placard, toujours à la même place, il prit deux draps, puis pénétra dans la chambre de Candice pour chercher des coussins. Vide… Il se rappela alors qu'elle avait emménagé dans la chambre principale.

Cette pièce, comprit-il en ouvrant la porte, portait l'empreinte de Candice et lui allait bien. Moderne, claire, décorée de couleurs douces, elle dégageait une impression de calme et de confort.

En prenant oreillers et coussins, la chaude fragrance vanillée de Candice lui parvint. Il prit, un peu au hasard, quelques affaires de toilette. Ce fut ainsi, avec sa pile en équilibre entre les mains, qu'il parvint en bas sans avoir rien fait tomber. Il fit le lit du mieux qu'il put et revint chercher Candice dans le salon.

— Puis-je dormir à présent ? demanda-t-elle.

— Pas avant d'avoir retiré ton uniforme.

Elle pouffa.

— D'accord, sauf qu'en général avant de me demander ça les hommes m'offrent un verre.

Dieu du ciel…

— Pourrais-tu juste coopérer ? demanda-t-il avec fermeté.

Elle se mordilla la lèvre inférieure.

— Entendu.

Ce n'est pas comme si je lui demandais de se dénuder. Il s'agit juste de la débarrasser de son uniforme.

Ce fut ce qu'il ne cessa de se répéter tout le temps qu'il l'aida à ôter sa chemise… et que ses longs cheveux lui effleurèrent la joue.

Exactement comme dans son souvenir.

Le moment délicat finit par arriver. Celui où il allait devoir lui enlever son pantalon.

— Penses-tu pouvoir te mettre debout ?

— Non, mais je peux essayer.

— Passe ton bras autour de mon cou.

Quand elle se fut exécutée, il baissa les mains pour lui dégrafer sa ceinture et sentit son sang se rugir dans ses veines quand il lui frôla la peau.

Elle souffre d'une commotion. Alors, tiens-toi !

À présent, Candice se balançait d'avant en arrière en riant, l'air franchement amusée.

— Qu'y a-t-il de si drôle ? demanda-t-il, dérouté.

— Jimmy Liu me retire mon pantalon !

Il leva les yeux au ciel.

— À présent que ton pantalon est à terre, quitte-le, mais ne tombe pas, par pitié !

Alors qu'elle soulevait sa seconde jambe, il aperçut la petite plume. Le tatouage le plus sexy qu'il ait jamais vu. Non, c'était plutôt l'endroit du tatouage, tout en haut de la cuisse gauche qui l'était. Le plaisir qu'il avait eu à l'embrasser lui restait en mémoire.

Il l'aida ensuite à enfiler sa chemise de nuit, à se mettre au lit, et glissa un coussin sous son pied enflé. Pendant qu'elle l'observait, il ne pouvait s'empêcher de lui sourire.

— Merci, dit-elle quand il eut fini.

— De rien.

— Tu t'en vas, à présent ?

— Non.

Il ne la quitterait pas ce soir. Une partie de lui-même avait même envie de ne jamais la quitter.

— Cette nuit, je dormirai sur le canapé.

— Peux-tu rester encore un peu avec moi ? demanda-t-elle en tapotant le drap du plat de la main.

Il s'installa à l'endroit indiqué.

— Merci d'être avec moi ce soir, Jimmy.

— Je t'en prie.

— Tu sais ce que je ressens pour toi.

Il sentit son cœur s'accélérer.

— Pardon ?

— Je t'aimais, et tu es parti. Ça m'a fait mal.

— Je tenais à toi, dit-il avec douceur. Logan ne voulait pas que je te retienne.

— Que tu me retiennes ? répéta-t-elle, déroutée.

— Oui. Que je t'éloigne de l'école de médecine. Mais j'ai toujours tenu à toi.

Levant une main, il lui caressa la joue de ses doigts repliés.

Candice se pencha vers lui pour l'imiter.

— Je voulais que tu sois mon premier, tu l'as été, et j'en suis contente

Avant qu'il ait pu l'arrêter, elle l'embrassait avec ardeur, avec de plus en plus de passion. Lui prenant le visage entre les mains, il se délectait du goût de ses lèvres quand, soudain, Candice se laissa aller en arrière, s'abandonnant au sommeil.

Le sang de Jimmy bouillait dans ses veines Si seulement elle pouvait se souvenir, demain, de leur baiser.

De son côté, en tout cas, il n'oublierait rien.

8.

Candice se réveilla en sursaut. Elle venait de faire un rêve délicieux : elle embrassait Jimmy. Du reste, le goût de ses lèvres chaudes demeurait contre les siennes. Mais cette sensation s'évanouit tandis que la douleur reprenait ses droits dans sa tête et sa cheville. Comme ses yeux s'habituaient à la lumière, elle réalisa qu'elle se trouvait dans sa chambre, au premier, et que si elle était bien en chemise de nuit, elle portait toujours son slip et son soutien-gorge.

Que s'est-il donc passé ?

Elle tenta de rouler sur le côté pour se lever. En vain.

Avisant ses lunettes, elle les saisit et les chaussa. Près de la fenêtre, un peu tassé dans le vieux fauteuil inclinable de son père, Jimmy dormait. Ses doigts effleurèrent ses lèvres. Avait-elle rêvé ou ce baiser avait-il bel et bien existé ?

— Jimmy ?

Il ouvrit aussitôt les yeux.

— Hé ! Est-ce que tu vas bien ? Tu veux quelque chose ?

— Des réponses aux questions que je me pose, répondit-elle en se raclant la gorge. Et de l'eau.

— Oui, avec du paracétamol. Attends, je reviens !

Ce qu'il fit, tenant une carafe d'eau, un grand verre et deux comprimés.

— Voilà ton traitement. Le Dr Zwart a diagnostiqué une commotion cérébrale qui prendra quelque temps pour guérir.

Candice hocha la tête. Cela expliquait ses souvenirs brumeux et ses rêves bizarres. Quant au baiser, si Jimmy ne le mentionnait pas, c'était qu'elle l'avait rêvé. Ou alors…

— Une commotion ? Je ne peux pas m'arrêter pour ça. Ce week-end, j'ai prévu de faire le tour de l'arrière-pays.

— Avec ton entorse de la cheville, je ne te vois pas bien partie pour l'exercice, dit-il sur un ton neutre.

Candice se pencha vers sa cheville tuméfiée.

— Que s'est-il donc passé ?

— Tu as dû perdre l'équilibre. Ta cheville a cédé, et tu es tombée, tête la première.

Elle le fixa.

— Tu es sérieux ?

— Oui. Nous avons d'ailleurs déjà eu cette conversation.

Elle fronça les sourcils. Quelques bribes de souvenirs diffus remontaient à la surface.

— Où est ma voiture ?

— Matt l'a garée dans les locaux de la police, juste en bas de la rue. J'irai la chercher plus tard.

— Tu as passé toute la nuit ici ?

— Oui, dit-il en hochant la tête.

Elle se sentit rosir.

— Et tu m'as… déshabillée ?

— Oui. Après ta chute, ton uniforme était sale.

Elle se laissa aller contre son oreiller.

Imaginer Jimmy en train de la dévêtir la contrariait. Si seulement elle pouvait se rappeler ! Soudain, son esprit dériva vers l'idée de déshabiller Jimmy, de le sentir contre elle. En fin de compte, la situation la troublait autant qu'elle l'embarrassait.

Ne pense pas à lui de cette manière. À moins que tu désires te retrouver de nouveau blessée.

— Où est Marcus ? demanda-t-elle, changeant de sujet.

— Chez ma mère. Je lui ai expliqué ce qui s'est passé, et elle le garde. Il va bien. Toi, tu as besoin d'une présence à ton côté pendant quelques jours, ce que je peux faire.

— Mais… Marcus…

— Il peut venir ici.

Candice sourit.

— Oui, j'aimerais bien que tu amènes Marcus ici.

Sa phrase la ramena aussitôt à la réalité de sa vie. La solitude… Même si elle ne s'était jamais autorisée à le reconnaître, elle avait préféré se noyer dans le travail.

— Merci de prendre soin de moi, dit-elle, ébranlée au plus profond d'elle-même.

Jimmy se pencha légèrement vers elle.

— Hé ! Il n'y a pas de problème.

— Désolée, dit-elle en essuyant une larme.

— Entre ta commotion cérébrale et ton entorse, tu as eu ton content depuis hier. Alors, même si la période n'est pas idéale pour t'arrêter, surtout avec un nouvel employé un peu casse-pieds, sache que je suis là pour toi. D'accord ?

Elle hocha la tête.

— Merci, Jimmy, je suis vraiment touchée.

— De rien. Essaye de t'installer le plus confortablement possible et de te détendre.

Puis il se leva et posa deux béquilles près du lit.

— À cause de ta commotion, tu ne pourras sans doute pas regarder la télévision tout de suite, ni lire un livre ou beaucoup utiliser ton téléphone. Aimerais-tu écouter des podcasts ou un livre audio ?

— Non, merci. Pour le moment, je préfère essayer d'aller dans la salle de bains toute seule puis revenir me reposer un peu.

— Très bien. Je vais récupérer ton 4x4 en bas de la rue. Je devrais rester absent une vingtaine minutes. Ça te va ?

— Parfait. Tu peux y aller.

Elle regarda Jimmy emprunter son allée à longues foulées. Libérant un long soupir, elle bascula la tête en arrière contre les coussins.

Difficile de ne pas pleurer. Tant d'émotions se bousculaient en elle ! Mais au moment où elle se maudissait de sa maladresse, elle laissa échapper un petit rire. Elle devait être la seule personne capable de se faire une entorse, doublée d'une commotion cérébrale, en tombant sur un sol plat ! Revigorée, elle empoigna ses béquilles. Si elle eut un peu de mal à s'extirper de son lit, atteindre la salle de bains de son père lui fut facile.

Après s'être lavée et changée, elle revint sur ses pas. Elle se trouvait dans le couloir quand Jimmy réapparut.

— Où en es-tu ? demanda-t-il avec un grand sourire.

— Au bout du couloir menant à la cuisine. La faim me taraude !

— C'est bon signe ! s'écria-t-il, ravi.

— Et mon mal de tête s'apaise. Deux ou trois jours de repos, et je devrais être remise.

— Oui, mais tu n'as pas encore le droit de conduire. Et le Dr Zwart veut te revoir dans quarante-huit heures.

— Je sais, je m'en souviens.

Jimmy la suivit dans la cuisine et la fit s'asseoir à table.

— Qu'est-ce qui te ferait plaisir ?

— Juste un toast. Autant que je reprenne doucement.

— Allons-y pour un toast ! dit-il en prenant du pain dont il coupa deux tranches qu'il glissa dans le grille-pain.

— Et la petite fête pour l'anniversaire de Marcus ?

— Je vais prendre un peu la relève de ma mère. Elle a d'ailleurs promis de venir te voir.

Comme il la fixait avec intensité, elle lui jeta un regard interrogateur.

— Je n'arrive pas à croire que tu portes toujours les mêmes lunettes, dit-il en riant.

— Ce genre de monture est redevenu très à la mode, et ce sont les mêmes, en effet. Mais les verres, eux, ont changé.

Jimmy sourit

— En tout cas, elles te vont très bien. Je les ai d'ailleurs toujours aimées Elles font très « libraire sexy ».

Elle sentit le rouge lui monter aux joues tandis que son rêve lui revenait en mémoire. *Un rêve ? Vraiment ?*

— Jimmy… À propos d'hier… Est-ce que nous avons… Après l'hôpital, ai-je fait une chose… sortant de l'ordinaire ?

Derrière lui, les toasts venaient de jaillir du grille-pain.

— Que veux-tu dire ? demanda-t-il en se tournant.

Il avait un ton bizarre. *Oh non !*

Quelque chose s'était passé…

— Disons que quand j'essayais de te mettre ton pyjama, tu m'as suggéré de te payer un verre…, répondit-il, espiègle.

— Je veux dire : nous sommes-nous embrassés ?

— Avant ou après ta commotion ?

Elle gémit, de plus en plus gênée.

— Jimmy…, je sais que nous l'avons fait avant. Mais je ne suis pas sûre pour après.

— Tout va bien, dit-il en riant. Comme je te l'ai dit, tu étais un peu dans les vapes.

Elle se sentait très embarrassée. En tant que chef de Jimmy, l'avoir embrassé une fois était non professionnel. Mais si elle avait recommencé, cela devenait… inexcusable.

Jimmy posa le pain grillé devant elle et sortit le beurre du réfrigérateur sans la quitter des yeux.

— As-tu l'intention de passer toute la journée à m'observer ? demanda-t-elle.

— Quelque chose comme ça.

— J'apprécie ta sollicitude, mais je pense pouvoir me débrouiller.

Il secoua la tête.

— À quoi bon t'entêter ? Zwart a insisté sur la nécessité de t'entourer pendant quarante-huit heures, et c'est ce que je fais. Bien sûr, je vais devoir te quitter un peu pour aller voir Marcus, mais, comme annoncé, ma mère veut te voir. Même si, telle que je la connais, elle en profitera pour m'apporter des habits de rechange…

— Je suis désolée de te priver de Marcus, dit-elle, sincère.

— Ça va aller. Il est jeune et, pour ta part, tu as besoin

d'aide. C'est le moins que je puisse faire, donc. Enfin, tu es mon amie, et Logan l'était aussi.

L'atmosphère avait changé. La tristesse s'installait, comme souvent lorsqu'ils évoquaient Logan. Candice posa son toast qui avait pris un goût de sciure et se leva.

— Je retourne m'allonger. Ma tête me fait de nouveau mal. Merci pour le toast et le café.

— Je t'en prie. Appelle-moi si tu as besoin de quoi que ce soit.

— Entendu, dit-elle par-dessus son épaule en regagnant l'ancienne chambre de son père.

Pour l'heure, elle avait surtout besoin de garder un peu de distance avec Jimmy.

Lorsque Candice eut regagné son lit, Jimmy sortit et emprunta le pont menant à la forêt. Escorté par le bruit de l'eau, il se dirigea vers la petite clairière menant à la source où Logan et lui se retrouvaient souvent.

Les deux souches qui leur avaient servi de sièges pendant des années étaient toujours là. À peine plus moussues. Jimmy s'assit sur l'une, puis sur l'autre, et regarda autour de lui.

— Je sais que tu ne voulais pas que je commence une histoire avec elle, Logan, mais ce n'est pas facile. C'est une adulte aujourd'hui.

Il se passa une main sur le visage, gêné de s'entendre parler tout seul.

Les choses se seraient déroulées d'une autre façon si, avant son départ, il avait su Candice enceinte. Et quand le rêve s'était brisé, il l'aurait serrée contre lui.

Au lieu de quoi il se trouvait alors à des milliers de kilomètres, ignorant tout de la situation. Mais peut-être était-ce mieux ainsi. En restant, qui sait s'il n'aurait pas bridé Candice dans ses rêves comme l'avait craint Logan et si, aujourd'hui, elle ne lui en voudrait pas…

Prenant une profonde inspiration, il regagna la maison de Candice qu'il trouva réveillée et vêtue des habits qu'il lui avait pris pour remplacer son uniforme. À moitié étendue sur le canapé, elle buvait du café.

— Te voilà..., dit-elle en souriant. Où es-tu allé ?

— Croyant que tu dormais, je suis parti marcher dans les bois et j'ai retrouvé les souches près de la source ou nous venions prendre le frais, Logan et moi.

— Contente que tu les aies vues. Mon père a toujours refusé de s'en débarrasser.

— Bravo à lui ! Je suis ravi qu'il les ait gardées ! Maintenant, dis-moi comment tu t'es procuré ton café...

— Mais... en me le faisant !

— Tu es censée te reposer, Candice.

— Écoute, Jimmy, je ne suis pas devenue infirme et, de ton côté, tu ne vas pas rester là éternellement. Il faut que je me débrouille toute seule.

— Je n'ai pas l'intention de m'installer, mais Zwart veut que tu te reposes et que tu aies quelqu'un près de toi pendant quarante-huit heures.

— Tu as ton fils à voir. Moi, je sais me débrouiller seule.

Et depuis si longtemps que ta présence n'est pas nécessaire !

— C'est en ce moment que tu as besoin de moi, Candice. Hier, quand tu es tombée, tu me l'as fait comprendre.

Candice ouvrit de grands yeux et rosit. Avant de s'asseoir.

— Quoi ?

Il s'agenouilla devant elle.

— Je suis heureux d'être ici, Candy. J'ai fait une promesse à Logan. Avant sa mort, il m'a demandé de m'occuper de toi.

Ses yeux noisette se mouillèrent de larmes, et il eut envie de les sécher avec des baisers.

Lui prenant le visage entre les mains, il se pencha vers elle.

— Jimmy ? Candice ?

Il fit un bond en arrière, et Candice s'essuya les yeux. Mme Liu venait de passer le seuil, un sac de courses à la main.

— Maman… Qu'est-ce que tu fais là ?

— Tu m'as demandé de venir à 13 heures, et il est 13 heures.

Le regard de sa mère passa de lui à Candice, puis de Candice à lui. Il aurait juré y déceler un petit sourire.

— J'ai apporté de quoi déjeuner à Candice. Avec un peu de soupe faite maison.

— Merci, madame Liu ! Votre attention me touche.

— Appelez-moi Liena… Je pose ça dans la cuisine ? ajouta-t-elle en levant le sac de victuailles.

— Tout à fait, Liena.

— Je reviens, Candice, dit Jimmy en suivant sa mère. Marcus est avec son grand-père, maman ?

— Oui, Il adore être avec son *yéye*, et *yéye* adore être avec lui. Mais tu lui manques tout de même. Va donc passer un peu de temps avec lui. Moi, je m'occuperai de Candice.

Ayant autant envie d'être avec Marcus qu'avec Candice, Jimmy hésita. De plus, la perspective de laisser Candice avec sa mère l'effrayait un peu. Mais elle l'avait toujours appréciée et était la seule à avoir proposé son aide. Quant à lui, cela lui permettrait de se laver, de se raser et de se changer…

— D'accord, on fait comme ça. Je serai là dans la soirée.

— Vas-y. Je prendrai soin de Candice comme de ma fille.

Sans rien savoir de précis, Jimmy était à peu près sûr que sa mère complotait quelque chose. Savoir ce qu'elle avait en tête était d'ailleurs toujours très compliqué.

Il alla rejoindre Candice qui avait retrouvé la position allongée.

— Et cette cheville ?

— La surélever fonctionne bien. Elle est moins gonflée.

— Attends que je vérifie avant de partir.

Il se pencha en avant puis se redressa en hochant la tête.

— C'est en effet beaucoup mieux.

— Je pensais prendre une douche. Crois-tu que je puisse ôter mon bandage pour l'occasion ?

— D'accord, je le referai en rentrant.

— Parce que tu reviens ?

— Je sais que tu peux te débrouiller seule, mais je m'en tiens aux conseils de Zwart. Donc, je passe quelques nuits ici et je te laisse tranquille ensuite.

— Très bien, dit-elle avec un sourire. À présent, va retrouver ton fils. À plus tard.

— J'y vais. Euh…, je crois que ma mère est en train de réapprovisionner ta cuisine. Désolé…

— Pas de problème. Je suis contente de passer l'après-midi avec elle.

Il partit, un peu inquiet de laisser les deux femmes ensemble. Mais il n'avait pas le choix. Prendre du recul s'imposait. Avant de tenter quelque chose qu'il risquerait de regretter. Comme embrasser de nouveau Candice…

9.

Autant Candice s'était d'abord opposée à Jimmy pour qu'il ne s'occupe pas d'elle, autant elle lui était ce soir reconnaissante de l'avoir fait, ainsi qu'à Mme Liu de lui avoir octroyé un peu de temps pour qu'il puisse en passer avec son fils.

Candice fit au mieux pour aider Liena à planifier la petite célébration des deux ans de Marcus, mais il lui sembla quand même avoir beaucoup somnolé au cours de l'après-midi.

Quand Jimmy rentra, elle parvint à le persuader de dormir en haut, dans sa propre chambre, plutôt que sur le canapé.

Il lui amena Marcus le lendemain, et elle savoura le spectacle du bambin jouant avec son père ou courant partout dans son jardin. La cour de la location de Jimmy n'était en effet pas très grande, et Marcus ne se priva pas pour dégourdir ses petites jambes.

Si seulement elle avait pu se joindre à eux !

Quarante-huit heures après sa chute, elle se déplaçait seule et, à l'issue de son rendez-vous de contrôle, le Dr Zwart l'avait autorisée à reprendre ses activités habituelles à condition de procéder en douceur et par étapes. Mais il lui avait aussi ordonné une semaine de repos avant de reprendre son travail. Jimmy, en revanche, avait dû retourner à la base, et elle essayait de veiller à ce que Nigel et Stu le prennent sous leur aile. En tout état de cause, elle se sentirait mieux quand elle reprendrait son activité et constaterait les progrès de Jimmy de ses propres yeux.

Dès qu'il terminait son service de nuit, Jimmy rentrait et s'assurait qu'elle allait bien. Très vite, elle s'était habituée à voir quelqu'un qui tenait à elle. En même temps, elle ne voulait pas s'habituer à cet arrangement, car si Jimmy se liait avec une femme, il ne trouverait sûrement plus de temps pour la petite sœur de son meilleur ami de jeunesse…

Qui a dit que Jimmy allait avoir une liaison ?

La réponse s'imposait. Un homme comme Jimmy Liu ne devait pas rester longtemps seul. Depuis l'école, elle avait remarqué la réaction des filles. Beau, charmant et intelligent… Comment résister ? Et aujourd'hui, il avait encore plus de charme, plus de fougue et était parfait avec son fils.

Mais il n'était pas pour elle. Le perdre une seconde fois lui arracherait définitivement le cœur.

— Candice ? dit-il, ce matin-là, en fermant sa portière et en s'avançant dans l'allée.

Il venait de la voir assise sur une marche du porche. Après quelques pas, il s'arrêta net.

— Que t'arrive-t-il ? Tu as l'air bien en colère.

— Je vais devenir folle. Mon pied est encore trop enflé pour entrer dans mes sneakers, mais je ne peux pas conduire en tongs jusqu'à Hinton.

— Pourquoi veux-tu aller à Hinton ?

— Pour faire les grosses courses.

— Tu as le droit ?

— Zwart a dit que je pouvais. C'est moi qui attendais le moment de pouvoir rentrer dans mes sneakers. Mais visiblement…

Elle envoya valser celui qu'elle portait à son pied valide avec un gros soupir.

— En fait, je voulais trouver un cadeau pour Marcus.

— Et si je t'accompagnais, moi, à Hinton ?

— Tu viens de terminer ton service, un quart de nuit… .

— Je ne suis pas fatigué. De plus, ma mère m'a chargé de lui faire quelques courses. On pourrait prendre Marcus au passage et l'emmener déjeuner. Ou au parc. Et surtout… tu pourrais garder tes tongs !

Dis non.

Sauf que cela faisait une semaine qu'elle ne travaillait plus et que voir souvent Jimmy et Marcus l'enchantait. Oui, elle adorait qu'ils habitent dans sa rue.

— D'accord, dit-elle avec un sourire.

— Alors, allons-y.

Après avoir verrouillé sa porte, Candice s'affola de sa démarche hésitante. Ce n'était pas son habitude de boitiller ainsi de son perron à la rue. Sa vie était faite de longues marches, de randonnées, d'hélicoptères, de secours en montagne. Cela l'empêchait de penser à autre chose. Or, depuis une semaine, elle restait presque sans arrêt assise chez elle et avait renoué avec des pensées qu'elle croyait définitivement sorties de sa tête. Aussi, même si ces courses à Hinton l'exposaient à une peine de cœur, elles lui permettaient de s'évader un peu.

Jimmy glissa la main dans la sienne pour descendre l'allée.

— Tu marches beaucoup mieux, dit-il.

— J'y travaille avec assiduité pour être de retour dans mes montagnes dès la semaine prochaine.

— Belle ambition…

— J'ai une boucle à réaliser dans l'arrière-pays qui m'attend depuis le week-end dernier. Je t'en avais parlé.

— Oui. Et Stu attend de moi que je t'accompagne.

— Parce qu'il doit toujours rester deux urgentistes à Jasper. Voilà pourquoi vous ne pouvez y aller ensemble.

— Tu veux dire qu'un débutant ne l'intéresse pas.

— Un blanc-bec…, renchérit Candice en riant.

— Mais je connais bien ces montagnes. Même si je n'y suis pas venu depuis longtemps, j'y suis né ! Stu aussi ?

— Non. Je crois qu'il est de Canmore. Des montagnes aussi, donc, mais différentes.

— En effet.

Jimmy hocha la tête.

— Et toi, tu es notre chef à tous les deux. Apparemment, il préfère que le blanc-bec fasse équipe avec la chef… qui me semble d'ailleurs très en forme. Es-tu bien sûre d'avoir eu une commotion cérébrale ?

Il la taquinait, les yeux brillants. Elle sourit.

— Tout ce qu'il y a de plus sûre…

S'installant sur le siège passager, elle attacha sa ceinture pendant que Jimmy s'installait au volant. Quand ils eurent traversé la ville, il se gara devant chez ses parents pour aller prendre Marcus. Candice patienta à l'intérieur du véhicule. Ils ne se trouvaient qu'à une heure de Hinton en voiture, mais pour un petit c'était beaucoup. Difficile de tout concilier. Et elle en savait quelque chose… Elle-même ne désirait-elle pas fonder une famille, avoir deux enfants et devenir chirurgienne ?

Jimmy sortit de la maison avec un sac en bandoulière et son fils dans ses bras.

Il ouvrit la portière arrière et installa Marcus dans son siège.

— Coucou, Marcus ! dit-elle avec un large sourire.

Le petit garçon lui sourit sans lâcher sa tasse à bec et battit des paupières en guise de bonjour.

Quand Jimmy eut fini d'installer son fils, il passa le sac en bandoulière à Candice par-dessus le siège avant.

— Tiens, regarde à l'intérieur. Il y a différentes choses dont des goûters. Mais si je le laisse à l'arrière, Dieu sait dans quel état on le retrouvera. N'est-ce pas, Marcus ?

L'enfant sourit sans cesser de boire dans sa tasse à bec.

— As-tu tout ce dont tu as besoin ? demanda Candice.

— Oui. Plus la liste de ma mère concernant notre petite célébration. Tout est dans le sac, y compris deux ou trois bricoles pour occuper Marcus. Mais c'est l'heure de sa sieste. Avec un peu de chance, il dormira jusqu'à Hinton.

— Il dort bien en voiture ?

— Oui. Nous avons fait de longs voyages depuis Toronto, avec ma mère et lui, et tout s'est toujours très bien passé. Pourtant, la route du lac Supérieur dans une caravane, avec un bébé, n'est pas forcément une partie de plaisir. La présence de ma mère me rassurait, mais Marcus n'a posé aucun souci.

D'une manière générale, son apparition dans ma vie m'a d'ailleurs éclairé sur bien des choses, et ma relation avec mes parents n'a jamais été meilleure. Sans parler de la leur avec lui.

Candice sourit.

— Ta mère doit l'adorer.

— Parce que je ne l'aime pas, moi ?

— En l'occurrence, il ne s'agit pas de toi, mais de Liena.

— Je sais, dit-il en riant. Et tu as raison. Il est la lumière de ses jours.

Ainsi que Jimmy l'avait prévu, Marcus s'endormit vite, sa tasse à bec serrée dans sa menotte.

— Il est adorable, dit Candice, tout sourire.

— Je trouve aussi, répliqua Jimmy en cherchant son regard.

— Je ne comprendrai jamais comment les jeunes enfants peuvent s'endormir dans presque n'importe quelle situation.

— Les plus grands aussi, parfois. Je me rappelle que, vers dix ans, je m'endormais dans les espaces les plus exigus, surtout après les fêtes champêtres.

— Je m'en souviens, dit Candice avec une petite moue. Avec Logan, vous étiez insupportables, ces soirs-là.

Il arbora un air offusqué qui la fit rire.

— Quoi ? Dis plutôt que nous t'apprenions à apprécier la nature !

— Mais oui, répondit-elle, moqueuse. Ce qui explique que j'aime encore Jasper aujourd'hui.

Et que Chad l'ait quittée… Il ne voulait pas passer sa vie à Jasper. Et il n'avait pas voulu s'occuper de son beau-père quand celui-ci était tombé malade.

Il n'avait pas voulu fonder une famille.

C'était à l'université qu'elle l'avait rencontré, à l'époque où toute sa famille allait encore très bien. Chad était tombé sous son charme. Puis elle avait perdu Logan et sa mère pendant que son père se repliait un peu sur lui-même, et Chad était devenu sa bouée de secours. Elle s'était accrochée à lui. Pour ne pas être seule.

— Et que mon mariage ait pris fin, ajouta-t-elle.

— En fait, tu ne m'as jamais parlé de… Comment s'appelait-il ?

— Chad.

— Quel prénom affreux ! s'écria Jimmy en faisant la grimace. Comment peut-on appeler son garçon Chad ?

— Ce n'est pas un prénom affreux, et il n'explique de toute façon pas l'échec de notre mariage…

— Bien. À cause de quoi avez-vous divorcé, alors ?

— Nos aspirations étaient différentes. Lui ne voulait rester à Jasper qu'à condition de pouvoir louer une maison où nous organiserions des fêtes sélectes. Quand mon père est tombé malade, Chad n'a pas voulu rester pour m'aider à m'occuper de lui. En fait, il ne supportait de s'investir que dans des projets socialement porteurs.

Jimmy arqua un sourcil.

— Que lui trouvais-tu dans ce cas ?

— Il était gentil, et nous nous étions bien amusés, ensemble, à l'université. Je l'aimais, et nous étions tous les deux très focalisés sur la médecine. Pour être honnête, il m'a soutenue quand Logan a été tué puis quand ma mère a commencé à lâcher prise. Pour autant, il tenait à poursuivre ses études et à mener la grande vie à la ville tandis que je voulais rester à Jasper.

— Vraiment ?

— Oui, répondit-elle en souriant. Arrêter l'école de médecine n'a pas été facile, et j'en ai souffert, mais, à ce moment-là c'était la seule chose envisageable. Chad, qui n'était attaché ni à mon père ni à Jasper, est parti.

Leur rupture lui avait fait plus mal que ce qu'elle avait imaginé. Elle qui croyait avoir élevé autour d'elle des murs protecteurs les avait vus s'écrouler avec une facilité déconcertante. Après avoir failli ne pas survivre au décès de Jimmy, ce second abandon lui avait fait comprendre que la seule façon de ne plus souffrir était de ne plus laisser personne devenir prioritaire dans son existence. Fermant alors son cœur, elle s'était consacrée à son père, puis à son travail à Mountain Rescue, et tout s'était bien déroulé.

Jusqu'à ce que Jimmy revienne bouleverser son existence si bien orchestrée.

— Maintenant que je t'ai parlé de Chad, si tu me parlais un peu de la mère de Marcus ? Elle est morte, alors ?

— Oui, répondit Jimmy avec un soupir. J'ai rencontré Jennifer après mon retour d'Allemagne. Elle souffrait de stress post-traumatique, mais ne s'en était jamais vraiment occupée. À l'époque, je n'ai rien vu. J'étais encore trop dans ce qui était arrivé à Logan. Elle et moi nous sommes rapprochés et avons passé une nuit ensemble. Puis elle est partie. Je n'étais pas amoureux d'elle, mais c'était mon amie. Jusqu'à ce que, six mois après la naissance de Marcus, elle le dépose devant ma porte. Apprendre son existence après tout ce temps m'a rendu fou, mais je voulais quand même aider Jennifer à se soigner. Ensuite, j'ai compris qu'elle ne voulait pas de Marcus. Qu'il n'y avait rien à faire.

— C'est terrible, commenta-t-elle en songeant au bébé de Jimmy qu'elle avait perdu.

— C'est très grave, oui. Elle n'avait personne et, une nuit, elle a trop bu…

— Je suis désolée. Et désolée aussi pour Marcus qui ne connaîtra pas sa mère.

Jimmy eut un sourire triste.

— Moi aussi. J'ai contacté le père de Jennifer, mais il n'a pas voulu entendre parler de lui. Ni de moi. Il m'a juste donné une photo de sa fille que j'ai mise de côté pour le jour où Marcus voudra en savoir un peu plus sur elle.

— As-tu pensé à te marier un jour ?

— Jamais… Je voulais juste regagner Jasper pour permettre à Marcus de grandir dans un bel endroit et se rapprocher de ses grands-parents. Après quelques années difficiles, j'essaye de me reconstruire, et le mariage est la dernière chose que j'ai à l'esprit.

Candice ne comprit pas pourquoi elle se sentit si déçue. Non qu'elle eût envie de se remarier. Simplement, la hâte de Jimmy à repousser cette idée la rendait triste pour lui et pour Marcus qui méritaient tout le bonheur du monde. Bien qu'elle ne pût le leur apporter – car jamais elle ne risquerait son cœur une seconde fois –, elle aurait aimé les voir heureux !

Si le reste du trajet n'eut rien d'exceptionnel, elle contempla sans se lasser le paysage ; des montagnes, des arbres et, parfois, des animaux défilaient derrière sa vitre.

Marcus poursuivit sa sieste et ne se réveilla que quand Jimmy se fut garé sur le parking du supermarché. Candice attrapa le sac de courses pendant que Jimmy fermait le véhicule et installait Marcus sur le petit siège du Caddie.

— Je vais le changer dès que nous serons à l'intérieur, dit-il. C'est… impératif.

Éclatant de rire, elle posa le sac des courses dans le Caddie.

— Pendant ce temps, je pourrai peut-être lui trouver un cadeau sans qu'il s'en aperçoive.

— Ne t'inquiète pas. De toute façon, à son âge, il oublie très vite. Quant aux cadeaux, à partir du moment où ils sont dans une boîte immense ou dans un sac aux couleurs bien criardes qu'il pourra saccager, il sera ravi !

— Si je comprends bien, c'est du papier d'emballage qu'il faut lui acheter… Et puis… de la glace au chocolat !

— Glace au socolat ! dit Marcus en claquant des mains.

— Bravo, mon fils ! Mais avant, on fait les courses pour *năinai*. D'accord, champion ?

Marcus hocha la tête en direction de Candice et lui sourit.

— Glace au *socolat*, Candy !

— Tout à fait, répliqua-t-elle, attendrie par l'adorable petit garçon.

— Tu comprends maintenant pourquoi je lui ai pris quelques habits de rechange…

— J'ai des amis qui ont des enfants. Je connais…

Jimmy ne perdit pas de temps pour aller changer Marcus tandis que Candice commençait à s'occuper de la liste de Liena. Le père et le fils la rejoignirent un peu plus tard. Comme Candice s'accroupissait pour être à sa hauteur, Marcus s'élança vers elle et l'entoura de ses bras potelés. Elle le souleva en le pressant contre elle.

Jimmy s'approcha, presque sous le choc.

— Je ne l'ai jamais vu s'entendre si vite avec quelqu'un.

— Parce qu'il sait que Candy est super, répondit-elle, facétieuse. N'est-ce pas, Marcus ?

Il hocha la tête en souriant tandis qu'elle le posait dans le Caddie, ravie de l'entendre pousser des petits cris de joie quand elle s'engagea dans une allée.

La situation semblait telle qu'elle aurait dû toujours être, la réjouissant et l'effrayant en même temps. Pour la seconde fois, son cœur se retrouvait entre les mains de Jimmy Liu.

Et elle détesta que cela sonne si juste.

Elle détestait son envie qu'il en soit ainsi.

Quand ils eurent tout trouvé, Candice acheta à Marcus la glace au « socolat » prévue avant de s'éclipser pour choisir son cadeau.

— Beau temps…, commenta-t-elle un peu plus tard en regagnant la voiture.

Il y avait sûrement un monde fou en montagne… Cette pensée la ramena aussitôt à ce qui devait se passer, en ce moment, à Mountain Rescue.

— Où es-tu ? demanda Jimmy en se penchant vers son fils pour nettoyer ses menottes pleines de chocolat.

— Que veux-tu dire ? Je suis là…

— Tu pensais à ton travail, n'est-ce pas ?

— Peut-être, répondit-elle en haussant une épaule. Ou que le parc devait être bondé, des choses comme ça.

— Il est quand même terrible que tu songes aux secours que tu ne pourras pas effectuer, juste parce que la journée est radieuse…, dit-il avec un clin d'œil en soulevant Marcus.

— Ce n'est pas vraiment ça.

— Ah non ?

— Disons que ça l'est en partie, si tu préfères… Cela fait trois ans que je dirige Mountain Rescue, il est normal que je me demande comment ils se débrouillent sans moi.

— Tout va bien se passer. Stu sait faire.

— Quoi ? dit-elle en lui jetant un regard noir.

Jimmy leva les mains.

— Mais vous êtes la meilleure, chef. C'est évident.

Elle eut un soupir amusé.

— Ça va vraiment me faire du bien de retourner au travail, la semaine prochaine. J'ai hâte de retrouver pistes et sentiers.

— Moi aussi, dit Jimmy. Tout ce temps passé sans faire la moindre balade dans l'arrière-pays…

— Justement, la piste Skyline sera au programme, et c'est l'une des plus fréquentées et des plus problématiques. Ce ne sera pas une partie de plaisir de grimper là-haut avec tout notre matériel de sauvetage.

— Espérons que nous n'aurons pas à nous en servir. À présent, que dirais-tu de déjeuner puis de descendre au Beaver Boardwalk et d'y flâner un peu ? Ne serait-ce que pour tenter d'apercevoir quelques castors…

— L'idée me paraît sympa, répondit-elle en se demandant à quand remontait sa dernière incursion dans les terres humides.

Mais elle ne s'en souvenait plus. Quand elle se rendait à Hinton, c'était en général juste pour faire ses courses.

Ils achetèrent des sandwichs pour eux, du fromage grillé pour Marcus et roulèrent jusqu'à parc. Puis ils se mirent en marche, laissant Marcus avancer à sa guise, ce qui revenait à devoir s'arrêter toutes les trois minutes, chaque fois qu'il s'accroupissait pour contempler l'eau et le marais.

Ils n'eurent pas à cheminer longtemps avant de trouver un

joli endroit, près du lac Maxwell, où pique-niquer. Tant mieux pour Marcus et pour Candice dont la cheville commençait à protester. En rentrant, elle serait bonne pour l'entourer de glace et poser la jambe à l'horizontale.

— J'avais oublié cet endroit, dit-elle. Mes parents m'y emmenaient parfois avec Logan. Combien de fois m'a-t-il menacée de me jeter en pâture aux castors !

Jimmy pouffa.

— Il aimait bien emmener ses conquêtes ici pour…

— Dégoûtant…

— Quoi ?

— J'ai parfois vu mon frère avec des filles, et je n'ai vraiment pas besoin de savoir où il les emmenait.

— Désolé, dit Jimmy sans cesser de rire.

— D'abord, pourquoi les amener au bord d'un marais ?

— Je croyais que tu ne voulais pas savoir, commenta-t-il, amusé.

— Je reste curieuse sur le choix du lieu.

Jimmy haussa les épaules.

— Peut-être parce que l'endroit est joli et qu'il change des montagnes. Et puis ce n'était pas le seul endroit où Logan…

Jimmy s'interrompit en mettant sa main sur sa bouche d'un air si désolé que, cette fois, elle rit de bon cœur. Son frère était quelqu'un de bien que tout le monde avait aimé. Et qui lui manquait. C'était même le meilleur grand frère qu'une fille pût espérer avoir, et le fait qu'ils aient eu deux caractères opposés n'y changeait rien. Il était si injuste que son existence se soit interrompue si tôt !

— Moi, je n'amenais pas de filles ici, reprit Jimmy avec un léger sourire. J'étais trop classe…

— Où les amenais-tu ?

Elle se demanda en même temps comment elle pouvait lui poser une question pareille.

— En général, au bord de la rivière. Mais en toute franchise, je ne multipliais pas les conquêtes comme Logan. Peut-être une ou deux, mais pas plus.

— Ça me semble dur à croire, dit-elle après un moment.

— C'est la vérité.

— Tu avais toujours une fille à ton bras.

Il lui jeta un regard si intense qu'elle sentit son cœur s'emballer.

— Le fait d'avoir des filles à mon bras ne signifiait pas qu'il se passait quelque chose. Il n'y a jamais eu qu'une fille avec qui j'ai désiré sortir…

Il marqua un silence avant d'ajouter :

— Tu as aussi été ma première fois, Candice.

Elle sentit son visage s'empourprer.

— Je sais.

— Tu es la seule que j'aie jamais désirée, murmura-t-il.

À cet instant, un cri strident résonna, et ils tournèrent la tête en même temps. Marcus venait de renverser le ketchup.

— Papa ! Macus bêtise…

— On ne peut pas dire le contraire…, remarqua Jimmy devant le désastre.

— En effet, ajouta-t-elle, réprimant un rire.

— Je l'emmène aux lavabos pour le nettoyer, dit Jimmy qui s'empara du sac en bandoulière.

— Entendu. Moi, je ramasse ici. As-tu fini de manger, Marcus ?

— Oui, Candy.

Jimmy prit son fils par la main, et elle les regarda s'éloigner, le cœur battant très vite.

Cela peut être à toi.

Oui. Elle n'avait qu'à faire le plongeon. Mais elle craignait tant d'être blessée et de tout perdre.

— Vous avez une bien jolie famille.

Elle se retourna pour découvrir un couple âgé qui passait devant la petite table de pique-nique qu'elle débarrassait.

— Pardon ? demanda-t-elle, un peu perdue.

La femme sourit.

— Votre famille. C'est une jolie famille. Quel âge a votre fils ?

— Bientôt deux ans, répondit-elle, ébahie.

— Eh bien, bonne continuation !

Sur un nouveau sourire, la femme poursuivit sa promenade en compagnie de son mari.

Candice demeura un instant sans bouger avec, dans les mains, les couverts qu'elle venait de ramasser. Elle n'avait pas corrigé la femme. Pourtant elle aurait dû.

Jimmy et Marcus n'étaient pas sa famille.

Mais elle désirait qu'ils le deviennent. Si elle se montrait assez audacieuse pour saisir sa chance…

10.

Le trajet du retour fut tranquille. Marcus, épuisé, dormait dans son siège, et Candice sommeillait, la tête posée contre la vitre.

Cette scène fit sourire Jimmy. Elle était si paisible et juste. Si elle avait pu ne jamais finir ! Toute sa vie, il n'avait voulu que Candice, et il en allait toujours ainsi.

Elle se réveilla quand il ralentit avant le péage du parc.

— Nous sommes arrivés ?

— Non, c'est le péage. Si tu veux te rendormir, tu peux…

— Justement non. Difficile pour moi de dormir en voiture.

Jimmy présenta son passe et repartit. Il y avait très peu de monde sur la route : eux trois, les montagnes et une chèvre qui déambulait le long de l'autoroute en broutant de l'herbe.

— Quelle belle journée…, dit Candice.

— Très.

— Et Marcus dort bien, ajouta-t-elle en se tournant.

— Oui, répondit Jimmy avec un petit rire. Les voyages en voiture semblent exercer sur lui un effet magique.

Mais, soudain, il fronça les sourcils. À côté d'un chemin de terre menant à l'une des aires de loisirs de l'autoroute Yellowhead, des feux de détresse clignotaient, et une femme agitait les bras.

— Que se passe-t-il ? murmura-t-il.

Il quitta la route, s'arrêta près du van de la femme et baissa sa vitre. L'inconnue, à l'évidence enceinte, s'élança vers lui, la main posée sur son ventre.

— Dieu merci, vous êtes là. J'ai besoin d'aide.

— Quel est le problème ? s'enquit-il en coupant le contact.

— Mon mari conduisait quand il s'est évanoui ! Je ne sais pas ce qui s'est passé. J'ai déplacé la voiture comme j'ai pu sur le bas-côté, mais il ne se réveille toujours pas.

— Avez-vous appelé une ambulance ?

— No… Non, je ne…

— Ne vous inquiétez pas. Je suis médecin urgentiste. Je vais vous aider.

Jimmy se tourna vers Candice qui appelait déjà les secours de Hinton, plus proches que ceux de Jasper.

— Reste avec Marcus, dit-il en lui tendant la clé de la voiture.

Elle hocha la tête tout en continuant à préciser leur position à son correspondant au téléphone.

Jimmy descendit, prit son kit médical dans le coffre, enfila ses gants jetables et suivit la femme vers le van.

— Comment s'appelle votre mari ?

— Steve.

— Et vous ? demanda-t-il en prenant le pouls de l'homme évanoui.

— Mary

— Mary, je vais sortir votre mari du van pour examiner ses voies respiratoires. D'accord ?

Pour ne pas l'inquiéter, il préféra taire qu'il trouvait à son mari un pouls à la fois faible et lent. La perte de conscience pouvait venir d'une simple hypoglycémie comme d'une attaque cardiaque. Pour commencer, il fallait le mettre sur le dos et lui surélever les jambes.

Candice vint le retrouver.

— L'ambulance sera là dans environ une demi-heure.

Jimmy dégagea Steve du siège conducteur, l'étendit sur le sol, puis lui détacha son ceinturon et ouvrit sa chemise. Un premier examen permit de constater que rien ne bloquait ses voies respiratoires.

— Steve ? Est-ce que vous m'entendez ?

N'obtenant pas de réponse, il souleva les jambes de l'homme. Sans succès. Il allait devoir procéder à une réanimation cardio-respiratoire.

Avant de se diriger vers Mary, Candice répondit d'un discret hochement de tête au regard qu'il lui lança.

— Bonjour, je m'appelle Candice. Pouvez-vous me dire ce qui s'est passé ?

— Il me conduisait à l'hôpital, car je venais de perdre les eaux. C'était il y a environ une heure.

Une petite grimaça de douleur l'interrompit.

— Le travail a donc déjà commencé ! s'exclama Candice, abasourdie.

Jimmy tourna la tête dans leur direction.

— Vos contractions sont espacées de combien de temps ?

— Je ne sais pas, répondit Mary en haussant les épaules. Moins de quatre minutes. C'est mon quatrième bébé.

— Candice, il faut que tu sortes la couverture de survie du coffre et que tu aides Mary à s'installer.

— Ressentez-vous le besoin de pousser, Mary ?

— Oui ! Je n'y ai pas prêté trop attention jusqu'ici mais… Oui, j'ai très envie de pousser.

Candice s'approcha du coffre de la voiture.

— Je n'ai jamais fait naître de bébé avant…

— Tu vas y arriver, dit Jimmy à voix basse. C'est son quatrième. Essaye de te rappeler ta formation de base.

Elle hocha la tête. Jimmy, toujours occupé par la réanimation cardio-respiratoire de Steve, la regarda rejoindre Mary en espérant que l'ambulance arrive au plus vite. De longues minutes s'écoulèrent avant qu'elle annonce enfin :

— Je commence à voir la tête du bébé.

Steve se mit à haleter au même moment. Jimmy le mit sur le côté.

— Respirez, Steve. Respirez !

Au loin, le son d'une sirène se rapprochait, et Jimmy poussa un soupir de soulagement.

— Tout va bien, Steve. Je suis Jimmy Liu, urgentiste. Vous vous êtes évanoui.

— Et Mary ? demanda Steve d'une voix cassée.

— Elle va bien aussi.

L'ambulance arrivait, sirène à présent éteinte mais gyrophare tournoyant. Jimmy jeta un regard vers l'intérieur de son véhicule. Bien à l'abri, Marcus dormait toujours comme un ange.

Les portières de l'ambulance s'ouvrirent. Jimmy se hâta vers les urgentistes pour leur fournir toutes les informations recueillies sur Steve pendant l'examen.

— Jimmy, j'ai besoin d'aide, dit alors Candice.

Il se dirigea vers elle.

— Le bébé ne sort pas, expliqua-t-elle sans perdre son calme. J'ai l'impression que son buste est coincé.

— Dystocie des épaules, dit Jimmy. Nous allons procéder à la manœuvre de Mac Roberts. Mary, vous allez ramener les cuisses vers votre ventre. Pendant ce temps, Candice, essaye de bouger très légèrement le bébé pour lui permettre de passer son épaule.

Elle hocha la tête tandis que Jimmy se plaçait derrière Mary et la tenait pour l'aider.

— Très bien, Mary. Dès que vous sentirez la prochaine contraction, vous pousserez.

Quand Mary gémit, Candice dégagea aussitôt le bébé. Une seule poussée avait suffi ! Candice le récupéra entre ses mains gantées.

— C'est une fille ! annonça-t-elle d'une voix émue.

Celle-ci poussa alors son premier cri, et Jimmy félicita la mère tandis que Candice lui posait son enfant sur le ventre.

Ce fut alors qu'arriva une seconde ambulance dont sortirent quatre urgentistes. Jimmy quitta le van et remarqua que, cette fois, Marcus s'était réveillé et suivait des yeux l'éclat du gyrophare. Pour protéger mère et enfant, Candice les couvrit d'une couverture supplémentaire non sans poser sur elles ce que Jimmy crut être un regard d'envie… qu'il partagea en songeant au bébé qu'ils avaient perdu. Jamais ils n'auraient le bonheur de le voir grandir. Son émotion était grande, mais il se ressaisit car son fils avait besoin de lui. Et lui aussi avait besoin de son fils.

Il retira ses gants qu'il jeta dans le conteneur de l'ambulance réservé à cet effet puis se désinfecta les mains. Ensuite il alla sortir Marcus du véhicule et le tint serré contre lui.

— Papa, regarde !

Les urgentistes étaient en train d'étendre Mary et son bébé sur une civière pendant que Candice leur expliquait les conditions exactes de l'accouchement.

Avant de les rejoindre, elle ferma le hayon du van.

— On a appelé, dit-elle. La dépanneuse arrive.

— Candy, regarde !

Marcus pointait un doigt vers les deux ambulances.

— Oui, j'ai vu, répondit-elle en souriant. Tu vas aussi voir une dépanneuse !

Marcus s'assit par terre en écarquillant déjà les yeux.

Jimmy lui ébouriffa les cheveux.

— Au moins, tu es au spectacle, toi !

Puis il réinstalla son fils dans son siège avec, à portée de main, sa tasse pleine de jus de fruits ainsi qu'un petit livre qu'il plaça consciencieusement devant lui… à l'envers.

— Ça a été quelque chose…, dit Candice.

— Effectivement. J'ajouterai que tu as fait du bon travail.

— Jamais je n'avais fait accoucher une femme.

— Oui, mais à te voir on ne l'aurait jamais cru.

— Merci… Toutefois, il est rare que les femmes enceintes pratiquent l'escalade en montagne. Pour ta part, tu t'es aussi bien occupé de Steve. Avec calme…

— Comme toi. Nous formons une bonne équipe.

Une expression étrange passa sur le visage de Candice.

— C'est vrai.

— Mais ?

— Eh bien, mon rôle auprès de Mary me donne envie de reprendre mes cours de médecine. Qu'est-ce qui m'empêche de quitter Jasper ? Plus rien ne m'y retient… Si ?

Le cœur de Jimmy se serra.

Tu ne peux pas être ce qui la retiendra.

— Tu as raison. C'est ce que tu devrais faire, dit-il en tournant la tête vers la dépanneuse qui arrivait.

— Je vais voir le conducteur, et nous rentrerons.

Jimmy resta seul avec Marcus. Candice était intelligente et talentueuse. Il n'avait pas le droit de la retenir.

Non, il ne pouvait l'empêcher de réaliser son rêve. Même si la voir rester avec lui était ce qu'il désirait le plus au monde.

11.

— Va ouvrir, Jimmy ! cria Liena depuis la cuisine.

— J'y vais, répondit-il en espérant que la voix de sa mère n'avait pas réveillé Marcus.

La préparation de la petite fête pour l'anniversaire de son fils n'était pas terminée. Heureusement que les parents des jeunes voisins conviés n'étaient pas encore arrivés.

Car il était lui-même très en retard. Ouvrant la porte, il découvrit Candice. Depuis leur sortie à Hinton, il ne l'avait pas revue, gardant ses distances maintenant qu'elle avait annoncé vouloir reprendre ses études de médecine. Mais tout de même, quel soulagement de la voir ! Elle lui avait tant manqué, et il la trouvait si jolie dans son chemisier à fleurs et son jean.

— Dieu merci, c'est toi, dit-il tandis que le ballon qu'il essayait de nouer se dégonfla avec un bruit horrible.

Elle jeta un coup d'œil autour d'elle.

— Il y a un problème ?

— Marcus n'a presque pas dormi de la nuit, j'ai dû assister à un sauvetage et j'ai du retard avec mes ballons. Bref, ça ne va pas fort.

— Ta mère m'a appelée pour me demander d'arriver tôt.

Candice lui tendit un paquet très coloré.

— Pour Marcus !

— Merci pour lui. Comment vas-tu ?

— Bien, répondit-elle en le regardant à peine.

— Sûre ?

— Tout à fait ! Pourquoi n'irais-je pas bien ?

— Disons que tu as l'air d'être à cran, expliqua-t-il en fermant la porte d'entrée.

— Puisque tu veux tout savoir, l'idée de retourner au travail demain m'inquiète. Je me demande ce que je vais trouver en arrivant et la quantité de paperasse qui m'attendra.

— Alors donne-moi ton avis sur la déco… Ça t'aidera à penser à autre chose qu'au bazar horrible que Stu a dû te laisser, ajouta-t-il pour plaisanter et, peut-être, pour reprendre leur relation où ils l'avaient laissée.

Leur relation ? Quelle relation ? Il n'avait pas de relation avec Candice, et il ferait bien de s'en souvenir.

— Candice ! s'écria Liena en sortant, rayonnante, de la cuisine. Je suis contente de vous voir ici !

— Et je suis tout aussi contente d'y être, madame Liu.

— *Liena…* Pourriez-vous m'aider à décorer le gâteau ?

— Bien sûr.

— Mais, maman… Elle m'aide déjà pour les ballons !

— Je ne vois pas pourquoi tu t'embêtes avec ça…

M. Liu, qui lisait son journal dans le salon, se mit à rire. Jimmy lui lança un regard féroce.

— Tu pourrais aider, papa, tu sais…

Son père remonta aussitôt son journal devant ses yeux.

— Tu te débrouilles très bien, mon garçon.

Soupirant, Jimmy retourna à ses ballons sans insister, avec l'idée d'en finir au plus vite pour pouvoir parler à Candice avant l'arrivée des autres invités.

La voir si bien s'entendre avec sa mère et les écouter rire en décorant le gâteau lui faisait du bien.

Si elle voulait reprendre ses études, il devait la laisser faire.

C'était son rêve qu'il ne devait pas briser.

Il devait la laisser partir.

Une nouvelle fois.

Quand Marcus se réveilla, son grand-père alla le chercher, tandis que Jimmy mettait un point final à la décoration et que le premier invité arrivait.

Jamais Jimmy n'aurait pensé que cela lui occasionnerait tant de travail. Mais Marcus s'était fait plein d'amis parmi ses voisins, et ses grands-parents avaient insisté pour lui organiser une vraie petite fête.

La moitié des personnes présentes lui étaient inconnues, mais toutes connaissaient ses parents ainsi que Marcus, et certaines semblaient connaître Candice.

En passant au milieu des convives, il ne put s'empêcher de la regarder. Et plus il la regardait, plus il la désirait, plus le souvenir de leur baiser qui avait précédé l'accident revenait.

— À présent, déclara Liena en interrompant le cours de ses pensées, il est temps de souhaiter un bon anniversaire à notre petit garçon, mais… avec une chanson !

Jimmy se leva pour aller chercher son fils qu'il trouva dans la cour au milieu d'autres enfants. Candice était là aussi, en pleine discussion avec un voisin, un père célibataire de leur âge. Un brusque accès de jalousie lui griffa le cœur.

Il saisit Marcus par le poignet.

— C'est l'heure du gâteau !

Marcus tapa dans ses mains, et Jimmy s'assit près de lui à la table de jardin, regardant Liena qui arrivait avec un gâteau ayant la forme du chien le plus laid que Jimmy ait jamais vu. Il ravit cependant Marcus qui souffla ses deux bougies avec l'aide de son père tandis que sa grand-mère aveuglait l'assistance avec le flash de son téléphone.

— Viens t'asseoir près de ton *yéye*, lui dit son grand-père. On va manger le gâteau ensemble.

Marcus alla le rejoindre tandis que Liena découpait le gâteau. Voyant Candice pénétrer dans la maison, Jimmy lui emboîta le pas.

— As-tu besoin d'aide ? demanda-t-il en entrant.

Elle sursauta, interdite, puis se ressaisit.

— Je cherche les coupelles pour les glaces. J'ai trouvé le plateau, les petites cuillères… Mais pas les coupelles !

— Elles sont dans le salon. Attends.

Une minute plus tard, il revint avec les coupelles dans un carton.

— Super, dit Candice en le lui prenant des mains.

— Est-ce que tu m'évites ?

— Je ne vois pas de quoi tu parles. C'est plutôt *toi* qui m'évites depuis quelques jours !

Jimmy ferma la porte de la pièce.

— Je ne t'évite pas.

Il mentait et le savait.

— Vraiment ? dit-elle, sceptique, en avançant d'un pas. Quelque chose a changé après ce sauvetage.

— Non, rien n'a changé, sauf…

Il s'interrompit. Son cœur battait à ses oreilles. C'était elle qu'il voulait. Le baiser qu'ils avaient partagé le rendait fou.

— Sauf quoi, Jimmy ? Qu'est-ce qui ne va pas ?

— Candice…

Sans réfléchir, il la prit dans ses bras et l'embrassa comme il en rêvait depuis la dernière fois.

Le carton tomba par terre, et les bras de Candice se refermèrent autour de lui. Son corps brûlait de désir. Il ne voulait qu'elle. Toucher chaque parcelle de sa peau. S'y perdre.

— Candice ? Avez-vous trouvé les coupelles ?

Elle interrompit leur baiser, haletante.

— Cela n'aurait pas dû se produire. Je suis ta chef… Je…

Ramassant le carton, elle se rua dehors, le laissant sonné.

Il n'aurait pas dû l'embrasser. À quoi avait-il pensé ? Sa bêtise le rendait furieux. Au plus profond de lui-même, il savait pourtant qu'il ne devait pas la retenir. Pour ne pas lui briser ses rêves. Que c'était à lui de mettre un terme aux siens.

Candice ne parvenait pas à effacer de sa mémoire son baiser avec Jimmy. Ni son corps à l'oublier. Comment avait-elle pu se laisser aller ainsi ? Pour faire le point, elle devait d'abord recouvrer sa maîtrise. Certes, elle désirait reprendre ses études, mais elle voulait aussi Jimmy dans son existence. Avec Marcus. Pourrait-elle mettre de nouveau son cœur en jeu ? Un amour incertain avec Jimmy valait-il la peine d'oublier la médecine ? Elle craignait tant de tout perdre à présent, de tout rater. De se retrouver seule encore une fois.

Quand Marcus eut fini d'ouvrir ses cadeaux, elle s'esquiva, prétextant une migraine et demandant à Liena de ne rien dire à son fils.

Il fallait qu'elle réfléchisse à tête reposée. Loin de Jimmy.

Quand elle retourna au travail le lendemain, la paperasserie avait bel et bien envahi son bureau. Aussi s'y attaqua-t-elle tout de suite. De toute façon, elle ne pouvait pas encore reprendre les commandes de l'hélicoptère et ne voulait pas non plus retourner sur le terrain avant d'avoir fait le tour de l'arrière-pays. Quant à Jimmy, Stu l'accaparait tant qu'elle n'eut guère l'occasion de lui parler. Mais c'était parfait ainsi.

Vraiment ?

Jimmy lui manquait. Leurs conversations aussi. Avant qu'il entre dans son existence, elle se sentait seule et s'en accommodait. Mais à présent elle ressentait douloureusement sa solitude et son isolement.

C'était avec l'espoir d'oublier tout cela qu'elle s'était jetée dans la paperasse. En vain. Pis, elle avait tellement conscience de se raconter des histoires que, la veille de leur départ pour faire le tour de l'arrière-pays, elle décida de présenter ses excuses à Jimmy.

Elle se mordilla la lèvre inférieure avant d'appuyer sur le bouton de l'Interphone des ambulances.

— Jimmy, peux-tu venir dans mon bureau ?

— Bien sûr, chef.

Chef ?

Eh bien, oui ! N'était-ce pas ainsi qu'il l'appelait ? Comme beaucoup d'autres. Si, mais…

Il frappa et entra.

— Tu veux me voir ?

Elle le trouva mal à l'aise.

Et si beau dans son uniforme.

— Es-tu prêt pour notre excursion dans l'arrière-pays, demain ?

— Oui. J'ai déjà préparé ma trousse de secours.

— Sache que la plupart des blessures que l'on rencontre sont mineures. Et que, pour les plus graves, nous appelons l'hélicoptère. La piste Skyline est tellement fréquentée !

— Je me rappelle, dit-il en hochant la tête.

— Stu nous déposera au début du sentier Maligne. De là, nous rallierons Signal Mountain où quelqu'un nous attendra.

— Ne prends-tu pas la piste dans l'autre sens, en général ?

— Non, je préfère comme ça. Démarrer de Maligne nous permet de partir de beaucoup plus haut et de pouvoir donc ensuite descendre la montagne au lieu de la monter.

— C'est intelligent…, commenta-t-il en souriant.

— Écoute, les choses ont été un peu étranges entre nous, mais…

— C'était ma faute, et j'en suis désolé. Je veux que tu saches que cela ne se reproduira plus, et que nous devenions amis, Candice.

La déception la poignardait, et elle s'en voulut. Si Jimmy pouvait s'éloigner d'elle, elle devait pouvoir s'éloigner de lui.

— C'est aussi mon souhait.

— Bien… As-tu besoin de moi pour autre chose ?

— Non. On se retrouve donc demain à 7 heures. Cela nous permettra d'arriver à Snowbowl dès le premier jour.

— À demain matin donc.

Ce ne fut que lorsqu'il fut sorti qu'elle laissa échapper le soupir qu'elle retenait. Mieux valait que les choses se passent ainsi, se dit-elle en tentant d'ignorer la voix qui lui disait de saisir sa chance comme elle le désirait.

Mais son désir la terrifiait. Après Jimmy et Chad, elle ne pouvait risquer de voir encore son cœur se briser.

Ces quatre jours allaient être longs…

12.

Le lendemain, Stu conduisit Candice et Jimmy au sentier Maligne. Ils n'étaient pas les seuls randonneurs prêts à entamer un long périple. Beaucoup se trouvaient déjà à pied d'œuvre. Tout était loué jusqu'à fin août, car à Jasper c'était la randonnée la plus populaire.

À la moitié du chemin, le lendemain soir, le lodge où les randonneurs fortunés pouvaient se restaurer et dormir recevrait Candice et Jimmy, car c'était prévu dans leur contrat. Pour cette nuit, ils camperaient.

Candice avait la liste de tous les randonneurs inscrits et espérait ne pas en rencontrer sans laissez-passer.

Avec Jimmy, leur perspective était d'atteindre le camping de Snowbowl avant la tombée de la nuit. Tout se passait bien, surtout quand Candice s'arrêtait de penser à son compagnon de route, pour se concentrer sur son travail. Après ce premier périple, rien ne l'obligerait plus à partir en randonnée avec lui si tel était son souhait.

Stu gara le 4x4.

— Avez-vous tout ce dont vous avez besoin, Lavoie ?

— Oui. Ainsi que mon téléphone satellite au cas nous devrions appeler un hélicoptère. Mais j'espère que non.

Stu hocha la tête.

— Quand j'ai fait la piste Tonquin que vous deviez faire, nous n'avons pas rencontré de problème vraiment inquiétant. Juste quelques soucis aux pieds à cause des tourbières humides, et quelques blessures sans gravité.

— Espérons que nous aurons autant de chance, commenta Jimmy, assis à l'arrière.

— Merci, Stu, dit Candice. On se revoit donc dans quatre jours à Signal Mountain.

Elle descendit du 4x4 et glissa les bras dans les lanières de son sac à dos contenant tout son équipement. Jimmy ferma le sien avant de lui tendre ses bâtons de randonnée. Avec tout ce qu'elle transportait et sa cheville encore fragile, elle était heureuse de les avoir.

— Que de monde ! s'exclama Jimmy tandis que Stu quittait au pas le parking bondé.

— Oui. Cela dit, sur la piste, l'accès est réglementé. Il n'y en aura donc pas autant. Du moins, je l'espère pour que nous n'ayons pas à distribuer d'amendes.

Elle ouvrit le chemin. Elle aimait bien Skyline, et c'était une bonne façon de tester Jimmy, même si elle se rappelait qu'avec Logan il l'avait parcourue plusieurs fois.

Mais c'était autrefois. Aujourd'hui, après tout ce temps passé loin de Jasper, n'allait-il pas souffrir ? Ses jambes et sa hanche ne gardaient-elles pas de séquelles de ses blessures ?

Elle se retourna plusieurs fois pour constater qu'il suivait bien.

Une heure et demie plus tard, ils avaient rallié le camping Evelyn Creek.

— Nous n'avons pas énormément avancé, commenta Jimmy en s'asseyant à l'une des tables de pique-nique.

— Non, mais nous n'allons rester ici qu'une demi-heure pour contrôler les campeurs présents ou de passage, et remplir nos gourdes d'eau, puis nous repartirons.

Jimmy posa son sac en hochant la tête.

— J'ai toujours trouvé étrange qu'un camping soit installé aussi près du début du sentier.

— Quand on lève le camp très tôt ou que l'on arrive très tard, cela peut être bien pratique.

Il s'assit près d'elle.

— Comment va ta cheville ?

— Bien, répondit-elle, ne mentionnant pas qu'elle lui faisait un peu mal.

Inquiéter Jimmy alors qu'il n'y avait rien à faire aurait été stupide. Ce soir, en arrivant au camping de Snowbowl, elle referait son bandage en le serrant davantage. Mais, en fait, elle avait envie d'être au lendemain pour dormir au lodge.

Avoir un vrai lit, même pour une nuit, serait divin.

— Veux-tu que je démarre les rondes ? demanda-t-il.

— Oui. Pendant ce temps, je reste ici surveiller la piste.

Jimmy se leva et s'éloigna vers les campements. Si, comme Candice le pensait, il ne trouvait rien d'anormal, ils pourraient repartir sans attendre.

Il revint un peu plus tard, marchant à grandes enjambées.

— J'ai trouvé un campeur avec la main enflée. Une entorse, sans doute. J'ai dit que j'allais regarder.

— Très bien, répliqua-t-elle en se levant. Allons-y.

Ils rassemblèrent leurs affaires et se dirigèrent vers le campement du randonneur blessé.

Candice vérifia son laissez-passer. Il le lui montra en lui expliquant qu'il venait de Signal Mountain quand, la veille au soir, il avait dérapé et s'était retenu avec la main.

Joshua Mooney, qui était de Jasper, aimait faire la piste Skyline au moins une fois par an.

Jimmy lui examina la main.

— Quelqu'un pourrait-il venir vous chercher à Maligne ? demanda Candice. Vous ne pouvez pas conduire comme ça…

— Oui. J'ai déjà prévenu que je m'y trouverai dans quelques heures. Mais avant, il faut que j'aie rassemblé toutes mes affaires.

— Nous pouvons vous aider, déclara-t-elle.

— Il se peut que vous vous soyez luxé le poignet, intervint Jimmy. De retour à Jasper, je vous conseille de vous rendre à l'hôpital. Pour le moment, je vais vous bander la main, mais vous devrez faire une radio et porter une attelle.

— C'est la première fois que je me blesse de manière un peu sérieuse sur une piste, dit Joshua. Merci à vous deux !

— Contents de vous avoir aidé, répondit Jimmy en échangeant un sourire avec Candice.

Quand ils eurent rassemblé ses affaires, ils lui rappelèrent de remplir le registre au bureau en sortant.

— Je vérifierai auprès d'eux par téléphone dans une quinzaine de minutes, dit Candice.

— D'accord, ne vous inquiétez pas, je ne vais pas oublier.

Candice et Jimmy regardèrent le jeune homme s'éloigner.

— Eh bien, si c'est le pire que nous ayons à affronter, je m'estimerai heureux, dit Jimmy.

— Moi aussi. À présent, achevons le tour du campement. Si tout va bien, nous poursuivrons vers Snowbowl. Il nous reste deux ou trois heures avant la tombée de la nuit.

Jimmy acquiesça de la tête.

Au cours de leur dernière ronde, Candice vérifia que Joshua avait bien enregistré sa sortie avant de s'en aller, puis, après s'être assurés de n'avoir rien laissé traîner derrière eux, ils reprirent leur parcours sur la Skyline.

Jimmy marchait derrière Candice, s'efforçant de lui prouver que l'exercice n'était pas si difficile et que, bientôt, il saurait gérer n'importe quel sauvetage en montagne. Mais le temps où il s'élançait sur les pistes avec Logan était révolu. Du reste, il ne se rappelait pas avoir trouvé l'effort à fournir aussi rude. Sans doute parce qu'il était plus jeune. Aujourd'hui, il s'essoufflait plus vite, et sa hanche lui faisait un peu mal au point qu'il appréciait leurs petites haltes. Il aimait aussi croiser des randonneurs et, jusqu'ici, toutes les personnes contrôlées étaient en règle. À la demande de Candice, ils avaient aussi marqué des arrêts non prévus comme lorsqu'elle avait voulu observer un ours aux jumelles.

L'une des choses que Jimmy avait oubliées et retrouvées

avec bonheur était la vue époustouflante d'un pic couvert de neige. De hauts sommets et des arbres élancés, des lacs glacés... Granit et terre, blanc et or, tout était somptueux. En comparaison, le reste paraissait si petit ! Même les horreurs qu'il avait découvertes pendant son séjour dans l'armée.

Avant d'arriver à Snowbowl, ils durent aussi contrôler le campement de Little Shovel, et leur trajet dépassa les deux ou trois heures prévues par Candice.

Arrivés à Snowbowl, l'un des campings les plus importants de la piste, ils contrôlèrent tous les campements avant d'établir le leur. Ce fut à ce moment-là que Jimmy réalisa que Candice et lui allaient partager la même tente. En la voyant se mordiller la lèvre inférieure, il en déduisit qu'elle non plus n'y avait pas pensé.

— Veux-tu que je dorme dehors ?

Il l'avait fait avec Logan.

— Non. Nous sommes adultes, et nous allons nous arranger.

— Très bien, dit-il, ne la sentant pas vraiment convaincue.

Ils dressèrent leur tente, et Jimmy alluma un petit feu avec de l'herbe séchée et les allume-feu qu'il avait emportés. Pour sa part, Candice fit sa ronde dans les autres campements.

Jimmy ne s'habituait pas à voir tant de monde. Mais n'était-ce pas ainsi chaque été ? Sûrement. De plus, ce soir, la nuit était belle, avec peu de moustiques, et un vent presque inexistant. Seule la température était un peu fraîche, et il se réjouit d'avoir emporté des vêtements chauds ainsi qu'un sac de couchage.

Candice revint alors que le feu venait de prendre.

— Tout s'est bien passé ? demanda-t-il.

Elle hocha la tête et rapprocha sa petite chaise de la chaleur des flammes.

— Très bien. De plus, le voisinage d'un urgentiste rassure toujours les campeurs. En cas de problème durant la nuit...

— Parfait, dit-il en prenant les petits sachets de plats lyophilisés auxquels ils allaient ajouter de l'eau chaude.

Faciles à transporter et… horriblement mauvais. Mais ce régime ne durerait que quelques jours.

Quand le soleil fut presque couché, Jimmy comprit que la nuit s'annonçait belle avec un ciel étoilé. Hélas ! il ne pourrait en profiter tant la randonnée l'avait épuisé.

— Demain soir, ce sera bien, au lodge, dit Candice. C'est ce que je préfère quand je suis la Skyline…

— Pourquoi ?

— Parce que je dors dans un lit, qu'il y a de l'eau courante et de la vraie nourriture.

Jimmy sourit.

— Je vois. À propos, ton poulet lyophilisé est chaud…

Elle esquissa une grimace qui le fit rire.

— C'est une bonne chose que tu ne fasses pas cette piste durant l'hiver.

— Elle est fermée pendant cette saison. Mais certaines personnes se débrouillent quand même pour passer, ce qui nous oblige à faire des sauvetages… Il y a des gens qui ont vraiment de drôles d'idées.

— En effet ! dit-il en s'asseyant devant le feu pour manger son poulet avec l'air de se régaler. Quel a été ton sauvetage le plus difficile depuis que tu travailles ici ? Cela m'aidera à apprendre plus vite. Je ne suis encore qu'un blanc-bec, moi.

Candice eut un petit rire.

— Les avalanches sont toujours des moments difficiles. Ainsi que les glissements de terrain.

— T'es-tu déjà trouvée au milieu d'une avalanche ?

— Je secourais un jour quelqu'un parti skier sur un pic. Nous allions commencer à le dégager, et l'hélicoptère descendait quand une avalanche s'est déclarée. J'étais attachée aux gens de mon équipe, et nous avons juste eu le temps de nous rabattre sur le côté. Mais nous avons perdu le skieur hélas ! J'ai vécu là mon moment le plus dur, et il a fallu longtemps pour que ce souvenir se dissipe. Je m'en suis énormément voulu.

— Tu t'en es voulu !

— Bien sûr. Je n'avais pas encore compris qu'il est impossible de tout contrôler. Ce qui m'a obligée à apprendre à improviser. Pour les autres fois… Et le tien ?

— Pardon ?

— Tu as servi dans les forces armées canadiennes en tant qu'urgentiste. Quel a été ton moment le plus difficile ?

— Ma perte la plus dure a été… celle de Logan.

Son seul nom lui fut difficile à prononcer.

Elle le fixa à travers les flammes.

— Raconte-moi.

Bien qu'il détestât évoquer ce moment, Jimmy sut qu'il ne ferait pas machine arrière. Sa présence avec Candice en ce lieu qui avait représenté tant de choses pour elle et son frère venait de débloquer quelque chose au fond de lui. Il y avait longtemps qu'il portait ce fardeau, et il voulait s'en libérer.

— Notre unité assistait une patrouille à terre. Logan en était le commandant, et nous essayions d'exfiltrer ses hommes. Mais il y a eu une frappe aérienne, et l'hélicoptère qui venait pour emporter les blessés a été abattu. L'explosion nous a soufflés, Logan et moi. Quand j'ai repris connaissance, il avait les jambes coincées sous un mur écroulé non loin de moi. Je… J'ai… tout essayé pour le tirer de là, hélas…

Candice resta silencieuse. Les seuls sons qu'il percevait étaient celui de son cœur qui battait à ses tempes et les coups de feu qui déchiraient l'air, ce jour-là.

— Tu ne pouvais rien faire, dit-elle enfin sur un ton doux.

— Rien, en effet. Sa vie m'a filé entre les doigts…

Il luttait pour retenir ses larmes.

— Je sais, Jimmy. Nous ne t'avons jamais rien reproché, et j'espère que tu n'en doutes pas.

— Oui, merci. Ça a été si dur de le voir disparaître ainsi.

— Tu l'as assisté pour ses derniers instants, et je suis sûre que cela l'a aidé, lui a donné le sentiment que les choses allaient bien se passer. Tu étais la personne sur qui il pouvait le plus compter… son meilleur ami.

Jimmy jeta un regard vers le ciel en essayant de ne pas perdre le contrôle de ses émotions devant Candice. L'une après l'autre, les étoiles se montraient dans leur bel écrin de velours noir.

— Je ne me lasse jamais de contempler ce spectacle, chuchota Candice en fixant l'immensité sombre.

Il baissa les yeux pour l'observer. Elle était si douce, si compréhensive ! Et le fait qu'elle ne lui reproche pas la mort de son frère représentait tant pour lui !

Il l'aimait. Même après tout ce temps passé.

De longues minutes s'écoulèrent.

— Je crois que je vais rejoindre mon sac de couchage, annonça-t-il en débarrassant les reliefs de leur repas pour ne pas commettre un acte qu'il regretterait ensuite.

Elle se dirigea vers le feu pour l'étouffer avec de la terre.

— Bonne idée, dit-elle. Je suis moi-même épuisée.

Jimmy observa en silence la traînée de fumée qui s'élevait lentement vers le ciel.

À peine sa tête eut-elle touché son minuscule oreiller que Candice sombra dans le sommeil. Elle n'entendit pas Jimmy pénétrer dans la tente et se glisser dans son sac de couchage.

Ce fut son murmure qui la réveilla plus tard.

Elle s'assit et regarda sa montre. Quand ses yeux se furent habitués à l'obscurité, elle vit qu'il se débattait et transpirait dans son sommeil.

Son récit de tout à l'heure et la souffrance inscrite sur ses traits l'avaient terriblement touchée. Car si ses parents lui avaient appris, dévastés, que Logan était mort au combat, elle ignorait que Jimmy s'était trouvé là, avec lui.

Tout comme ce qui concernait l'hélicoptère. Cela expliquait la raison de l'aversion de Jimmy à leur égard et pourquoi il avait agi de manière si étrange en en voyant un. À dire vrai, la douleur que la mort de Logan causait encore à Jimmy la brisait. Elle ouvrit son sac de couchage et en sortit, saisie par le froid.

— Jimmy…, murmura-t-elle en le voyant, en sueur, continuer à se débattre dans son cauchemar.

— Candy…, dit-il sans se réveiller.

— Je suis là.

— Je suis désolé, Logan, reprit-il. Pardon de t'avoir laissé tomber.

— Chut ! non. Tu n'as rien fait de tel. Je suis là, je suis là.

En parlant, elle lui repoussait les cheveux du front.

— Candy ? dit-il de nouveau, à présent à moitié réveillé.

— Oui, je suis là…

— Reste avec moi. Je suis… tellement désolé.

Leurs visages étaient maintenant tout proches.

— Ne t'inquiète pas. Tout va bien.

Demain il aurait heureusement tout oublié. Comment avait-elle pensé pouvoir s'éloigner de lui ? Bien sûr, le risque qu'elle prenait était grand, mais elle ne pouvait plus revenir en arrière.

Aujourd'hui encore, elle était amoureuse de Jimmy Liu et le serait toujours.

Il avait toujours possédé son cœur.

Toujours.

13.

Le chemin jusqu'au lodge serait long, au moins quarante-six kilomètres, et Candice avait hâte d'y arriver pour avoir un bon repas et une vraie nuit de sommeil. Ils prirent un petit déjeuner rapide, remplirent leurs gourdes à la source puis s'engagèrent sur la piste. Les autres randonneurs étaient déjà partis, certains se dirigeaient vers Signal Mountain, les autres vers Maligne. Eux poursuivraient leur ascension jusqu'au col où ils amorceraient la descente.

Ils étaient donc bien partis pour terminer les quarante-six kilomètres dans les temps et espéraient que rien de grave ne les en empêcherait. C'était en tout cas le vœu de Candice.

Après une nuit presque blanche, passée pelotonnée contre le dos de Jimmy, elle était éreintée, mais un bon repos l'attendait.

Jimmy tenait bien le coup. Tous deux portaient de larges lunettes de soleil pour se protéger des ultraviolets. Pour la même raison et malgré la chaleur, ils portaient des chemises à manches longues qui protégeaient leur peau du soleil. Plus fort que la veille, celui-ci ralentissait d'ailleurs un peu leur progression.

Seuls sur la piste au milieu des montagnes et du ciel, ils s'arrêtèrent au bout de quatre heures pour boire à une source et se restaurer un peu.

— Je vois le col, dit Jimmy en prenant une longue inspiration. Ce n'est plus très loin.

— Tu respires fort, remarqua Candice. Tu te sens bien ?

Il acquiesça de la tête.

— Je me réhabitue doucement à l'altitude, c'est tout. Ne

t'inquiète pas, je n'ai aucun symptôme physique. Ma hanche est un peu raide, mais je me sens bien.

Elle arqua un sourcil.

— Montre-moi tout de même tes mains. Au cas où tu serais en train de délirer, ajouta-t-elle en souriant.

Il s'exécuta, souriant aussi.

Soulevant ses lunettes de soleil, elle scruta le pourtour de ses ongles à la recherche d'une éventuelle cyanose.

— Tout va bien, en effet. Mais préviens-moi si tu sens quelque chose. D'accord ?

— Je n'ai pas de problème, Candice, je te le jure.

Mordant dans sa barre chocolatée, il regarda la prairie.

— Je n'ai pas encore vu un seul ours, aujourd'hui.

— Ils stockent de la graisse à grand renfort de pousses, de pissenlits et d'herbes. Je crois que c'est aussi la saison où les caribous mettent bas, donc nous les trouverons à proximité.

Elle scruta les alentours avec ses jumelles.

— Rien à signaler. C'est bon.

— J'ai cherché des traces, mais rien. Combien de temps, à ton avis, avant d'atteindre le lodge ?

— Je dirais quelques heures. On ne voit aucun randonneur à l'horizon…

— Tu veux dire que nous pourrons *vraiment* nous détendre au lodge, ce soir ? demanda-t-il, un peu railleur.

— Tu exagères. Nous nous sommes détendus hier soir. Aucun blessé et personne sans laissez-passer

— Justement, hier, j'ai oublié de te demander si Joshua avait bien regagné Jasper.

Elle hocha la tête.

— Tu te trouvais aux sanitaires quand Stu m'a appelée pour m'apprendre que Joshua s'était rendu à l'hôpital.

— Les sanitaires…, répéta Jimmy avec un ricanement. Si on veut…

— Ils ne sont pas ce qui se fait de mieux, ni très privés, dit-elle en riant. Ils sont même assez rustiques.

— *Rustiques* ? Je crois que le mot que tu cherches est « primitifs ».

— Que veux-tu… Il s'agit d'un camping se trouvant dans un parc national. Pour disposer de vrais sanitaires, il faut avoir un camping-car ou louer un cabanon.

— Ne crois pas que je n'y ai pas pensé. J'estime en effet avoir passé l'âge de dormir par terre.

— À peine… On y va ?

— Oui, en route pour le lodge !

Ils récupérèrent leur sac à dos et retrouvèrent le sentier. Le lodge, à l'instar du camping Curator, avait bonne presse et se situait un peu hors-piste.

En chemin, ils vérifièrent les laissez-passer de randonneurs. Puis Jimmy intervint sur un mollet légèrement infecté.

Enfin, ils parvinrent au lodge où les attendait le dernier petit cabanon.

Candice sentit son cœur se serrer quand elle aperçut le lit double. La pensée de devoir partager le même lit que Jimmy la faisait tout à coup respirer plus vite.

Ce n'est pas si différent que de dormir près de lui à l'intérieur de la tente.

Bien sûr… En rationalisant et se répétant que ce n'était que l'affaire d'une nuit, elle s'y ferait peut-être.

— Pas très grand…, commenta Jimmy.

— Effectivement…

— Mais ça va aller. En ce qui me concerne, je suis content d'avoir un vrai lit et d'oublier nos sacs de couchage. J'ai aussi vu la bouteille de propane en entrant. Ça signifie « chaleur », ça, non ?

Le rire de Candice brisa la tension qu'elle seule, apparemment, ressentait. Cela la soulagea beaucoup.

— Bonne déduction, répondit-elle en posant son sac contre le mur. À présent, on se rafraîchit et on file dîner !

— Bonne idée !

Candice versa l'eau de la cruche dans la bassine et se pencha en avant pour se les laver les mains.

À un moment, elle ne put s'empêcher de jeter un coup d'œil par-dessus son épaule. Jimmy était en train de changer de chemise. Ravalant son émotion, elle se brossa les cheveux et, pour gagner du temps, les tressa en deux nattes.

Une fois qu'ils s'estimèrent présentables, ils quittèrent le cabanon pour rejoindre le bâtiment abritant la salle à manger.

Ils dépassèrent les étables où les animaux étaient rassemblés et rejoignirent un groupe de quinze randonneurs qui allait, comme eux, déguster la cuisine faite maison.

Jimmy se glissa au milieu des conversations, retrouvant certaines personnes qu'ils avaient rencontrées la veille au camping de Snowbowl.

Le dîner fut simple et nourrissant, et quand ils regagnèrent leur petit cabanon, le soleil se couchait derrière la montagne. Ils s'assirent sur leur terrasse privée pour profiter du spectacle.

— Je pourrais rester ici pendant des jours, dit Jimmy avec un soupir. Quel endroit idéal pour clore une randonnée !

Elle sourit.

— C'est vrai.

Se trouver assise avec lui ici était si agréable ! Pendant toutes ces années, elle n'avait pas réalisé à quel point elle était seule. Mais le retour de Jimmy lui révélait le vide de sa vie. Même avec Chad, elle avait été seule.

Malgré tout, depuis le baiser que lui avait donné Jimmy à l'anniversaire de Marcus, elle le tenait à distance.

— Quoi ? dit Jimmy.

— Pardon ?

— Tu me regardes en souriant.

— Il ne faut pas ?

— Si. Simplement, je trouve cela un peu étrange. Nous ne nous sommes pas quittés en très bons termes après la petite fête organisée pour Marcus…

— C'est vrai, dit-elle en poussant un soupir. En ce qui me concerne, plusieurs choses m'avaient bouleversée.

— Je l'avais senti. Mais tu m'as manqué, les jours d'après.

— Toi aussi.

Elle se leva, les joues toutes roses, et quitta la terrasse.

— Je vais me changer.

Fermant la porte, elle fit deux pas, aussi stupéfaite qu'émue d'apprendre qu'elle avait manqué à Jimmy.

Derrière elle, la porte s'ouvrit de nouveau et se referma.

— Candice, jamais je n'ai cessé de tenir à toi. Sache que je suis revenu une fois à Jasper. Tu étais mariée et semblais si heureuse que, pour ne rien perturber, je suis reparti.

— Tu es venu à Jasper ! s'écria-t-elle, saisie, en se retournant.

— Tu paraissais si bien avec ton mari.

Jimmy avait attrapé son sac dont il sortit une photo. Très abîmée. Comme s'il l'avait regardée mille fois.

— Logan me disait que ton accomplissement personnel dépendait de mon départ, aussi ai-je fini par partir. Mais je n'ai cessé de penser à toi.

Candice n'en croyait pas ses oreilles. Il lui prit la main qu'il posa sur la sienne.

— Cette photo de toi m'a sauvé, Candice. Tant de fois !

Elle retira la main.

— Si cela n'avait pas été pour Logan, serais-tu resté à Jasper ? demanda-t-elle, submergée par l'émotion.

— Oui.

Jimmy n'arrivait pas à croire qu'il avait dit cela. Mais comment faire autrement ? Il aimait Candice, et cela le terrifiait. Mais il voulait être avec elle. Fût-ce pour un simple instant. Une nuit.

— Je ne peux pas y croire, murmura-t-elle.

— Quoi ?

— Que tu aies gardé tout cela en toi.

— Bien sûr que je le gardais en moi. Je te voulais aussi, Candice.

— Et aujourd'hui ?

— Je tiens à toi et tiendrai toujours à toi, mais je ne veux pas t'empêcher de t'épanouir.

— Ce n'est pas le cas.

Il lui effleura la joue du bout des doigts et descendit le long de son cou.

— Jimmy…, murmura-t-elle d'une voix brisée.

Il lui prit le visage entre ses mains en coupe et la serra contre lui. Il aurait tant voulu l'embrasser comme la dernière fois ! Leurs baisers comme autant de preuves de la passion qu'il éprouvait pour elle et qu'il voulait infinie.

— Candice, je ne sais pas si nous devons…, dit-il malgré son désir fou.

— Me veux-tu maintenant ?

— Oui.

— Alors, faisons-le car, moi aussi, je te veux.

Que Jimmy l'emporte dans ses bras ! Même si elle n'était pas totalement certaine qu'il ne la blesserait pas, elle se sentait prête à prendre le risque. Comme cette nuit-là, dix ans auparavant, quand ils avaient fait l'amour pour la première fois.

Réparer les torts.

Jamais elle n'avait ressenti pour aucun homme ce qu'elle ressentait à présent pour Jimmy : ce sentiment sauvage et impérieux. Après autant de temps, la force de tout cela l'effrayait. Jimmy l'avait réveillée alors qu'elle ne savait même pas qu'elle dormait.

— Candice, si tu es certaine…

— Je le suis.

Elle retira sa chemise par la tête et murmura :

— Touche-moi.

— Mon Dieu, Candice…

Jimmy la souleva dans ses bras et la déposa sur le lit en lui couvrant tout le corps de baisers.

— Tu me fais me sentir de nouveau vivant, murmura-t-il avant de chercher ses lèvres.

Leurs langues se mêlèrent. En hâte ils se débarrassèrent de leurs vêtements. Candice posa les mains sur ses cicatrices, les caressa.

— Je suis bien, maintenant, dit-il. Je suis ici.

— Je sais, répondit-elle en ouvrant les jambes pour l'accueillir, humide de désir.

Elle voulait qu'il la touche et la prenne. Le sentir en elle.

— Je n'ai pas de préservatifs, murmura-t-il.

— Je prends la pilule.

Jimmy l'embrassa de nouveau. Chacun de ses baisers enflammait son corps.

— Tu es si belle…, gémit-il en glissant une main entre ses cuisses, ses caresses la rendant folle de désir.

— Je te veux en moi.

— Mon amour…

Se couchant sur elle, il la pénétra. Enivrée, Candice gémit et commença à bouger les hanches pour qu'il la prenne, la possède. Lui, seulement lui. Elle s'accrochait à lui tandis que le plaisir montait. Fermant les yeux, elle succomba dans un spasme tandis que Jimmy s'abandonnait un instant plus tard, foudroyé à son tour.

Il roula sur le lit, et elle se pelotonna contre lui, savourant ce moment.

Pourtant, cette sécurité l'épouvantait. La dernière fois qu'elle s'était sentie ainsi, toute sa famille était encore en vie.

— Candice ? Tu pleures ?

— Non, je me sens bien

C'était un mensonge. Encore une fois, elle risquait son cœur. Et alors ? De toute façon, ne le lui avait-elle pas déjà donné ?

14.

Un tambourinement à la porte l'arracha à sa somnolence. À quel moment s'était-elle endormie ? Elle l'ignorait, mais elle était plaquée contre Jimmy, et ils étaient tous les deux nus.

— Lavoie !

Candice sauta du lit et se jeta sur ses lunettes. 5 heures. La lumière commençait à poindre.

Le tambourinement ne cessait pas.

— Que se passe-t-il ? demanda Jimmy, endormi.

— Lavoie !

— J'arrive ! cria-t-elle en s'habillant à la vitesse de l'éclair.

Elle ouvrit la porte.

— Qu'est-ce qui ne va pas ?

— Une randonneuse est tombée dans le lac. Comme nous ignorons depuis combien de temps elle s'y trouvait, nous pratiquons une réanimation cardio-respiratoire.

— Nous arrivons tout de suite, dit-elle avant de refermer la porte pour prendre son téléphone satellite.

— Que se passe-t-il ? demanda Jimmy.

— Une randonneuse est tombée dans le lac. J'appelle l'hélicoptère.

Une expression étrange passa sur le visage de Jimmy.

— Quoi ?

— Ils pratiquent une réanimation cardio-respiratoire au bord du lac. Va voir ce que tu peux faire.

— D'accord, dit-il en s'équipant de son matériel et en rejoignant le responsable du lodge à l'extérieur.

— Ici, Mountain Rescue, annonça la voix de Stu dans le téléphone.

— Stu, c'est Lavoie. Il me faut un hélicoptère à Shovel Pass.

— Je vous envoie ça immédiatement.

Le lodge était connu, et là-bas l'appareil aurait toute la place pour se poser.

Après avoir enfilé ses bottes, Candice se dirigea vers le lac. L'épaisseur du brouillard expliquait la chute de la randonneuse dans ce lac que Candice connaissait si bien et qu'elle longea.

— Besoin d'aide ? demanda-t-elle en s'agenouillant de l'autre côté de la randonneuse que Jimmy tentait de réanimer.

— Oui, le défibrillateur que j'ai apporté.

Jimmy alternait compressions thoraciques et bouche-à-bouche quand elle revint en toute hâte avec l'appareil. Déjà, on entendait l'hélicoptère approcher.

— Continue les compressions à ma place, dit Jimmy tout en posant les électrodes.

Candice prit sa suite auprès de la femme inanimée.

— C'est bon, Candice, je choque.

À peine se fut-il exécuté que la femme battit des paupières puis toussa, essayant de régurgiter l'eau qu'elle avait avalée.

Ils la mirent en position latérale de sécurité.

— C'est bon, madame, dit Jimmy. Ça va aller.

Candice sortit une couverture de son sac, dont ils l'enveloppèrent pour éloigner tout risque d'hypothermie.

— Elle va bien, maintenant ? s'enquit le mari.

— Oui, répondit Candice. Nous allons l'emmener à l'hôpital en hélicoptère. Vous pouvez venir.

L'homme acquiesça de la tête. Jimmy, pour sa part, avait les sourcils froncés. Sa hantise de l'hélicoptère le reprenait, mais il avait un travail à accomplir et ne pouvait s'y arrêter.

L'hélicoptère médical se posa sans que ses pales s'arrêtent de tourner, et Stu en sortit avec un brancard. Ils y étendirent la randonneuse et pénétrèrent dans l'appareil avec son mari qui la suivait. Candice se retourna. Immobile, comme pétrifié, Jimmy suivait la scène de loin.

— Nous devons y aller, Jimmy.

— Je ne peux pas.

— Tu le dois. Tu le peux. Malgré ta peur.

Il plissa les yeux.

— Que sais-tu de ma peur ? Rien. Tu n'étais pas là. Tu ignores ce que je ressens.

— C'est vrai, je ne peux pas savoir, mais… Jimmy, nous devons y aller *immédiatement*.

Lèvres pincées, il hocha la tête et monta à bord. Mais en le voyant prendre le casque antibruit et boucler sa ceinture, Candice vit qu'il était à cran.

— C'est bon, Nigel ! cria-t-elle.

Celui-ci leva le pouce. L'hélicoptère s'éleva au-dessus de la montagne et prit la direction de Jasper.

En arrivant, Candice appellerait les rangers pour qu'ils achèvent, entre le lac Curator et Signal, le travail entrepris avec Jimmy deux jours plus tôt et interrompu ce matin.

Jimmy ne la regardait pas. Elle savait qu'il vivait un moment difficile et essaya d'attirer son regard. Mais il ne put – ou ne voulut – pas tourner les yeux vers elle.

Son cœur se serra. Cette tension lui rappelait ce qui s'était passé dix ans auparavant, avant que Jimmy parte. Il était devenu distant. Froid. Hermétique.

Et voilà qu'elle retombait dans les mêmes affres. À cause de lui… Encore une fois. Quelle erreur… Elle détestait cela.

Ne s'était-elle pas juré de ne plus jamais laisser quiconque la plonger dans cette situation ? Pourtant, elle l'avait fait.

L'appareil atterrit sur l'héliport où les médecins attendaient la patiente pour l'emmener en ambulance à l'hôpital. Elle respirait sans assistance, mais il fallait vérifier l'état de ses poumons et une possible hypothermie. Jimmy leur fit son rapport, et Candice quitta l'appareil avec le matériel. D'ici, ils pourraient rejoindre leurs demeures pendant que Nigel et Stu rallieraient l'aérodrome.

Ils se dirigèrent en silence vers le parking tandis que Nigel reprenait les commandes de l'hélicoptère.

Quand celui-ci se fut éloigné, Jimmy se tourna vers elle, visiblement en colère.

— Je n'ai pas apprécié

— Quoi ? demanda-t-elle sèchement.

— Que tu m'ordonnes de monter dans l'hélicoptère. Surtout après ce que je t'ai raconté.

— Tu es l'urgentiste. Tu devais venir.

— Stu aussi est urgentiste.

— La victime était ta patiente, pas celle de Stu. Essaye d'entendre raison, Liu. Tu devais monter dans cet hélicoptère. Ce n'était plus le moment d'avoir peur.

Il la fusilla du regard tandis qu'ils continuaient à s'éloigner de l'hôpital.

— La peur n'a rien à voir là-dedans, Candice. Je souffre de stress post-traumatique. Je ne *pouvais* pas monter.

— Ce syndrome va-t-il continuer à affecter ton travail ? demanda-t-elle, consciente de la dureté de sa question.

— Sauf erreur de ma part, c'est la chef qui parle là…

— C'est important, Jimmy. Si on ne veut pas qu'il devienne un obstacle, tu dois te faire aider.

— J'ai déjà reçu de l'aide, je sais quoi faire avec le stress post-traumatique et j'avais donné cette information avant d'être choisi pour ce poste. Enfin, je suis monté dans l'hélicoptère, non ?

— Oui, mais il a fallu que je me batte pour cela. Je suis inquiète pour toi, Jimmy.

— Ce n'est pas utile, répondit-il très vite. Ou ça ne l'est plus. Je ne te retiendrai pas. Il est clair que tu peux vivre ta vie sans moi.

Elle resta abasourdie. Exactement ce qui s'était passé la dernière fois…

Jimmy la laissait tomber. De nouveau.

— Tu ne me retiens pas…

— En effet. Je n'en ai pas besoin. Tu le fais très bien toute seule.

— Qu'est-ce que ça veut dire ?

— Pourquoi être restée à Jasper, Candice ? Va ! Réalise tes rêves ! N'aie donc pas si peur de partir !

Ce fut comme si elle avait reçu une gifle.

— Tu es là, Jimmy. Et si je veux rester ?

— Ne reste pas pour moi, dit-il en secouant la tête.

— Je ne suis pas la seule au monde à me dissimuler ! rétorqua-t-elle d'une voix qui tremblait un peu. T'es-tu occupé un seul instant de la mort de Logan depuis que tu es arrivé ? Tu dis que tu n'es pas libre, mais, si, tu l'es ! Même si tu as un enfant, rien ne t'empêche d'aller où tu veux !

— Oui, j'ai un enfant. Et j'en avais un autre, mais tu ne t'es pas souciée de me le dire, n'est-ce pas ? Tu as eu peur de me parler de notre bébé. Pourtant, j'avais le droit de savoir.

Une larme roula sur la joue de Candice.

— Tu avais le droit de savoir, oui. Comme, moi, j'avais le droit de savoir pourquoi tu m'avais quittée ! Logan a pensé bien faire en te disant de partir, mais il s'est trompé. Et, de toute façon, il s'agit de mes choix. De ma vie.

— Alors, va la vivre, Candice, va.

— Je te vois plus tard au travail, dit-elle en tournant les talons, écœurée, furieuse et triste à pleurer.

Elle avait donné une nouvelle fois son cœur à Jimmy. Et il l'avait brisé. De nouveau.

Jimmy regarda Candice s'éloigner sous la pluie qui commençait à tomber. Il fut vite mouillé, mais cela lui était égal. Il se détestait pour ce qu'il avait fait.

Pour n'avoir pas tenu sa promesse à Logan en tombant amoureux de Candice. Pour avoir tout gâché avec elle une seconde fois. Il ne courut pas à sa suite, mais rentra chez lui pour prendre une douche et se changer.

Sa mère fut très surprise de le voir.

— Tu es trempé !

— Oui, répondit-il, épuisé. Où est Marcus ?

— Il fait sa sieste. Tu n'étais pas censé rentrer si tôt.

— Il a fallu transporter une randonneuse par hélicoptère.

Liena l'observa.

— Tu es monté dedans ?

— Oui.

— Tu progresses.

— J'ai failli ne pas le faire, maman.

— Mais tu l'as fait. Va prendre une douche. Les choses s'éclairciront d'elles-mêmes ensuite.

— Tu crois ça ?

— Oui, répondit-elle avec un sourire.

Loin d'en être aussi sûr, il se rendit dans la salle de bains.

Tandis que l'eau coulait sur sa peau, Jimmy ne pensait qu'à Candice, ne parvenait à penser qu'à elle et à ce qu'elle lui avait dit.

La voix de Logan résonna dans sa tête : « Promets-moi une chose. Prends soin de Candy pour moi. »

Il sortit de la douche et se sécha. Aller trouver Candice et faire les choses bien s'imposait. Impossible de la quitter à nouveau. Elle comptait trop pour lui. Pour fonder une famille avec elle, il irait n'importe où, ferait n'importe quoi.

Candice avait toujours été là pour lui. Avec sa famille, c'était la personne dont il était le plus proche, qui lui était la plus chère. Il ne pouvait pas vivre sans elle.

Son téléphone vibra alors qu'il finissait de s'habiller. Il regarda l'écran.

Mountain Rescue

— Candice ? dit-il en décrochant.

— Non, c'est Stu. Il y a eu un glissement de terrain, et l'hélicoptère que Candice pilotait s'est écrasé.

— Quoi ?

— Je passe te chercher. Tout le monde est concerné.

— Je suis prêt, répondit-il, le cœur battant la chamade.

Puis il raccrocha en priant pour qu'elle soit saine et sauve.

Je ne peux pas la perdre. Pas une seconde fois.

Quand Stu arriva, l'air inquiet, Jimmy était prêt et équipé de son matériel médical.

— Que s'est-il passé exactement ?

— Il y a eu un glissement de terrain sur l'autoroute, et Candice est allée voir. Personne ne se trouvant sur cette portion de route au moment critique, elle a décollé pour rentrer. C'est alors que le contact a été coupé avec moi.

— Était-elle partie seule ? demanda-t-il, la gorge serrée.

— Non. Avec Nigel. Kate aussi se trouvait à bord.

Il leur fallut une vingtaine de minutes pour atteindre le lieu d'où s'échappait une longue colonne de fumée.

Dieu du ciel... , se dit Jimmy tandis qu'ils approchaient.

Au sortir d'un virage, il vit l'autoroute barrée. Puis il repéra Nigel et Kate.

Pas de Candice.

— Non…, murmura-t-il.

Il n'arrivait plus à respirer, il suffoquait.

Stu s'arrêta. Sautant de l'ambulance, Jimmy se précipita, pris de panique, vers les débris de l'hélicoptère et la fumée.

Blessé à la tête, Nigel saignait. Des urgentistes s'affairaient autour de lui et de Kate, étendue sur une bâche.

— Elle est là-bas, dit Nigel en voyant son expression.

Aussitôt, Jimmy se rua à travers les secouristes dans la direction indiquée.

Enfin, il la vit, trempée de pluie, une écharpe de fortune autour du cou, parlant à un policier.

— Candice !

Elle se retourna. Son visage était griffé.

— Jimmy ?

Il s'arrêta devant elle, résistant à son besoin de la prendre dans ses bras.

— Comment te sens-tu ?

— Ça pourrait être pire. Tu devrais aller t'occuper de Nigel. Où est ta sacoche ?

— Stu s'occupe de lui et de Kate. J'étais inquiet pour toi.

Elle sourit, même s'il la sentit sur ses gardes.

— Tu aurais pu mourir, dit-il.

— Mais je ne suis pas morte. Après avoir décollé de l'autoroute, dès que j'ai compris que mon moteur avait un problème, je me suis posée. C'est pendant que nous évacuions l'appareil qu'il a pris feu et que s'est produit un léger glissement de terrain. À présent, il faut aller à l'hôpital. Nigel souffre d'une blessure à la tête.

— Dieu merci, tu vas bien…, murmura-t-il.

— Je dois m'être foulé un poignet, mais, oui, je vais bien. Tu n'as pas répondu, tout à l'heure, au téléphone, ajouta-t-elle en souriant.

— J'étais sous la douche. Pour le bien que cela m'a fait…

— Ne laisse pas cet accident gâcher ton travail. Je sais que nous avons eu des mots, mais tu es un bon urgentiste, et je ne veux pas te perdre.

— Je m'inquiétais à ton sujet.

— Pourquoi ?

— Parce que je t'aime, Candice Lavoie. Quand j'ai appris que ton hélicoptère s'était écrasé, j'ai pensé t'avoir perdue. Quel idiot j'ai été ! Je ne peux pas vivre sans toi. Non, sans toi, je n'irai nulle part, je ne ferai rien. Pardonne-moi !

Elle recula d'un pas, le souffle coupé, les larmes aux yeux, incapable de croire ce qu'elle venait d'entendre.

— Tu… Tu quoi ?

— Je t'aime. Je t'aime depuis le début. Mais que devais-je faire pour être sûr de ne pas étouffer tes ambitions ? Aujourd'hui, j'ai la réponse. Je ne m'éloignerai plus. Je veux que tu fasses partie de ma famille. Pour moi et pour Marcus.

Un nœud se forma dans la gorge de Candice.

— Je t'ai toujours aimé aussi. Je ne veux plus te perdre.

— Jamais tu ne me perdras. Je serai toujours à toi si tu veux bien de moi.

Épilogue

Un an plus tard

Candice gara la voiture dans son allée. Assis sur les marches, Jimmy et Marcus attendaient son retour comme ils le faisaient chaque fois qu'elle ne travaillait pas en binôme avec Jimmy. Depuis leur mariage, elle avait quitté son poste à la tête de Mountain Rescue pour suivre des cours en ligne et, dès cet hiver, ils partiraient pour Edmonton où elle terminerait sa prépa avant d'intégrer l'école de médecine et d'achever ses études. Et si, maintenant, leur programme devait être un peu repoussé, elle était d'accord pour le faire.

— Coucou, Candy ! cria Marcus depuis le porche.

— Coucou ! Ta journée a été bonne ?

Marcus courut vers elle pour lui faire un gros baiser.

— Oui. *Năinai* et moi, on est allés au parc et on a fait ça ! Regarde, c'est nous ! dit-il en brandissant un dessin.

— Sauf que dans ce dessin de notre famille, il y a une personne de plus, intervint Jimmy.

— *Năinai* m'a dit que le nombre était bon !

— C'est un très beau dessin, commenta Candice en l'embrassant.

Marcus lui adressa un superbe sourire puis s'éloigna.

— Tu donnes de drôles de notions d'arithmétique à notre fils, dit Jimmy en l'embrassant avec tendresse. Quant à celle de ma mère, elle est un peu étrange aussi…

— Pas si sûr.

Jimmy arqua un sourcil.

— Que veux-tu dire ?

— J'ai fait ma visite de contrôle chez le Dr Zwart.

— Et… ? dit-il en reculant d'un pas.

— Ta mère est très perspicace. Elle a su avant moi.

— Tu es sérieuse ?

— Oui. J'ai donc reporté d'un an notre programme pour mes études.

— Tu… Tu veux dire que nous allons avoir un bébé !

— Oui.

— *Bébé d'hiver à Jasper…* C'est beau comme un poème.

Elle lui passa les bras autour du cou avec un petit rire.

— Es-tu heureux ?

— Très, répondit-il en lui posant une main sur le ventre.

— Moi aussi, je suis heureuse.

— Alors, allons annoncer à Marcus que sa *năinai* a raison et qu'il va y avoir une personne de plus dans la famille.

— D'accord, mais tu le connais, il ne manifestera aucune surprise et se contentera de poser des questions. Il est exactement comme toi.

Jimmy soupira.

— Je sais et j'espère que notre futur enfant sera exactement comme *toi*.

— Du moment que nous nous entendons tous toujours aussi bien…

Main dans la main, ils se dirigèrent vers Marcus pour lui annoncer qu'il deviendrait bientôt l'aîné d'une petite sœur ou d'un petit frère.

Candice était heureuse. Elle n'était plus seule. Elle avait une famille.

Et, tous ensemble, ils ne faisaient qu'un.

KARIN BAINE

La protégée du médecin

Traduction française de

MARCELLE COOPER

BLANCHE

HARLEQUIN

Titre original :
FRENCH FLING TO FOREVER

Ce roman a déjà été publié en 2016

1.

Lola but une gorgée de thé bien sucré en s'efforçant d'ignorer les questions qui tournaient dans sa tête. Allait-elle se montrer à la hauteur ? Serait-elle capable de prendre des décisions de vie ou de mort ? Où étaient les toilettes ?

Par-dessus le bord de sa tasse, elle vit une armée de blouses bleues envahir la cantine de l'hôpital dans un joyeux brouhaha qui, loin de la réconforter, ne fit qu'accentuer ses angoisses. Tous semblaient tellement détendus, à l'aise dans cet environnement, alors que son estomac se nouait à la pensée de devoir commencer sa première journée d'internat. Elle l'avait pourtant voulue, cette affectation au Belfast Community Hospital, car elle représentait pour elle un pas supplémentaire vers l'indépendance, mais, pour l'heure, elle n'avait qu'une envie : prendre ses jambes à son cou pour rentrer chez elle.

Jusque-là, ses frères avaient été là pour la guider et la rassurer, et ils avaient été les premiers à l'encourager à quitter le nid pour s'installer à l'autre bout de la ville où elle avait décidé de louer un appartement en colocation avec sa meilleure amie, histoire de garder quelques repères. Le grand saut dans l'inconnu, très peu pour elle… La solitude lui faisait peur depuis ce jour de ses quinze ans où son monde avait basculé.

Même maintenant, presque dix ans plus tard, elle ne s'était pas guérie de cette paranoïa qui la saisissait chaque fois qu'elle s'aventurait en territoire inconnu et qui lui faisait craindre le regard des autres. Elle s'imaginait que tous allaient l'observer, la jauger et, à terme, lui faire payer sa différence.

Résonnant du fond de sa besace, les premières notes sépulcrales de la *Cinquième Symphonie* de Beethoven l'arrachèrent à ses souvenirs. Ce n'était pas le moment de s'enfoncer dans son enfer de douleur et d'humiliation alors qu'on l'attendait pour le début de son stage aux urgences.

Convaincue d'être le point de mire de la salle, elle exhuma le portable de son sac et appuya d'un doigt tremblant sur la touche.

— Salut, sœurette…

La voix de l'aîné de ses trois frères. À un quart d'heure de sa garde, ce n'était pas raisonnable de prendre l'appel, d'autant que le logo « Portables interdits » — un mobile rayé d'une belle croix rouge — s'affichait sur tous les murs, mais elle ne pouvait s'en empêcher. Jake avait toujours eu un don pour sentir quand elle n'allait pas bien.

— Euh… Bonjour, Jake.

Elle chuchotait. Si elle ne lui avait pas répondu, lui et ses frères n'auraient cessé de la relancer toute la journée étant donné qu'ils étaient à l'origine de cette maudite idée. Renonçant à finir son thé, elle battit en retraite vers le couloir pour fuir les regards réprobateurs.

— Comment ça se passe ?

La voix bienveillante et protectrice lui fit l'effet d'un bras autour de ses épaules. Elle n'était plus seule.

— Je n'ai pas encore commencé. Je te rappellerai dès mon retour à l'appart.

Emue par la sollicitude de ses frères qui devinaient sa détresse, elle sentit les larmes lui monter aux yeux. Même s'ils se mêlaient parfois de ce qui ne les regardait pas, elle ne pouvait se passer d'eux.

— Je suis dehors, sur le parking, j'ai quelque chose pour toi, dit Jake. Sors vite me rejoindre.

Il semblait si content de la petite surprise qu'il lui réservait qu'elle n'eut pas le cœur de refuser. D'autant qu'un bisou de son frère lui donnerait des forces pour le reste de la journée.

— D'accord.

Elle mit fin à la communication et enfreignit une seconde fois le règlement de l'hôpital en s'élançant dans les couloirs, les semelles antidérapantes de ses mocassins couinant sur le sol ciré.

Beau brun au teint mat, Jake l'attendait sous l'auvent des ambulances et attirait les regards de la part de la gent féminine alentour. Les trois frères ressemblaient à leur père tandis que Lola avait hérité de la blondeur et des yeux verts de leur mère, ce qui expliquait peut-être pourquoi son père avait pris ses distances avec elle. Sans doute lui rappelait-elle douloureusement la femme qui l'avait autrefois abandonné en lui laissant quatre enfants à charge.

— Je suis venu te souhaiter bonne chance.

Après l'avoir serrée dans ses bras à l'étouffer, il lui tendit un paquet ficelé à la diable.

— Tiens. Je t'ai acheté ceci.

— Merci.

Elle déchira le papier froissé et découvrit un stéthoscope flambant neuf aux branches rose fluo. Quelle délicate attention ! Heureusement, ses frères étaient là pour compenser l'absence de leur mère qui s'était volatilisée dans la nature, et l'indifférence de leur père qui ne se préoccupait plus que de sa propre personne.

— Il est rose, pour respecter la tradition, ajouta Jake, clin d'œil à l'appui.

Afin d'empêcher ses frères de lui chiper ses affaires lorsqu'ils étaient petits, Lola avait usé et abusé du rose — une arme de dissuasion fort efficace contre les garçons qui, pour rien au monde, n'auraient voulu être vus sur un vélo orné d'autocollants en forme de petits cœurs roses ou avec un cartable de la couleur infamante.

— C'est adorable, Jake, dit-elle en enroulant l'objet autour de son cou. Mais il faut vraiment que j'y aille maintenant si je ne veux pas être en retard dès mon premier jour de stage.

Après d'interminables embrassades, elle se remit à courir,

cette fois en direction du bâtiment des urgences, et s'arrêta devant le groupe de blouses bleues rassemblées dans le hall.

— Bonjour, je suis Lola Roberts, dit-elle, essoufflée.

— Merci de daigner vous joindre à nous.

La voix ironique et cassante appartenait au médecin chef, le Dr Henri Benoit, un beau brun ténébreux qui, à en croire la rumeur, ravissait le cœur de toutes les nouvelles internes. Dieu merci, Lola avait fait une croix sur les hommes, en fuyant tout particulièrement les plus séduisants car, sinon, cela l'aurait chagrinée de démarrer d'un si mauvais pied avec le bel Henri.

— Désolée. Mon frère voulait me souhaiter bonne chance.

Zut… Elle avait l'air d'une gamine entrant à la maternelle, songea-t-elle en ôtant le stéthoscope de son cou. La joie que lui avait procurée le cadeau de Jake venait d'être gâchée par le mépris de son directeur de stage.

— À l'avenir, docteur Roberts, je vous serais reconnaissant de laisser votre vie personnelle à la porte.

— Cela ne se reproduira plus.

Bravo… Pour quelqu'un qui détestait se faire remarquer, elle commençait fort.

— Bien, maintenant que nous sommes tous là, reprit-il, je vais vous montrer l'emplacement de chaque chose avant de vous lâcher dans l'arène.

Le sarcasme semblait une seconde nature chez lui, et son fort accent français n'ôtait rien à son pouvoir d'intimidation, ce qui n'empêchait pas les nouvelles recrues féminines qui l'entouraient de le regarder avec les yeux de Chimène. Même les garçons semblaient fascinés par le personnage.

En d'autres circonstances, Lola aurait apprécié la présence en chair et en os d'un beau spécimen venu du continent à la voix exotique qui la changeait des rudes sonorités du parler gaélique. Mais une réprimande était une réprimande, accent romantique ou pas.

Heureusement, il ne lui accorda plus aucune attention

durant la visite express du service qu'il proposa au groupe d'idolâtres qui, collés à ses basques, buvaient ses paroles. À la traîne, Lola suivait en espérant se fondre dans l'anonymat.

— Voici le bloc de réanimation et le poste de monitorage. Au fond du couloir, les chambres réservées aux patients en ambulatoire…

Elle s'efforçait d'absorber la foule d'informations dont il les bombardait. Il n'était pas du genre à répéter et, de toute façon, pas question de se singulariser de nouveau en posant une question.

Les beaux machos étaient sa bête noire. D'expérience, elle savait qu'elle avait le chic pour faire ressortir les pires instincts chez cette catégorie d'hommes qui prenaient un malin plaisir à s'acharner sur elle et à souligner ses défauts et carences. Bref, cela se terminait toujours par une totale déroute de sa part.

Elle espérait vivre un jour tranquillement comme tout le monde, sans s'inquiéter de l'image qu'elle donnait aux autres, mais, pour l'heure, elle entendait toujours dans sa tête ces voix cruelles la dénigrer, se moquer de son physique et lui dire qu'elle n'avait rien à faire ici.

Perdue dans ses pensées, Lola ne suivait plus l'exposé de leur guide quand, soudain, elle se rendit compte que tous la regardaient, comme s'ils attendaient quelque chose de sa part. Ils se trouvaient dans la chambre d'un vieil homme sous perfusion. Les bras croisés, Henri Benoit la fixait d'un air sévère.

Seigneur, qu'avait-elle encore fait ?

— Pardon d'interrompre votre rêverie, docteur Roberts. Je viens de vous demander de procéder à une prise de sang sur M. Forsythe.

La seconde réprimande en quelques minutes… Et, cette fois, elle l'avait bien méritée. Cela lui apprendrait à se laisser happer par ces maudits souvenirs.

Jamais elle ne parviendrait à faire carrière dans la médecine si elle ne muselait pas ses démons. Quelque chose lui disait que le Dr Benoit se lasserait vite de la rappeler à l'ordre et qu'elle récolterait un zéro pointé sur son rapport de stage si elle continuait à penser à autre chose qu'à son travail. De toute façon, elle devait aux patients d'être à cent pour cent à l'écoute de leurs problèmes au lieu de se complaire dans les siens.

Les mains moites et les jambes tremblantes, elle s'avança.

— Oui, docteur. Tout de suite.

Elle s'approcha du lit et, selon la procédure, informa le patient de ses intentions. Malgré tous les efforts qu'elle déployait pour afficher un air de calme autorité, sa voix tremblait. Or, si elle montrait un manque de confiance en elle-même, le patient risquait de prendre peur.

Hélas, elle n'était pas au bout de ses peines.

— Désolée, je n'arrive pas à trouver de veine…

Les joues en feu, elle se mit à tapoter la face interne du bras du vieillard pour tenter de faire affleurer une veine, et elle enfonça l'aiguille à trois reprises. En vain.

— L'une des règles de base de tout médecin débutant est de demander de l'aide lorsqu'il en a besoin au lieu de faire souffrir un malade pour préserver son *ego*, dit froidement le Dr Benoit. Je vais prendre la relève.

Il franchissait un seuil supplémentaire dans la critique en la désignant aux yeux de tous comme l'exemple à ne pas suivre. Et tous ces béni-oui-oui hochaient la tête, se félicitant sans doute de ne pas être sur la sellette à sa place.

Comme la main d'Henri Benoit frôlait la sienne en prenant la seringue, Lola sentit les mouvements de Yo-Yo s'accentuer dans son estomac. En hâte, elle recula de peur d'achever de se couvrir de ridicule en restituant son petit déjeuner sur les chaussures en cuir impeccablement cirées du médecin.

— Et voilà…

Avec une facilité déconcertante, il termina le travail et glissa les tubes dans une enveloppe à destination du laboratoire. Après avoir aidé le vieil homme à se réinstaller confortablement contre ses oreillers, il se tourna vers le groupe.

— La meilleure manière d'apprendre est de se trouver en situation, dit-il, paraissant s'adresser surtout à elle. À présent, allez vous présenter à l'infirmière en chef et répartissez-vous les chambres. Je serai là si vous avez besoin de moi.

Intensément soulagée, Lola le regarda s'en aller. Bien entendu, par la suite, elle se montra aussi compétente que les autres en accomplissant à la perfection les gestes appris au cours de sa formation.

Quand elle eut besoin d'aide pour certaines procédures plus compliquées, elle n'hésita pas à faire appel aux infirmières. Celles-ci étaient fort serviables à condition qu'on respecte en retour leurs compétences et leur expérience au lieu de les traiter par le mépris comme le faisaient certains jeunes médecins — elle ne pensait pas au Dr Benoit, mais aux arrogants petits chefs qu'elle avait croisés au cours de ses années d'apprentissage.

Bien que la journée se déroulât sans encombre, Lola ne parvint pas à chasser la honte et la déception causées par la débâcle face à son patron. Durant sa pause, elle se repassa mentalement le film de l'épisode, revivant son humiliation avec force soupirs et grimaces avant de se rendre compte que ses voisins de la salle de repos l'observaient d'un air bizarre. Forcément… Ils ne savaient pas que ce scénario avait une fâcheuse tendance à se répéter dans sa vie.

À la fin de sa garde, elle se changea sans sacrifier au rituel du bavardage entre stagiaires échangeant leurs impressions puis elle se hâta de sortir sous la pluie battante pour offrir son visage à l'eau du ciel comme si celle-ci pouvait nettoyer sa peau fatiguée, la purifier, effacer ce qui s'était passé.

Elle finit par ouvrir son parapluie qui, balloté par le vent, se révéla une piètre protection. Sous la force des éléments, il se retourna plusieurs fois tandis qu'elle se joignait à la foule qui empruntait Queen's Bridge pour se rendre dans le centre-ville où elle devait retrouver Jules, sa meilleure amie et colocataire.

Une activité inédite pour Lola qui passait ses soirées à étudier, mais Jules avait insisté pour qu'elles célèbrent dignement sa première garde. En seconde année d'internat, Jules s'était mise en tête de l'initier aux mœurs hospitalières *intra* et *extra-muros*.

— Nous irons ce soir dans un nouvel endroit dont toutes les filles parlent au travail. Je ne t'en dis pas plus, mais attends-toi à vivre une expérience inoubliable. Ce soir, tu vas enfin te lâcher…, avait ajouté son amie en lui donnant l'adresse.

Pour Lola, la perspective de « se lâcher » la terrifiait plus encore que celle du prochain face-à-face avec son directeur de stage.

— Dans le *strip-tease* burlesque, on titille autant l'humour du client que sa libido.

Elève récalcitrante debout au dernier rang de la classe dans la salle éclairée par des néons blafards, Lola écoutait les accents exotiques de leur professeur, Miss Angélique, en se demandant s'ils étaient authentiques ou imités pour les besoins de l'emploi.

En fermant les yeux, elle aurait pu se croire dans quelque cabaret parisien où glamour et sophistication allaient de pair. Malheureusement, le grondement des bus à l'extérieur et l'odeur des diesels qui entrait par la fenêtre ouverte la ramenaient à la réalité : elle se trouvait dans un studio de danse minable de Lisburn Road, en plein cœur de Belfast.

— Depuis quand l'Irlande du Nord attire-t-elle les Français ? marmonna-t-elle à l'adresse de Jules qu'elle rendait désormais complètement responsable de sa mauvaise humeur.

Se pavaner vêtue d'un corset, les jambes gainées de bas résille, sous la houlette d'une compatriote de Benoit — aussi autoritaire que lui d'une certaine manière — ne lui semblait pas le remède idéal pour les maux dont elle souffrait. Cette seule idée la faisant frissonner d'horreur, elle boutonna machinalement jusqu'au cou le col de son chemisier. Que miss Angélique ne compte pas sur elle pour passer aux travaux pratiques !

— Tu peux me dire pourquoi je suis ici ?

— Pour t'empêcher de finir vieille fille avec tes bouquins pour seule compagnie, répondit Jules sans quitter du regard Angélique qui se mouvait lascivement au rythme de la bande sonore d'un *Hello, Dolly !* revisité.

— Et si j'aime bien mes livres ? J'ai le droit, tout de même, répliqua-t-elle, boudeuse, en ne pouvant s'empêcher d'admirer l'audace de la Française.

Celle-ci dansait en tenant devant elle des éventails géants qu'elle écartait parfois l'espace d'une seconde pour laisser entrevoir son corset de soie ivoire. En plus de maîtriser à merveille l'art de tenir en haleine son public, elle ne nourrissait visiblement aucun complexe physique et était parfaitement à l'aise avec son corps, une qualité que lui enviait chèrement Lola.

Comme elle aurait voulu jouir de cette liberté de mouvement, oser montrer son corps sans se poser trente-six mille questions, ne serait-ce que pour un court instant ! Hélas, aussi talentueuse que soit miss Angélique, elle ne pouvait lui apprendre à se réconcilier avec elle-même et sa sexualité.

Une bande d'adolescents cruels lui avait ôté à jamais toute confiance en son corps et son pouvoir de séduction. Leurs rires moqueurs résonnaient encore à ses oreilles, et elle revoyait leurs visages haineux comme si c'était hier, rassemblés en cercle au-dessus d'elle, tandis que leurs mains l'avaient maintenue à terre pour lui arracher ses vêtements et la priver de sa dignité.

Elle avait eu une puberté tardive, et le fait d'être obligée de porter les vêtements de ses frères et d'avoir les cheveux courts comme eux — son père alignait tout le monde en rang une fois par mois pour jouer des ciseaux — ne l'avait pas aidée, mais cela ne donnait à personne le droit de l'insulter, de douter de sa féminité ni d'en réclamer des preuves.

Elle détestait ses « camarades » pour la douleur qu'ils lui avaient infligée, et elle détestait l'école qui n'avait pas su mettre un terme au harcèlement qu'elle subissait avant qu'il soit trop tard. Mais, plus que tout, elle s'était détestée elle-même pour avoir subi sans rien faire. Une personne plus forte se serait débattue, aurait repoussé ses bourreaux, et une fille plus jolie ne se serait jamais retrouvée dans ce genre de situations. En ne sachant pas se défendre, elle s'était quelque part désolidarisée d'elle-même et, depuis, elle essayait en vain de se racheter.

— Bien, mesdames. Maintenant que nous avons décidé de vos noms de scène pour ce soir, il est temps de choisir vos accessoires afin de créer vos personnages.

Angélique désigna le grand carton posé devant la scène et toutes y plongèrent avec frénésie pour y piocher perruques, chapeaux claques et autres longs gants de satin.

Un frisson parcourut le dos de Lola. Elle détestait se déguiser.

Des cache-seins coniques cousus de sequins collés sur son T-shirt, Jules s'approcha d'elle.

— J'ai exactement ce qu'il te faut, Lola la Liane, dit-elle.

Puis, un grand sourire aux lèvres, elle lui enroula un extravagant boa en plumes roses autour du cou.

— Merci, Jolie Jules.

Afin de ne pas gâcher le plaisir de son amie, Lola s'était forcée à adopter le même ton ludique et elle lui caressa même le bout du nez avec le boa.

Après tout, elle pouvait bien supporter ces facéties pour quelques minutes et faire semblant de participer, mais jusqu'à un certain point seulement. Si leur instructrice passait à la partie effeuillage, Lola se promettait de remettre son manteau et de fausser compagnie au groupe. C'était une chose de se promener avec des accessoires ridicules accrochés à ses vêtements de ville, mais une autre de se déshabiller devant une assistance, fût-elle entièrement féminine.

La prochaine fois que Jules proposerait une soirée en ville, Lola se jurait d'y réfléchir à deux fois avant d'accepter.

Tel un berger rassemblant son troupeau, Angélique s'avança vers ses élèves en leur faisant signe de se regrouper autour d'elle.

— Je vais vous montrer quelques figures de base. D'abord, le milk-shake.

Puis elle secoua sa généreuse poitrine en les encourageant à faire de même.

— Je n'ai pas grand-chose à secouer, marmonna Lola en regardant ses seins.

Décidément, cette séance ne l'aidait pas à vaincre ses complexes, bien au contraire. Bien qu'elle n'eût plus la poitrine désespérément plate de ses quinze ans, elle ne possédait pas suffisamment d'attributs pour la figure imposée.

— Il faut afficher fièrement ce que Dieu vous a donné, dit Angélique en lui levant d'autorité les bras.

Lola ne croyait pas qu'elle oserait, pourtant ce fut le cas ! Angélique lui prit les seins à pleines mains afin d'illustrer la leçon.

La honte submergea Lola. Et, en plus, elle payait pour se faire humilier publiquement. *Mon Dieu, faites que ce supplice prenne fin !*

— Et maintenant, passons au bas du corps, annonça la Française d'un ton enjoué en la lâchant enfin. Faites-moi bouger ce popotin, mesdames !

Jules ne perdait rien pour attendre. Cette pensée vengeresse aida Lola à supporter l'exercice suivant qu'elle accomplit, les dents serrées, avec une belle énergie, pour éviter qu'Angélique cède de nouveau à ses velléités « tactiles ».

La situation n'était pas si désespérée, tenta-t-elle de se convaincre. Aucune menace sexuelle n'émanait de cette assistance féminine qui était là pour s'amuser et passer un bon moment, et peut-être finirait-elle par en rire, elle aussi. Quand elle serait rentrée chez elle, loin des mains baladeuses d'Angélique.

Puis commença l'entraînement de danse, et le pilonnage des talons aiguilles sur le parquet accompagné en contrepoint du raclement des pieds de chaise la fit grincer des dents.

— Maintenant, asseyez-vous, ordonna Angélique.

Comme elles obéissaient, elle émit un claquement de langue réprobateur.

— Pas comme ça.

Elle leur montra la méthode en glissant d'un mouvement fluide la chaise entre ses jambes pour la chevaucher, le dossier en avant.

— Et maintenant, inclinez-vous en arrière en vous retenant par les mollets aux pieds de la chaise. Tout est question d'équilibre.

Lola pesta mentalement. Que n'avait-elle enfilé un pantalon ce matin au lieu de cette jupe serrée qui se retroussait sur ses cuisses !

Suivirent d'autres acrobaties osées que les élèves accomplirent d'abord un peu laborieusement puis en *cow-girls* délurées qui n'avaient fait que cela toute leur vie.

Le plus étonnant pour Lola, c'était qu'elle commençait à y prendre goût. Une fois passé l'embarras du début, elle se rendait compte que toutes les filles étaient bien trop occupées à retenir les pas et les mouvements pour prêter attention à ce qu'elle faisait et, du coup, elle se détendit. Cette séance était censée la libérer des tensions de la journée, et non lui en créer d'autres.

Chassant de son esprit les pensées négatives, elle s'appliqua à être une bonne élève. Après tout, ce n'était qu'une chaise, et elle-même était habillée jusqu'au cou. Si elle voulait avoir une chance de vaincre les fantômes du passé, elle ne devait pas se laisser perturber par des broutilles.

Au fur et à mesure du cours, elle apprécia de plus en plus

le « domptage » de la chaise — l'expression utilisée par leur professeur — qui lui donnait l'impression d'être une prédatrice ayant tout pouvoir sur l'objet. De même que sur son corps qu'elle découvrait étonnamment souple.

N'ayant pour une fois rien à prouver à personne, elle s'abandonna sans retenue à la chorégraphie sensuelle et aux sensations qu'elle provoquait en elle.

La tête rejetée en arrière, elle se cambrait de plus belle sur sa monture inanimée quand son regard accrocha des yeux mi-caramel mi-chocolat.

— Eh bien, si je m'attendais à vous trouver ici…, dit une voix aux accents français moqueurs.

La vue toujours inversée, elle découvrit la bouche qui venait de prononcer ces mots et le visage au sourire sarcastique… Le dernier qu'elle aurait voulu voir en ces lieux.

— Docteur Benoit…, dit-elle, consternée, en se redressant.

— Docteur Roberts…, répondit-il avec un léger hochement de tête sans se départir de son rictus diabolique.

Rouge de honte, elle s'assit dans une pose plus civilisée en tirant sur sa jupe.

Ce matin, le groupe de médecins débutants lui avait bloqué la vue. Désormais, plus aucune barrière ne l'empêchait de voir le médecin chef de pied en cap, et le spectacle valait son pesant d'or. Avec ses yeux chocolat, son menton carré, ses cheveux noirs un brin trop longs qui bouclaient dans sa nuque et son accent, il avait tout du séducteur latin. Raison de plus pour garder ses distances avec lui. D'expérience, elle savait que la beauté physique dissimulait un cœur cruel, et le comportement qu'il avait manifesté jusque-là à son encontre la confortait dans sa méfiance.

Ce matin, il avait clairement mis en doute ses compétences, et le spectacle qu'elle venait de lui offrir à son insu fournissait sans doute à Henri Benoit des munitions supplémentaires contre elle.

— C'est donc à ça que vous employez votre temps libre ?

« Vous feriez mieux de le passer à réviser vos manuels médicaux », semblait-il sous-entendre.

C'était trop injuste. Pour une fois qu'elle sortait en ville dans l'espoir de se détendre, et qu'elle se laissait entraîner dans une activité inédite un brin licencieuse, il fallait qu'elle le croise !

— Ce que je fais durant mes heures de repos ne regarde que moi, rétorqua-t-elle. Maintenant, si vous voulez bien m'excuser…

D'habitude, elle n'aurait jamais osé répondre aussi cavalièrement à un supérieur, mais elle se sentait prise au piège, vulnérable, et dans une telle situation il valait mieux contre-attaquer que subir.

Retirant le boa qui lui étranglait le cou, elle esquissa un geste pour se lever, mais, surgie de nulle part, Angélique lui posa une main sur l'épaule pour l'en empêcher.

— Restez où vous êtes. Henri doit partir… N'est-ce pas, Henri ?

Battant de ses faux cils, elle poussa son visiteur vers la sortie, au grand soulagement de Lola.

Henri se replia au fond de la salle pour s'asseoir. Médusé. Les apprenties au *strip-tease* burlesque qui trémoussaient leur derrière en gloussant de rire ne lui faisaient ni chaud ni froid, mais il n'en revenait pas de découvrir qu'une de ses stagiaires faisait partie de la troupe hétéroclite de sa sœur.

Lola, de son prénom. Il ne lui allait pas du tout, du reste. C'était un prénom de danseuse de cabaret, de femme fatale, pleine de confiance et d'assurance, bref, tout le contraire de ce que Lola Roberts lui avait montré d'elle à l'hôpital.

En sa qualité de directeur de stage, il lui appartenait d'ailleurs de développer en elle ces qualités de confiance et d'assurance… Comme s'il n'avait pas déjà suffisamment de travail !

Sans doute possédait-elle de l'intelligence à revendre pour être arrivée là où elle était à son jeune âge, mais sa première impression d'elle était des plus défavorables. Il ne supportait pas les retardataires, les paresseux, les gens qui faisaient approximativement leur travail, surtout depuis qu'il avait vu sa sœur laisser sa carrière médicale lui filer entre les doigts sans se battre.

Comme à l'hôpital, Lola se cachait dans un coin de la salle, à l'écart du reste du groupe, même si le spectacle qu'il avait surpris à son arrivée et la manière dont elle l'avait ensuite remis à sa place étaient à des années-lumière de la jeune doctoresse hésitante et rougissante de ce matin.

Relégué au rôle de voyeur, il l'observa exécuter la chorégraphie d'Ange avec les autres élèves. Sa finesse, la grâce de ses mouvements la faisaient sortir du lot, mais il n'y avait pas que cela. Il était fasciné par la bande de dentelle qu'il apercevait en haut de ses bas chaque fois qu'elle basculait en arrière sur la chaise et que sa minuscule jupe se relevait, et ce bout de dentelle qui laissait un peu de peau laiteuse à découvert le mettait dans tous ses états, preuve que la vie de moine qu'il s'imposait depuis quelque temps avait assez duré. Quand on en venait à envier une chaise, il était à craindre que la situation devenait grave.

Assez déliré. C'était stupide de penser en ces termes à sa jeune recrue à la queue-de-cheval blonde et au ridicule stéthoscope rose. Cette fille n'était qu'une gamine. Or, s'il venait ici ce soir, c'était pour discuter avec sa sœur des frasques d'une autre gamine, sa nièce.

Ange vint vers lui en agitant l'index.

— Je ne veux pas que tu fasses peur à mes clientes, Henri. Elles représentent mon gagne-pain.

Elle le réprimandait sur le même ton sévère qu'elle usait à son encontre lorsqu'il était adolescent. Elle lui en avait donné des tapes sur les doigts au cours des années qu'il avait passées sous son aile, ce qui n'altérait en rien le respect qu'il lui vouait. Jamais il ne ferait sciemment quelque chose qui ferait regretter à Ange les sacrifices qu'elle avait consentis pour lui.

— Je lui ai seulement dit bonjour, marmonna-t-il, les yeux rivés sur le spectacle qui se déroulait derrière sa sœur.

— De toute façon, tu n'as rien à faire ici.

Puis elle lui tourna le dos pour aller retrouver ses élèves.

— Chapeau, les filles…, lança-t-elle en les applaudissant. Pour des débutantes, vous vous êtes très bien débrouillées. C'est tout pour aujourd'hui. J'espère que vous vous êtes bien amusées.

La réponse se lisait sur les visages souriants et rosis par l'exercice. En femme qui ne perdait pas le nord, Ange s'avança pour distribuer à la ronde des cartes professionnelles.

— Pour celles qui resteraient sur leur faim à l'issue de cette séance d'initiation, sachez que je donne des cours presque tous les soirs. Le *strip-tease* burlesque est une manière formidable de rester en forme tout en comblant votre homme.

Alors que toutes s'esclaffaient, la remarque ne fit pas rire Henri qui ne parvenait pas à se réconcilier avec le domaine d'activité de sa sœur, d'autant que c'était sa faute à lui si elle avait laissé tomber ses études médicales pour gagner sa vie en dansant à moitié nue dans des cabarets. Si leurs parents n'avaient pas été tués dans un accident de la route, Angélique n'aurait pas eu à l'élever, et elle serait à cette heure un médecin respecté.

Elle avait sacrifié ses études et son bel avenir pour que son petit frère ait à manger tous les jours. Tous deux avaient vu s'écrouler leur vie en ce jour glacial d'hiver qui leur avait ravi leur père et leur mère ; et, alors qu'Ange semblait désormais se contenter de son sort, Henri savait qu'il ne pourrait jamais s'y résigner, lui qui avait réalisé ses rêves aux dépens de ceux de sa sœur.

Maigre consolation, la clientèle d'Ange se composait désormais exclusivement de citadines désireuses de s'initier au *strip-tease* burlesque pour passer un moment convivial entre femmes, et non plus d'ivrognes libidineux. C'était d'ailleurs à cause d'un de ces individus qu'ils avaient dû quitter Paris pour le climat pluvieux de l'Irlande du Nord. Ensuite, leur vie avait encore pris un tournant différent grâce au vil séducteur qui avait attiré Angélique dans ses filets à Belfast. Sans lui, pourtant, il n'y aurait pas eu de Gabrielle ni de Bastien, ses neveu et nièce qu'Henri adorait, même lorsqu'ils enchaînaient les tours pendables.

Caché dans son coin, il attendait que les clientes d'Angélique aient terminé de la couvrir de compliments et de remerciements. Mais la patience n'était pas son fort. Ils avaient à parler de choses sérieuses, notamment de la raison pour laquelle Gabrielle manquait de plus en plus souvent l'école.

Maintenant que l'ex-mari d'Angélique s'était évanoui dans la nature, Henri estimait de son devoir de veiller sur sa sœur, et d'assumer des responsabilités quasi parentales envers ces deux enfants abandonnés par leur père. Il fallait qu'ils comprennent pourquoi Gabrielle faisait les quatre cents coups, une conversation qui ne souffrait pas d'oreilles indiscrètes.

Enfin, après d'énièmes congratulations, les dernières clientes se dirigèrent vers la sortie.

— On y va maintenant ? dit-il en s'approchant d'Ange. Toutes ces femmes en manque d'hommes m'ont mis mal à l'aise…, ajouta-t-il en faisant mine de frissonner.

Angélique se tourna vers lui, et c'est alors qu'il vit qu'elle n'était pas seule. Le clou de la soirée se tenait derrière elle, la bouche ouverte, les yeux émeraude débordant de mépris. Lola…

Les mains sur les hanches, elle fit un pas vers lui.

— Pour votre gouverne, ces femmes « en manque » tiennent à être entre elles ! lança-t-elle, le ton belliqueux. Le descriptif du cours ne mentionnait pas de présence masculine, alors, s'il y a quelqu'un de trop ici, c'est vous !

Sa jolie bouche s'était crispée pour ne plus former qu'une ligne.

— Merci pour ce cours aussi instructif que ludique, ajouta-t-elle d'une voix radoucie à l'adresse de sa sœur. J'ai été ravie de faire votre connaissance.

Rejetant sa chevelure blonde par-dessus son épaule, elle tourna les talons et gagna la sortie, drapée dans sa dignité, après l'avoir vertement remis à sa place, lui, son supérieur hiérarchique. Elle avait du répondant quand elle voulait, et il aurait bien aimé qu'elle fasse preuve d'autant de pugnacité à l'hôpital. En tout cas, elle avait éveillé son intérêt.

— Idiot ! lui lança Ange. « Des femmes en manque d'hommes »…, répéta-t-elle, indignée. Tu cherches à saborder mon entreprise ou quoi ?

Après avoir passé la moitié de sa vie en Irlande du Nord, elle en avait pris l'accent, contrairement à lui, mais ses origines françaises refaisaient surface quand elle était en colère, comme maintenant.

— Désolé, c'était une boutade stupide.

— Je confirme ! Je sais que tu désapprouves mes choix professionnels, mais ce n'est pas une raison pour te montrer grossier envers mes clientes. Désormais, je te prierais de ne plus mettre les pieds ici.

Lui tournant le dos, elle commença à jeter les accessoires dans un carton avec une violence qui lui était de toute évidence destinée. S'il ne s'était agi de ses outils de travail, elle les lui aurait sans doute jetés à la tête.

Inutile d'essayer de se défendre, de lui expliquer que l'inquiétude pour sa nièce l'avait rendu irritable et poussé à cette remarque de mauvais goût. Un mot de plus à ce sujet ne ferait que jeter de l'huile sur le feu.

— Je vais t'aider à fermer puis je te ramènerai à la maison.

Où ils pourraient demander à sa nièce ce qu'il lui prenait de faire l'école buissonnière. Depuis le coup de fil du proviseur, il s'était retenu d'en parler avec la principale intéressée car il ne voulait pas empiéter sur les plates-bandes d'Angélique.

— Merci, mais je préfère marcher.

Elle enfila un imperméable sur sa guêpière et éteignit.

— Tu ne vas tout de même pas sortir dans la rue comme ça !

Ce n'était pas simplement son sens des convenances qui s'insurgeait. S'il arrivait quelque chose à la seule femme importante de sa vie, il ne se le pardonnerait jamais.

— Je suis assez grande pour me défendre, Henri, et je n'ai pas besoin que mon frère joue les gardes du corps. Quand vas-tu finir par le comprendre ?

Puis elle le poussa sans ménagement sur le trottoir. C'était la seconde fois en quelques minutes qu'une femme le remettait à sa place.

Marchant d'une démarche raide, Lola regagna sa Mini dont elle ouvrit la portière et se laissa tomber sur le siège conducteur. Elle avait profité de ce que Jules et ses camarades continuaient vers le pub pour échanger quelques mots avec Angélique et évoquer l'éventualité de suivre les cours hebdomadaires.

Les manuels vous apprenaient à être un bon médecin, capable de poser des diagnostics et de prescrire des traitements, mais ils ne vous expliquaient pas comment vous comporter avec les gens. Or les urgences n'étaient pas fréquentées que par des citoyens modèles, et elle aurait immanquablement affaire de temps à autre à des patients agressifs ou à d'arrogants machos aux mains baladeuses. Afin de gérer au mieux ces situations, elle devait s'y préparer, et le meilleur moyen d'y parvenir était de cultiver sa confiance en elle.

Ce n'était pas en fondant en larmes ni en se recroquevillant en position fœtale qu'elle neutraliserait les mauvais coucheurs, mais en dégageant un air de calme autorité qui les dissuaderait de s'en prendre à elle.

Elle avait toujours envié les maîtresses femmes auxquelles personne n'osait chercher querelle, ces femmes qui n'avaient pas besoin de hausser la voix pour se faire obéir et qui inspiraient le respect à tous. C'était l'idéal auquel elle visait.

D'ailleurs, Angélique pourrait peut-être l'aider à l'atteindre en lui enseignant à se réconcilier avec son propre corps.

Jusqu'à ce soir, Lola n'avait pas pris conscience de sa force intérieure, et cette séance d'initiation au *strip-tease* burlesque lui avait permis de la découvrir. Pendant un instant, elle avait su surmonter ses peurs pour sortir de sa coquille, et elle serait peut-être allée plus loin si M. *Ego* Surdimensionné n'avait surgi tel un diablotin de sa boîte pour mettre à mal sa fragile confiance et la piétiner.

Pour une fois, elle avait osé tenir tête à son adversaire, mais cela risquait de se retourner contre elle s'il décidait d'exercer des représailles au travail.

Jamais elle n'avait montré autant de hargne verbale envers quelqu'un, *a fortiori* envers un homme qui pouvait faire ou défaire sa carrière.

Mais la faute en revenait à Henri Benoit qui n'avait rien à faire dans ce studio de danse et qui n'aurait pas dû la narguer alors qu'elle était vulnérable. Pendant un court instant, elle avait baissé ses défenses et vu la lumière au bout du tunnel, jusqu'à ce qu'il arrive pour la précipiter de nouveau dans les ténèbres.

Le problème, c'était qu'elle ne pourrait même pas lui expliquer sa réaction agressive s'il décidait de lui infliger un blâme le lendemain. Tant pis.

— En tout cas, s'il me convoque dans son bureau pour me passer un savon, je ne pleurerai pas, dit-elle tout haut, décidée à ne pas s'écrouler en larmes devant un autre macho. J'encaisserai debout.

Tout à sa colère, elle démarra et fit marche arrière en appuyant sur l'accélérateur.

Une secousse et un bruit de tôle froissée l'arrêtèrent net.

Seigneur, qu'avait-elle fait ?

Elle n'osait se retourner pour voir ce qu'elle avait embouti. Dehors, elle entendit une portière s'ouvrir et se refermer, et des pas se diriger vers elle. Elle coupa le contact et se prépara à l'affrontement. L'automobiliste s'arrêta, sans doute pour constater les dégâts.

— Mon Dieu !

Reconnaissable entre mille, cette voix ne pouvait appartenir qu'à une seule personne.

Oh non ! Pas lui !

Lentement, elle déboucla sa ceinture et mit pied à terre pour s'avancer à découvert dans la zone de tous les dangers.

— Je suis désolée.

Pourtant, sa voix n'exprimait aucune contrition. Elle n'avait aucune intention de s'aplatir devant Henri Benoit.

Penché sur le pare-chocs, il était en train d'examiner la plaque d'immatriculation fendue en deux de son cabriolet de sport rouge.

C'était bien sa chance, songea Lola. Alors que les tacots prêts à rendre l'âme ne manquaient pas à Belfast, il avait fallu qu'elle emboutisse le symbole flambant neuf de la réussite de son chef de service.

— Vous vous vengez pour ce que j'ai dit tout à l'heure ? dit-il en relevant la tête.

L'arrogance de son ton ranima la colère de Lola.

— Je ne suis pas mesquine à ce point. D'ailleurs, c'est juste la plaque d'immatriculation qui a souffert.

Ce n'était pas comme si elle avait rayé son bolide de la face de la terre.

— Ce jouet qui vous sert de voiture n'est donc pas équipé de rétroviseurs ? demanda-t-il d'un ton dédaigneux.

Sa condescendance était telle qu'elle eut envie de le gifler.

Autrefois tas de tôle rouillé, ce « jouet » avait été amoureusement remis à neuf par ses frères, depuis le moteur jusqu'à la carrosserie qu'ils avaient repeinte en rose pour lui faire plaisir. Tout le monde ne pouvait se permettre de rouler en véhicule de luxe, et elle supportait d'autant moins le sarcasme qu'il visait, indirectement, sa famille.

Paradoxe inexplicable, elle qui savait si mal se défendre sortait les griffes dès qu'on touchait aux siens.

— J'aurais cru qu'un macho à l'*ego* monumental comme le vôtre était de taille à se défendre contre le Péril Rose !

Habituée à se disputer avec ses frères, ce genre d'invectives dignes d'une gamine de dix ans lui venait naturellement. De toute façon, une pique de plus ou de moins n'allait rien changer, au point où elle en était avec son nouveau patron. Et puis, c'était lui qui avait lancé les hostilités.

— Le Péril Rose ? répéta-t-il, l'air incrédule.

Miracle… Il arborait un sourire, un vrai.

— C'est le surnom donné par mes frères à la Mini.

Non. Ne te laisse pas déstabiliser par ses fossettes.

Le fait de trouver attirant un homme qui était en train de l'insulter et qui, en plus, était sans doute en couple avec Angélique montrait à quel point elle allait mal dans sa tête.

— En référence à vos talents de conductrice, je suppose ?

Le pli moqueur réapparaissait au coin de ses lèvres.

— Je conduis très bien !

— La preuve…, dit-il en désignant son pare-chocs.

— Écoutez, je me suis excusée. Je paierai pour le remplacement de la plaque. Alors, si nous en avons terminé…

Il valait mieux qu'elle s'en aille avant d'hypothéquer complètement sa carrière. Cet homme faisait ressortir le pire en elle, et il valait mieux arrêter les dégâts avant de prononcer quelque parole définitive qui signerait la fin anticipée de son stage aux urgences et lui vaudrait une mention infamante et indélébile dans son dossier.

Au lieu de lui changer les idées, la soirée n'avait fait qu'ajouter à son stress. Et encore, elle serait malvenue de se plaindre puisque ses frères lui éviteraient une facture de garage exorbitante — la moindre réparation sur ce bijou de technologie italienne devait coûter une fortune — en se chargeant des réparations. Si seulement ils pouvaient l'accompagner demain à l'hôpital pour l'aider à recoller les morceaux, elle aurait peut-être encore une chance de gagner le respect de son directeur de stage.

— J'ai, moi aussi, des excuses à vous présenter, dit-il en s'asseyant sur le capot de sa précieuse voiture.

Contrairement à elle, il ne semblait pas pressé de s'en aller.

— Je ne voulais pas vous insulter dans le studio de danse. Cette remarque stupide sur les femmes ne me ressemblait pas.

— Vous l'avez pourtant faite.

En plus de cette remarque, il y avait le mépris qu'il affichait à son encontre, et cet air de se moquer d'elle en permanence. Et il croyait que des excuses allaient tout effacer !

— J'étais de mauvaise humeur à cause d'un problème personnel avec Angélique... Disons que je n'approuve pas vraiment son travail, ajouta-t-il en secouant la tête d'un air consterné.

— Elle me semble assez grande pour décider de ses choix de vie.

Un esprit libre comme Angélique n'avait certainement pas besoin de la permission de son compagnon pour exercer une activité qui semblait de plus lui aller comme un gant.

— Ah, mais Ange ne sait pas toujours reconnaître ce qui est bien pour elle...

Sa voix trahissait une inquiétude sincère qui lui donna la chair de poule. Il aimait Angélique, il n'y avait aucun doute là-dessus.

Le seul amour inconditionnel que Lola ait jamais reçu lui venait de ses frères. En fait, elle avait gardé à distance tous les autres hommes qui avaient exprimé le désir de partager son existence, ce qui expliquait que sa vie sentimentale ait été un échec sur toute la ligne.

Angélique avait bien de la chance d'avoir rencontré un homme comme Henri Benoit.

— Nous sommes en plein vent sur ce boulevard. Alors, si ça ne vous dérange pas, j'aimerais rentrer chez moi. Vous conviendrez, j'espère, que ce n'est pas la peine de remplir un constat d'accident pour une simple plaque d'immatriculation endommagée. Mes frères vous la changeront et il est inutile de contacter nos assurances pour si peu.

Elle n'avait aucune envie de l'entendre parler davantage d'Angélique. S'il comptait l'attendrir avec ses histoires de couple, c'était raté. Cet homme lui avait pourri sa journée et, ironie du destin, c'était contre sa voiture qu'elle était allée s'encastrer pour finir en beauté. Tout ce qu'elle voulait, c'était remettre les compteurs à zéro pour pouvoir repartir du bon pied.

— D'accord. Nous réglerons les détails demain. Je vois que vous êtes pressée…

Enfin, il comprenait le message. Avant qu'il puisse changer d'avis pour l'assurance, elle se précipita vers la Mini et se glissa derrière le volant. Pour s'en aller, encore fallait-il qu'il démarre de son côté.

Les mains crispées sur le volant, elle attendit. Les pensées se bousculaient dans sa tête, et son cœur battait si fort qu'elle se sentait à deux doigts de s'évanouir.

Elle était réussie, la soirée de détente orchestrée par Jules…, songea Lola. Elle s'était essayée au *strip-tease* — tout habillée — avant d'emboutir une voiture et d'avoir une énième confrontation avec son patron. Bizarrement, malgré les apparences, quelque chose lui disait qu'elle ne sortait pas vainqueur de l'affrontement. Il était temps que cette maudite journée se termine.

Las, elle n'était pas au bout de ses peines. Le stage sous la houlette d'Henri Benoit durerait six semaines, le temps d'une courte peine de prison, mais, contrairement aux détenus, elle ne bénéficierait d'aucune remise de peine pour bonne conduite.

2.

Rénové et agrandi dans les années quatre-vingt-dix pour s'adapter à l'explosion démographique de la ville et de ses environs, le Belfast Community Hospital arborait une façade moderne qui accomplissait le prodige de marier harmonieusement verre et marbre. C'était une merveille d'architecture, même à l'intérieur, et Lola parcourait ses larges couloirs sans avoir l'impression d'y étouffer comme dans le précédent établissement où elle avait travaillé.

Mais, durant ses gardes, elle n'avait pas de temps à perdre en considérations esthétiques, ni en introspections personnelles. En ce vendredi soir encore moins, et elle franchit le sas des urgences en se préparant à une nuit mouvementée.

— Je veux une infirmière, vite ! Mademoiselle !

La voix hystérique retentit dès qu'elle entra dans le hall, et une main se referma brutalement autour de son poignet, la ramenant aussitôt à ce funeste jour d'il y a dix ans où elle n'avait pas su se défendre.

Les yeux fermés, elle essaya de repousser les souvenirs qui l'assaillaient. En vain. Elle n'était plus dans le hall d'accueil des urgences, mais dans cette petite pièce remplie de visages grimaçants, plaquée au sol, incapable de faire un geste, à la merci de ses agresseurs qui lui avaient arraché un à un tous ses vêtements jusqu'à ce qu'elle soit nue et grelottante, livrée à leurs regards haineux.

L'agression n'avait duré que quelques minutes, le temps pour ses « camarades » d'assouvir leur besoin cruel de la briser. Une fois l'humiliation achevée et la question de son sexe résolue, ils lui avaient jeté ses vêtements et étaient partis. Avec le recul, elle se félicitait d'avoir échappé à l'outrage ultime même si, à l'époque, elle avait eu l'impression que son calvaire n'aurait pu être pire.

Tremblant de tous ses membres, elle songea à la terrible alternative. Il lui avait fallu des années pour digérer la trahison de celui qu'elle croyait son ami — il lui avait tendu un guet-apens en l'attirant chez lui où l'attendaient ses tortionnaires — et laisser un autre homme la toucher. Mais elle ne s'en serait jamais remise si cette bande de voyous avaient décidé d'aller plus loin.

Sans doute avaient-ils considéré toute l'histoire comme une bonne blague, mais le traumatisme de ce qu'ils lui avaient fait subir la poursuivait encore et, pendant longtemps, elle avait eu du mal à supporter le simple contact avec un homme. Pratique de la médecine oblige, elle s'y était habituée, mais seulement lorsqu'elle initiait le contact.

L'étau se desserra autour de son poignet. Retrouvant un peu ses esprits, elle ouvrit les yeux et vit un homme d'une soixantaine d'années assis sur l'un des sièges en polystyrène à l'entrée du hall. Elle acheva de se dégager de ses doigts en se répétant qu'elle n'était plus une adolescente sans défense.

— Je suis le Dr Roberts. Une infirmière va venir vous examiner bientôt, monsieur.

Il avait une petite entaille à la joue droite d'où coulait un filet de sang qui passait presque inaperçu sur son teint rubicond. Une forte odeur d'alcool flottait autour de lui.

— Vais-je mourir, docteur ?

Ses yeux rougis la fixaient sans paraître la voir. Cet homme était plus une menace pour lui-même que pour les autres.

— Bien sûr que non, dit-elle en lui tapotant la main pour le rassurer. Je vais vous envoyer une infirmière.

— Merci.

S'adossant à son siège, il se mit à chanter à tue-tête. Sa voix de fausset la suivit jusqu'au poste infirmier où elle signala le cas à la surveillante en ajoutant qu'il vaudrait peut-être mieux le soigner et le renvoyer chez lui avant qu'il prenne ses aises pour la nuit en salle d'attente.

Puis elle prit le dossier en haut de la pile.

Sa première patiente souffrait de vertiges, de fatigue, de dessèchement de la peau dû à une mauvaise capillarité et d'une sensation de soif permanente, *dixit* la fiche d'informations. Sans doute s'agissait-il d'un cas de déshydratation qu'on lui avait assigné en raison de la banalité de la pathologie, ce qui ne la dérangeait pas. S'occuper des plaies et bosses et autres rhumes indignes des consultants lui permettrait de se fondre dans la masse et de se faire oublier de son patron. Toutefois, elle savait que son stage serait noté, et qu'il viendrait un moment où il lui faudrait montrer ses capacités. Ce jour-là, elle s'assurerait d'avoir quelques anxiolytiques à portée de main.

Après un passage par la réserve pour réapprovisionner le chariot en kits de soins, compresses et antiseptique, elle s'achemina vers le box en question. La vue de la vieille dame qui l'attendait derrière le rideau la mit aussitôt à l'aise.

— Bonjour, madame Jackson. Je vais vous prélever un petit peu de sang si vous êtes d'accord.

Un test d'urée et d'électrolytes confirmerait ou pas l'hypothèse de la déshydratation.

La vieille femme lui sourit.

— Allez-y. J'ai l'habitude.

Entourés de cernes, ses yeux bleus étaient enfoncés dans leurs orbites. Avant la prise de sang, Lola procéda à un examen qui révéla une sécheresse des muqueuses des voies respiratoires.

— Alors, vous ne risquerez pas de vous évanouir quand j'enfoncerai l'aiguille ? dit-elle, s'efforçant d'adopter un ton enjoué.

— Bien sûr que non, mon petit. Faites ce que vous avez à faire.

Tel un donneur de sang aguerri, Mme Jackson tendit le bras et lui désigna une veine bleue gonflée.

— C'est la préférée de mon infirmière.

La peau diaphane était marquée d'ecchymoses plus ou moins récentes qui témoignaient des nombreuses piqûres faites à cet endroit. Lola désinfecta la peau, heureuse de ne pas devoir faire souffrir cette adorable mamie en cherchant une veine.

La devançant, cette dernière passa elle-même la large bande élastique autour de son bras.

— Vous pourriez vous faire embaucher ici, commenta Lola en serrant le tourniquet.

— Si j'avais la santé, cela ne me déplairait pas. Je ne sais où vous puisez l'énergie, vous les jeunes, pour tenir debout tant d'heures d'affilée. Et où trouvez-vous le temps de vous chercher un mari ? À moins que vous n'ayez jeté votre dévolu sur l'un de ces beaux médecins en blouse blanche ?

L'image d'Henri Benoit surgit à l'esprit de Lola. Même virtuel, il ne se départait pas de son sourire arrogant, comme s'il semblait content qu'elle pense à lui.

À quoi songeait-elle ? Il était le mari d'Angélique.

— Serrez le poing, s'il vous plaît, dit-elle, négligeant de répondre à la question de Mme Jackson. Voilà, c'est fait. Maintenant, pourriez-vous appuyer ce coton hydrophile contre votre bras ?

Coopérative, la patiente tamponna le sang qui perlait.

— Reposez-vous en attendant le résultat des tests. On va vous trouver un lit dans le service.

— Merci, mon petit.

L'air soudain très fatigué, la vieille dame posa sa tête auréolée de boucles blanches sur l'oreiller.

Se jurant de tout mettre en œuvre pour la remettre sur pied, Lola retourna au poste infirmier. L'effervescence des grands soirs régnait dans le couloir.

Elle arrêta Jules qui passait.

— Que se passe-t-il ? demanda-t-elle.

— Une urgence. Une ambulance nous amène un patient victime d'un arrêt cardiaque. Tu m'excuseras, il faut que j'y aille.

Visiblement pressée, Jules rejoignit le groupe de médecins qui se dirigeaient vers les salles de déchoquage. Avec, à son actif, un an d'expérience de plus qu'elle, Jules semblait avide d'action et d'adrénaline. Éprouverait-elle jamais la même excitation en entendant la sirène des ambulances ? se demanda Lola. Elle en doutait.

— Nous ferez-vous l'honneur de vous joindre à nous, docteur Roberts ? demanda une voix sarcastique à l'accent français.

Son cœur se mit à battre à coups redoublés.

— Euh… Je ne sais pas, marmonna-t-elle en se tournant vers lui. J'ai d'autres patients qui m'attendent.

— Des urgences mineures. Je suis sûr que les infirmières de triage trouveront quelqu'un d'autre pour s'en occuper. L'expérience d'une UA vous sera bénéfique.

Les initiales signifiaient une urgence absolue, le degré 2, c'est-à-dire un blessé grave nécessitant des soins ou une opération immédiate.

Il compulsait ses notes, l'ignorant royalement, et elle ne put s'empêcher de se sentir déçue. Ce médecin aux allures distantes était aux antipodes de l'homme qui avait croisé le fer avec elle devant le studio de danse.

En tout cas, cette version d'Henri Benoit était plus prévisible que l'autre, et il ne serait pas dit qu'il aurait le dernier mot.

Décidée à relever le défi, elle le regarda droit dans les yeux.

— J'adorerais me joindre au reste de l'équipe.

Leurs chariots de soins fin prêts, médecins et infirmières attendaient l'arrivée du blessé en salle de déchoquage, et Lola s'efforçait de réprimer le tremblement de ses jambes.

Les portes battantes s'ouvrirent enfin, livrant le passage au chariot-brancard poussé par les auxiliaires médicaux.

C'était parti.

Tous entourèrent le brancard.

— À trois, soulevez, ordonna Henri Benoit. Une, deux, trois.

Le corps inerte d'un homme d'une quarantaine d'années en net surpoids fut transféré sur la table d'opération et branché à la batterie de moniteurs.

— Lola, s'il vous plaît, posez une perfusion.

Selon le rapport des ambulanciers, l'homme en arrêt cardiaque depuis plusieurs minutes se trouvait dans un état critique, et ce n'était pas le moment de paniquer.

— Posez les électrodes pour le défibrillateur. Je commence la réanimation cardio-vasculaire manuellement, annonça Henri.

Puis il se mit à alterner compressions sternales et bouche-à-bouche.

Des gouttes de sueur perlant à son front, Lola inséra l'extrémité de la sonde dans le cathéter déjà mis en place par les auxiliaires médicaux. La canule servirait à injecter de l'adrénaline afin de faire redémarrer le cœur, et c'était elle qu'Henri avait choisie pour cette opération cruciale.

— C'est fait, dit-elle en tentant de gommer le soulagement de sa voix.

Ce serait déplacé de crier victoire alors qu'elle était entourée d'infirmières qui accomplissaient ce geste une dizaine de fois par jour.

— Le défibrillateur est prêt ? A-t-on un rythme choquable ?

L'assistant d'Henri fit signe que oui et l'appareil, entièrement automatique, délivra un premier choc externe.

— Administrez 1 milligramme d'adrénaline dans la perf, poursuivit le médecin chef à l'intention de Lola.

Au bout de plusieurs chocs et d'injections d'adrénaline, elle entendit les mots que tout le monde espérait.

— On a un tracé, dit Henri, le regard fixé sur le moniteur.

Quelques secondes plus tard, systoles et diastoles se

succédèrent sur l'écran à une fréquence presque normale. Henri avait réussi le prodige de ramener à la vie un homme en état désespéré, ainsi que l'indiquaient les bruits réguliers des pulsations cardiaques.

Une fois le patient stabilisé, il se tourna vers l'équipe.

— Beau travail, tout le monde. Vous aussi, Lola. À présent, vous pouvez retourner à ce que vous faisiez.

L'ordre était cette fois prononcé d'une voix plus douce, plus bienveillante. Mais ce fut un miracle si elle l'entendit tant le sang cognait à ses tympans tandis que la tension de ces dernières minutes retombait.

Incapable de parler, elle se contenta de lui adresser un sourire reconnaissant puis elle se hâta de quitter la salle. Dans le couloir où le calme était revenu, elle s'arrêta pour reprendre son souffle. Ce fut à cet instant qu'elle prit la pleine mesure du rôle qu'elle avait joué pour sauver cet homme. Sans se soucier du regard des autres, elle avait injecté l'adrénaline d'une main sûre au moment voulu en se fiant à son instinct autant qu'à ses compétences. La confiance que son supérieur semblait placer en elle y avait sans doute été pour beaucoup ; pour la première fois, elle avait eu le sentiment de faire partie intégrante de l'équipe et il lui tardait de renouveler l'expérience.

Mais pas tout de suite. Elle avait eu son lot d'émotions pour aujourd'hui.

Une main se posa sur son épaule.

— Ça va ?

Comme les yeux d'Henri Benoit plongeaient dans les siens, elle sentit ses genoux se dérober sous elle.

— Asseyez-vous, ajouta-t-il en la conduisant à un siège.

Elle obéit à contrecœur.

— Je vais bien, je vous assure…

Tout ce qu'elle demandait, c'était qu'il s'en aille pour la laisser reprendre ses esprits.

— Vous vous sentez un peu bouleversée, c'est normal. Ces interventions sont intenses, difficiles à supporter pour des débutants, mais vous avez parfaitement tenu votre rôle, et vous devez être fière de vous, Lola. Comme c'est le calme plat pour le moment, profitez-en pour aller prendre une tasse de thé à la cantine.

Elle le regarda s'en aller en se disant qu'elle adorait la manière dont il prononçait son prénom avec son inimitable accent. Le fait qu'il ne lui donne plus du « Dr Roberts » était sans doute un bon signe. Après un mauvais départ, elle avait su redresser la barre et était montée d'un cran dans l'estime de son directeur de stage ; il ne lui restait plus qu'à poursuivre sur sa lancée pour faire ses preuves.

Ce fut donc une Lola ragaillardie qui gagna la cantine pour s'offrir le remède prescrit par le médecin. Une tasse de Darjeeling fumante sur son plateau, elle se dirigeait vers le fond de la salle quand une voix familière la héla.

— Bonjour !

C'était sa professeur de *strip-tease* burlesque qui lui faisait signe de la rejoindre.

— Venez vous asseoir avec nous. Je ne savais pas que vous travailliez ici…

Vêtue de manière plus classique que la dernière fois, Angélique lui désignait le siège en face d'elle. Une adolescente qui ressemblait comme deux gouttes d'eau à Henri — sa fille, de toute évidence — se trouvait aussi à la table, sa beauté naturelle abîmée par un œil au beurre noir et des écorchures sur la joue.

— Je suppose que vous connaissez Henri, alors ? poursuivit Angélique.

— Oui. Je viens de commencer mon stage aux urgences. Au fait, je m'appelle Lola, ajouta-t-elle à l'adresse de la jeune fille.

— Moi, c'est Gabrielle, marmonna une voix boudeuse.

— Vous êtes toutes deux là pour voir Henri… Je veux dire le Dr Benoit, rectifia-t-elle pour ne pas être taxée de familiarité.

— Oui. Mais on nous a dit qu'il était occupé avec un patient. Il va falloir qu'on attende qu'il rentre à la maison pour lui parler, dit Angélique en secouant la tête d'un air contrarié.

— Puis-je vous aider entre-temps ? proposa Lola. Si vous voulez, je peux examiner ces vilaines coupures, ajouta-t-elle à l'adresse de Gabrielle.

La tête baissée dans son assiette, ses cheveux noirs cachant maintenant son visage et ses blessures, cette dernière ne réagit pas.

— Ce ne sera pas nécessaire, répondit Angélique en croisant et décroisant les mains. L'infirmière scolaire s'en est chargée avant de me téléphoner pour me dire de venir la chercher. Ce n'est rien de grave, mais on n'est jamais trop prudent de nos jours et ils l'ont nettoyée avec de l'antiseptique...

La nervosité de la jeune femme trahissait une vive inquiétude. Sans doute refusait-elle son aide par politesse.

— Cela ne me dérange pas de la soigner. Des blessures de ce genre peuvent s'infecter à l'air libre, et il vaut mieux prévenir que guérir.

D'autant qu'Henri Benoit n'apprécierait guère que sa fille ait été refoulée à la porte sans examen ni soins.

— C'est rien. Je suis tombée dans la cour de récréation, inutile d'en faire tout un plat, intervint l'adolescente, les bras croisés, le regard empli de défi.

— En plus, ce n'est même pas pour cette raison que nous sommes ici, reprit Angélique. On a une urgence en pâtisserie. Alors, à moins que vous connaissiez quelqu'un qui sache confectionner un gâteau d'anniversaire en forme de dinosaure, j'ai bien peur que vous ne puissiez nous aider.

— C'est l'anniversaire de qui ? demanda Lola, curieuse.

— De mon fils. Bastien aura six ans demain, et il a décidé au dernier moment qu'il voulait un gâteau en forme de dinosaure. Impossible d'en trouver au supermarché, et le boulanger-pâtissier de ma rue aurait dû être prévenu au moins une semaine à l'avance. J'espérais qu'Henri pourrait me donner une idée, ou prendre un cours de pâtisserie option dinosaure en accéléré.

L'image du bel Henri, les manches retroussées et les mains recouvertes de farine, fit rougir Lola. Et il y avait de quoi. Elle n'avait pas le droit de fantasmer sur le compagnon d'une autre !

— Moi, je m'y connais un peu dans ce domaine.

C'était comme si la Callas avait proclamé qu'elle s'y connaissait un peu en chant. Dans une cuisine, Lola se sentait dans son élément, et inventer des recettes ou revisiter les classiques était sa manière d'évacuer le stress de la journée. Elle n'avait jamais accepté de commandes, mais, après tous les gâteaux à thème qu'elle avait confectionnés au fil des ans pour les anniversaires de ses frères, cet art millimétré n'avait plus aucun secret pour elle. L'argent avait parfois manqué à la maison, jamais l'imagination.

Un dinosaure ? Ce serait amusant.

— Vraiment, vous pourriez le faire ? demanda Gabrielle.

Elle avait perdu son air boudeur, et ses yeux bruns qui ressemblaient tellement à ceux d'Henri brillaient d'excitation. De toute évidence, la grande sœur voulait que son petit frère soit heureux, et Lola la trouva du coup bien plus sympathique.

— Peut-être, dit-elle prudemment. Je ne suis pas une spécialiste…

De nouveau, elle doutait d'elle. Ses mille-feuilles, charlottes et autres tartes plaisaient à ses frères, mais serait-elle à la hauteur pour la demande très spéciale d'Angélique ?

— Du moment que ça ressemble à une grosse bête avec des yeux et des écailles, c'est tout ce qui m'importe ! dit Angélique. Bastien aura son dinosaure et vous m'aurez sauvé la vie ! Si vous pouviez le préparer pour ce soir, j'enverrais Henri le chercher chez vous. Dites-moi combien il vous faut pour la farine et tous les ingrédients nécessaires ?

Angélique plongea la main dans son sac pour en sortir son porte-monnaie, ce qui fit un peu l'effet d'une douche froide à Lola. Elle lui proposait ses services pour l'aider, pas pour gagner de l'argent.

Elle se força à rire.

— Doucement ! Je n'ai pas encore accepté ! Et puis, le Dr Benoit n'appréciera peut-être pas que je me mêle de vos affaires. Il me voit déjà assez à l'hôpital.

Sans compter qu'elle n'avait aucune envie de le croiser en dehors du travail. Elle n'était pas fière de se sentir attirée par un homme en couple avec une autre alors qu'elle sortait tout juste d'une histoire qui avait failli tourner au désastre, évité *in extremis* grâce à Jake qui avait arrondi les angles.

— Cela ne le regarde pas, répliqua Angélique.

Tout de même, c'était le père, songea Lola, et elle s'en voudrait de semer la zizanie dans le couple. Elle finit sa tasse et se leva dans l'espoir que la mère et la fille l'imiteraient.

— Si on allait lui demander ce qu'il en pense avant de décider quoi que ce soit ?

Henri ne refuserait certainement pas ce plaisir à son petit garçon. Quoi qu'il en soit, Lola voulait son feu vert car elle ne pouvait se permettre un nouveau faux pas. N'en déplaise à Angélique, cela le regardait, et au plus haut point.

À la grande satisfaction d'Henri, Lola avait montré de quoi elle était capable aujourd'hui. Il avait suffi qu'il la pousse à sortir de sa zone de confort pour qu'elle révèle son potentiel. En tant que son supérieur, il lui appartenait de continuer à l'encourager dans cette voie, sans se laisser distraire par le souvenir de ce qu'il avait vu au cours de danse.

Une fois le malade cardiaque stabilisé, il retourna à son bureau se changer. La douche serait pour plus tard, mais une chemise propre l'aiderait à se sentir plus allègre et à remiser les couches de stress accumulées durant la journée.

Voyons, où avait-il donc rangé ses vêtements de rechange ?

Torse nu, il était en train de chercher dans les tiroirs de son bureau quand il entendit un coup timide frappé à la porte.

— Entrez.

— Docteur Benoit… Oh ! pardon !

Lola devint rouge pivoine puis détourna les yeux vers le plafond puis le sol.

— Oui, que voulez-vous ? dit-il sèchement, irrité par tant de pruderie.

Saisissant un T-shirt blanc roulé en boule au fond d'un tiroir, il l'enfila pour lui éviter l'apoplexie.

— Angélique et Gabrielle sont ici. J'ai… euh… pensé que vous aimeriez le savoir.

Comme elle battait déjà en retraite vers la porte, Henri lui saisit le bras.

— Où sont-elles ? Y a-t-il eu un accident ?

Poussant un petit cri paniqué, elle se dégagea.

— Elles sont dehors, dans le couloir. Gabrielle a fait une chute à l'école, mais elle dit que c'est trois fois rien. Elles sont là, en fait, pour vous soumettre une idée pour l'anniversaire de Bastien. Je voulais m'assurer que vous aviez le temps de les recevoir.

Elle recula en se frottant le bras là où il l'avait agrippée et il regretta aussitôt sa brutalité. Il s'était laissé emporter par la peur qui l'avait saisi pour sa sœur et sa nièce.

— J'ai toujours du temps pour ma famille.

— Dans ce cas, je vais leur dire d'entrer.

Ses yeux verts exprimaient sa désapprobation face à son comportement brutal.

— Merci, et… pardon si je vous ai fait mal, ajouta-t-il en désignant son bras.

— Ça va, dit-elle avec un pâle sourire.

Dès que ses visiteuses entrèrent dans la pièce, il remarqua les ecchymoses sur le visage de Gabrielle.

— Que t'est-il arrivé ?

— Les blessures sont superficielles, dit la voix de son assistant, resté dans le couloir.

Henri le voyait bien lui-même, ce qui ne l'empêchait pas de s'inquiéter.

— Gabrielle, dis-moi ce qui s'est passé.

Un haussement d'épaules excédé lui répondit.

— J'en ai assez de répéter que j'ai glissé dans la cour de récré et que je suis tombée. C'est tout de même pas l'accident du siècle, non ?

Quand elle se tournait ainsi vers le mur, Henri devinait qu'elle ne lui disait pas toute la vérité.

Du coin de l'œil, il vit Angélique secouer subrepticement la tête dans sa direction pour lui signifier de toute évidence de laisser tomber. Ce n'était pas dans la nature d'Henri d'enfouir la tête dans le sable et de faire comme si tout allait bien, mais, en matière d'éducation de sa nièce, il devait s'incliner devant Angélique.

— Au moins, mets une compresse froide sur ton œil pour l'empêcher de gonfler.

— Je le ferai dès que je serai rentrée à la maison.

Puis elle leva les yeux au ciel, l'air de dire : « Quel enquiquineur ! »

— Nous sommes venues te voir pour te parler de l'anniversaire de Bastien, dit Angélique. La fête sur le thème des pirates ne lui dit plus rien, ce sont désormais les dinosaures qu'il veut mettre à l'honneur, et il lui en faut absolument un sur son gâteau.

Ce fut au tour d'Henri de lever les yeux au ciel. Son jeune neveu changeait d'avis plus souvent qu'Angélique de costume. En témoignaient les activités extrascolaires dont il se lassait après les avoir réclamées à cor et à cri à sa mère. La dernière en date, le judo auquel il était inscrit depuis un mois, ne recueillait déjà plus ses faveurs, et il voulait désormais s'essayer à la boxe française, à six ans ! Avec le petit Bastien, on ne s'ennuyait jamais, et Henri remerciait tous les jours le ciel de les avoir dans sa vie, lui, Gabrielle et, bien sûr, Angélique. Sans eux, il ne serait qu'un play-boy égoïste, à l'instar de tant d'autres urgentistes célibataires.

— Il y a certainement une manière simple de régler ce problème sans déranger le Dr Roberts.

Sans doute Lola n'appréciait-elle guère d'être interrompue dans son travail pour de futiles histoires familiales, d'autant qu'il l'avait réprimandée pour ce même motif lors de son premier jour de garde.

— Pas si simple à vingt-quatre heures de la fête, répliqua Angélique. Et c'est Lola qui nous a proposé son aide, à condition que tu approuves l'idée.

— Quelle idée ?

— Lui confier la préparation du gâteau.

— Parce qu'en plus de faire du *strip-tease* burlesque à vos heures perdues vous vous y connaissez en pâtisserie ? dit-il.

Son interne rougit.

— Je réussis un peu mieux dans la pâtisserie.

— Elle est modeste, intervint Angélique. Je crois qu'elle se débrouille comme un chef.

Pour sa part, il trouvait qu'elle se défendait également pas mal dans l'autre domaine. Jusqu'à ce qu'il voie Lola danser, il n'avait guère été sensible au charme du *strip-tease* burlesque qu'il associait jusque-là à tout ce qu'il détestait depuis la mort de ses parents : les difficultés financières et sa culpabilité d'avoir obligé Angélique à assumer son éducation alors qu'elle n'était elle-même qu'une adolescente. De plus, il n'aimait guère la vulgarité des battements de cils, trémoussements et autres gestes outrés qui allaient de pair avec la discipline.

Son opinion avait changé quand il avait vu la jeune et timide doctoresse s'abandonner à la musique sur le parquet de danse et révéler un *sex-appeal* du feu de Dieu. L'image n'était pas près de s'effacer de sa mémoire. À cheval sur la chaise, elle avait…

La voix de sa sœur le ramena au présent.

— Lola fera le gâteau ce soir et tu n'auras qu'à aller le chercher. Tu es d'accord, Henri ?

— Euh… Entendu.

— Parfait. On vous laisse régler les détails. Gabrielle et moi, nous avons encore des tonnes de choses à acheter pour la fête. Merci pour le coup de main, Lola.

Puis elle embrassa chaleureusement cette dernière tandis qu'Henri commençait simplement à comprendre dans quoi elles l'avaient embarqué. Alors qu'il mettait un point d'honneur à garder ses distances avec ses stagiaires et à ne jamais s'immiscer dans leur vie privée, il allait devoir se rendre chez l'une d'elles à une heure avancée du soir. Pour ne rien arranger, il s'agissait de celle qui occupait ses pensées. Lola. Si Angélique avait voulu les rapprocher, elle ne s'y serait pas prise autrement…

Pourtant, il se garda de toute objection car, sinon, sa fine mouche de sœur devinerait qu'il y avait anguille sous roche. Pour l'amour de son neveu, il s'acquitterait de sa mission, puis, plus tard, il parlerait entre quatre yeux à Angélique pour lui demander de ne plus le remettre dans des situations embarrassantes avec son personnel.

Un peu dépassée par les événements, Lola regarda la tornade brune franchir la porte avec sa fille en ne laissant que ruines et destruction dans son sillage. Figé tel un mannequin de marbre, Henri se demandait sans doute ce qu'il lui arrivait. Tout comme elle.

Elle avait accepté de préparer un gâteau sans se douter que le marché s'assortirait d'une visite d'Henri dans son appartement hors des heures de bureau.

Son havre de paix allait être violé par un homme, et pas n'importe lequel, mais le seul capable de lui faire perdre ses moyens par un simple regard ou un effleurement de ses doigts.

Il était le compagnon d'Angélique et le père de Gabrielle.

Et eût-il été célibataire que Lola ne voulait plus rien avoir affaire avec les hommes, ce qui ne l'empêchait pas d'avoir des yeux et d'être sensible au charme d'Henri dont le torse était moulé dans un T-shirt blanc trop petit pour lui. Sans oublier le spectacle de son torse dénudé, tout à l'heure, des abdominaux sculptés, de la ligne de poils sombres qui disparaissait sous la ceinture du pantalon.

Le silence commençait à devenir pesant.

— Si vous me donnez un papier et un stylo, je vais vous noter mon adresse.

Zut… Sa voix tremblait.

— Bien sûr, dit-il, s'animant de nouveau pour pousser un bloc-notes et un stylo vers elle. Je suis désolé qu'Angélique vous ait mise à contribution.

— C'est moi qui me suis proposée. Je m'en serais voulu de laisser un petit garçon sans gâteau d'anniversaire. Comme ça, nous serons quittes. J'ai embouti votre voiture, mais je me rachète en vous préparant un gâteau, ajouta-t-elle avec un rire qu'elle voulait enjoué.

Elle lui tendit le bout de papier où elle avait griffonné son adresse.

— Disons 20 heures.

La perspective de le voir se présenter à sa porte ce soir la mettait dans tous ses états. Et elle redoutait de devoir l'annoncer à Jules.

— Parfait, dit-il. Cela fera au moins un heureux.

Puis il se passa une main dans les cheveux d'un air nerveux.

— Gabrielle ne l'est pas, heureuse ?

Il secoua la tête.

— L'œil au beurre noir, l'école buissonnière… Elle a de toute évidence des problèmes, mais refuse de nous en parler.

Le fait que cet homme si peu bavard se confie à elle montrait à quel point il était désespéré. Loin d'être une autorité en matière d'éducation des enfants, Lola savait, en revanche, ce que c'était que d'être une adolescente perturbée qui inventait des excuses pour sécher l'école.

— Je ne voudrais pas vous inquiéter davantage, mais avez-vous envisagé qu'elle soit victime d'un harcèlement à l'école ?

Henri la fixa d'un air si sombre qu'elle crut avoir proféré quelque énormité.

— Gabrielle n'est pas du genre à se laisser faire et elle ne correspond pas *a priori* au profil des enfants harcelés. Nous lui avons posé la question, mais elle prétend que tout va bien, et elle pousse des hauts cris lorsque je suggère d'aller voir ses professeurs. Hélas, nous en sommes arrivés au stade où je crois que je vais devoir le faire.

À cause de son caractère ombrageux, il risquait de faire empirer la situation. Les frères de Lola ne l'avaient pas aidée lorsqu'ils étaient allés tempêter dans le bureau du proviseur en réclamant des sanctions.

— Je suis sûre qu'elle se confiera à vous quand elle se sentira prête. Ce n'est pas facile pour une adolescente de parler à des adultes, et encore moins à son père.

Au plus fort du harcèlement, Lola n'était jamais allée trouver son père car elle savait que cela ne servirait à rien étant donné qu'il avait été à peine capable de régler ses propres problèmes. Jamais elle n'avait pu compter sur lui. Si elle avait un jour des enfants, elle espérait que leur père ressemblerait à Henri.

Lequel était en train de l'observer d'un air étonné.

— Vous n'êtes pas d'accord avec ce que je dis ? reprit-elle. Faites-moi confiance. Vous ne lui rendrez pas service en allant vous plaindre à l'école car elle risque de perdre la face devant ses camarades. Respectez ses désirs et soyez simplement là pour elle, qu'elle sache qu'elle peut tout dire à son papa.

Henri eut un rire incrédule.

— Vous croyez que je suis le père de Gabrielle ?

De toute évidence, elle avait commis un impair.

— Je ne sais pas. Etes-vous son beau-père ? En tout cas, vous exercez l'autorité parentale.

— Je suis son oncle. Angélique est ma sœur.

— Oh…

Lola était partagée entre l'envie de rentrer sous terre et de sauter de joie.

— Pardonnez-moi, dit-elle en s'efforçant de masquer son émotion. Vous sembliez une famille tellement soudée.

Leur ressemblance l'avait abusée.

— Vous croyiez vraiment qu'Angélique et moi formions un couple ? dit-il, visiblement amusé par la méprise.

— Je… J'ai tiré des conclusions hâtives.

— À votre décharge, il est vrai que nous sommes très proches depuis la mort de nos parents, davantage que la plupart des frères et sœurs. Quand Angélique a décidé de venir à Belfast pour rejoindre le père de ses enfants, je l'ai suivie pour continuer mes études ici afin de ne pas séparer ce qu'il restait de la famille.

Son sourire avait disparu comme il évoquait leur deuil. Un deuil qui expliquait le lien fraternel très fort qui existait entre eux.

Bien que ses propres parents ne soient pas morts, Lola aussi s'était accrochée à ses frères quand leurs parents avaient démissionné — sa mère en désertant le foyer, et son père en les laissant livrés à eux-mêmes.

— Le compagnon d'Angélique n'est plus là ?

Autant profiter de l'humeur prolixe d'Henri pour lui arracher des confidences avant qu'il se referme comme une huître, ou qu'elle mette de nouveau les pieds dans le plat.

— Sean réapparaît de temps en temps dans la vie d'Angélique, mais, à mon avis, elle est bien mieux sans lui.

— Heureusement, elle vous a pour participer aux réunions de parents d'élèves et jouer les coursiers pour les gâteaux d'anniversaire, commenta Lola pour détendre l'atmosphère.

Pourvu qu'il ne lui demande pas en retour des confidences

sur elle-même. Elle ne le considérait plus comme un ennemi, sévère et impitoyable, mais il n'en devenait pas pour autant un ami.

— Pour les réunions de parents, je n'ai pas vraiment le temps, mais vous pouvez compter sur moi pour livrer le gâteau en temps et en heure.

À présent qu'elle le savait célibataire, elle appréciait son sourire sans la moindre once de culpabilité.

— Alors, je vous laisse. À 8 heures, ajouta-t-elle, mettant brutalement un terme à la conversation.

Elle avait eu son lot de révélations pour aujourd'hui et ressentait le besoin d'assimiler toutes ces informations. Surtout la dernière.

Henri Benoit était libre. C'était lui qui le lui avait précisé, non sans une certaine insistance qui indiquait peut-être qu'il partageait son attirance.

Mais que faisait-elle de ses résolutions de se tenir à l'écart des hommes ?

Elles tenaient toujours. Ce soir, elle reverrait Henri pour la bonne cause, mais il n'était pas question de lui montrer ses sentiments.

D'ailleurs, s'agissait-il bien de sentiments ? se demanda-t-elle, une fois dans le couloir. Chaque fois qu'elle le voyait, son cœur se mettait à battre un peu plus vite, mais il y avait peut-être une explication parfaitement logique à cette arythmie qu'elle se ferait fort, en tant que médecin diplômé, de soigner et de guérir. Dès qu'elle aurait trouvé le remède.

3.

À la sortie de l'autoroute, Henri prit la route désormais familière du port, celui-là même d'où le *Titanic* était parti, à deux encablures du Belfast Lough, le lac sur les bords duquel se trouvait la résidence où habitait Lola. Étonnant qu'un jeune médecin fraîchement diplômé puisse se permettre un appartement dans ce quartier ultra-résidentiel, mais, au fond, cela ne le regardait pas.

C'était la seconde fois qu'il lui rendait visite, après l'épisode du gâteau la semaine précédente, et cette fois ses neveu et nièce l'accompagnaient.

— Nous sommes arrivés, dit-il en mettant le frein à main.

Gabrielle resta affalée sur le siège passager, le regard fixé sur la vitre zébrée de pluie.

— Et mon poulet ? dit la petite voix vindicative de Bastien depuis la banquette arrière.

Henri jeta un coup d'œil dans le rétroviseur. Les bras croisés, la moue boudeuse, le petit garçon semblait sur le point de piquer une grosse colère.

— Ne t'inquiète pas. Nous sommes ici juste pour remercier la dame qui t'a fait le gâteau et lui rendre son plat. Puis nous irons t'acheter ton poulet top secret.

Top secret, car Angélique ne devait absolument pas savoir qu'il emmenait les enfants dans le restaurant d'une célèbre marque américaine de *fast-food* pour les nourrir d'ailes de poulet panées servies au seau ! Elle le tuerait si elle l'apprenait, d'autant qu'elle lui en voulait déjà à mort pour n'avoir pas invité Lola à la fête d'anniversaire. Outre la restitution du plat, il était censé présenter ses excuses à cette dernière.

Accaparé depuis des jours par des réunions avec le conseil d'administration, il n'avait pas eu l'occasion de revoir Lola depuis qu'il avait réceptionné le « gâteau-saure » et il était donc obligé de lui rendre visite chez elle.

— On pourra commander de la glace, aussi ? demanda le garçonnet en rebondissant joyeusement sur son siège.

Voyant que son oncle avait capitulé sous la menace de ses yeux furieux, le coquin poussait son avantage.

— On verra.

Son neveu, qui connaissait toutes les ficelles pour l'amadouer, lui adressa un sourire désarmant par rétroviseurs interposés. Dommage que Gabrielle ne montre pas autant d'enthousiasme à la perspective de leur dîner hypercalorique. Elle n'avait pas ouvert la bouche de tout le trajet, ce qui ne rassurait guère Henri.

Angélique avait essayé de parler à sa fille avant de partir pour le studio de danse, mais elle n'avait récolté qu'un « Je te dis que ça va ! » exaspéré.

Sa nièce souffrait, c'était une évidence, et il enrageait de ne pouvoir l'aider alors que son métier consistait précisément à soulager les souffrances de ses semblables. Pour l'heure, pourtant, il jugeait plus sage d'appliquer les conseils de Lola afin de ne pas la braquer définitivement.

Surprise… Elle détacha sa ceinture et sortit sans se faire prier, ce qui augurait bien de la suite. Peut-être la compagnie de Lola parviendrait-elle à lui redonner le sourire.

Il n'avait pas téléphoné pour prévenir de sa visite, et il le regretta en voyant Lola ouvrir la porte de l'appartement, vêtue d'une espèce de grenouillère en pilou imprimé de petits cochons.

— Docteur Benoit !

Les joues aussi roses que son vêtement, elle baissa les

yeux vers ses chaussons en forme de groin, visiblement assortis à la tenue.

— Je ne vous attendais pas.

— Je vois.

Malgré le souci qu'il se faisait pour sa nièce, l'attendrissant spectacle lui arracha un sourire. Lola lui avait manqué, et elle parvenait à être jolie même dans ce grotesque accoutrement.

— Voici votre plat, dit-il en lui tendant le récipient. Avec tous nos remerciements. Je me suis fait gronder pour ne pas vous avoir conviée à la fête, mais, sincèrement, je ne pensais pas qu'une sauterie pleine d'enfants en mal de sucre et de friandises serait votre truc. En tout cas, sachez que Bastien a adoré le gâteau.

Il ébouriffa les cheveux du petit garçon en espérant que la mine d'angelot de ce dernier plaiderait en sa faveur.

Un sourire aux lèvres, Lola prit le plat et le posa sur la console de l'entrée.

— Ne vous inquiétez pas. L'essentiel, c'est que le héros de la fête ait été content.

— Z'ai adoré ton gâteau ! répéta le héros.

— Bastien, ce n'est pas poli de tutoyer Mlle Roberts.

— Laissez, j'ai l'impression de rajeunir de vingt ans, dit Lola. Ravie que mon gâteau t'ait plu, Bastien.

Celui-ci n'avait pas été le seul à se régaler et, entre deux parties de chaises musicales et de patate chaude, Henri avait repris plusieurs parts de la somptueuse génoise au chocolat et à l'orange décorée de dinosaures en pâte à sucre. Un chef-d'œuvre, aussi agréable à l'œil qu'au palais.

— Vous l'avez vraiment fait vous-même ? demanda Gabrielle.

C'étaient les premiers mots qu'elle prononçait depuis leur départ de la maison.

— Mais oui, dit Lola. Ce n'est pas si difficile. La pâtisserie requiert un peu de temps et beaucoup de patience.

— Alors, ce n'est pas pour moi, répliqua Henri.

Bien qu'il n'eût pas une once de patience, il possédait d'autres qualités. Sa détermination et son pragmatisme lui avaient permis de réussir dans le domaine qu'il s'était choisi, ce qui ne l'empêchait pas d'être admiratif du talent de Lola.

Elle hocha la tête.

— Sans doute…

Était-ce un éclair de malice qu'il entrevoyait dans son regard ? Habillée de son pyjama enfantin, le visage vierge de tout maquillage, elle semblait douce et innocente, aux antipodes de la sirène séductrice qui s'était tortillée sur sa chaise au studio de danse. Malgré ses résolutions de ne pas la fréquenter en dehors de l'hôpital, Henri se sentait de plus en plus attiré par cette interne au double visage.

— J'aimerais bien m'essayer à la pâtisserie.

Cette déclaration surprenante venait de Gabrielle.

— Tu es la bienvenue pour venir chez moi quand tu le voudras afin que je t'enseigne les bases. Si le Dr Benoit et ta maman sont d'accord, bien sûr.

Au temps pour garder ses distances s'il acceptait… Mais le bonheur de Gabrielle passait avant tout. Pour une fois qu'elle exprimait un intérêt pour quelque chose, il serait malvenu de refuser. Et puis, quel mal y avait-il à la laisser s'initier au grammage et au glaçage si cela pouvait l'aider à oublier ses mystérieux tourments, ne serait-ce que pour quelques heures ?

— Je n'y vois pas d'objection. Reste à demander son avis à Angélique, mais je crois qu'elle sera d'accord, et même contente qu'un membre de la famille au moins sache faire fonctionner le four.

Cela lui valut un gloussement de rire de Bastien et, miracle, un sourire de Gabrielle. Rien que pour cela, il aurait pu embrasser Lola. Bien entendu, il ne s'y risquerait pas alors qu'elle était en pyjama.

— Z'ai faim, dit Bastien en entrant dans le vestibule. T'as de la glace ?

— Bastien !

Il saisit son neveu par la manche.

— Ça ne se fait pas d'entrer chez les gens sans permission. Excuse-toi.

— Il n'y a aucun problème, répliqua Lola en riant. Et c'est à moi de m'excuser pour vous laisser dehors par ce froid. Entrez donc, qu'on convienne d'un jour et d'une heure pour la première leçon de pâtisserie de Gabrielle. Installez-vous, ajouta-t-elle en leur désignant la salle de séjour. Je reviens, le temps d'enfiler une tenue plus… convenable.

— Ne vous mettez pas en frais pour moi.

À son tour de la taquiner.

Les joues de la même couleur que son pyjama, elle disparut dans le couloir.

— Regarde ce qu'elle a, oncle Henri ! dit Bastien qui avait repéré la console de jeux.

— Ne touche à rien.

Trop tard. Son neveu manipulait déjà la console en expert.

Renonçant à lui faire la leçon, Henri s'assit sur le canapé de cuir à côté de Gabrielle, et Lola ne tarda pas à les rejoindre, vêtue d'un jean et d'un chemisier à imprimé fleuri, ses cheveux heureusement toujours libres, affranchis de l'élastique qui les retenait prisonniers à l'hôpital.

— Puis-je vous servir quelque chose à boire ?

— Z'peux avoir du Coca ? dit aussitôt Bastien qui ne doutait vraiment de rien.

— Tu sais que ta mère t'interdit les sodas sucrés à base de caféine. Un verre d'eau, ce sera très bien.

Henri avait appris, à ses dépens, à ne pas servir au garçonnet ce genre de boissons avant son coucher. La fois où il l'avait fait, il avait dû lire toute la série des histoires de superhéros avant que son neveu pique enfin du nez.

— On a du jus de fruits, si vous voulez. Gabrielle ?

— Je veux bien un verre de jus d'orange, merci.

— Moi aussi ! s'écria Bastien.

— S'il vous plaît, lui rappela Henri.

— Tu peux me donner un zus d'oranze, s'il vous plaît ?

Réprimant un sourire qui ne ferait qu'encourager l'enfant à perdre toute retenue, Henri se leva.

— Je vais vous aider à porter les boissons.

Il suivit leur hôtesse dans la cuisine. Quel que soit le sort qu'elle avait jeté à Gabrielle, lui et Angélique pouvaient en tirer profit. Si sa nièce devenait amie avec Lola, elle lui confierait ses secrets, et il ne resterait plus qu'à convaincre cette dernière de les lui répéter.

— Les verres sont dans le placard du haut, dit Lola en ouvrant la porte du réfrigérateur.

— J'ai une question, docteur Roberts… Est-ce que vous travaillez au noir comme danseuse exotique ? Vous n'êtes pas sans savoir que le règlement des internes interdit tout emploi rémunéré en dehors de l'hôpital…

— Aïe ! s'écria Lola en se cognant à la tête à l'étagère supérieure du réfrigérateur. C'est une plaisanterie, j'espère ?

Elle sortit le carton de jus d'orange que Jules avait repoussé dans le fond pour ranger la bouteille de pinot au premier plan.

— À vous de me le dire. Je ne vois guère comment un modeste traitement d'interne peut suffire à vous offrir tout cela, ajouta-t-il avec un geste à la ronde vers les appareils électroménagers dernier cri qu'elle prenait pour acquis depuis qu'elle avait quitté le toit familial.

— C'est l'appartement de Jules. Je lui paie un loyer.

Décidément, jamais il ne lui laisserait oublier ce moment d'abandon dans le studio de danse d'Angélique.

— Ah, je comprends mieux…

La colère montait en elle. En plus de la surprendre chez elle en pyjama des Trois Petits Cochons, il osait lui réclamer des comptes ! Et le pire était qu'elle venait de se justifier.

Elle avait encore du chemin à faire pour ne plus réagir en victime.

— Afin que les choses soient claires, reprit-elle en durcissant le ton, je ne suis ni danseuse ni stripteaseuse durant mon temps libre.

— Compris, répondit-il en lui adressant son diabolique sourire. Loin de moi l'intention de vous offenser…

— Il n'y a pas d'offense, l'interrompit-elle sèchement. Si vous me parliez plutôt de Gabrielle, docteur Benoit ?

— Henri…

— Pardon ?

— J'ai forcé votre porte à une heure indue et mon neveu est sans doute, en ce moment, en train de mettre votre salon sens dessus dessous ; alors, je crois que nous pouvons laisser tomber les formalités et nous appeler par nos prénoms.

— D'accord, Henri.

Le fait de prononcer son nom à voix haute semblait conférer plus d'intimité à leur relation, alors que ce n'était pas le cas. D'ailleurs, elle n'entretenait aucune relation d'aucune sorte avec lui, hormis le lien professionnel qui unissait une interne à son chef de stage. Le fait qu'elle ait proposé de donner quelques leçons de pâtisserie à sa nièce ne les rendait pas amis pour autant.

Henri se versa du jus d'orange.

— Je mentirais en vous disant que je ne m'inquiète pas pour elle.

— Vous n'avez noté aucun progrès dans son comportement ?

C'était préoccupant de voir une jeune fille de cet âge se refermer complètement sur elle-même. Lola était bien placée pour savoir que la solitude et l'isolement pouvaient mener à des extrémités désespérées. Au moins, Gabrielle avait une mère et une figure paternelle dans sa vie, et il ne faudrait qu'un coup de pouce pour qu'elle puisse s'ouvrir à eux.

— Aucun, répondit Henri en secouant tristement la tête. Elle ne mange presque plus et va directement s'enfermer dans sa chambre après le dîner. J'ai été surpris qu'elle accepte de m'accompagner chez vous, elle semble réellement intéressée par la pâtisserie. Merci en tout cas d'avoir proposé de lui enseigner les bases. Et j'ai un autre service à vous demander : si elle vous confie quelque chose de nature à vous éclairer sur ses problèmes, pourriez-vous nous en informer ?

Difficile d'ignorer la supplique que lui adressaient ses yeux bruns. L'inquiétude d'Henri pour sa nièce la touchait d'autant plus qu'elle lui rappelait celle de ses frères à son encontre. Elle témoignait de leur amour. Gabrielle et elle avaient de la chance d'avoir des familles qui les aimaient, même si, à quinze ans, on ne s'en rendait pas toujours compte.

— Je ne la pousserai pas à me faire des confidences, ce qui pourrait lui donner l'impression que nous essayons de la piéger. Soyez toutefois assuré que je ferai de mon mieux pour l'aider.

Il était important que Gabrielle se sente en sécurité avec elle. Lola échappait pendant quelques heures à ses doutes et à ses peurs en faisant de la pâtisserie, et elle voulait qu'il en soit de même pour sa jeune protégée. Et, si celle-ci choisissait de lui confier quelque chose sous le sceau du secret, il n'était pas question qu'elle trahisse sa confiance en allant le répéter, à moins qu'il ne s'agisse d'un problème de drogue ou de mauvaises fréquentations qui ferait courir un danger à la jeune fille.

Henri, qui avait visiblement compris qu'elle ne lui rapporterait pas tout, fronça les sourcils, mais il n'insista pas.

— Z'ai faim ! dit Bastien en apparaissant sur le seuil de la cuisine.

— On va y aller, dit Henri. J'ai promis de les emmener manger au *fast-food*, ajouta-t-il à l'intention de Lola.

— Du poulet et de la glace ! précisa le garçonnet.

— Mmm… Je n'ai pas encore dîné, moi non plus, dit-elle sans réfléchir.

— Voudriez-vous vous joindre à nous ? proposa aussitôt Henri.

— J'ai une idée. Si nous mangions ici ? Vous n'avez qu'à

aller chercher le repas avec Bastien tandis que Gabrielle et moi nous mettons la table.

— Excellente idée !

Après le départ des hommes, elle montra à Gabrielle où se trouvaient les couverts et les sets de table.

— Comment va ton œil ?

Pas question de l'effaroucher en lui demandant de but en blanc comment elle s'était fait cette blessure.

— Ça va, répondit Gabrielle en disposant les assiettes.

Le rideau de cheveux noirs cachait son œil meurtri. Lola connaissait le subterfuge pour s'en être servie de nombreuses fois à une époque afin de cacher à ses frères les marques des coups sur son visage.

— Tu sais que tu peux me parler s'il y a quelque chose qui te tracasse, dit-elle d'une voix très douce. Parfois, il est plus facile de confier ses problèmes à une amie qu'aux membres de sa famille. Moi, je ne te jugerai pas ni ne te ferai la morale.

— D'accord…

Mais rien ne vint.

— Moi aussi, j'ai eu des « accidents » au lycée, reprit Lola. J'inventais des histoires de chute dans l'escalier ou dans la cour alors qu'en réalité je me faisais maltraiter par mes camarades. Aujourd'hui, j'ai envie d'étrangler les gens qui me disent que les années de lycée sont les plus belles de la vie.

— Ha !

L'amertume qu'elle décela dans l'exclamation de l'adolescente confirma ses soupçons. Plus que jamais Lola était décidée à l'aider, à lui montrer qu'il y avait de la lumière au bout du tunnel.

— Et ça s'est arrangé pour vous ? demanda timidement Gabrielle.

— Ça a mis longtemps. Mais aujourd'hui, je vais bien et je suis heureuse.

Un mensonge, pour la bonne cause. Même si ses hématomes

s'étaient effacés depuis longtemps, ses blessures mentales, elles, demeuraient indélébiles.

— Je sais que la situation te paraît peut-être insurmontable, poursuivit-elle. Mais ce n'est peut-être pas aussi grave que tu le crois.

— Oh ! si !

La voix résignée l'émut davantage que ne l'auraient fait des cris ou des pleurs.

— Y a-t-il quelqu'un dans ta classe qui t'importune ?

Cela expliquerait l'école buissonnière, et le renfermement sur soi-même. Autrefois, Lola avait souvent manqué l'école et préféré passer ses journées à rattraper les cours devant son ordinateur plutôt que d'oser affronter les moqueries et brimades de ses bourreaux.

Le silence de l'adolescente la renseigna mieux qu'un discours.

— Gabrielle, dans quelques années, tu ne reverras plus ces brutes qui s'en prennent à toi, alors, ne les laisse pas te pourrir la vie et hypothéquer ton avenir, reprit Lola. Plus tu manqueras l'école, plus tu auras du mal à combler le retard. Crois-moi, je parle d'expérience.

Si elle avait appliqué ses propres conseils, sa carrière serait déjà sur ses rails. Jamais elle ne pourrait rattraper les années qu'elle avait passées à vivre continuellement dans la peur.

Soudain, Gabrielle fondit en larmes.

— Je n'en peux plus ! Certaines filles du lycée disent à tout le monde que ma mère est une stripteaseuse… Et qu'en plus j'ai certainement été adoptée parce que je suis moche à faire peur. Même quand je parviens à les éviter à l'école, elles me bombardent de textos dégoûtants ou font circuler des rumeurs abjectes à mon sujet sur les réseaux sociaux !

Pas étonnant qu'elle n'en parle pas à sa famille. Angélique serait horrifiée d'apprendre qu'elle était la cause des problèmes de sa fille, et Henri en profiterait sans doute pour pousser sa sœur à cesser d'exercer son métier.

L'information que la jeune fille venait de lui révéler était une véritable bombe à retardement. Hélas, Lola n'avait pas autorité pour régler le problème.

— Il faut que tu en parles à ta mère et à ton oncle, ainsi qu'au proviseur du lycée. Ce genre d'agissements doit cesser, et les élèves qui te tourmentent doivent être punies.

À condition que la direction et l'équipe professorale soient solidaires de la victime. Dans le cas de Lola, les plaintes de ses frères contre ses harceleurs s'étaient retournées contre elle pour la désigner comme une cible vulnérable, une mauviette qui n'était même pas capable de se défendre toute seule, et la situation n'avait fait que dégénérer jusqu'à l'humiliation finale.

Gabrielle secoua la tête avec véhémence.

— Si ma mère s'en mêle, cela fera empirer les choses ! Vous ne comprenez pas !

— Si, ma chérie. Je suis passée par là, moi aussi. Je ressemblais un peu à un garçon quand j'étais ado et mes camarades de classe m'en ont fait voir de toutes les couleurs… Si on laisse ces chipies continuer à te harceler en toute impunité, ton cauchemar ne s'arrêtera jamais.

Essuyant ses larmes du revers de la main, Gabrielle la regarda d'un air intrigué.

— En tout cas, vous ne ressemblez plus du tout à un garçon. Je vous trouve très belle.

Bien qu'elle ne doutât pas de la sincérité de la jeune fille, Lola ne se sentait jamais à l'aise avec les compliments.

— Et, si je te disais que toi, tu es très belle, me croirais-tu ?

— Non, répondit Gabrielle sans hésiter.

— Tu as tort. Tu es une jeune fille magnifique, poursuivit-elle en lui relevant doucement le menton. Mais tu ne parviens plus à te voir objectivement car tes harceleuses ont détruit ton estime de toi-même.

— Mais que faire, seule contre elles ?

— Il faut être forte, même si c'est difficile… Leur montrer qu'à partir de maintenant elles n'auront plus de pouvoir sur toi.

— J'en ai assez d'essayer d'être forte. Je veux juste m'endormir et tout oublier.

Lola reconnaissait bien là le début d'une pulsion suicidaire. Le spectre du suicide avait hanté le quartier déshérité des HLM où elle avait grandi. Ravagés par les effets de l'alcool ou du crack, ou ne voyant aucune issue à la misère ou au chômage endémique, certains jeunes, plus nombreux qu'on ne croyait, choisissaient d'en finir. Elle avait assisté à la détresse des familles qui avaient ainsi perdu leurs enfants, et c'était la seule raison qui l'avait empêchée de sauter le pas lorsque sa vie était devenue insupportable.

La peur, les doutes, une piètre estime de soi la poursuivaient encore à ce jour, mais elle était fière de s'être battue pour faire des études et gravir les échelons de la société, et elle était décidée à tout faire pour permettre à une autre jeune fille affrontant les mêmes difficultés de s'en sortir.

— Je connais le remède magique pour te changer les idées : faire des gâteaux.

Le visage de Gabrielle s'éclaira.

— J'aimerais bien apprendre.

— Dès qu'on aura le feu vert de ta maman, on s'en donnera à cœur joie. Tartes, mille-feuilles, brioches, entremets, cakes, la totale ! Qui sait, peut-être parviendrons-nous à l'embaucher comme commis ?

Pour rétablir l'entente entre la mère et la fille, il n'y aurait rien de mieux qu'une collaboration en cuisine, mais il n'était pas dit qu'Angélique accepte.

Dès que la sonnerie de l'Interphone retentit, Gabrielle sembla rentrer dans sa coquille.

— Promettez de ne rien dire à oncle Henri.

— Seulement si tu promets en retour de me tutoyer.

Un pâle sourire aux lèvres, Gabrielle hocha la tête.

Lola venait de promettre le silence, ce qui la mettait dans une situation embarrassante vis-à-vis d'Henri, son supérieur, qui cherchait désespérément des réponses au mal-être de sa nièce. Mais une promesse était une promesse et elle préférait encore affronter la mauvaise humeur de son chef de service que de trahir la confiance de sa protégée.

— Par contre, j'aimerais bien que tu lui parles toi-même de ce qui t'arrive quand tu seras prête.

La sonnerie retentit de nouveau, en continu, comme si quelqu'un gardait le doigt appuyé sur le bouton.

— Je parie que c'est Bastien.

— Ouvrons-leur avant qu'ils ameutent tout l'immeuble.

Toute cette soirée semblait un peu surréaliste à Henri. Ils allaient dîner chez Lola, son interne, comme si cela allait de soi, et il lui avait de surcroît demandé de l'aider à cerner le problème de sa nièce. À elle qu'il connaissait à peine et qui n'était peut-être pas de taille pour cette mission.

— Vous a-t-elle dit quelque chose ? demanda-t-il à voix basse dans la cuisine où, avec Lola, ils étaient occupés à déballer les cartons de poulet, les frites et les coupelles de condiments.

— Elle n'est pas entrée dans les détails, mais oui, elle m'a parlé. On progresse.

— Donc, elle vous a dit pourquoi elle n'allait pas bien et d'où lui venait cet œil au beurre noir ?

Il avait hâte qu'elle lui transmette l'information afin qu'il puisse prendre le relais. C'était à lui de trouver des solutions, pas à Lola.

— Je lui ai promis de ne rien dire, Henri.

Comme elle se dirigeait vers le salon avec le plateau, il se mit en travers de son chemin. Il n'allait tout de même pas la laisser s'en sortir aussi facilement.

— Ne me faites pas ça, Lola. Depuis des semaines, j'assiste, impuissant, au lent dépérissement de ma nièce, alors, si vous savez quelque chose, il est de votre devoir de me le dire.

— Je suis désolée. J'ai promis.

— Au moins, dites-moi s'il y a matière à s'inquiéter.

Prenait-elle plaisir à garder l'information par-devers elle pour exercer un certain pouvoir sur lui ? Serait-elle une manipulatrice sous ses airs de petite fille sage et innocente ?

Manifestement tiraillée, Lola poussa un soupir.

— Écoutez, si je sens que la situation m'échappe à un moment ou à un autre, je vous en parlerai. Pour l'heure, je préfère respecter la décision de Gabrielle de ne pas vous y mêler.

— Elle est ma nièce, sous ma responsabilité. Elle ne doit pas traverser cette épreuve seule.

— Je suis là, je l'aiderai.

— Ce n'est pas à vous de le faire !

— La nourriture refroidit, dit Lola, les lèvres pincées.

Quand elle s'y mettait, elle pouvait être têtue comme une mule.

— Je m'en fiche ! dit-il en ne prenant plus la peine de baisser le ton. Je veux que nous terminions d'abord cette conversation.

— Ce que vous voulez… Vous oubliez qu'ici nous ne sommes pas aux urgences où tout le monde se plie à votre bon plaisir. Ici, nous sommes chez moi et c'est moi qui commande !

Sur cette dernière note bravache, elle l'écarta sans ménagement pour porter le plateau dans le salon.

Il prit deux secondes pour se calmer avant de les rejoindre à table. Mangeant avec les doigts, Bastien était en train d'engloutir les ailes de poulet panées en disséminant des miettes graisseuses autour de son assiette.

Malgré sa colère, Henri ne put s'empêcher de sourire à la vue de Gabrielle qui mangeait avec appétit, pour la première fois depuis des semaines, en riant de surcroît des manières d'homme des cavernes de son frère.

Lola avait raison. Il y avait du progrès. Contraint et forcé, il allait falloir qu'il lui fasse confiance.

4.

Le lendemain matin aux urgences, Lola prit en charge un homme qui avait été roué de coups.

Âgé de vingt-cinq ans, le blessé était allongé torse nu sur le lit du box de soins, le visage et le jean couverts de sang et de poussière. Ses cheveux blonds étaient rougis par le sang et un énorme hématome violacé l'empêchait d'ouvrir l'œil droit.

— Bonjour, monsieur… Smith, dit-elle, après un coup d'œil au dossier. Pouvez-vous me dire ce qui vous est arrivé ?

— Je me suis cogné dans une porte.

D'accord… Libre à lui de ne pas dénoncer celui qui l'avait mis dans cet état. Comme elle se penchait sur lui pour commencer à nettoyer les plaies, de forts relents de nicotine et de bière agressèrent ses narines, la ramenant brutalement à des années en arrière.

Tu es en sécurité maintenant. Tu ne crains plus rien.

— Il va falloir vous poser quelques points de suture sur le crâne, dit-elle en s'efforçant de garder son calme. Heureusement, la blessure n'est pas profonde.

Après avoir débridé et désinfecté, elle ouvrit le kit et vit alors que le patient la fixait d'un regard intense.

— On se connaît, dit-il.

— Je ne crois pas.

Sa main qui tenait l'aiguille se mit à trembler et elle préféra attendre un peu pour commencer la suture.

— Je suis sûr que je vous ai déjà vue.

Se redressant sur un coude, il la dévisagea de si près qu'elle sentit son souffle d'ivrogne sur sa peau.

Prenant prétexte de jeter les cotons souillés dans l'autoclave, elle recula.

— On me le dit souvent. Je dois ressembler à beaucoup de monde.

— Puisque je vous dis que je vous connais !

Sans crier gare, il sauta du lit et l'accula dans un coin du box.

— On a fréquenté le même lycée !

Le cœur cognant à tout rompre contre ses côtes, Lola avait du mal à respirer. Son pire cauchemar était en train de se réaliser. Elle était confrontée à son passé sans possibilité de s'échapper.

— Vous vous trompez, dit-elle non sans mal. Maintenant, remontez sur ce lit, que je puisse vous recoudre.

— Ça y est, ça me revient ! Vous êtes Lola Roberts.

Son rictus cruel montrait qu'il avait assisté à la terrible scène de dix ans auparavant et qu'il y avait peut-être même participé.

Il avança pour la plaquer contre le mur.

— S'il vous plaît…

C'était le même murmure pathétique qu'autrefois. Au lieu d'attendrir ses bourreaux, il n'avait fait qu'exacerber leurs instincts sadiques.

Comme il lui caressait le bras, elle eut la chair de poule malgré la blouse blanche qui la protégeait du contact de ses doigts.

— T'es devenue une vraie femme, Lola.

Allait-elle rester passive et le laisser faire ? Non ! Cette fois, elle allait hurler de toute la force de ses poumons. Elle avait fait un long et pénible travail sur elle-même pour vaincre cette peur qui la paralysait et c'était l'occasion de s'affranchir une fois pour toutes des démons du passé.

— Je vous le répète une dernière fois, monsieur Smith, remontez sur le lit de soins. Sinon, je me verrai obligée d'appeler la sécurité.

— Ne prends pas tes grands airs avec moi. Je te revois

encore avec ta coupe de cheveux de garçon et tes fringues d'occase. Ah, tu n'en menais pas large quand tu étais au sol avec ta culotte baissée !

Les larmes lui brûlaient les yeux. Des larmes de colère. Il n'était plus question de laisser ces brutes la terroriser.

— Vous étiez donc présent ce soir-là ? J'ai bien envie de communiquer vos coordonnées à la police. Ils recherchent toujours des témoins de la scène, il n'y a pas prescription, et ils se feront un plaisir de vous poursuivre pour complicité d'agression sexuelle contre mineure en bande organisée.

Elle mentait, bien sûr. À l'époque, elle n'avait même pas porté plainte étant donné que ses frères avaient voulu faire justice eux-mêmes au risque de se mettre hors la loi. Ils avaient passé à tabac le beau capitaine de rugby qui l'avait attirée dans le piège, et Lola avait quitté le lycée peu de temps après.

Le patient pâlit, signe que la menace agissait, et il recula. Enfin, elle avait haussé le ton, su s'affirmer, et cette audace avait payé ! Pourquoi ne l'avait-elle pas fait plus tôt ?

Mais il ne fallait jamais baisser la garde avec des crapules comme Smith.

— Tu diras rien aux flics, hein ? dit-il en lui saisissant le poignet.

— Lâchez-moi. Tout de suite.

En plus d'être calme, sa voix contenait une note d'autorité qu'elle n'avait pas besoin de forcer. Ce n'était pas une petite frappe comme Smith qui allait anéantir le travail qu'elle faisait sur elle-même depuis dix ans.

À cet instant, le rideau s'ouvrit. À la vue d'Henri, Smith laissa aussitôt retomber sa main.

— On vous demande à la réception, docteur Roberts. Je vais m'occuper du patient.

Bien que la présence d'Henri eût neutralisé Smith, Lola n'appréciait guère l'interruption. Si elle voulait aider efficacement Angélique à faire face à ses harceleuses, elle devait montrer l'exemple et ne pas se reposer sur l'aide d'une tierce personne.

— J'ai presque terminé.

— L'infirmière de triage vous réclame de suite pour un avis consultatif. Allez-y.

Il consulta le dossier.

— M. Smith ne verra sans doute pas d'inconvénient à ce que je prenne le relais.

Puis il saisit d'autorité le fil et l'aiguille pour poser les points de suture.

Cela ne tenait pas debout. Pourquoi l'infirmière d'accueil tenait-elle à consulter une interne de première année plutôt que son chef de service ?

Sans doute Henri estimait-il qu'elle passait trop de temps à soigner une blessure mineure et il la remplaçait sans lui laisser l'occasion d'expliquer pourquoi cette séance de soins durait plus longtemps que la normale. S'il avait pris la peine de l'écouter, il aurait compris à quel point il était important qu'elle aille au bout.

— Si vous insistez…

Il n'y a pas si longtemps, elle aurait été soulagée de lui céder la place, mais il venait de lui rogner les ailes pour la seconde fois. À peine venait-elle de s'élancer pour prendre son envol qu'il la plaquait au sol.

Pourvu que ce ne soient pas des représailles qu'il exerçait contre elle à cause de son refus de lui communiquer les confidences de Gabrielle car, sinon, elle allait lui dire sa manière de penser. Maintenant qu'elle se savait capable de tenir tête à ses contradicteurs, elle se ferait un plaisir de le lui démontrer.

Henri, qui passait devant le box, avait entendu les mots prononcés par Lola.

« Agression sexuelle contre mineure. » La teneur de la

conversation qui avait suivi lui avait clairement indiqué que Lola avait autrefois été victime de ce type d'agression, et que le patient auquel elle s'adressait avait fait partie du cercle de ses agresseurs.

Pas étonnant qu'elle se montre méfiante envers les hommes. Ils avaient trahi sa confiance, volé son innocence et, en dépit de son traumatisme, elle avait choisi d'exercer ce métier pour aider ses semblables.

Conscience professionnelle oblige, il posa les points de suture à M. Smith alors que, s'il s'était écouté, il aurait surtout eu envie de lui coller son poing sur la figure.

— Aïe ! cria l'individu qui empestait l'alcool.

L'aiguille avait dérapé. Henri savait garder son calme. Presque toujours.

— Voilà…, dit-il, le travail terminé. Il faudra revenir dans une semaine pour vous faire retirer les points.

Les dents serrées, il se pencha vers Smith.

— Vous me demanderez, moi. Inutile de déranger de nouveau le Dr Roberts. Compris ?

D'aucuns le décrivaient comme intimidant. Autant qu'il fasse bon usage de son pouvoir pour ôter à des voyous comme ce Smith l'envie de nuire.

— Compris…, marmonna ce dernier.

— On devrait peut-être appeler la police. Vos blessures ne sont pas accidentelles. Vous m'avez l'air d'être un bagarreur et, cette fois, vous vous êtes frotté à plus fort que vous. Oui, vraiment, je crois qu'il faudrait les appeler.

Puis il plongea la main dans sa poche pour sortir son portable.

Aussitôt, Smith sauta de la table de soins et s'enfuit torse nu dans le couloir.

Henri était sûr de ne pas le revoir dans une semaine, mais il était décidé à ne pas en rester là. Les quelques bribes qu'il avait surprises de la conversation lui faisaient craindre le pire. Autrefois, Lola avait peut-être été victime d'un viol.

Son poing se serra. Heureusement, cette brute de Smith n'était plus là car il se serait retrouvé sur la liste des urgences critiques.

— Vous n'aviez pas le droit de faire ça.

Lola l'attendait en embuscade devant son bureau.

— Entrez.

Il referma la porte derrière eux.

— Je veux savoir ce qui s'est passé, Lola. Mes internes sont sous ma responsabilité et je ne les laisserai pas subir des agressions verbales ou physiques dans l'exercice de leur travail.

Tant pis s'il s'immisçait dans sa vie privée. Il voulait avant tout la protéger.

— Encore faudrait-il que vous me laissiez faire le mien ! Avouez que vous ne me faites pas confiance. Dès le début, vous doutez de mes compétences, mais je vous prouverai que vous avez tort. La gestion des patients difficiles fait partie du processus d'apprentissage et je ne progresserai guère si vous me les retirez chaque fois.

— Ce Smith n'était pas juste un patient difficile. Lola, je vous ai entendue le menacer d'avertir la police. Que vous a-t-il fait ?

— Cela ne vous regarde pas.

En matière d'obstination, elle n'avait rien à envier à Angélique et à Gabrielle. Quand on essayait d'aider des femmes comme elles, on se faisait aisément traiter de machiste.

— Quand un membre de mon personnel est importuné durant sa garde, je suis désolé, cela me regarde. Vous a-t-il… agressée ?

— Je contrôlais la situation.

— Je veux dire, avant… Il vous a agressée, n'est-ce pas ?

Il n'osait prononcer le mot qui lui hantait l'esprit. Comme elle pâlissait à vue d'œil, il se maudit de lui faire revivre cet enfer.

— Oui, mais ce n'est pas ce que vous croyez. Ils ne s'en sont pas pris à moi physiquement, mais ils m'ont humiliée…

— Ils étaient plusieurs ?

— Je ne tiens pas à en parler.

Les larmes qui oscillaient au bord des paupières roulèrent sur ses joues et il ne put résister à l'envie de passer un bras autour de ses épaules.

— Vous pourriez porter plainte. Je vous soutiendrai.

Un son, mi-hoquet mi-sanglot, s'échappa de la gorge de Lola.

— Je n'ai pas besoin de votre soutien ni de votre pitié. J'ai mis longtemps à surmonter ce traumatisme, et je commence à m'en sortir. Mais cela n'a aucune répercussion sur mon travail, et vous n'avez donc pas à vous en mêler.

— De la même manière que vous n'avez pas à vous mêler des affaires de ma nièce…, rétorqua-t-il. Pourtant, j'accepte votre aide car je comprends que c'est dans l'intérêt de Gabrielle.

— La différence, c'est que vous êtes venu me trouver pour me demander de l'aide. Moi, je ne vous demande rien.

Elle était si déterminée à prouver qu'elle était forte qu'elle n'essuyait même pas ses larmes, comme si le fait de les ignorer pouvait les rendre invisibles.

De son pouce, il les essuya lui-même. Il était très fier d'elle. Hélas, s'il le lui disait, elle le prendrait sans doute pour de la condescendance ou du paternalisme de chef de service.

— C'est vrai. Je voulais que vous sachiez que je m'inquiète pour vous, et que vous pouvez compter sur moi.

Afin d'illustrer ses paroles, il se pencha pour lui donner sur la bouche un léger baiser qu'il voulait platonique, amical. Sauf qu'il se transforma en autre chose.

Ses lèvres étaient si douces qu'il ne put résister à l'envie de s'y attarder. Quand elle les entrouvrit, il ne se fit pas prier pour lui prendre le visage entre ses mains et approfondir le baiser, ses sens déchaînés l'emportant sur ses résolutions de garder ses distances.

En la sentant se raidir contre lui, il retrouva toutefois ses esprits et s'écarta pour lui permettre de rétablir les barrières qu'il avait stupidement forcées.

— Je suis désolé, Lola.

Avec ce baiser à moitié volé, il lui confirmait qu'aucun homme n'était digne de confiance. En l'embrassant alors qu'elle était vulnérable, il ne valait pas mieux que ce salopard de Smith.

Pas étonnant qu'elle reste figée sur place, à le fixer de ses grands yeux verts. Dans un moment d'égarement, incapable de maîtriser l'appel de sa libido, il avait brisé le fragile lien de confiance qui commençait à s'instaurer entre eux.

En plus d'être inexcusable sur le plan personnel, ce comportement était contraire à l'éthique. Un directeur de stage qui se conduisait ainsi envers une interne se rendait passible de la commission de discipline. On pourrait l'accuser d'avoir profité de son ascendant pour obtenir des faveurs de la part de Lola. Plus qu'un moment d'égarement, il s'agissait d'une grave faute professionnelle.

— C'est entièrement ma faute, je me suis laissé emporter. Vous savez bien que je ne vous ferais jamais de mal.

La formule utilisée par beaucoup d'hommes à travers le monde pour excuser leurs écarts. Pourtant, il en pensait chaque mot.

Le silence de Lola l'inquiétait. Ce simple baiser l'avait-il donc tellement choquée ?

— Lola, parlez-moi, dites quelque chose. Frappez-moi si vous en avez envie.

S'il n'avait craint d'aggraver son cas, il l'aurait secouée. Elle l'effrayait avec ses yeux fixes et ce silence. Souffrirait-elle d'un syndrome de stress post-traumatique suite à l'agression qu'elle avait subie jadis ? Et venait-il de la faire basculer dans un état second à cause de ce stupide baiser ?

— Il faut que je m'en aille, dit-elle enfin.

Un soupir de soulagement échappa à Henri. Ces quelques petits mots indiquaient qu'elle venait de réintégrer son corps.

Pourtant, il ne fut guère rassuré en la voyant s'éloigner d'un air absent, comme si elle était en transe. Pas question de la suivre, il avait déjà fait suffisamment de dégâts, mais il enverrait son assistant vérifier qu'elle allait bien.

Sans doute le détestait-elle pour ce geste insensé qu'il venait de commettre, et dont il commençait seulement à mesurer les conséquences. Il y avait désormais de fortes probabilités que Lola le fuie, et qu'elle fuie aussi tout ce qui avait rapport à lui, c'est-à-dire sa famille.

À cause de son égoïsme, il venait peut-être de détruire non seulement toute possibilité de la connaître davantage, mais également l'amitié naissante qui s'était formée entre Lola et Gabrielle.

Si celle-ci l'apprenait, elle ne le lui pardonnerait jamais.

5.

— J'espère que nous ne vous dérangeons pas… Gabrielle était impatiente de prendre son premier cours de pâtisserie et, comme Angélique assiste à une réunion de parents-professeurs à l'école maternelle de Bastien, je l'accompagne. Comme nous ne pouvions vous joindre au téléphone, nous avons pris le risque de venir à l'improviste.

Tenant sa nièce devant lui tel un bouclier, Henri se tenait sur le palier.

Lola comprit que ses tentatives pour l'éviter n'avaient servi à rien. Cela faisait plusieurs jours qu'elle ne prenait pas ses appels ni ne répondait à ses messages, sans compter les textos et les mails qu'elle n'avait pas ouverts. Il regrettait de l'avoir embrassée, elle n'avait aucun doute à ce sujet. Le problème, c'était qu'elle ne savait pas si, elle, elle regrettait le baiser.

— Tu avais dit que tu m'apprendrais les bases, dit Gabrielle en tortillant nerveusement une mèche noire autour de son doigt.

La culpabilité la submergea. Dans son désir d'éviter tout contact avec Henri, elle avait failli sacrifier Gabrielle. Or elle avait promis à la jeune fille de l'aider, et pas seulement pour l'initier à l'art de confectionner macarons et meringues.

Henri l'avait surprise avec son baiser. En toute sincérité, elle ne s'était pas doutée qu'il partageait son attirance. L'avait-il embrassée par pitié ?

Quoi qu'il en soit, ce baiser avait fait naître en elle un désir qui l'effrayait par son intensité.

— Peut-être ferions-nous mieux de partir, reprit-il en voyant sans doute qu'elle ne les invitait pas à entrer. Vous pourriez convenir avec Gabrielle d'un autre moment et, si vous préférez, ce sera désormais sa mère qui l'accompagnera.

Cette fois, c'était lui qui se montrait raisonnable.

Même si Angélique déposait sa fille, cela ne réglerait rien au problème. Lola ne pouvait éviter indéfiniment Henri. Ils travaillaient dans le même service et il était de surcroît son directeur de stage.

De plus, ce serait injuste que Gabrielle soit pénalisée pour ce baiser avec lequel elle n'avait rien à voir.

— Non, non, je ne fais rien de spécial ce soir, ça tombe très bien, dit-elle en ouvrant grand la porte.

Ce soir, elle oublierait tous ses problèmes pour s'éclater devant les fourneaux avec Gabrielle.

— Appelez-moi pour venir la récupérer.

Puis il tourna les talons en direction de l'escalier.

— Tu ne viens pas, oncle Henri ?

Surprise et déception se mêlaient dans la voix de Gabrielle. Après ce qu'elle avait vécu, il était normal qu'elle veuille avoir son oncle près d'elle. Toutes les deux ne se connaissaient que depuis quelques jours et Lola ne voulait pas la bouleverser en renvoyant l'homme que l'adolescente considérait un peu comme son père de substitution.

Il se retourna, visiblement dans l'expectative. Cela rassurait Lola qu'il ne la pousse pas à l'inviter aussi. S'il restait sagement assis dans un coin, sans un mot, sans faire entendre cet accent qui représentait un véritable danger public pour le sexe faible, tout se passerait bien.

— Si vous le voulez, vous pouvez rester, Henri, dit-elle en prenant un ton soigneusement détaché.

Excitante et agréable, la peur de l'inconnu qu'elle ressentait ce soir était bien différente de la peur paralysante qu'elle avait connue naguère quand elle attendait, résignée, à la merci de ses bourreaux.

Il lui sourit en articulant silencieusement « Merci » et les suivit dans la salle de séjour.

— J'avais pensé qu'on pourrait commencer par des *cupcakes*, dit timidement Gabrielle.

— Bonne idée… C'est à la mode, et la recette est à la portée des débutants. Henri, installez-vous confortablement et faites comme chez vous, dit-elle en lui désignant le canapé. Mon élève et moi, nous allons passer en cuisine. Défense de nous déranger…, ajouta-t-elle sur un ton faussement enjoué.

— Je pourrai goûter à vos œuvres ?

— Si tu es sage, répliqua Gabrielle en riant.

Un observateur extérieur aurait cru que tout allait pour le mieux dans le meilleur des mondes. Mais Lola savait qu'il n'en était rien. Les blessures de Gabrielle étaient profondes et ne guériraient pas grâce à quelques *cupcakes*. Toutefois, un peu comme le jardinage, la pâtisserie l'aiderait à se changer les idées, et la concentration que lui réclamerait la confection des gâteaux serait autant de temps qu'elle ne passerait pas à réfléchir à ses problèmes.

Après avoir mis les gâteaux à cuire au four, Lola se rendit compte qu'elle était à court de sucre glace pour le dressage final. Aussitôt, Gabrielle proposa d'aller en acheter chez l'épicier au bout de la rue.

— Oncle Henri, je vais à l'épicerie, dit-elle en ôtant son tablier. Je n'en ai pas pour longtemps.

— Laisse-moi y aller, répondit-il en se levant d'un bond du canapé où il lisait une revue. C'est l'heure de pointe, il y a pas mal de circulation dans cette rue.

Il semblait aussi paniqué que Lola à l'idée de rester en tête à tête avec elle.

— Je te signale que je ne suis plus une gamine de cinq ans, dit l'adolescente. Je sais traverser la rue toute seule !

— Il y a un passage clouté, Henri, elle ne risque rien.

Même si elle n'avait aucune envie de se retrouver seule

en sa compagnie, Lola ne voulait pas priver Gabrielle de son indépendance.

— Traverse bien dans les clous, dit Henri.

Sans répondre, Gabrielle s'élança hors de l'appartement en semblant retrouver la gaieté et l'insouciance de son âge. N'était-ce qu'une apparence ou allait-elle mieux ?

La porte refermée, Lola et Henri échangèrent les sourires embarrassés de deux personnes qui se retrouvent enfermées ensemble malgré elles.

— Elle grandit vite, dit Henri en fixant mélancoliquement le battant de la porte.

— Et il faut la laisser prendre des initiatives au lieu de l'envelopper dans du coton. Vous ne pourrez l'empêcher de vivre sa vie et, si vous essayez, elle vous en voudra.

Il se passa une main dans les cheveux d'un air perdu.

— Quelque chose me tracasse depuis… vous savez…

Cela ne lui ressemblait pas d'être à court de mots. Il valait mieux crever l'abcès, ce qui lui permettrait de travailler de nouveau sereinement, sans chercher à l'éviter constamment, songea Lola. Il l'avait embrassée et il le regrettait. Le dossier était clos.

C'était ce qu'elle se répétait pour s'en convaincre chaque fois qu'elle se repassait le film du baiser dans sa tête.

— Vous n'avez pas répondu à mes messages, Lola. Je voulais simplement m'excuser. Je ne sais ce qui m'a pris, ajouta-t-il de manière décousue sans jamais nommer la chose. Vous étiez bouleversée, j'ai voulu vous réconforter, et cela a dérapé. Je conçois que vous me détestiez pour avoir trahi votre confiance.

Desserrant sa cravate, il ouvrit le premier bouton de sa chemise comme s'il avait du mal à respirer.

— Je ne vous déteste pas, Henri. Vous n'avez rien fait de mal.

Il lui fallait du courage pour l'admettre. Non seulement

il n'avait rien fait de mal, mais ce baiser lui avait procuré du plaisir.

L'air perplexe, il la dévisageait, ne paraissant pas la comprendre, et elle allait devoir lui mettre les points sur les *i*.

— En fait, je n'ai pas trouvé l'expérience si désagréable que ça.

Comme lui, elle parlait à mots couverts.

— Et, maintenant que nous avons mis les choses au clair, dit-elle, les joues en feu, il serait temps pour moi d'aller vérifier les *cupcakes*.

— Un instant, Lola. Essaieriez-vous de me dire quelque chose ?

Pour un homme intelligent, il mettait du temps à comprendre !

— Henri, vous êtes un cas désespéré !

Levant les mains au ciel, elle retourna dans la cuisine. Gabrielle n'allait pas tarder et il serait imprudent de poursuivre cette conversation. De toute façon, elle s'était suffisamment ridiculisée comme ça.

Elle enfila les gants de four, espérant que la thérapie par la pâtisserie produirait son amnésie miraculeuse. Malheureusement, Henri s'était interposé entre elle et sa planche de salut.

— Pourquoi étiez-vous si raide dans mes bras si vous vouliez que je vous embrasse ?

— La journée avait été riche en émotions, je ne savais plus où j'en étais, mais je vous répète que j'ai apprécié. Maintenant que je vous ai dit ce que votre *ego* avait besoin d'entendre, pourriez-vous vous écarter avant que ces gâteaux brûlent ?

Sans bouger d'un pouce, il éteignit le four puis croisa les bras.

— Mon *ego* souffre, ne vous déplaise. J'avais la prétention de croire que je n'embrassais pas trop mal, mais, si c'est tout l'effet que je vous ai fait, je commence à m'inquiéter. Peut-être pourrions-nous réessayer ?

Son cœur se mit à battre comme un fou alors qu'Henri ne l'avait même pas encore touchée.

Quand il fit un pas vers elle, elle ne recula pas — sa manière à elle de répondre à la question qu'il lui posait. Quel mal y aurait-il à échanger un autre baiser ? Ce n'était pas comme s'ils allaient s'engager dans une liaison en franchissant la ligne rouge. Elle assouvirait sa curiosité tout en ménageant l'amour-propre blessé d'Henri.

Il l'attira contre lui et prit sa bouche avec une telle frénésie qu'elle faillit en perdre l'équilibre. Ses gros gants de four autour de son cou, elle s'accrocha à lui pour lui donner ce qu'il demandait. Et au diable le règlement qui interdisait de tels rapprochements entre une interne et son directeur de stage ! De toute façon, personne ne le saurait.

Alors qu'ils étaient passés à des caresses plus hardies, la sonnerie stridente de l'Interphone les interrompit. Ils s'écartèrent aussitôt l'un de l'autre.

— Je vais ouvrir, dit Henri en rajustant sa chemise dans son pantalon.

— Et moi, je vais sortir ces gâteaux du four.

Il se dirigea vers la porte et appuya sur le bouton. Deux minutes plus tard, Gabrielle déboulait dans le vestibule avec ses emplettes.

Attention, il ne devait rien laisser paraître et se comporter comme il l'aurait fait d'habitude.

— Tu en as mis du temps, dit-il en regardant sa montre. Je croyais que tu t'étais perdue en route.

Elle leva les yeux au ciel.

— Tu me chronomètres, maintenant ?

— Oui, dit-il du tac au tac. Tu as mis exactement douze minutes et sept secondes.

Douze minutes et sept secondes durant lesquelles son univers venait de basculer. Pourtant, il en avait échangé, des baisers, et bien davantage, avec des femmes qu'il connaissait à peine. Mais, avec Lola qui occupait une place de plus en plus importante dans son cœur, ce n'était pas pareil.

Ce qu'il avait vu dans le studio de danse n'était pas un

mirage. Sous ses dehors timides et réservés, Lola avait le tempérament d'une artiste attendant son heure pour se révéler sous les feux de la rampe. Et il voulait être son mentor, celui qui l'aiderait à mettre le feu à la scène.

S'effondrant sur le canapé, il les laissa retourner à leurs *cupcakes* et, bientôt, de joyeux cris lui parvinrent en provenance de la cuisine.

Il se leva pour aller voir ce qu'il se passait et tomba sur une scène de carnage. Telles des gamines de cinq ans, elles étaient en train de se bombarder de crème Chantilly et de glaçage de toutes les couleurs !

— On s'est laissé un peu emporter, désolée, dit Lola.

Du nappage au chocolat coulait sur leurs mentons, et leurs cheveux étaient blancs de farine.

— Quel bon professeur tu fais…

— Vous vous tutoyez, maintenant ?

Ce détail n'avait pas échappé à Gabrielle.

— Euh… Oui, on s'est dit qu'il était temps de laisser tomber les formalités, répondit Henri. Ta mère va nous tuer tous les deux si elle te voit rentrer dans cet état. Tu vas me faire le plaisir d'aller te nettoyer dans la salle de bains.

Malgré le ton sévère qu'il affectait, il était content de voir sa nièce s'amuser enfin.

— Rabat-joie ! commenta Lola.

Il se tourna vers elle et son nez fut gratifié de crème au chocolat. Pliée en deux de rire, Gabrielle le regarda renvoyer le cadeau à l'expéditrice.

— Ah, vous voulez la guerre ?

Il plongea la main dans le bol de glaçage et se dirigea d'un pas menaçant vers l'adolescente qui alla se cacher derrière Lola.

— Enfuis-toi, Gabrielle ! dit cette dernière. Je te couvre !

Lola lui bloqua le passage pour l'empêcher de viser sa protégée qui s'échappa vers le couloir. Le bruit de la clé dans la serrure de la salle de bains leur indiqua qu'elle y avait trouvé refuge.

— Très courageux de ta part, Lola… Mais tu es maintenant en première ligne.

Il lui barbouilla le visage de glaçage. Sans se laisser émouvoir, elle lui rendit la pareille.

Ornés de leurs peintures de guerre, ils se firent face.

— Tu ne me fais pas peur, dit-elle, haletante.

— Même pas un peu ?

— Peut-être un tout petit peu.

Il voulut rattraper du glaçage qui était en train de couler au coin de sa bouche, mais, avant qu'il puisse l'essuyer, elle lui lécha le doigt de la langue, son sourire malicieux lui montrant qu'elle savait exactement ce qu'elle faisait.

— Je peux revenir ? cria Gabrielle depuis la salle de bains.

Ils s'écartèrent aussitôt.

— Oui. Nous avons conclu un cessez-le-feu, dit Henri. Viens nous aider à remettre de l'ordre dans cette cuisine.

Pas question que sa nièce les surprenne dans leurs jeux coquins. Elle aimait bien Lola, mais il n'avait rien de sérieux à offrir à cette dernière et ce n'était donc pas la peine d'éveiller de faux espoirs chez l'adolescente.

Son minois lavé de frais, Gabrielle observa leurs visages ruisselants de glaçage.

— Vous êtes de grands malades.

— Nous aussi, on t'aime.

Puis ils la cernèrent par les deux flancs pour frotter leur nez contre le sien.

Le rire de Gabrielle lui mit du baume au cœur. Angélique et lui étaient tellement pris par leur travail que des moments comme ceux-ci se faisaient rares. À l'avenir, il s'efforcerait de réserver quelques minutes dans la journée pour s'amuser avec les enfants. Jouer le rôle de père de substitution ne se limitait pas à instaurer des règles, vérifier qu'elles soient appliquées et décortiquer le bulletin de notes.

— Allez, la récréation est terminée, dit Lola. Aidez-moi

à ranger ce chantier avant que Jules arrive, sinon on passera tous un sale quart d'heure.

Dommage…, songea Henri. Tous ses soucis s'étaient envolés pendant qu'ils faisaient les fous, mais il lui fallait maintenant redevenir l'adulte responsable sur lequel tous comptaient.

Après le grand nettoyage, ils s'assirent pour goûter aux fruits des efforts des pâtissières et frôlèrent l'overdose de sucre.

— Gabrielle, je vais emballer ce qui reste pour Bastien et ta maman, dit Lola.

Lorsqu'elle sortit un Tupperware du placard, Henri comprit qu'elle leur signifiait par la même occasion que la soirée était terminée.

— Merci, dit sa nièce en embrassant Lola sur la joue au moment de partir.

— Oui, merci pour tout, renchérit-il en l'imitant.

Si Gabrielle n'avait pas été là, il ne se serait pas contenté d'un chaste baiser sur la joue. Pourtant, ni Lola ni lui n'étaient prêts à aller plus loin.

Au fond, il valait mieux que ses responsabilités familiales l'empêchent de nouer une relation sentimentale avec Lola. Et de commettre peut-être une grosse erreur.

6.

Le mercredi suivant, à la fin de sa garde, Lola était en train de mettre ses dossiers à jour au poste infirmier quand Henri vint la trouver.

— J'ai un service à te demander.

Ils se tutoyaient seulement lorsqu'il n'y avait personne dans les parages car ni l'un ni l'autre ne voulait prêter le flanc aux commérages.

— Demande toujours, répliqua-t-elle, malicieuse. Mais, si c'est pour te remplacer trois dimanches d'affilée, je préfère te dire tout de suite que ce sera non.

L'air grave qu'il arborait lui indiqua qu'il n'avait pas envie de plaisanter.

— Angélique a été conviée à participer à un spectacle de *strip-tease* burlesque à Paris pour remplacer au pied levé une autre danseuse, et c'est moi qui aurai la garde des enfants. Le problème, c'est que la baby-sitter sera en vacances et que je dois assister à un séminaire ce week-end dans le Donegal. Cela m'ennuie de te le demander, mais…

— Tu veux que je garde les enfants ?

— Non. Oui… En fait, je peux les emmener. Il y a une piscine et un court de tennis à l'hôtel, et ils auront de quoi s'occuper pendant que j'assisterai aux conférences…

— Mais il faut quelqu'un pour veiller sur eux…

Un soupçon horrible s'insinua alors dans l'esprit de Lola. Se montrait-il désormais aimable avec elle pour pouvoir disposer d'une baby-sitter à moindres frais qui répondrait toujours présente ?

Si elle ne s'était pas si bien entendue avec Gabrielle, elle aurait poliment refusé. Il prenait en effet pour acquis qu'elle était disponible, qu'elle n'avait aucune vie en dehors de l'hôpital et personne avec qui passer le week-end !

— Je suis sûre qu'un changement d'air ferait du bien à Gabrielle, mais le Donegal n'est pas la porte à côté. Je ne me vois guère faire l'aller-retour tous les jours.

— Tu viendrais avec nous.

— Pardon ?

— Je sais que j'abuse de ta gentillesse, mais je ne vois pas d'autre solution pour les enfants, excepté les mettre en pension dans un centre aéré, ce qui ne serait guère souhaitable pour Gabrielle avec les problèmes qu'elle a actuellement. Mes neveu et nièce t'ont adoptée, Lola, ils te font confiance, et je serais tellement soulagé de les savoir avec toi… Je paierai pour tout, bien sûr, et il va sans dire que tu auras ta propre chambre.

Était-ce une manière de lui signifier qu'elle ne devait pas se faire d'idées et qu'il ne la sollicitait que pour faire du baby-sitting et rien d'autre ?

— D'accord, dit-elle, résignée. Je vous accompagnerai.

Elle acceptait pour Gabrielle qu'elle avait promis d'aider. Au fond, cela valait mieux qu'Henri ne fasse pas de projets coquins pour ce week-end car elle n'était pas femme à sauter dans le lit d'un homme si l'occasion se présentait.

Même si, d'aventure, il parvenait à l'attirer dans sa chambre, elle ne saurait pas jouer le jeu de la séduction. Elle était plutôt du genre à éteindre les lumières et à s'empresser de se cacher sous les couvertures pour qu'on ne la voie pas nue, ce qui ne satisferait pas du tout les exigences d'un amant français.

À ce jour, sa vie amoureuse se résumait à quelques rares expériences désastreuses, pour elle et sans doute aussi pour ses partenaires. Elle n'avait jamais su se libérer durant l'acte sexuel et n'en avait retiré aucun plaisir. Et il n'y avait aucune raison pour qu'Henri inverse la tendance.

Refoulée… Frigide… Les mots désagréables ne manquaient pas pour qualifier son état. Sans doute était-elle condamnée à ne jamais pouvoir apprécier le côté physique d'une relation. Quand on n'était pas à l'aise avec son corps, on ne pouvait le partager avec quelqu'un.

Non, décidément, il valait mieux qu'Henri la cantonne à la garde d'enfants et ne lui demande rien d'autre.

Il fallait voir le bon côté des choses : un week-end tous frais payés avec des enfants qui occupaient une place spéciale dans son cœur. Et leur oncle à qui ce cœur appartenait, mais qui ne le saurait jamais.

Ils franchirent la frontière pour passer en Irlande du Sud et changèrent leurs livres sterling en euros, ce qui donnait à cette expédition un goût de vacances. Surtout avec une aussi belle passagère que Lola assise à côté de lui et Bastien qui faisait le fou sur la banquette arrière.

— Oncle Henri dit qu'il y a une piscine, un grand parc, et plein de zeux ! dit son neveu, le nez collé à la vitre, tandis qu'ils approchaient du château reconverti en hôtel cinq étoiles.

— Comme c'est beau ! s'exclama Lola en se penchant en avant pour admirer le paysage.

Perché au sommet d'une colline, le château flanqué d'un parcours de golf offrait une vue imprenable sur la mer. La côte isolée du Donegal était la destination idéale pour échapper au stress et au rythme infernal de leur profession. Conviendrait-elle également à une adolescente en mal de repères et à un petit garnement de six ans ? Et serait-elle propice à une histoire d'amour avec la baby-sitter ?

— Content que tu apprécies le cadre.

Pour l'histoire d'amour, on verrait. En tout cas, Henri voulait profiter de ces deux jours pour apprendre à connaître Lola, ce qui n'était pas gagné avec Gabrielle et Bastien qui solliciteraient le plus clair de son temps.

Il n'avait pas pour habitude d'utiliser ses neveu et nièce pour attirer des jeunes femmes dans un hôtel, mais leur présence garantirait la respectabilité de ses intentions. Aux yeux de Lola. Car lui, par contre, rêvait de bien davantage qu'un simple baiser avec elle.

Eh oui, il avait monté de toutes pièces ce stratagème avec la complicité d'Angélique ! Les enfants n'étaient pas dans la confidence car ils auraient vendu la mèche, surtout Bastien.

S'il parvenait à ses fins, Lola ne serait pas une partenaire de lit occasionnelle comme toutes les autres. Avec elle, il avait envie d'une relation durable, sérieuse, et ce week-end était censé servir de galop d'essai pour l'éclairer sur la pertinence, ou pas, de s'engager dans cette voie.

Libérée de ses obligations maternelles, Angélique avait, du coup, réellement pris l'avion pour faire un pèlerinage aux sources à Paris — dans les cabarets de Montmartre où elle s'était autrefois produite —, transformant ainsi le mensonge en vérité.

Chacun se trouvait là où il devait être. Avec un peu de chance, la suite des événements lui dicterait la conduite à tenir.

Ils récupérèrent les clés à la réception puis Henri insista pour porter la valise de Lola dans sa chambre. Les enfants, eux, avaient des sacs à dos, ce qui n'enchantait pas Bastien.

— C'est tellement lourd que ze serai trop fatigué pour zouer ! dit-il en s'effondrant théâtralement sur le sol de la chambre à deux lits qu'il partagerait avec sa sœur.

Il avait clairement hérité du talent de scène d'Angélique.

— Tant mieux, dit Gabrielle. Comme ça, je pourrai souffler un peu. C'est moi qui prends le lit près de la fenêtre.

— Non, c'est moi !

— Du calme, vous deux, intervint Henri en se dirigeant vers la chambre voisine de la leur.

En mettant au point son projet, il avait oublié de compter le temps qu'il passerait à faire le gendarme. Avec les disputes qui éclataient sans arrêt entre ces deux-là, il n'aurait sans doute guère le loisir de faire le joli cœur.

Par ailleurs, il était également fort possible que Lola jette l'éponge dès le premier soir, dépassée par l'ampleur de la tâche. Quand Bastien et Gabrielle s'y mettaient, ils étaient capables de faire tourner en bourrique la sainte femme qui leur servait d'habitude de baby-sitter — celle qui se trouvait actuellement en vacances.

Les yeux brillants d'amusement, Lola s'arrêta devant sa chambre et inséra la carte électronique dans la fente.

— Malgré les cinq étoiles, je sens que ça ne va pas être une partie de plaisir.

Inutile de prétendre le contraire. Il entra à sa suite dans la chambre et déposa le bagage au pied du lit.

— Prépare-toi à quarante-huit heures de larmes, de cris, de caprices et de « Qu'est-ce qu'on s'ennuie ici ! » et « Quand est-ce qu'on rentre ? » !

— Je savais à quoi m'attendre en acceptant. Au fait, le savais-je vraiment ?

Sans doute ne se rendait-elle pas compte du double sens de la question, à moins qu'elle n'ait deviné ses intentions. Mais non, c'était impossible, il avait bien caché son jeu.

— Lola, aide-moi à enlever mon sac à dos ! dit Bastien en déboulant dans la pièce.

— S'il te plaît, lui rappela Henri en soulevant le malpoli par le sac de sorte que ses jambes pendaient dans le vide.

— Repose-moi, oncle Henri, s'il te plaît !

Prenant de toute évidence pitié du garçonnet, Lola ôta le sac des mains d'Henri.

— Fais ce que tu as à faire, Henri. Je vais m'occuper des enfants.

— Les conférences ne commencent que demain matin. Ce soir, j'ai quartier libre et je vais veiller sur cette mauvaise troupe. Plus tard, on dînera tous ensemble si tu es d'accord.

— Entendu. Je vais me rafraîchir et je vous retrouverai tous les trois dans la salle à manger dans, disons, une heure.

Il aurait préféré prendre un verre avec elle au bar après que les enfants furent couchés, et dîner plus tard, en tête à tête, mais il devrait se contenter de ce qu'il pourrait grappiller au cours de ce week-end.

Henri retint son souffle en voyant Lola entrer dans le restaurant. Elle avait troqué son jean et son sweat-shirt contre une robe en voile à imprimé floral genre nymphette qui lui arrivait juste au-dessus des genoux et révélait ses longues jambes fines. Ses cheveux étaient relevés en un chignon un peu brouillon qui dégageait son cou d'une grâce absolue. Même avec l'aide d'une armée d'experts en fards et cosmétiques, aucune femme n'aurait pu égaler la beauté naturelle de Lola qui n'avait de toute évidence aucune conscience que la moitié de la salle la regardait, subjuguée, comme lui.

Dans sa hâte à se lever pour l'appeler vers leur table, il faillit renverser la carafe d'eau.

— Lola, par ici !

— Bonsoir, tout le monde.

Elle s'installa sur le siège vide à côté de lui. Gabrielle leva la tête de sa console de jeux pour lui sourire avant de reprendre sa partie, et Bastien cessa de tambouriner de ses poings sur la table pour lui tendre sa serviette en gentleman qu'il était à ses heures.

— Tu es très belle, dit Henri.

Les joues de Lola devinrent aussi roses que sa robe tandis que, la tête baissée, elle étalait la serviette sur ses genoux.

— Merci.

Étrange Lola qui avait mis le feu au parquet du studio de répétition d'Angélique avec sa danse sensuelle, mais qui ne pouvait supporter un compliment. Ces monstres qui l'avaient humiliée lui avaient ôté toute confiance en elle-même et en son pouvoir de séduction.

De l'autre côté de la table, il y eut un échange de messes basses puis Bastien s'affaissa soudain dans son siège.

— Oncle Henri, j'me sens pas bien.

— Depuis quand ?

Il y a dix minutes, son neveu faisait du trampoline sur son lit.

— Depuis maintenant.

Un soupir déchirant échappa au petit garçon qui glissa sur son siège, mou comme une poupée de chiffon.

Henri s'agenouilla devant lui pour poser la main sur son front.

— Tu n'as pas de fièvre. As-tu mal quelque part ?

— Non. Mais j'me sens tout faible.

— Peut-être a-t-il le mal du pays ? intervint Gabrielle alors qu'elle serrait son petit frère contre elle.

— Voui, c'est ça, dit Bastien en hochant vigoureusement la tête.

Un peu trop vigoureusement. Gabrielle lui lança un regard d'avertissement et il reprit aussitôt son air dolent. La cause était entendue.

— Le mal du pays, bien sûr… Et comment proposez-vous de le guérir, docteur Gabrielle ?

— On pourrait peut-être aller regarder des dessins animés dans la chambre.

Habitués à manger devant la télé, leur assiette sur leurs genoux, ces deux-là ne supportaient pas de rester assis dans un restaurant chic avec nappes blanches et tout le tralala.

Heureusement, ils n'avaient pas encore commandé, ce qui lui éviterait de demander l'addition, songea Henri.

— Vous avez gagné. Direction, la chambre, dit-il en jetant sa serviette sur la table. Désolé pour le dîner, Lola.

— Ça ne fait rien. Les enfants d'abord.

Le fait qu'elle comprenait ses priorités aurait dû lui faire plaisir. Las, il ne pouvait s'empêcher d'être déçu. Encore un moment en moins à passer en sa compagnie…

Jusqu'à présent, le plan qu'il avait échafaudé ne marchait pas du tout. Loin de le rapprocher de Lola, la présence des enfants lui mettait des bâtons dans les roues.

— Non ! s'écria soudain Gabrielle. Restez dîner ici, tous les deux. Je vais accompagner Bastien à la chambre. S'il va mieux et qu'il a faim, on commandera des hamburgers au service d'étage.

Et sans doute aussi des glaces et des friandises, le péché mignon du petit filou qui profiterait d'être loin des yeux de sa mère pour satisfaire sa gourmandise.

Les deux comploteurs semblaient avoir réponse à tout.

Il les observa, les sourcils froncés, dans l'espoir qu'un des deux craque et avoue leurs manigances, mais ils se contentèrent de le fixer d'un air innocent — deux petits anges avec leurs auréoles de travers.

Il tendit la clé de la chambre à Gabrielle.

— Tiens. Je compte sur toi pour empêcher ton frère de faire des bêtises.

Elle était à un âge où elle pouvait veiller sur son frère pendant une heure.

— Un hamburger et un dessert chacun… Je vais monter tout à l'heure vérifier que tout se passe bien.

— Oui, oncle Henri, dirent-ils en chœur avant de s'éloigner avec des sourires de malfrats qui ont réussi leur coup.

Dès que le diabolique duo fut sorti de la salle à manger, Lola éclata de rire.

— Tu n'as pas l'impression de t'être fait avoir ?

Henri prit le siège d'en face laissé vacant par Gabrielle. Lola avait un ravissant profil, mais il préférait contempler sa frimousse de face.

— Complètement. Mais, dans l'ensemble, ce sont de bons enfants. Je ne pense pas qu'ils mettent la chambre à sac ni qu'ils dévalisent le service d'étage.

— En ce qui concerne ce dernier point, je n'en suis pas aussi sûre que toi. Ils vont faire la razzia sur tous les desserts de la carte.

— Tant pis, on verra bien.

Il abdiquait un peu ses responsabilités de père de substitution à cause de cette occasion inespérée de dîner en tête à tête avec la femme qui occupait ses pensées depuis des jours. Maintenant qu'ils se retrouvaient entre adultes, il commanda une bouteille de bordeaux — le vin lui donnerait accessoirement du courage pour la proposition qu'il s'apprêtait à lui faire. Ensuite, si elle poussait des hauts cris à l'idée d'une liaison, il saurait qu'il avait faux sur toute la ligne. Au moins, il serait fixé.

En silence, ils regardèrent le sommelier leur servir le millésime couleur rubis. Quand Lola porta le verre à ses lèvres, il crut voir sa main trembler. Si elle le considérait comme un simple ami, elle ne serait pas aussi nerveuse, et il interpréta ce signe comme de bon augure.

Il attaqua son steak pour prendre des forces en prévision du moment où il lui faudrait révéler à Lola la véritable raison de sa présence en ces lieux.

Bien que son appétit se fût envolé depuis que les enfants avaient quitté la table, Lola se força à finir son assiette. Sans leurs jeunes chaperons, ce dîner ressemblait de plus en plus à un rendez-vous galant. Le vin, un beau brun ténébreux qui lui faisait la conversation en lui décochant des sourires qui étaient autant d'armes de séduction massive… Il ne manquait plus que les chandelles et les violons.

L'excitation montait en elle à la pensée de ce qu'il pourrait se passer à l'issue du repas. Après tout, ne partageaient-ils pas des chambres voisines ?

Mais sans doute prenait-elle ses désirs pour des réalités. Henri était ici pour son travail, pas pour lui conter fleurette.

— Cela fait du bien de quitter la ville pendant quelques jours. Merci de m'avoir amenée ici.

Elle avait menti à ses frères et à son amie Jules sur sa destination afin qu'ils ne s'imaginent pas des choses. Inutile de causer un scandale alors que les intentions « malhonnêtes » d'Henri n'existaient sans doute que dans sa propre tête.

— Je l'ai fait par pur égoïsme. La preuve, je ne t'ai même pas demandé si tu avais d'autres projets.

— Je n'avais rien de prévu. Tu vois, je suis tout à toi !

Une tentative de flirt maladroite. Les travaux d'approche, ce n'était pas son truc, et elle ignorait totalement comment montrer à Henri qu'il l'attirait. D'autant qu'il tomberait des nues au cas où ce ne serait pas réciproque.

Pourvu qu'il fasse le premier pas si, jamais, il partageait ses sentiments !

— Un homme t'attendait à la sortie de ta garde l'autre jour. Tu n'aurais pas eu envie de passer le week-end avec lui ?

Jeudi dernier, Jake était passé la chercher à l'hôpital pour l'emmener dîner en compagnie de ses deux autres frères, et Henri croyait de toute évidence qu'il s'agissait d'un petit ami.

Pourquoi ne pas prêcher le faux pour connaître le vrai ? Ce serait un moyen comme un autre d'être fixée sur la nature de l'intérêt qu'il lui portait.

— Jake ? dit-elle d'un air soigneusement détaché. Non, je lui ai dit que j'étais prise. Je le verrai une autre fois. Et ne t'inquiète pas, il ne se montrera plus à l'hôpital ; je l'ai prévenu que mon chef de service ne tolérait pas les visites personnelles.

Le visage d'Henri s'assombrit sans qu'elle pût dire si c'était cette dernière remarque qui le chagrinait ou le reste.

— J'espère que ce Jake te traite bien.

— Il est possessif, se mêle de tout et, malgré ses bonnes intentions, il commence à me taper sérieusement sur les nerfs, répondit-elle, s'efforçant de garder son sérieux. Et les deux autres ne valent guère mieux. Heureusement, ils sont très pris par leur travail, sinon ils seraient à observer le moindre de mes faits et gestes.

Les yeux écarquillés, il la fixait comme si elle venait d'une autre planète. La douce et timide Lola se révélait une Jézabel avec trois amants !

Elle eut pitié de lui.

— Idiot ! Ce sont mes frères.

— Tes frères ? Je croyais que tu avais échangé la qualité pour la quantité.

La qualité faisait de toute évidence référence à lui. Ce qui signifiait qu'il se comptait au nombre de ses « conquêtes ».

— Tu étais jaloux ?

— Oui. L'idée que tu puisses en embrasser un autre, en l'occurrence trois autres, m'était insupportable, dit-il, l'air grave.

Les mots qu'elle rêvait d'entendre. Pourtant, ils ne lui suffisaient pas. Peut-être était-il uniquement blessé dans son *ego* de mâle. Elle devait s'assurer qu'il ne voulait pas simplement remporter la victoire sur un rival imaginaire, mais qu'il la voulait véritablement, elle.

— Je sais que nous n'avons pas parlé de ce qu'il s'est passé entre nous, et c'est entièrement ma faute, reprit-il. C'est en te voyant avec Jake que j'ai compris à quel point je... je tenais à toi.

Tendant le bras par-dessus la table, il lui prit la main, et ce contact lui confirma qu'elle n'était pas en train de rêver.

Elle avait toutefois suffisamment le sens des réalités pour savoir que leur idylle ne durerait pas. Dans quelques semaines, elle serait transférée dans un autre service pour commencer un nouveau stage, et Henri l'oublierait vite. Alors, s'il voulait entretenir une liaison avec elle dans l'intervalle, il devrait accepter ses conditions. Ainsi, elle aurait au moins l'illusion d'avoir le contrôle de la situation.

— Je ne veux rien de sérieux entre nous, Henri. Je traîne trop de problèmes de mon passé pour prétendre au titre de la petite amie parfaite. Comprends-tu ce que j'essaie de te dire ?

— Je crois. Tu veux simplement que nous couchions ensemble.

C'était un peu brutal formulé de cette manière, mais il avait résumé l'essentiel de sa pensée.

— Oui, répondit-elle en hâte tant qu'elle en avait encore le courage. Quand mon stage à l'hôpital sera terminé, notre liaison le sera aussi. Et j'espère que nous nous quitterons bons amis, la conscience en paix et la curiosité assouvie.

Avec son manque d'expérience et ses carences en matière sexuelle, elle était folle de vouloir entretenir une liaison avec un séducteur qui n'ignorait rien de l'art de l'alcôve. Tant pis si l'idylle tournait court, elle aurait au moins partagé l'intimité d'Henri ne serait-ce qu'un court moment.

— D'accord. Le programme me convient.

Puis il vida son verre avec la nonchalance d'un homme habitué à recevoir ce genre de propositions tous les jours.

Elle fit mine de consulter la carte.

— Les desserts ont l'air alléchants. En veux-tu un ?

Elle essayait de retarder le moment où il lui faudrait transformer ses paroles en actes et remplir sa part du contrat.

Il fit signe au serveur.

— Non. Je pense qu'on devrait remonter dans la chambre, dit-il en jetant un coup d'œil nerveux à sa montre. À moins que tu ne veuilles un dessert.

La transpiration perlait au front de Lola, et sa robe tout à l'heure fraîche et vaporeuse lui collait à la peau.

— Non. Mais je t'avoue que je ne me sens pas prête à sauter dans ton lit, dit-elle, optant pour la franchise. Je n'ai pas l'habitude de ce genre de choses. Peux-tu me laisser un peu de temps pour me faire à l'idée ?

Le visage d'Henri s'adoucit et il se pencha vers elle.

— Je ne suis pas une bête, Lola, murmura-t-il. Je te désire, certes, mais je vais te laisser digérer le dîner. Et, si tu préfères, on peut attendre d'être rentrés à Belfast pour sauter le pas. Non, je suggérais simplement d'aller voir où en étaient les enfants.

Au temps pour elle qui avait cru qu'il était pressé d'appliquer le « programme »… En montrant qu'il faisait passer le bien-être de ses neveu et nièce avant ses propres besoins, il grimpait encore d'un cran dans son estime.

— Bien sûr. Dépêchons-nous d'aller les rejoindre.

Puis elle irait s'enfermer dans sa chambre où elle passerait la nuit à méditer sur sa méprise.

Lola resta devant la chambre tandis qu'Henri entrait à l'intérieur. Par la porte ouverte, elle n'entendait aucun bruit, ni de télévision ni de disputes. Mon Dieu, pourvu qu'ils n'aient pas filé à l'anglaise.

— Ils vont bien ? demanda-t-elle, le cœur battant.

Un doigt sur la bouche, Henri ressortit dans le couloir et referma doucement la porte.

— Ils dorment, tout habillés et entourés d'assiettes sales, dit-il d'un air attendri. Je n'ai pas eu le cœur de les réveiller pour leur dire de se brosser les dents et d'enfiler leurs pyjamas.

Un jour, il ferait un père extraordinaire. Et un mari tout aussi extraordinaire pour l'heureuse élue qui partagerait sa vie.

Une chose était sûre, ce ne serait pas elle. Dès qu'il découvrirait qu'elle ne valait rien au lit, Henri dénoncerait leur contrat bien qu'il prétende tenir à elle. Quel homme voudrait d'une femme qui n'était pas capable d'éprouver du plaisir dans ses bras ?

— Je vais aller dormir, moi aussi, dit-elle. Une rude journée m'attend demain.

Vingt-quatre heures avec Bastien allaient épuiser son endurance, sa patience et son ingéniosité car il allait falloir trouver des activités pour occuper ce petit diable. Heureusement, l'hôtel offrait pas mal de distractions pour les enfants et elle pourrait toujours les emmener en promenade s'ils se lassaient de la piscine, du minigolf ou de l'arcade vidéo.

— Laisse-moi te raccompagner chez toi pour t'éviter des mauvaises rencontres, dit-il en riant.

Ils franchirent les deux mètres qui les séparaient de sa porte.

— Eh bien, bonne nuit, et à demain.

Elle insérait la carte dans la fente quand la main d'Henri se posa sur la sienne.

— Tu ne m'embrasses pas pour me souhaiter une bonne nuit ?

Son souffle dans son cou et sa voix de velours ne firent qu'accentuer l'émoi de Lola. Un baiser l'aiderait peut-être à se calmer et à trouver le sommeil.

Elle se retourna pour se retrouver dans ses bras et poussa un petit cri lorsqu'il pencha la tête vers elle. Les yeux fermés, elle s'abandonna à la pression de ses lèvres qui se faisait de plus en plus insistante, et elle lui rendit son baiser avec passion. Chaque fois qu'il l'embrassait, il savait lui faire oublier tous ses mauvais souvenirs en les remplaçant par des sensations délicieuses et la promesse d'instants encore plus délicieux.

La prenant par les hanches, il l'attira contre lui jusqu'à ce que leurs corps s'emboîtent parfaitement.

Lâchant la poignée, elle l'enlaça par le cou et, plaquée contre lui, elle put prendre la pleine mesure de son désir pour elle.

Quand il la relâcha, elle faillit s'affaisser au sol tant ses jambes flageolaient.

— On va s'en tenir là pour ce soir, dit-il d'une voix plus rauque que d'habitude. Mais sache que la prochaine fois, nous irons jusqu'au bout. Et, cette fois, tu auras mon entière attention.

Parce qu'elle ne l'avait pas ce soir ? Eh bien, cela promettait.

Il lui prit doucement la main pour y déposer un baiser, en

véritable gentleman, et seul le clin d'œil qu'il lui lança avant de regagner sa chambre rappela à Lola sa nature de séducteur.

Flottant sur un nuage, elle alla se coucher en sachant qu'elle ne parviendrait pas à fermer l'œil.

7.

Le lendemain, à l'issue de la série de conférences, Henri rejoignit Lola et les enfants au restaurant pour dîner. Épuisés par les nombreuses activités qu'ils avaient enchaînées dans la journée, Bastien et Gabrielle se montrèrent plus sages que la veille. Henri eut bien sûr droit au récit détaillé de leurs prouesses, le match de tennis, le trek au bord du lac, le parcours de minigolf…

— Z'ai enfoncé la tête de Lola sous l'eau dans la piscine et elle a eu peur de se noyer ! dit Bastien. C'était juste pour m'amuser, j'voulais pas lui faire de mal.

— Bien sûr, mon grand, répondit Lola. Je le sais bien.

Mais son sourire manquait de conviction.

Une fois le frère et la sœur couchés, Lola se retira dans sa chambre en compagnie d'Henri. Comme il tenait une tasse de chocolat chaud dans chaque main, il ne pouvait la prendre par la taille, l'enlacer comme il l'avait fait la veille, et elle ne savait si elle en éprouvait du regret ou du soulagement.

Ce soir, ses vieux démons avaient resurgi et elle se sentait complètement perdue. Quand Bastien lui avait appuyé sur la tête pour lui faire boire la tasse, elle s'était sentie tétanisée, reportée dix ans en arrière. Elle avait cru s'être guérie de cette paranoïa qui la paralysait chaque fois que quelqu'un se comportait brutalement à son encontre, mais elle était de toute évidence loin du compte. Heureusement, tel un maître nageur chevronné, Gabrielle s'était portée à son secours pour la saisir par les épaules et la ramener vers le bord de la piscine.

Henri posa les tasses de chocolat sur la table basse et se tourna vers elle.

— Que s'est-il passé à la piscine ?

— Rien, rien du tout. C'est moi qui ai eu une réaction exagérée.

Bastien ne pouvait se douter de la réaction que son geste taquin allait déclencher. Les seuls responsables étaient ceux qui l'avaient brisée dix ans auparavant et qui avaient sans doute poursuivi leur chemin en toute impunité, sans éprouver de remords, alors qu'elle restait figée dans le passé, incapable d'avancer.

— Tu étais blanche comme un linge lorsque je vous ai retrouvés. Cela a-t-il un rapport avec ce que tu as subi autrefois ?

Il gardait ses distances, comme s'il avait peur de la toucher. Les brutes avaient encore marqué un point.

Elle acquiesça, déterminée toutefois à ne pas se laisser dominer par sa peur. Henri méritait de savoir pourquoi elle se comportait comme une vierge effarouchée alors qu'il faisait tout pour la mettre à l'aise. Si elle revenait en arrière pour permettre à la jeune Lola naïve et innocente de quinze ans d'exprimer sa douleur — ce qu'elle n'avait jamais pu faire —, elle aurait peut-être une chance de guérir de son traumatisme.

Prenant une profonde inspiration pour se donner du courage, elle se lança.

— Quand j'étais ado, j'avais un physique de garçon, pas de poitrine, les cheveux courts comme mes frères dont je portais d'ailleurs les vêtements, et j'étais la risée des élèves du lycée. J'ai donc été d'autant plus étonnée et flattée lorsque le capitaine de l'équipe de rugby a montré de l'intérêt à mon égard…

La pitié qui se lisait dans le regard d'Henri lui était insupportable, mais elle devait aller au bout de son récit.

— C'était un piège. Il m'a attirée chez lui où nous attendaient ses camarades qui m'ont plaquée au sol et arraché mes vêtements pour s'assurer que j'étais bien une fille.

Elle revivait la scène comme si c'était hier. Ses cris et ses supplications avaient été étouffés par les rires et moqueries de ses bourreaux.

— Quels salauds !

— Bref, tu comprends maintenant pourquoi j'entretiens un rapport compliqué avec mon corps.

— Mais tu as tout de même connu des garçons, depuis ?

Le sens implicite de la question ne lui échappa pas. Il était impensable pour un homme beau et sûr de lui qu'une femme de vingt-cinq ans soit vierge. Lola ne l'était pas, mais c'était tout comme.

Ses jambes tremblaient. Elle s'assit au bord du lit.

— Quelques-uns, mais l'histoire a tourné court chaque fois parce que… parce que j'épuisais leur patience. Bref, j'ai vite compris que j'étais mieux seule.

Il y avait des choses qu'elle ne pouvait se résoudre à lui confier. Comment lui dire qu'elle était incapable de se montrer nue à un homme et qu'elle n'avait jamais pris aucun plaisir dans l'acte d'amour ?

Henri vint s'agenouiller devant elle.

— Ils ne te méritaient pas, Lola. Ne te dévalorise pas à cause de ce que ces brutes t'ont fait subir jadis. Tu es belle. N'aie jamais honte de qui tu es.

— C'est facile à dire.

Il lui prit les mains.

— Me fais-tu confiance ?

— Oui.

La réponse avait jailli sans qu'elle ait besoin de réfléchir. Elle avait parfois douté des motivations d'Henri, mais il ne lui avait jamais fait peur physiquement.

Il se releva et l'aida à faire de même.

— Me permets-tu de te déshabiller ?

— Non.

Cette fois, il allait trop loin. Pas question de le laisser faire alors qu'elle était des plus vulnérables.

— Alors, tu n'as pas confiance en moi.

— Si. Seulement, j'ai peur. Je me suis fait violence à un point que tu ne peux imaginer pour te raconter ce qu'il m'était arrivé, et toi, tu ne penses qu'à une chose : me voir à poil !

Elle employait l'expression triviale à dessein car elle était indignée. Aurait-elle surestimé Henri et voulait-il profiter de l'occasion pour accrocher une autre conquête à son tableau de chasse ? Dans ce cas, elle en aurait le cœur brisé.

— Je ne cherche qu'à t'aider, Lola. Sinon, pourquoi te demanderais-je la permission de te voir nue ?

La douceur de sa voix la fit fléchir.

— Henri…

— À toi de décider. Je ne te forcerai à rien.

— Je suis d'accord à condition que tu te déshabilles aussi.

Il n'y avait pas de raison qu'elle soit la seule à s'exposer.

— Si tu insistes. Mais ce n'est pas moi qui souffre du problème. Comment pourrons-nous faire ce dont nous sommes convenus hier soir si tu ne te sens pas à l'aise dans ton corps ?

Comme il lui caressait le bras, elle sentit un délicieux frisson la parcourir.

Bien entendu, il avait raison. Hier soir, ils avaient conclu un accord pour se lancer dans une liaison qu'il imaginait sans doute torride, et voilà qu'il se retrouvait embarqué dans une séance de thérapie, avec lui dans le rôle du thérapeute.

Elle n'avait guère le choix. Si elle voulait Henri — et elle le voulait —, elle allait devoir se conformer à ses prescriptions.

De ses doigts tremblants, elle baissa la fermeture Éclair de sa robe. Heureusement, la lampe du plafonnier n'était pas allumée et ils se trouvaient dans la pénombre. Elle fit glisser le tissu sur ses hanches et se retrouva en sous-vêtements.

Henri se plaça derrière elle.

— Retire tout, murmura-t-il à son oreille.

— Je… je ne sais si je pourrai.

— Veux-tu que je t'aide ?

Sa réserve de bravoure étant épuisée, elle se contenta de hocher la tête.

Sans lui laisser le temps de changer d'avis, Henri dégrafa le soutien-gorge et le jeta au sol. Aussitôt, elle voulut se couvrir les seins, mais il l'en empêcha en lui écartant les mains. Puis il fit glisser le panty le long de ses jambes.

Consternée, elle ferma les yeux. Voilà... Elle était complètement nue, dans une chambre d'hôtel, en face de son chef de service tout habillé.

— Ouvre les yeux et regarde-toi dans le miroir.

À contrecœur, elle obéit et observa son reflet en se forçant à ne pas détourner la tête. Elle semblait si pâle, si vulnérable, à côté de la haute silhouette d'Henri.

Toujours debout derrière elle, il souligna de l'index le contour de son sein.

— Il n'y a qu'un mot pour te décrire, Lola. Magnifique...

Un nouveau frisson la parcourut lorsqu'il déposa un baiser au bas de sa nuque, et le miroir lui renvoya une scène digne d'un rêve érotique tandis qu'il caressait ses tétons qui se durcirent sous ses doigts.

Le désir l'enflamma et elle sentit un délicieux petit serrement à la croisée de ses cuisses, suivi d'une chaleur liquide qui inonda le cœur de son intimité.

Henri continuait à explorer de ses caresses sa taille, son nombril, son ventre, et elle se raidit en anticipant la destination que prenaient ses doigts. Le souffle court, elle ferma les yeux.

— Tu ne veux pas regarder ?

Les joues en feu, elle rouvrit les paupières pour regarder le couple qui lui faisait face. En voyant l'image de son corps diaphane enveloppé dans les bras solides d'Henri, elle se rendit compte que c'était exactement ce qu'il lui fallait. Elle était prête à assister à son propre éveil sexuel.

Saisie d'une hardiesse qui l'étonna elle-même, elle guida

la main de son partenaire entre ses jambes et rejeta la tête en arrière quand il effleura un certain endroit.

Ignorant son propre désir, Henri s'appliqua à donner du plaisir à Lola. Elle n'obtiendrait jamais réparation pour ce que ses brutes lui avaient fait subir, mais elle méritait de vivre comme toutes les femmes, sans peur, et en accord avec sa sexualité.

C'était encourageant de voir qu'elle ne s'abandonnait pas passivement entre ses mains, mais qu'elle le guidait, et il se mit à caresser son clitoris de petits mouvements circulaires jusqu'à ce qu'il la sente trembler sur ses jambes.

— Veux-tu t'allonger sur le lit ?

— Oui…

Comme elle semblait incapable de faire un pas, il la souleva dans ses bras et la déposa au bord du lit, une jambe sur les draps et l'autre reposant sur le sol, de manière qu'elle puisse s'ouvrir telle une fleur.

Haletante, elle le fixait d'yeux assombris par le désir. Elle n'était pas encore complètement détendue, mais n'en était pas loin.

Il l'embrassa en mêlant sa langue à la sienne. Son sexe en érection qui appuyait contre son jean lui causait de plus en plus d'inconfort, mais il était décidé à l'ignorer pour se concentrer pleinement sur Lola.

Du bout de la langue, cette fois, il explora ses seins puis taquina son nombril.

— Si tu veux que je m'arrête, tu n'as qu'à le dire.

Il voulait lui signifier que, même nue et apparemment à sa merci, elle avait le droit de dire non. Et il respecterait son souhait.

— Continue…

Ne se faisant pas prier, il descendit entre ses jambes et embrassa son mont de Vénus avant de caresser son sexe de la langue. Le gémissement de plaisir de Lola et la manière dont elle s'accrocha à ses cheveux l'encouragèrent à approfondir ses caresses et il plongea à la source, décidé à lui montrer que le sexe n'était pas douleur et humiliation.

Au moment suprême, il la sentit se tendre sous lui puis relâcher complètement les muscles tandis qu'un cri libérateur s'échappait de ses lèvres.

Il ne s'écarta que lorsque toutes les ondes du plaisir laissèrent son corps apaisé.

Elle reposait sur le lit, ravissante, la bouche gonflée par les baisers, ses cheveux emmêlés ressemblant à un halo doré, les jambes encore écartées…

Il serait facile d'en profiter pour satisfaire ses propres besoins, mais il ne vaudrait alors pas mieux que les autres hommes qui avaient croisé son chemin et pris leur plaisir sans se soucier du sien.

Au prix d'un effort considérable, il rabattit les couvertures et l'aida à se glisser sous les draps.

— Merci.

Dans l'obscurité, il vit des larmes briller dans ses yeux. Elle ne le remerciait pas de la border, mais pour lui avoir donné sa première leçon de sexe. Or une jolie femme ne devrait jamais être reconnaissante à un homme pour ce genre de chose. Il considérait comme un privilège d'avoir partagé l'intimité de Lola, même s'ils n'avaient pas fait l'amour.

— Tout le plaisir était pour moi.

Il l'embrassa sur le front et reçut un sourire languide en retour.

Enfin… Ils avaient entamé la première phase de leur « programme » et il avait hâte de passer à la suivante.

8.

Cela faisait un mois qu'ils étaient ensemble, et Henri ne se lassait pas de la compagnie de Lola. Ils se retrouvaient presque tous les soirs, chez lui ou chez elle, en l'absence de Jules, pour faire l'amour, et il était fier de pouvoir dire que l'élève apprenait vite, très vite.

Bientôt, elle surpasserait le maître. Il regrettait toutes ces semaines qu'ils avaient gaspillées à nier leur attirance réciproque car il ne leur restait plus que quelques jours avant la fin du stage de Lola aux urgences qui marquerait également la fin de leur liaison — ainsi en étaient-ils du moins convenus dans leur accord initial. Soudain, le temps s'accélérait, et il avait envie de profiter de chaque moment à son côté.

Ils avaient passé la nuit dans sa maison et elle dormait encore. Se tournant vers elle, il la regarda pour imprimer à jamais cette image dans sa mémoire.

Il était tombé amoureux de Lola, et la pensée de ne bientôt plus la revoir lui était insupportable. Pourtant, il savait aussi qu'il ne servirait à rien de la retenir étant donné qu'il n'avait rien à lui offrir. Ses priorités n'avaient pas changé ; il avait promis à Angélique de l'aider à élever ses enfants et Lola n'apprécierait sans doute pas de passer après eux.

Une autre raison le dissuadait de s'engager sérieusement auprès d'elle. L'amour ne rendait pas heureux. Il avait sous les yeux l'exemple d'Angélique qui avait tout sacrifié pour suivre un homme à Belfast, lui donner des enfants et qui s'était retrouvée seule et abandonnée au bout du compte.

L'amour pouvait vous anéantir. Henri s'en était passé jusqu'à présent, et il s'en passerait de nouveau dès que l'intermède avec Lola serait terminé. Bien entendu, il n'était pas question de la mettre au courant de ses sentiments. Pour elle, il serait l'amant français de passage, celui dont elle se souviendrait peut-être pendant quelque temps avec tendresse avant de l'oublier. Et ce serait très bien ainsi.

— Bonjour, dit-il comme elle ouvrait les yeux.

— Bonjour, murmura-t-elle en s'étirant gracieusement. Que vais-je dire à Jules quand elle va encore me reprocher d'avoir découché ?

— Que tu as été enlevée par des extraterrestres qui t'ont obligée à passer la nuit dans leur vaisseau spatial ?

— J'ai déjà utilisé cette excuse mardi. Et, si je lui dis que j'ai encore dormi chez mes frères, elle se demandera pourquoi j'ai pris la peine de déménager de chez eux.

— Elle ne se doute vraiment pas de ce qu'il se passe ?

— Non. Elle est trop prise par ses propres mésaventures — rien ne va plus avec son copain du moment — pour remarquer quoi que ce soit. De toute façon, tu la connais, la discrétion n'est pas son fort. Si elle me soupçonnait d'entretenir une relation avec un collègue, elle me harcèlerait de questions et réclamerait tous les détails croustillants.

— Et tu les lui donnerais ?

— Quelques-uns, mais pas tous, dit-elle, malicieuse.

Puis elle se lova amoureusement contre lui étant donné que ni l'un ni l'autre n'étaient de garde ce jour-là.

— Homme d'une vingtaine d'années, inconscient, non identifié, annonça l'auxiliaire médical. Selon des témoins, il était en train de parler à quelqu'un au téléphone à l'arrêt du bus quand son agresseur lui a donné un coup de poing avant de s'enfuir avec son portable. Sa tête a heurté le trottoir, il n'a pas repris conscience, mais il a vomi dans l'ambulance…

Puis il énuméra les constantes du patient tandis que l'équipe de réanimation tentait de stabiliser son état.

Ce fut Lola qui fut chargée de dégager les voies respiratoires en aspirant le vomi à l'aide d'une sonde munie d'une poire gonflable. Alors qu'elle s'acquittait d'habitude de cette tâche machinalement, sans réfléchir, elle eut du mal cette fois à aller jusqu'au bout car elle sentait la nausée monter dans sa gorge.

C'étaient les nerfs, mais pas seulement. Aujourd'hui, elle avait prévu de parler à Henri de leur avenir car, qu'ils le veuillent ou non, il existait désormais un lien indéfectible entre eux. Un lien qui grandissait à l'intérieur de son ventre.

Comment avait-elle pu être aussi négligente ?

— Je veux un scanner cérébral, ordonna Henri. Et une radio du thorax. Il est préférable de ne pas le réveiller pour le moment au cas où il y aurait des lésions neurologiques. Je vais appeler le spécialiste pour qu'il se tienne prêt à opérer et on va transférer le blessé au bloc dès qu'on aura le résultat des examens.

Comme d'habitude, Henri contrôlait parfaitement la situation, et cette pensée la soutint durant toute la matinée. Il saurait quoi faire.

Quelle serait sa réaction quand elle lui annoncerait la nouvelle ?

Un bébé.

Serait-il furieux en apprenant qu'elle ne prenait pas la pilule ?

Cela avait dû arriver lors de la première nuit chez lui. Emportés par la passion, ils n'avaient pas utilisé de préservatif et elle ne s'était pas souciée des conséquences. Les liaisons à durée limitée n'étaient pas censées engendrer une vie.

Même cela, elle n'avait pas su le faire correctement.

L'arrivée prochaine de ce bébé allait tout changer — et pas en bien. Jules lui louait une pièce dans son appartement, mais ce n'était pas pour y accueillir dans huit mois un nourrisson qui l'empêcherait de dormir la nuit, et qui serait le fruit des amours clandestines de son amie avec leur chef de service.

Lola savait qu'elle allait devoir déménager. Mais pour aller où ? Retourner chez ses frères ?

La réaction d'Henri l'inquiétait. Mais ce ne serait rien à côté de celle de ses frères qui crieraient au déshonneur et sommeraient le père de l'enfant de « régulariser » la situation. Raison pour laquelle elle était décidée à ne pas leur révéler l'identité du père. Dans quelques mois, quand elle serait en congé maternité, elle n'aurait, hélas, d'autre choix que de retourner chez eux.

Une grossesse devait être l'accomplissement d'une relation d'amour au long cours, pas un accident qui forçait deux personnes à lier leur sort.

Elle n'en voudrait pas à Henri s'il la détestait car, dans leur contrat de liaison à durée déterminée, il n'avait pas signé pour cela. Mais il était trop tard pour revenir en arrière, le bébé était conçu. Et, bien entendu, elle informerait Henri qu'il allait être père — il avait le droit de le savoir. Restait à trouver le bon moment pour le lui annoncer, avec ménagement.

— On va emmener le patient au bloc, dit Henri après le retour du scanner et de la radio. Il présente un hématome sous-dural — une urgence vitale. Les neurologues vont tenter de le résorber, mais il y a un risque de séquelles lourdes pour le blessé.

— Sait-on à présent de qui il s'agit ?

— La police y travaille.

— J'espère qu'ils pourront joindre sa famille. Ce jeune homme ne devrait pas traverser seul cette épreuve.

Cela aurait pu être l'un de ses frères, étendu sur cette table d'examen. À des moments comme ceux-ci, Lola mesurait toute l'importance des êtres aimés. Quand elle serait vieille et chenue, elle espérait avoir autour d'elle une famille, la plus nombreuse possible, dont Henri ferait partie, dans l'idéal.

Au sortir de la salle de réa, il déposa un baiser inattendu sur son front.

— Ma chérie, tu penses toujours aux autres.

Les mots qu'elle voulait lui dire faillirent franchir ses lèvres, mais un collègue poussa à cet instant les portes battantes, mettant fin à ce bref tête-à-tête.

Elle recula pour maintenir les apparences d'une amitié platonique. Heureusement, elle aurait déjà quitté les urgences depuis longtemps quand son ventre commencerait à s'arrondir, et le scandale ne toucherait pas Henri. Bien qu'elle n'eût fait aucune confidence à Jules, celle-ci était la seule qui pouvait se douter de quelque chose en raison du nombre de fois où Lola avait découché.

Depuis qu'elle avait fait le test de grossesse et vu les deux lignes bleues apparaître sur la bandelette, elle s'habituait petit à petit à l'idée d'être mère, mais elle ne voulait pas que ce bébé l'oblige à renoncer à sa carrière, ni à sa relation avec Henri. Bref, elle voulait tout.

Henri l'attira dans une salle vide dont il referma la porte.

— Inutile de te mettre dans cet état, Lola. Nous avons fait tout ce que nous pouvions pour ce garçon. Aux neurologues de prendre le relais, maintenant.

— Ce qu'il lui arrive est tellement injuste.

— Je sais, ma chérie. Mais j'ai une nouvelle qui va te remonter le moral : Gabrielle nous a parlé hier soir, à Angélique et à moi, du harcèlement qu'elle subissait à l'école. Dès ce matin, on a appelé le proviseur qui va convoquer les élèves concernées ainsi que leurs parents. Tout se passera de manière très civilisée, m'a-t-il promis, et les choses devraient rentrer dans l'ordre.

Il semblait tellement soulagé. Et elle se détestait pour devoir lui donner un autre sujet d'inquiétude.

— Je suis très fière de Gabrielle. Et très contente pour vous tous.

Cela réduisait le nombre de secrets qu'elle cachait à Henri. Il n'en restait plus qu'un, mais de taille.

— Tu avais raison. Elle s'est confiée à nous lorsqu'elle s'est sentie prête à le faire, sans cris, avec juste quelques larmes, et je suis sûr que le soutien que tu lui as apporté a été déterminant. Depuis que vous êtes amies, Gabrielle a vraiment commencé à sortir de sa coquille.

— Angélique et toi, vous y avez été aussi pour beaucoup.

Elle se réjouissait pour Gabrielle qui obtiendrait enfin l'écoute et l'aide dont elle avait besoin. Mais, contrairement à ses frères, Henri ne manifestait aucune velléité vengeresses qu'il aurait été de toute façon bien en peine d'assouvir puisque les coupables étaient toutes des filles.

— Le métier de parent est difficile, dit-il. J'admire les gens capables de le concilier avec une carrière.

Sans s'en douter, il lui tendait une perche.

— Ce qui s'est passé avec Angélique constitue un bon entraînement pour quand tu auras tes propres enfants, répondit-elle. Tu sauras gérer les crises boulimiques des petits avides de nourriture *fast-food* ainsi que, plus tard, leurs révoltes d'adolescent.

Il secoua la tête avec véhémence.

— Les enfants d'Angélique me suffisent largement !

Une main glacée étreignit le cœur de Lola.

— Tu veux dire que tu n'as pas l'intention de fonder un jour ta propre famille ?

Ses espoirs étaient en train de s'effondrer.

— Dieu m'en préserve ! Comment pourrais-je accorder de l'attention à un enfant de ma chair alors que j'ai tout juste assez de temps à consacrer à mes neveu et nièce ? J'ai une responsabilité envers Gabrielle et Bastien, et je ne les laisserai pas tomber comme leur père l'a fait.

Un discours admirable. Qui confirmait à Lola qu'il n'avait pas de place pour quelqu'un d'autre dans sa vie, y compris elle. Le conte de fées prenait fin avant même d'avoir commencé.

— Pourtant, je suis sûre qu'Angélique ne voudrait pas que tu te sacrifies pour elle, dit-elle, en désespoir de cause.

Henri était-il incroyablement altruiste ou prenait-il prétexte de cette loyauté envers ses neveu et nièce pour se prémunir de tout engagement personnel ?

En tout cas, il venait de sonner le glas de ses projets. Et elle devrait s'y résigner. Après tout, elle avait surmonté des épreuves bien pires que d'élever seule un enfant.

— C'est vrai. Elle m'encourage, parfois, à faire ma propre vie, mais je suis comme elle, têtu comme une mule, et rien ne me fera changer d'avis. Mais assez parlé de choses sérieuses. Ce soir, Gabrielle ne pourra pas venir chez toi pour la leçon de pâtisserie car elle participe aux sélections pour le championnat de natation du comté. Figure-toi que…

Lola n'écouta même pas la suite. Les idées se bousculaient dans sa tête et elle avait l'impression que son crâne allait exploser sous la pression. Une seule certitude émergeait : si elle ne lui disait pas maintenant, elle ne le lui dirait jamais.

— Je suis enceinte, Henri.

Soudain, le silence se fit dans la pièce.

Henri crut avoir mal compris, mais elle répéta la phrase improbable, et ce n'était pas une plaisanterie à en juger par son regard grave.

Il eut l'impression que son monde s'écroulait.

— Comment est-ce possible ? dit-il en desserrant sa cravate.

Il prenait toujours ses précautions pour éviter qu'une femme lui fasse un jour cette annonce.

Sauf un certain soir, à leur retour du séminaire, où ils avaient jeté la prudence par-dessus les moulins dans leur hâte à faire l'amour pour la première fois.

— Tu ne prends pas la pilule contraceptive ?

— Non. Mais je ne suis pas la seule responsable, Henri. Nous avons fait ce bébé à deux.

— Et tu n'as pas pensé à prendre la pilule du lendemain ? dit-il, s'emportant.

L'air triste, elle secoua la tête.

Incompréhension et colère se disputaient en lui. Maintenant, il était trop tard pour effacer les conséquences de leur négligence. Sans compter la honte d'avoir mise enceinte l'une de ses internes, et l'impact que cela aurait sur sa famille.

Il venait de passer dix minutes à expliquer à Lola pourquoi il ne voulait pas d'enfant. Angélique, Gabrielle et Bastien comptaient sur lui, et il n'était pas question de leur tourner le dos pour soutenir une famille dont il ne voulait pas.

Le destin lui jouait un tour cruel.

— Bon sang, tu es médecin ! Tu devais bien te douter qu'il y avait un risque de tomber enceinte sans contraceptifs !

— Parce que tu crois que je l'ai prémédité ? dit-elle, haussant le ton à son tour. Alors que je suis à quelques semaines de commencer une carrière de médecin, tu crois que ça me plaît d'être enceinte de mon directeur de stage ?

Ainsi que le soulignaient ces mots, la faute était partagée. Mais Lola aurait ses frères et Jules pour l'aider, et elle pourrait reprendre le travail à l'issue de son congé maternité. Jusque-là, il veillerait à ce qu'elle ne manque de rien financièrement. Alors qu'Angélique et ses enfants n'avaient que lui.

— Je ne sais pas ce qu'il se passe dans ta tête ! Peut-être as-tu voulu me mettre devant le fait accompli en te disant que j'étais un bon parti et qu'un homme de devoir comme moi assumerait ses responsabilités sans discuter ? Comme tu n'as pas l'argent pour subvenir à tes besoins et à ceux du bébé, tu as vu en moi la solution idéale : un homme qui gagne bien sa vie, et le seul qui ne te fera jamais de mal !

Pourtant, il avait conscience de lui en faire, du mal, en prononçant ces accusations, mais c'était plus fort que lui, la colère l'aveuglait.

Lola était devenue blanche comme un linge. Le coup avait visiblement porté.

— Je ne te demande rien, Henri. Je voulais simplement te mettre au courant. Excuse-moi, maintenant il faut que je retourne à mon travail. Il ne manquerait plus que mon chef de service me colle un blâme pour abandon de poste, ajouta-t-elle d'une voix amère.

Ce sarcasme ne lui ressemblait guère. Il la regarda s'en aller en ayant l'impression de voir une inconnue qui venait de le piéger dans un engagement à vie. La petite liaison de six semaines sans fil à la patte venait de se transformer en peine à perpétuité.

C'était la première fois qu'il commençait à comprendre ce qui avait poussé son ex-beau-frère à prendre la clé des champs en abandonnant femme et enfants. Ce fardeau écrasant de responsabilité qui lui tombait sur les épaules ressemblait à une crise d'angoisse aiguë ; il avait du mal à respirer, son cœur cognait douloureusement contre ses côtes, et la transpiration perlait à son front.

S'il ne se reprenait pas, il risquait de tomber dans les pommes, lui, grand gaillard d'un mètre quatre-vingt-dix. La déroute serait totale.

Ce serait facile de prendre la fuite ou d'ignorer désormais Lola. Sauf qu'il n'était pas comme Sean, l'ex-mari immature d'Angélique, qui avait laissé celle-ci se débattre dans les problèmes sans lui venir en aide. Henri se targuait d'être un adulte.

Alourdissant encore son fardeau de culpabilité, il assumerait ses responsabilités. Peut-être n'aurait-il pas les reins assez solides pour soutenir deux familles, mais il essaierait, dût-il y laisser sa raison.

9.

Ce soir-là, Lola rentra en larmes à l'appartement et ne résista pas longtemps aux questions de Jules. Sanglotant contre l'épaule de son amie, elle lui avoua qu'elle était enceinte.

— Oh ! ma chérie ! dit celle-ci en la faisant asseoir sur le canapé. Qui est le père ? De toute façon, on s'en fiche, ajouta-t-elle aussitôt. Je suppose qu'il décline toute responsabilité, sinon tu ne serais pas dans cet état. Ne t'inquiète pas, on s'en sortira.

Elle trouvait auprès de Jules le soutien qu'Henri lui avait refusé. Si elle pleurait, ce n'était pas à cause de cette petite vie qui grandissait en elle et qu'elle protégerait farouchement envers et contre tout, c'était à cause de la réaction d'Henri.

— Veux-tu que je te fasse couler un bain ? Que je te prépare une tasse de thé ? Que puis-je faire pour que tu te sentes un peu mieux ? Tu n'as qu'un mot à dire et j'irai m'occuper de ce salaud qui t'a traitée ainsi et, crois-moi, ensuite il ne sera plus en état de procréer.

— Merci pour la proposition. J'y réfléchirai. Pour l'heure, j'ai juste besoin d'un peu d'air frais.

Et des bras d'Henri autour d'elle. Elle l'aimait et aurait tant voulu qu'il l'aime en retour.

Elle ressortit dans la nuit et ses pas la portèrent vers Lisburn Road et le studio de danse d'Angélique qui donnait un cours ce soir-là.

— Lola ! Comme je suis contente de te voir !

Elles se tutoyaient depuis que Gabrielle avait ses habitudes chez elle. Vêtue en tout et pour tout de plumes d'autruche et de sequins, Angélique l'embrassa sur les deux joues.

— Je ne me suis pas inscrite pour ce soir, dit Lola. S'il n'y a pas de place, je reviendrai une autre fois.

— Ne dis pas de sottises. Plus on est de folles…

Les élèves derrière elles se mirent à rire, comme pour illustrer la maxime.

— Tu tombes bien, d'ailleurs. Aujourd'hui, on va mettre en pratique les leçons des séances précédentes. Mesdames, ajouta Angélique en se tournant vers ses élèves, à vous de me montrer si vous les avez bien retenues. Et, ainsi que vous me l'avez demandé, nous allons avoir des spectateurs. Vos hommes !

Elle frappa dans ses mains et un petit groupe d'hommes entra dans la salle. Aussitôt, ils firent entendre des sifflements et des cris auxquels firent écho les femmes tout aussi déchaînées.

Seigneur, qu'était-elle venue faire ici ? se demanda Lola.

— À la réflexion, je reviendrai une autre fois, dit-elle en se dirigeant vers la sortie.

Danser sur scène en tenue légère devant un groupe d'individus qui avaient de toute évidence fait la tournée des pubs n'allait certainement pas lui remonter le moral. D'autant qu'ils ne seraient pas tendres pour le vilain petit canard qu'elle était alors qu'il y avait tant de beaux oiseaux bien en chair qui ne demandaient qu'à gonfler leurs plumes devant eux.

— Lola, reviens ici tout de suite !

Les mains sur les hanches, Angélique essayait de prendre son ton de maîtresse d'école. Le tableau était comique étant donné sa tenue.

— C'est un peu trop me demander, Angélique. Je vais rentrer.

— Si tu cherches à avoir confiance en toi, c'est exactement l'exercice qu'il te faut, répliqua Angélique en la prenant à l'écart. Crois-tu que je n'étais pas nerveuse à l'idée de partager une scène à Montmartre avec des filles deux fois plus jeunes que moi ? Je n'en menais pas large, mais je l'ai fait, et je me suis éclatée comme jamais ! Ce soir, ce sont mes clientes qui ont eu cette idée, et ces types sont leurs fiancés ou leurs compagnons, autrement dit tu ne risques rien ; si d'aventure l'un d'eux se permettait des remarques déplacées, je le recadrerai vite. Alors, monte sur scène et éclate-toi. Fais-le pour toi.

Son discours terminé, Angélique retourna vers ses élèves.

Lola prit quelques minutes pour réfléchir. Dans quelques semaines, son corps commencerait à s'arrondir et elle ne pourrait plus danser sur cette scène. C'était sa dernière occasion de le faire.

De toute façon, quand Angélique entendrait la version d'Henri concernant sa grossesse, elle ne voudrait sans doute plus l'admettre dans sa classe.

La dernière fois où elle s'était donnée en spectacle à son corps défendant devant une foule avait détruit sa vie. Cette fois-ci, elle serait consentante, et cela ferait toute la différence.

Quand son enfant serait né, il faudrait qu'elle lui donne l'exemple, qu'elle lui apprenne à être un guerrier — ou une guerrière —, pas une victime.

Mais pas question d'être nue comme Angélique sous ses plumes et ses paillettes.

— As-tu des costumes ?

— Si j'ai des costumes ? répéta Angélique de son ton théâtral. C'est comme demander à la reine si elle a des chapeaux !

Puis elle l'entraîna en coulisses vers un portant où pendaient corsets, guêpières et autres accessoires.

— Ils sont magnifiques…

— Est-ce à dire que tu te sens prête à te transformer en bête de scène ? dit Angélique en tenant un corset bleu nuit devant Lola.

— Hum… Je ne suis pas sûre que la couleur m'aille, mais cela vaut la peine d'essayer.

Retranchées dans les coulisses, les filles essayèrent des tenues osées avec des décolletés plongeants ou d'audacieuses fentes qui feraient leur effet sur le public masculin maintenant assis devant la scène. Lola, elle, jeta son dévolu sur un corset rose brodé de perles, assorti à une jupe de soie froncée. Le style princesse lui allait mieux que les tenues de vamp noires et rouges, ce qui ne l'empêchait pas d'avoir le trac, d'autant que seules quelques couches de voile et de soie la dérobaient aux regards.

Depuis les coulisses, elle observa les autres se succéder sur scène au son de la musique de *Cabaret*. Tous, danseuses et spectateurs, semblaient passer un bon moment, et les plus hardies osèrent même enlever leurs bas et gants pour les lancer à leurs admirateurs. Elles n'obéissaient à aucune règle — il n'y avait pas une bonne et une mauvaise manière de danser. Le but de ce spectacle était de se lâcher et de s'amuser.

Pour Lola, ce serait également une manière d'accepter sa grossesse et de tourner une page de sa vie.

Soudain, ce fut son tour. Elle sentit la panique l'envahir.

— Lola ? dit Angélique en posant doucement une main sur son épaule. Tu n'as plus le courage de le faire ?

— Non, j'ai trop peur.

Cette peur qu'elle avait pourtant décidé de combattre. Que faisait-elle de ses résolutions ? Allait-elle laisser ses agresseurs d'autrefois avoir le dernier mot ?

Mais si les spectateurs la huaient ? Il n'y avait qu'une manière de le savoir.

Elle rattrapa Angélique qui se dirigeait vers la scène.

— Il faut pourtant que je le fasse.

Durant les premières notes de la chanson, elle bougea gauchement, puis elle ferma les yeux, laissa la musique l'emporter et se mit à se mouvoir langoureusement sur la scène.

Encouragée par les sifflements admiratifs qui s'élevaient de l'assistance, elle fit glisser centimètre par centimètre ses longs gants en satin noir tout en ondulant de la taille, puis elle les fit tourner au-dessus de sa tête avant de les jeter à un gaillard du public qui semblait particulièrement enthousiaste. Gagnant en hardiesse, elle se caressa les hanches puis plongea la main entre ses jambes et écarta les cuisses en un éclair avant de les refermer.

Puis elle posa un pied sur la chaise, fit mine de dégrafer son bas du porte-jarretelles, la tête rejetée en arrière d'un air lascif.

Les visages de ses bourreaux s'effaçaient de plus en plus à chaque balancement de ses hanches. Désireuse de terminer en beauté, elle se pencha en avant pour offrir un *milk-shake* au public en suivant à la lettre les recommandations d'Angélique.

Lola était fière de mettre en évidence ce que le bon Dieu lui avait donné, même si son corps n'était pas aussi généreusement doté que celui de ses consœurs. Et cela ne semblait pas déplaire à l'assistance à en juger par les applaudissements nourris qui saluèrent son numéro.

Les yeux embués de larmes, elle remercia les spectateurs. Pendant une seconde, elle crut voir Henri au dernier rang. Réel ou imaginaire, il était la seule personne de la salle à faire une tête d'enterrement.

Henri regrettait d'être venu. Il était venu demander conseil à sa sœur, et la vue de Lola sur scène n'avait fait que remuer le couteau dans la plaie en lui rappelant ce qu'il avait perdu.

Son numéro avait été éblouissant, et il n'y avait pas qu'en strip-tease burlesque qu'elle avait fait des progrès. Tous les jours, il la voyait s'affirmer au travail et gagner en confiance.

En la voyant se pavaner dans son corset rose, ce n'était pas de la jalousie qu'il avait ressentie, mais de la fierté. Au lieu d'être chez elle, en train de s'inquiéter de cette grossesse qui risquait d'hypothéquer sa carrière, elle avait préféré relever la tête et affronter ses démons avec l'aide de Lola la Liane.

Il s'en alla sans même parler à sa sœur. Ce n'était plus la

peine. Il venait de comprendre qu'il avait été incroyablement égoïste en rendant Lola seule responsable de sa grossesse.

En s'emportant contre elle, c'était en réalité à lui qu'il en voulait. Il était tombé amoureux d'elle et n'avait jamais eu le courage de lui avouer à quel point elle comptait pour lui, obsédé qu'il était par ses responsabilités et la culpabilité qu'il éprouvait envers Angélique. La révélation que Lola attendait un bébé l'avait obligé à affronter ses sentiments, et il avait réagi comme un animal en cage en attaquant d'emblée.

À cause de sa réaction stupide, tous deux n'avaient même pas eu le temps de discuter de ce qu'il adviendrait de leur relation à la fin du stage de Lola aux urgences. Tout ce qu'il savait, c'était qu'il l'aimait et qu'il voulait trouver un moyen de réparer le mal qu'il lui avait fait.

Assis derrière le volant de sa voiture, il essaya de réfléchir posément à la situation. C'était absurde de sacrifier Lola et son bébé — leur bébé — à cause de la dette qu'il estimait avoir envers sa sœur. S'il faisait abstraction d'Angélique et de ses enfants, que restait-il ? Une femme qu'il aimait et un enfant qui était le fruit de leur amour.

Sa culpabilité, ses résolutions ne pesaient pas lourd face à cette évidence.

Il voulait être avec Lola, partager sa vie. C'était aussi simple que cela. Et tout le reste devrait s'articuler autour.

À condition que Lola veuille encore de lui.

10.

Le lendemain, Lola se résolut à aller trouver Henri dans son bureau pour lui demander son avis sur Vera McConville, une patiente âgée qu'elle venait d'admettre et qui souffrait de pneumonie à un stade aigu. Les patients passaient avant tout, même si elle devait se faire violence pour lui adresser la parole après les accusations qu'il avait proférées à son encontre.

— Lola, je suis content que tu…

— J'aimerais avoir ton opinion sur ce cas, l'interrompit-elle en étalant les notes et les radios sous ses yeux.

— Je vois qu'elle a des antécédents cardiaques, dit-il en étudiant le dossier.

— Pour cette raison, je ne veux pas procéder à une intubation trachéale qui serait sans retour étant donné que ses poumons ne pourraient plus s'en passer.

— Tu as raison. Il vaut mieux poursuivre la ventilation artificielle à l'aide du masque, et les antibiotiques par perfusion. Sa famille se trouve-t-elle à son chevet ?

— Ses enfants sont en chemin.

— L'essentiel est que Vera ait confiance en nous, et qu'elle continue à se battre. Si tu veux, je peux aller lui dire un mot d'encouragement.

— Inutile, je suis sûre que tu as d'autres choses à faire. Je voulais simplement un second avis. Si j'avais pu le demander à quelqu'un d'autre, je l'aurais fait, crois-moi.

Puis elle tourna les talons pour sortir avant que les larmes qui brûlaient ses paupières ne commencent à couler.

L'après-midi, Henri parvint à coincer Lola en salle de repos durant sa pause. Il fallait absolument qu'il lui parle.

Heureusement, la salle était vide. Comme elle ne le resterait sans doute pas longtemps, il alla droit au but.

— Pardonne-moi pour ce que je t'ai dit hier. Je n'en pensais pas un mot. Pendant un instant, j'ai paniqué en croyant que je léserais ma famille en m'engageant auprès de toi et du bébé. Il faut que tu comprennes… Angélique a sacrifié ses études et sa carrière pour m'élever après la mort de nos parents. Comment quiconque pourrait-il s'acquitter d'une telle dette ? Pendant longtemps, j'ai cru de mon devoir de me sacrifier pareillement pour elle, et de renoncer à tout engagement sentimental qui m'aurait détourné de mon objectif principal de m'occuper d'eux.

— Rassure-toi, répliqua-t-elle sèchement. Moi non plus, je n'aurais pas voulu d'une relation au rabais, être la maîtresse que tu aurais vue entre deux portes, et qui serait passée après ta sœur et ses enfants. Alors, finalement, tout est pour le mieux, conclut-elle d'une voix triste.

— Mais non, tu n'y es pas du tout ! J'avais tort ! Angélique est parfaitement capable de se débrouiller seule, ce qu'elle ne cesse d'ailleurs de me répéter depuis des années. C'est moi qui ne voulais pas l'entendre et qui me complaisais dans ma culpabilité. Bien entendu, je continuerai à l'aider financièrement car son salaire de professeur de danse est un peu juste pour boucler les fins de mois, mais je ne me sentirai plus obligé d'aller chez elle tous les jours pour prendre le pouls de la famille, vérifier les devoirs des enfants, jouer à l'oncle omniprésent. En grande partie grâce à l'écoute et au soutien que tu lui as apportés, Gabrielle va très bien maintenant, plus personne n'a besoin de moi. Mais moi, j'ai besoin de toi. Je t'aime, Lola.

Sa voix se brisa en prononçant ces mots qu'il n'avait jamais dits à personne, pas même à sa sœur adorée. Après la mort de ses parents, il s'était persuadé que l'amour n'entraînait que chagrin et douleur dans son sillage. Il suffirait d'un mot de Lola pour que tout cela change, mais était-elle prête à lui pardonner ?

Et, plus important, partageait-elle ses sentiments ?

— C'est bien beau de me dire que tu m'aimes et que tu ne voulais pas me faire de mal, mais je crois aux actes, pas aux paroles.

Elle le mettait dans la même catégorie que les hommes qui avaient profité d'elle puis qui l'avaient jetée sans prendre la peine d'essayer de la guérir de ses blessures.

Impuissant, il la regarda s'en aller. Elle lui refusait son pardon, mais tout espoir n'était pas perdu. Ces larmes qu'il avait vues briller dans ses yeux lui montraient qu'elle tenait à lui, même si elle s'en défendait.

Puisque Lola exigeait une preuve de son amour, il allait tout faire pour la lui donner.

Pourvu que Jules ne l'entraîne pas dans une autre séance de confidences avec larmes à la clé. Lola en avait assez de pleurer et de s'épancher sur son sort. Cela ne servait à rien.

L'aveu d'Henri n'avait pas eu l'effet espéré sur elle. Elle en avait pourtant rêvé pendant des semaines, de ces trois petits mots, mais ce soir il n'y avait pas eu de trompettes célestes ni d'alléluia car il ne lui avait pas dit que c'était pour la vie. Chat échaudé craint l'eau froide… D'autant qu'il avait révélé hier une dureté et une cruauté dont elle ne le savait pas capable.

Un autre séjour temporaire dans son lit ne lui suffirait plus. Elle voulait un compagnon et un père pour son bébé. Il y avait plus que son seul avenir en jeu.

Elle était devenue très exigeante, ces derniers temps, se dit-elle en ouvrant la porte de l'appartement. Par une étrange ironie du sort, elle devenait une femme indépendante au moment où tout s'écroulait autour d'elle. En tout cas, désormais, elle serait guidée par l'unique priorité d'élever son enfant, sans plus rêver au prince charmant qui n'existait que dans les contes de fées.

Du vestibule, elle crut que la salle de séjour était plongée dans l'obscurité et elle en déduisit que Jules n'était pas encore rentrée. Jusqu'à ce qu'elle voie des bougies briller près de la cheminée, et sur la table.

— Jules ? dit-elle en entrant dans la pièce. Il y a une panne de courant ?

Une silhouette se leva du fauteuil pour avancer dans la lueur tremblotante des bougies.

— Non. J'ai préféré un éclairage tamisé.

C'était Henri. Vêtu d'un smoking. Avec une musique de blues en fond sonore. Et des pétales de rose semés au sol, se rendit-elle compte tandis que ses yeux s'accoutumaient à la pénombre.

— Comment es-tu entré ?

— Jules m'a gentiment prêté la clé.

— Tu lui as parlé de nous ?

— Je crois que j'ai vendu la mèche lorsque je lui ai demandé de m'aider à te reconquérir.

Forcément… Mais il faudrait plus qu'une musique douce et un chemin de roses pour y parvenir.

— J'ai décidé d'essayer une méthode traditionnelle qui avait fait ses preuves, poursuivit-il. Comme tu as dansé pour moi hier soir, j'ai pensé que tu aimerais cette fois avoir un partenaire.

— Primo, je n'ai pas dansé pour toi ! Deuxio… Tu étais au studio d'Angélique hier soir ?

Elle ne l'avait donc pas imaginé, lui — et son regard dédaigneux —, au fond de la salle.

Soudain, son pied se prit dans le tapis et, comme elle basculait, il la retint contre lui.

— Je t'ai trouvée très belle et pleine d'assurance, en train de danser avec mon bébé dans ton ventre. J'étais très fier de te voir sur scène.

— Tu n'en avais pas l'air. J'aurais plutôt cru que tu avais honte de moi.

Les flatteries d'Henri ne parviendraient pas à la fléchir. Son stage allait se terminer dans quelques jours et il valait mieux qu'ils en restent là puisqu'il n'était pas capable de lui proposer une relation sérieuse et durable.

— Jamais de la vie. Tu fais partie de moi, Lola, et je ne veux plus être séparé de toi, ni de notre enfant. Acceptes-tu de m'épouser ?

Comme il posait une main sur son ventre, Lola lut une intense ferveur dans ses yeux. Serait-il possible que son rêve d'une famille se réalise malgré tout ?

— Il y a quelques heures, tu me reprochais de t'avoir fait un enfant pour profiter de ton argent. Qu'est-ce qui t'a fait changer d'avis ?

Lui proposait-il le mariage par devoir ? Jules ou Angélique l'avaient-elles convaincu de le faire ? Non, impossible. Henri n'était pas homme à se laisser influencer de la sorte.

— Je n'ai pas changé. Je t'ai aimée dès le premier jour, ou plus exactement le premier soir lorsque je t'ai vue danser, à moitié renversée sur cette chaise. J'ai mis du temps à me l'avouer, c'est tout. Par lâcheté…

Cet aveu devait lui coûter, preuve qu'il était vraiment sincère. Son instinct lui soufflait de le croire.

— Pose-moi ta question de nouveau.

Cette fois, elle ne serait plus polluée par des soupçons ni des doutes.

— Lola, veux-tu me faire l'honneur de devenir ma femme ?

Son cœur malmené sortit enfin le drapeau blanc.

— Oui, Henri. J'accepte avec plaisir.

Épilogue

— J'espère que tu es prête pour l'épreuve, dit Henri.

— Chut ! murmura Lola en lui faisant les gros yeux.

Ils s'apprêtaient à passer à table chez Angélique qui ne brillait pas par ses talents culinaires.

— Je t'ai entendu, traître ! dit Angélique en apportant de la cuisine deux plats de purée et de légumes tandis que sa fille suivait fièrement avec le rôti de bœuf. Moi qui voulais fêter dignement vos fiançailles, ça m'apprendra. Rassure-toi, poursuivit-elle en riant, c'est Gabrielle qui a fait la cuisine. Je me suis contentée d'éplucher les légumes.

— C'est toi qui as fait cela, Gabrielle ? dit Lola en montrant le plat magnifiquement dressé. Mes félicitations…

Lola n'avait pas vu beaucoup l'adolescente depuis que celle-ci s'était lancée dans une foule d'activités extrascolaires, dont la danse sous la direction de sa mère. Elle ne rencontrait plus aucun problème au lycée et ses résultats scolaires s'étaient nettement améliorés.

— Enfin quelqu'un qui sait faire la cuisine dans cette fichue famille ! intervint Henri en s'asseyant et en se servant une généreuse portion. Je n'ai pas mangé un seul repas convenable en vingt ans.

Puis il se baissa pour éviter le morceau de Yorkshire pudding que lui lançait sa sœur. Avec ses frères, Lola n'avait jamais connu les batailles avec la nourriture. Ils l'avaient taquinée, certes, mais avec précaution, comme si elle était en sucre.

— J'veux du rôti, et beaucoup de sauce ! réclama Bastien.

Non ! protesta-t-il comme sa mère lui nouait la serviette autour du cou tel un bavoir. J'suis plus un bébé !

— D'accord, monsieur le grand garçon, répondit Angélique en soupirant. Mais gare à toi si tu taches tes vêtements du dimanche !

Bastien décocha un sourire ravi à sa sœur. Ces deux-là s'y entendaient pour faire tourner leur mère en bourrique.

— Je vais prochainement organiser un dîner avec mon père et mes frères, dit Lola en s'efforçant de prendre un ton désinvolte. Il serait temps que tu les rencontres, Henri.

Elle se garda de lui préciser que ses frères le passeraient sur le gril. Et qu'il ferait mieux de porter un gilet pare-balles quand ils découvriraient qu'elle était enceinte.

— Tu veux me présenter officiellement à eux ?

— Il vaudrait mieux le faire avant que…

Elle se tut, tapotant son ventre pour faire passer le message.

Ils avaient attendu l'échographie du premier trimestre pour s'assurer que tout allait bien, mais elle n'allait pas pouvoir cacher sa grossesse aux deux familles beaucoup plus longtemps. Vivement qu'elle n'ait plus de secrets pour personne !

— Dites donc, vous deux, vous n'auriez pas quelque chose à nous annoncer ? demanda Gabrielle.

— Euh…

Elle se tourna vers Henri pour lui laisser la primeur de la déclaration, lui qui jouait déjà au fier papa en contemplant les clichés de l'échographie et en parlant au bébé à travers son nombril pour lui apprendre sa langue maternelle.

— Nous allons avoir un bébé.

Gabrielle et Angélique poussèrent des cris et applaudirent, et Bastien haussa les épaules, l'air de dire : « J'vois vraiment pas ce qu'il y a de merveilleux là-dedans. »

Angélique se leva pour les serrer tous deux dans ses bras, en serrant Henri un peu plus fort, ce qui était normal. Il s'était décidément inquiété pour rien en croyant que sa sœur le prendrait mal.

— J'vais avoir un cousin ou une cousine germaine ! s'exclama Gabrielle.

— Germaine, c'est un drôle de prénom pour une fille, commenta Bastien.

— Mais non, idiot ! Il ne s'agit pas de son prénom…

Tandis que d'autres taquineries suivaient — accessoirement accompagnées de noms d'oiseau — entre le frère et la sœur, Lola mesurait son bonheur de faire partie de cette famille. Et de celle de ses frères, lesquels seraient très excités à l'idée d'être oncles dès qu'ils se seraient habitués à voir leur petite sœur enceinte.

— Ça veut dire que tu auras quelqu'un de plus petit que toi à qui tu pourras apprendre plein de choses, dit Henri à Bastien pour le dérider.

— J'pourrai lui apprendre à ranger ma chambre ?

— Pas question. Tu ne perds pas le nord, toi !

Puis il ébouriffa affectueusement les cheveux du petit diable.

— Nous aussi, on a une nouvelle à vous annoncer, intervint Angélique en échangeant un clin d'œil avec Gabrielle. Je vais emmener les enfants à Paris durant les vacances pour leur montrer Montmartre et les hauts lieux touristiques. Il est temps qu'ils se familiarisent avec leurs racines maternelles.

— Il n'y aura aucun autre adulte pour t'accompagner ? demanda Henri d'un ton inquiet.

Lola comprenait le sens caché de la question. Angélique avait-elle un nouvel ami dont il ne connaissait pas l'existence ?

— Non, Henri. Il n'y aura personne d'autre que moi et mes enfants. On part en vacances tous les trois, ça te dérange ?

Angélique le défiait du regard.

Le souffle un peu court, Lola attendit la réponse d'Henri.

Il finit son verre d'eau, roula sa serviette en boule et se leva. Seigneur… Tout ce qu'ils avaient commencé à bâtir ensemble allait-il s'effondrer sous ses yeux ? Il avait passé sa vie d'adulte à s'occuper de sa sœur et de ses neveu et nièce, et ce serait la première fois qu'ils prendraient leur envol sans lui.

Il se pencha pour embrasser Angélique sur la joue.

— Je suis sûr que vous vous amuserez beaucoup. N'oubliez pas de m'envoyer des photos afin que je puisse voir si la capitale a changé.

— Promis. Mais rien ne t'empêche d'aller y faire un tour toi-même avec Lola. Un week-end coquin à Paris, quoi de mieux pour des fiancés ?

Sa voix se fit rêveuse comme si elle se rappelait quelques souvenirs. Malgré sa nature extravertie, Angélique semblait, elle aussi, conserver des secrets.

— Ma chérie, que dirais-tu de passer notre lune de miel à Paris ? demanda Henri, un peu plus tard, tandis qu'ils faisaient la vaisselle dans la cuisine.

De ses mains savonneuses, il lui entoura la taille et elle se laissa volontiers aller contre lui.

— Pourquoi attendre la lune de miel alors que notre maison n'est qu'à quelques centaines de mètres ?

Paris attendrait. Elle avait hâte d'être dans les bras d'Henri.

— Angélique ! cria Henri. Il faut qu'on y aille. Une urgence. Je t'appellerai demain, peut-être… Dis au revoir aux enfants de notre part.

Soulevant Lola dans ses bras, il la porta à la voiture. Cette fois, ses priorités ne faisaient plus aucun doute et Lola avait hâte de voir quel traitement il allait prescrire pour l'urgence en question. Amour, passion, tendresse… C'était le remède idéal pour le mal dont ils souffraient.

BLANCHE

La clinique de Thorney Island, de Louisa Heaton - N°1543

Thorney Island. L'île écossaise est aussi belle que dans ses souvenirs d'enfance. C'est là que Jessica vivra désormais tout en exerçant son métier de médecin dans la petite clinique locale ! Troublée par ce changement de vie, Jessica l'est aussi par les sentiments qu'elle commence à éprouver pour le Dr Adam Campbell, son nouveau patron. Pourtant, elle n'a pas le droit d'écouter son cœur qui bat pour l'irrésistible médecin, en raison du secret qu'elle lui dissimule...

Son plus grand rêve, de Sue MacKay

Déçue par l'amour, le Dr Lily Scott se résout à faire un bébé toute seule. De retour à Auckland pour mener à bien son projet, elle y retrouve le Dr Max Bryant. Avec lui, elle a vécu autrefois une liaison torride à laquelle elle a mis un terme, craignant que le don Juan ne lui brise le cœur. Aujourd'hui, hélas, Max lui fait toujours autant d'effet. Pire, il se rapproche de la figure du père idéal qu'elle s'est forgée...

Une maman à aimer, de Tina Beckett - N°1544

Quel bonheur de se retrouver seule avec sa fille ! Après un divorce difficile, Maddy va enfin prendre un nouveau départ, avec sa petite Chloe. Les hommes, c'est fini pour elle : elle veut rester célibataire, et pour toujours ! Pourtant, quand Kaleb McBride, un de ses collègues de l'hôpital, lui murmure à l'oreille un soir de bal qu'il aimerait passer plus de temps avec elle, Maddy est troublée...

Une étonnante proposition, d'Annie Claydon

Sophie Warner, la célèbre actrice, souhaite qu'il devienne son médecin personnel ? Une proposition surprenante, que Drew refuse d'abord : les strass, les paillettes et l'hypocrisie qui règne dans le milieu du cinéma, très peu pour lui ! Pourtant, lorsqu'il se retrouve face à la sublime Sophie, il est déconcerté. Car, derrière son sourire de façade, il décèle en elle une fragilité qui l'émeut plus que de raison...

HARLEQUIN

Leur mission : sauver des vies.
Leur destin : trouver l'amour.

HARLEQUIN
www.harlequin.fr

BLANCHE

La famille d'un docteur, de Lynne Marshall - N°1545

SÉRIE : PAPAS ET MÉDECINS - 1/2

Julie est prête à tout pour remettre son fils, James, qui traverse une adolescence difficile, dans le droit chemin. Y compris à retourner dans sa ville natale et à devoir y travailler avec son premier amour, Trevor Montgomery, avec qui elle a connu il y a longtemps une nuit de passion… qui n'a pas été sans conséquence. Après des années de silence, Julie va révéler à Trevor le secret de sa paternité…

Un père pour sa fille, de Lynne Marshall

SÉRIE : PAPAS ET MÉDECINS - 2/2

En arrivant dans le Wyoming avec Flora, son bébé, pour un remplacement, jamais Lizzie n'aurait pensé tomber sous le charme de ce médecin aux allures de cow-boy, passionné par son travail. Non seulement Cole l'attire, mais encore il se révèle tendre avec Flora. À tel point que Lizzie se surprend à rêver de la famille qu'ils pourraient former… Cependant, Cole est-il prêt à s'engager avec elle ?

HARLEQUIN

eur mission : sauver des vies.
eur destin : trouver l'amour.

HARLEQUIN
www.harlequin.fr